U0094649

奇幻基地出版

日煉者

The Sunlit Man

布蘭登・山德森 著

聞若婷 譯

艾南妲・索沙、納百茲・里托、kudriaken 插畫

Brandon Sanderson

BEST 嚴選

緣起

在繁花似錦的奇幻文學花園裡，你或許還在門外徘徊，不知該如何抉擇進入的途徑；也或許你已經置身其中，卻因種類繁多，或曾經讀過不合口味的作品，而卻步、遲疑。

BEST嚴選，正如其名，我們期許能透過奇幻基地對奇幻文學的了解，以及對讀者的理解，站在出版者與讀者的雙重角度，為您精選好作家與好作品。

他們是名家，您不可不讀：幻想文學裡的巨擘，領域裡的耀眼新星。

它們最暢銷，您怎可錯過：銷售量驚人的大作，排行榜上的常勝軍。

這些是經典，您務必一讀：百聞不如一見的作品，極具代表的佳作。

奇幻嚴選，嚴選奇幻。請相信我們的眼光，跟隨我們的腳步，文學的盛宴、幻想世界的冒險，就要展開。

excellent bestseller classic

獻給寰宇系列的每一位書迷，
是你們，讓我的夢境成眞。

目錄

致謝

呼！好猛的一年啊！眞是太瘋狂了，參與其中的所有人都辛苦爆了。我一定會在這裡謝到他們每一位，不過我想先對各位送上大大的感謝。要將這四本書稿都編修、繪製插圖並送印上市，眞的要費盡九牛二虎之力。

負責這本書的編輯是Moshe Feder，他是我長久以來的犯罪夥伴，也是發掘我的書探。我們很興奮能與他再度合作，很慶幸有他在此協助我推動浪人旅程的下一個階段。特別感謝Joseph Jensen博士協助天體物理學部分，它可是很好玩又美妙的點綴。也要感謝寰宇祕師（Cosmere Arcanist）團隊——你們太棒了。

我的代理是由JABberwocky Literary Agency的Joshua Bilmes所領銜的傑出團隊負責，也要感謝Susan Velazquez和Christina Zobel。

與「祕密計畫」系列的其他三本書相

比，這本書別具一格，因爲我們請到了三位插畫家，而不是只有一位。當初我們想試著配合新畫家，結果發現好幾位畫家都很適合這本小說的調性。感謝他們三位超讚的作品，有他們加入之後，這些計畫更加獨具特色。艾南妲・索沙（Ernanda Souza）負責環襯（蝴蝶頁）、全彩插圖以及概念藝術，她的表現如此傑出，也是絕佳的工作夥伴。納百茲・里托（Nabetse Zitro）負責我們的內頁插圖，這是他完成《白沙》圖像小說系列令人讚嘆的工作後，再度與我們合作。kudriaken 則負責我們無與倫比的封面繪圖。

我們在American Print and Bindery的印務專員Bill Wearne，他處理「祕密計畫」的每本書時都施展了魔法，深深感謝他、印刷廠、裝訂廠，以及所有幫忙打造出這本書的人。印刷方面有Debi Bergerson幫了大忙，Chad Dillon則不遺餘力地爲我們張羅到高品質的裝訂材料。

現在開始感謝龍鋼（Dragonsteel）的人員囉。我擁有業界最優秀的團隊，他們都爲這些「祕密計畫」煞費苦心。

Isaac StÚart是我們的藝術總監，他的團隊包括Ben McSweeney（他以出色的概念來讓所有計畫的視覺效果保持完整性）、Rachael Lynn Buchanan（她協助Isaac與畫家們合作、挑選要畫插圖的場景，留意所有細節，扛下許多苦力）、Jennifer Neal、Hayley Lazo、Priscilla Spencer和Anna Earley。

Peter Ahlstrom是我們的編輯部VP，他的團隊成員有Karen Ahlstrom、Kristy S. Gilbert、Jennie Stevens（本書的社內編輯）、Betsey Ahlstrom和Emily Shaw-Higham。Kristy Kugler負責審稿。

敘事部門只有Dan Wells一人，他也是該部門總監。不過我們讓他隨意使喚Ben來彌補人力缺口。

我們的營運長是Emily Sanderson，團隊成員包括Matt "Matt" Hatch、Emma Tan-Stoker、Jane Horne、Kathleen Dorsey Sanderson、Makena Saluone、Hazel Cummings和Becky Wilson。

號稱「柯基犬大師」的Adam Horne是我們的公關與行銷部主任。他的團隊成員有Jeremy Palmer、Taylor D. Hatch和Octavia Escamilla。

Kara Stewart是我們的周邊商品及活動部門VP，她也確保各位都拿到整箱的寶物。她的團隊成員包括Emma Tan-Stoker、Christi Jacobsen、Kellyn Neumann、Lex Willhite、Mem Grange、Michael Bateman、Joy Allen、Ally Reep、Richard Rubert、Katy Ives、Brett Moore、Dallin Holden、Daniel Phipps、Jacob Chrisman、Alex Lyon、Matt Hampton、Camilla Cutler、Quinton Martin、Esther Grange、Logan Reep、Laura Loveridge、Amanda Butterfield、Gwen Hickman、Donald Mustard III、Zoe Hatch、Pablo Mooney、Braydonn Moore、Avery Morgan、Nathan Mortensen、Christian Fairbanks、Dal Hill、George Kaler、Kathleen Barlow、Kaleigh Arnold、Kitty Allen、Rachel Jacobsen、Sydney Wilson、Katelyn Hatch和Judy Torsak。

我也感謝Kickstarter的Oriana Leckert，以及BackerKit的Anna Gallagher、Palmer Johnson和McKynzee Wiggins（主要達標鈕製造者）。

我的寫作團隊成員有Emily Sanderson、Kathleen Dorsey Sanderson、Peter Ahlstrom、Karen Ahlstrom、Darci Stone、Eric James Stone、Alan Layton、Ethan Skarstedt、Ben Olsen和Dan Wells。

本書的初稿試讀者有Karen Ahlstrom、Joy Allen、Christi Jacobsen、Brett Moore、Brad

Neumann、Kellyn Neumann、Ally Reep、Emma Tan-Stoker、Sean VanBlack和Dan Wells。

第二版的試讀者則爲Ravi Persaud、Ian McNatt、Brandon Cole、Shannon Nelson、Ben Marrow、Jennifer Neal、Poonam Desai、Chris McGrath、Sumejja Muratagić-Tadić、Kendra Alexander、Zenef Mark Lindberg、Paige Phillips、Rosemary Williams、Eric Lake、David Behrens、William Juan和Erika Kuta Marler。

第三版的試讀者有許多與第二版重疊，另外再加上Evgeni “Argent” Kirilov、Joshua Harkey、Ross Newberry、Tim Challener、Jessica Ashcraft、Ted Herman、Brian T. Hill、Rob West、Paige Vest、Gary Singer、Darci Cole、Kalyani Poluri、Jayden King、Lingting “Botanica” Xu、Glen Vogelaar、Bob Klutz、Billy Todd、Megan Kanne、Eliyahu Berelowitz Levin、Aaron Ford、Jessie Lake和Sam Baskin。

祕師團隊成員有Eric Lake、Evgeni “Argent” Kirilov、Ben Marrow、David Behrens、Ian McNatt和Joshua Harkey。

由於這是Kickstarter集資專案的最後一本書了，我想藉最後的機會感謝所有人。書雖然是我寫的，但你們讓這些書蔚爲盛事，是你們讓這一年變得非常特別。待各位讀完內文後，更多感想請詳見〈後記〉。

布蘭登・山德森

THE SUNLIT MAN

BRANDON SANDERSON

ILLUSTRATIONS BY ERNANDA SOUZA, NABETSE ZITRO, AND KUDRIAKEN

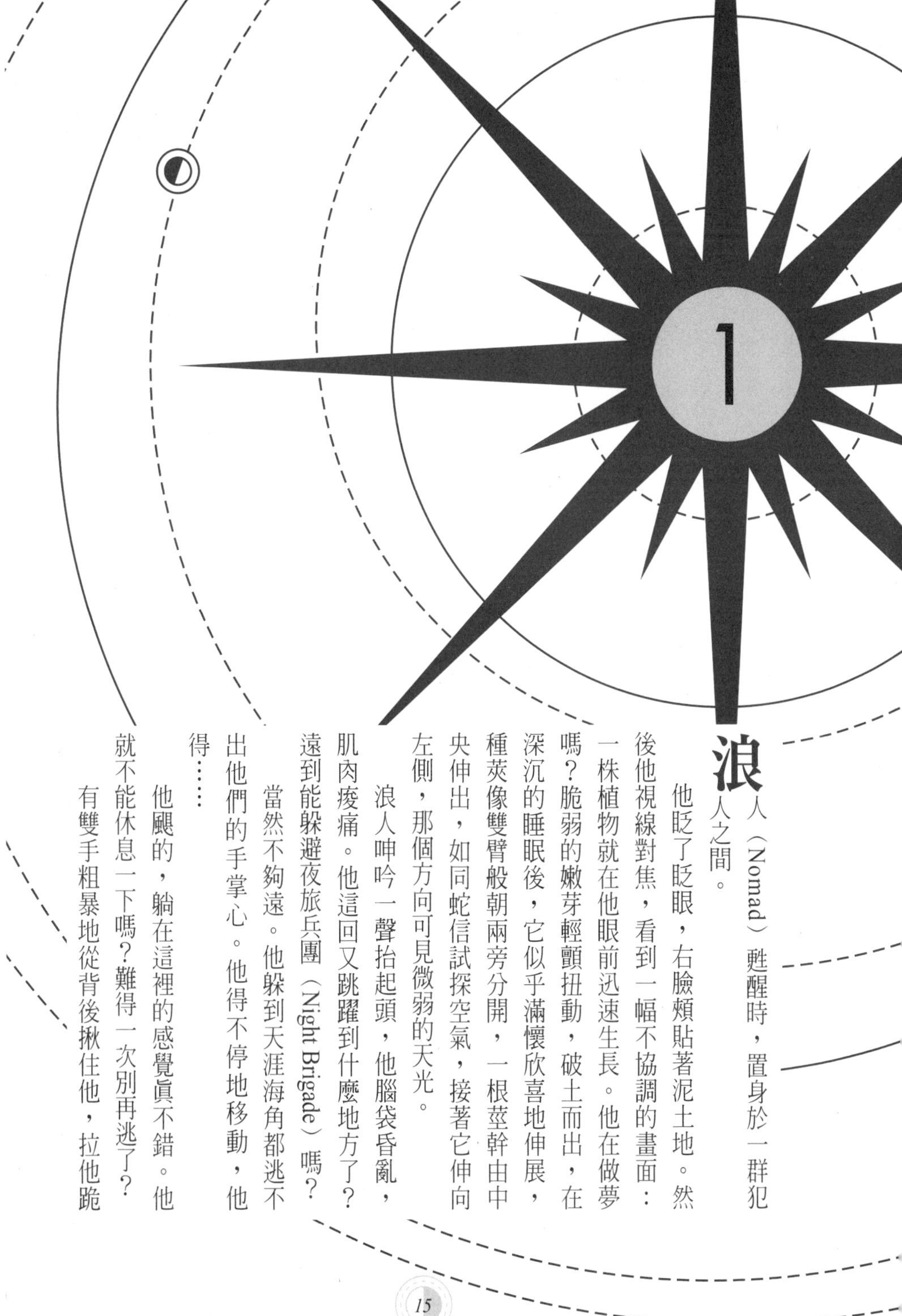

浪人（Nomad）甦醒時，置身於一群犯人之間。

他眨了眨眼，右臉頰貼著泥土地。然後他視線對焦，看到一幅不協調的畫面：一株植物就在他眼前迅速生長。他在做夢嗎？脆弱的嫩芽輕顫扭動，破土而出，在深沉的睡眠後，它似乎滿懷欣喜地伸展，種莢像雙臂般朝兩旁分開，一根莖幹由中央伸出，如同蛇信試探空氣，接著它伸向左側，那個方向可見微弱的天光。

浪人呻吟一聲抬起頭，他腦袋昏亂，肌肉痠痛。他這回又跳躍到什麼地方了？遠到能躲避夜旅兵團（Night Brigade）嗎？

當然不夠遠。他躲到天涯海角都逃不出他們的手掌心。他得不停地移動，他得……

他颼的，躺在這裡的感覺真不錯。他就不能休息一下嗎？難得一次別再逃了？

有雙手粗暴地從背後揪住他，拉他跪

坐起來，讓他驀然由恍惚狀態中清醒。他這才更加注意到周遭環境：喊叫、哀鳴。剛才他處於跳躍後的昏沉中，對這些聲響充耳不聞。

本地人的打扮很陌生，包括抓住他的男人在內。長褲，窄袖口，衣領高到下巴。男人搖晃浪人，對他咆哮著聽不懂的語言。

「翻……翻譯？」浪人啞聲說。

*抱歉，*他腦中低沉而單調的嗓音回應。*我們的授予（Investiture）不夠用來翻譯。*

好吧。他這一次跳躍所需的授予也只是勉強夠用而已，而跳躍完應該就差不多耗盡他的存量了。他的能力仰賴達到或維持某個程度的授予——它是一種神祕的能源，他造訪的多數星球都要用它來驅動重大事件。

「多少？」他啞聲問。「我們還剩多少？」

大約一千五百BEU。換言之，不到百分之八的跳躍值。

沉淪地獄啊。果然如他所擔心，來這裡的代價是耗盡他的庫存。只要他維持一定的能量，他的身體就能做到驚人的事，每件事都會消耗一點點授予，不過代價微乎其微——前提是他的庫存不能低於標準值。

一旦他將授予補到超過兩千標準駐氣單位（Breath Equivalent Unit，BEU），他就能拿他的聯繫（Connection）要些花招，然後可以運用他的能力與這個星球建立連結、使用本地語言。因此，這表示在浪人找到可吸收的能量來源之前，無法與本地人溝通。

那個咆哮男的口臭害他忍不住皺了眉。對方頭戴一頂寬邊帽，用帶子在下巴繫緊，還戴了厚手套。天色昏暗，不過有一圈火紅的日暈已照亮地平線。浪人猜想現在是黎明前一刻吧。即使只有這麼點陽光，這片土地卻到處都迸出新芽。那些植物……它們的動態讓他想起了家鄉——那是個沒有土壤的地方，卻擁有比其他世界更活力充沛的植物。

但是這些植物不一樣，它們不會閃躲以避免遭到踐踏，只是生長迅速而已。爲什麼呢？

不遠處有幾個身穿白色長外套的人正將木樁打入地面，接著另外幾人將沒穿白外套的人用鐵鍊拴在木樁上。這兩群人的膚色都很多元，穿著則大同小異。

浪人聽不懂任何人嚷嚷的話，不過他看得出犯人的態度。有些人絕望哭喊，其他人語氣懇求，多數人被鎖到地上時已悲淒地認命。

這是一場處決。

抓著浪人的男人又朝他大叫，用水藍色雙眼怒瞪他。浪人只是搖搖頭。這口臭可以把花薰死啊！男人穿白色長外套的搭檔朝浪人比了個手勢，兩人爭論起來。不久後他們有了結論。一人從腰間取下手銬，準備銬上浪人。

「這個嘛，」浪人說。「我看就不用了。」他抓住男人手腕，打算將他摔出去，再絆倒另一人。

但浪人的肌肉卻鎖死了——就像燃油用盡的飛行器那樣。他僵在原地，那兩人卻被他突然發難嚇了一跳，從他身邊退開。

浪人的肌肉解鎖，感到突如其來的劇痛，於是伸展雙臂活動一下。「沉淪地獄！」他的「磨難」（Torment）愈來愈惡化了。他瞥一眼受到驚嚇的逮捕者，幸好他們似乎沒帶武器。

有個人排眾而出。其他人不論男女，都包得緊緊的，只露出臉孔；然而這號新角色卻身穿前襟敞開的薄紗袍，將胸膛袒露出來，下身是厚布黑長褲。他是現場唯一沒戴手套的人，不過前臂倒是套著一對黃金臂鎧。

此外，他的胸膛大部分都已經不見了。

大半的胸肌、胸廓以及心臟都已剜除——而且被燒空，讓剩餘的皮膚焦黑一片。在那個凹洞中，男人的心臟替換成一團微微發光的餘火。它受到風的撩撥時會脈動陣陣紅光——就像風吹過一堆火炭時，其縫隙間也會冒出針尖般的紅色光點那般。男人皮膚上那個洞的周圍漫射出黑色的燒痕，延伸範圍之廣，甚至連他臉上都有幾粒黑斑，偶爾也會閃現它們自己小小的火花。感覺就像這個人曾被綁在噴射引擎上，而它就直接啓動了，結果不知爲何，他不但沒死，還永遠都在燃燒。

「我想，」浪人說。「你們大概不太能理解，初來貴地之人鑄下大錯，其實挺逗趣的？」他站起身，舉起雙手表示自己沒有惡意，刻意忽略內心的直覺，它一如往常地叫他「快逃」。

餘火男從背後抽出一根大棒子，類似警棍，不過殺傷力沒那麼強，感覺效果會更拖泥帶水。

「門都沒有。」浪人邊說邊退後。被鍊住的兩、三個人用囚犯那種奇怪（他卻很熟悉）的期盼眼神望著他——慶幸有別人吸引注意力。

餘火男以超自然的速度衝向他，心臟的火光變得熾亮。這是個授予之人。

眞是好極了。

浪人千鈞一髮地躲掉重重一擊。

「阿輔（Aux），我需要武器！」浪人急切地說。

是喔，那就召喚武器啊，我親愛的侍從。他腦中的聲音說。我可沒攔著你。

浪人悶哼一聲，縱身撲進一片高草叢，那是他醒來後短短幾分鐘內就長出來的。他努力讓武器出現，但什麼事都沒發生。

是因爲你的「磨難」，騎士向他能力中等的侍從提供有用的觀察。它已經增強到能夠不給你武器了。阿輔的嗓音始終如一地沒有任何高低起伏，他自己也知道，所以才額外加入旁白。

浪人再次驚險地避開餘火男的兜頭一棒——這一擊的力道讓地面都在微震。他颼的。天光愈來愈亮了，以太過均勻的方式籠罩整個地平線。這……這個星球的太陽到底有多大啊？

「我還以爲，」浪人叫道。「我的誓言能壓過『磨難』這方面的力量！」

不好意思，浪人，你說的是「什麼」誓言？

餘火男準備再揮棒，浪人深吸一口氣，低頭閃過攻擊，然後用身體衝撞男人。不過在他迎上前的那一刻，身體又再度鎖定。

嗯，原來如此，騎士以閒聊的語氣沉吟道。現在哪怕是輕度的肢體衝突，你的「磨難」也會從中作梗。

他連「擒抱」別人都不准？情況眞的更糟了。餘火男一棒打在浪人臉上，將他撂倒在地。浪人奮力翻滾，躲開隨之而來的棍棒伺候，呻吟一聲爬了起來。

棒子又揮過來了，浪人本能地抬起雙手接住它，硬生生擋下這一擊。

餘火男瞪大眼睛。附近幾名囚犯驚叫出聲，紛紛轉頭看。這裡的人似乎不習慣看到有人正面對抗這些授予戰士。浪人咬著牙往前一步時，餘火男眼睛又瞪得更大；他被浪人推得失去平衡，踉蹌後退。

在這奇怪的戰士後方，熾亮的光芒使熔解的地平線扭曲變形，帶來一股突如其來的猛烈炙熱。他們四周方才快速生長的植物開始枯萎，一排排被鍊住的人又是哀鳴又是尖叫。

快逃，浪人內心有一部分大喊。快逃！

這是他的專長。

現在的他，人生中只剩下這件事。

但是他轉身想開溜時，身後另一個餘火男又掄起棒子。浪人也試著接住這一擊，但那他颶的身體又鎖住了。

「噢，眞的夠了！」棒子重重打在他身側時，他大叫出聲，踉蹌幾步。餘火男賞他的臉吃了一記重拳，害他又躺到地上。

浪人喘氣呻吟，感覺粗礪的土壤和石頭磨著皮膚。也感覺到熱氣。由地平線那端傳來令人不解的可怕高溫，仍在持續增強。

兩個餘火男都轉過身去，第一人用拇指越過肩頭朝後比了比浪人。那兩個穿白外套的怯懦官員趕緊上前，趁浪人還因疼痛和挫敗而昏亂時，將他的雙手銬在一起。他們似乎考慮要用一根尖樁把他釘在原地，不過聰明地猜到此人既然能徒手接住授予戰士的棒子，應該也能拔出木樁。於是他們把他拖向嵌在石塊上的一個鐵環，將他鎖在鐵環上。

浪人跌跪在地，加入一排囚犯的行列，隨著氣溫飆升，他額上的汗珠不斷滴落。本能吶喊著叫他快逃。

然而他內心有另一部分……只想就這樣結束算了。追逐已經持續了多久？他上回抬頭挺胸、昂首而立是什麼時候的事？

也許就隨它去好了，他心想。這算是一種仁慈的殺戮。如同對待戰場上受了致命傷的士兵。

他癱軟身體，身側痠痛的部位陣陣發脹，但他不認爲自己被打斷了骨頭。只要他能維持百分之五左右的跳躍值（約等於一千BEU），他的身體就會更強悍、更耐操。會讓別人骨折的傷，只會讓他瘀青；會燒焦別人的火，只能灼傷他。

已啓動療癒程序，英雄用很有信心的口吻對他受辱的貼身男僕說。你的跳躍值在百分之十以下，所以療癒效果不會像以前那麼好。

他有時候會懷疑，自己承載的這份額外功能究竟是賞賜，抑或是「磨難」的另一部分。日光隨著熱度增強，已經亮到令人目盲。遠方的煙……難道是地面著火了？因爲日光照射而燃起？

沉淪地獄啊，從地平線升上來的根本就是地獄。

那日光，阿輔說，實在太烈了，不可能是普通的日光——至少不是能住人的星球會有的普通日光。

「你覺得這種光裡有授予嗎？」浪人小聲說。「就像在泰爾丹（Taldain）一樣？」

這理論可能性頗高，騎士好奇而深思地說。

「你覺得你能吸收它嗎？」

或許吧。我們應該馬上就能知道答案了……

如果他能吸收夠多的量，就能馬上離開這個星球，與夜旅兵團拉開更遠的距離。這不是挺好的轉折嗎？難得搶占先機？但這日光的強度還是令浪人莫名地畏縮、有所顧忌。他盯著日光，而附近的官員（包括那兩個餘火男）則把囚犯都固定妥當。完成工作後，他們奔向一排機器。那機器長而窄，各有六個座位，開放式設計，前方有擋風罩，操控台設置在左前方座位。

這看起來有點像……六人座懸浮機車？把這幾個詞湊在一起很不搭軋，不過他想不出還能怎麼形容這東西。顯然每個人都要跨坐在座位上（座位內側設有讓人靠腿的凹槽），所有座位都沿著中央機身固定在一起，只是沒有機殼和艙門。儘管如此，他並不訝異看到第一輛機器下方噴出火焰，使它離地衝到半空兩公尺左右的高度。

那不重要。他轉向一直在變亮的日光，幾分鐘前還青翠鮮活的植物，現在都已枯黃乾萎了。他似乎能聽見遠方傳來火焰的怒吼，預示著最高強度的日光正在逼近，有如他曾經很熟悉的颶風前兆。

望著那日光的威力，他隱隱猜測自己是無法吸收它的。只要一條普通的電線和插頭就能處理核反應爐輸出的原始能量，然而這卻是不可思議的力量，他還來不及利用它，就會被它烤熟。

呃，浪人，阿輔用他單調的口氣說。我覺得試著從「那裡」吸收和使用授予，應該跟嘗試從雪崩裡捏出一片雪花的意思差不多。我……不認為我們該讓它照到你。

「我被照到就會死……」浪人低聲說。

那是……你想要的嗎？

不是。

不，雖然他對自己的人生有諸多不滿，卻也不想死。雖然每過一天，他都更添一分野性……嗯，野性強的生物反倒更懂得拚命求生。

浪人突然感到一股迫切的焦躁，開始拉扯鐵鍊、扭動掙扎。四輛懸浮機車中的第二輛也起飛了，浪人從日光逼近的速度知道它們是他逃脫的唯一希望。他用嘶啞的嗓音吼叫，與鋼鐵較勁，拉扯它——但無法掙脫。

「阿輔！」他叫道。「我需要碎刃！變形！」

不是我不想啊，浪人。

「那日光會殺死我們的！」

愛的提醒：它只會殺死你，我可憐的貼身男僕。我早就死了。

第三輛懸浮機車飛走時，浪人飆了句純天然的髒話，不過最後一輛機車似乎出了點狀況。也許他——

等一等。

「我被禁止使用武器，那工具呢？」

「工具」有什麼好禁止的？

浪人眞是個白癡！輔手（Auxiliary）是一件能變形的金屬工具，在這個情況下，他能化身爲實體的撬棒。現在浪人的手裡就憑空出現了他要的撬棒，彷彿是由霧氣形成。浪人將撬棒卡進大石頭上的鐵環，再用全身重量去壓。

啪。

他脫離了，雖然雙手仍被銬住，但手銬間有六十公分的鍊子，長度可以讓手活動。他跌跌撞撞地站起身，衝向最後一輛懸浮機車，同時間，它底下的火終於點燃了。

他召喚輔手變成一個帶鍊條的勾子，立刻將它擲向機車，在機車起飛的瞬間勾住目標。輔手命中後，在浪人的命令下，勾子短暫地轉爲模糊，接著又變成一個堅實的扣環，牢牢繞住機車後方凸起的構造，鍊條的另一端則鎖在浪人手銬間的鍊子上。

日光觸及他了。強烈、炙人的光線，令人難以置信。囚犯都慘叫著起火燃燒。

噢，他颶的，騎士大叫。

就在此刻，手銬間鬆垂的鍊子繃緊了。浪人被拽離日光，他的皮膚痛苦地尖叫，身上衣服也著了火。

他從某種死亡中被拖走。但是被拖往何種命運，他完全不知道。

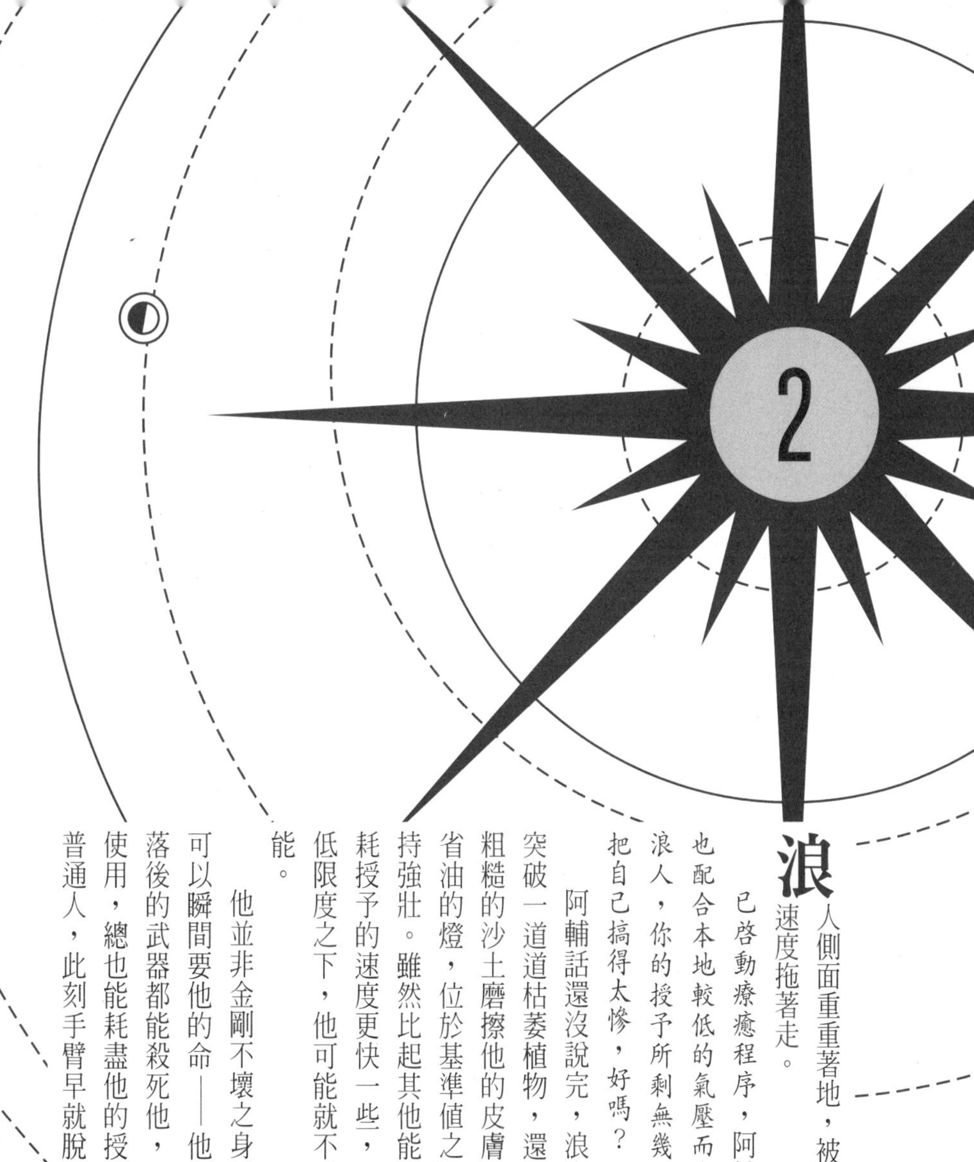

浪人側面重重著地，被懸浮機車以駭人速度拖著走。

已啓動療癒程序，阿輔說。你的身體也配合本地較低的氣壓而有調整。不過，浪人，你的授予所剩無幾，接下來盡量別把自己搞得太慘，好嗎？

阿輔話還沒說完，浪人的身體就強行突破一道道枯萎植物，還不斷撞上石塊，粗糙的沙土磨擦他的皮膚。但浪人可不是省油的燈，位於基準值之上的授予使他保持強壯。雖然比起其他能力，療癒程序消耗授予的速度更快一些，但只要別掉到最低限度之下，他可能就不需要常用到這功能。

他並非金剛不壞之身。最先進的武器可以瞬間要他的命——他颶的，就連很多落後的武器都能殺死他，只要反覆不斷地使用，總也能耗盡他的授予。然而，換作普通人，此刻手臂早就脫臼了；植物碎屑在高速中變得像剃刀一樣鋒利，因此皮膚也會遭到凌遲。可是他仍然完好無缺，甚至連不久前的灼傷也修復了。

剩下百分之六，阿輔提醒他。綜合評估，這不算太糟。不過……你感覺到那股高溫了嗎？太誇張了。絕對有授予在裡頭，但我卻一點也不能取用。如果我敞開自己去吸收它，我會被毀掉。我們需要找更安全的方法將它汲取出來。

浪人一邊悶哼，一邊又撞向地面。他吃力地轉了個身，讓大腿和肩膀承受接下來最嚴重的傷害。雖然風吹熄了他衣服上的火苗，但與各種障礙物碰撞的力道還是將他殘餘的外套和上衣布料也都扯掉了。

幸好他的皮膚保持完整。他不在乎逃脫過程如此艱苦，總比被留在那種日光下來得強。

他閉上眼，試著驅散更強烈的煎熬：當日出照耀那些不幸的囚犯時，他們在幾秒內就燒成灰燼，慘叫聲在他腦中浮現。他相信有些人是在向他求救。

他曾經無法對這種事置之不理。但是寰宇之內每天都有幾百萬人、甚至是幾十億人死去，他又怎麼阻止得了？他連自己的命都快保不住了。

然而他還是會心痛。即使歷經多年折磨，他仍舊痛恨坐視人命流逝。

他縮起下巴，保護自己的臉，繼續被拖著穿過這嚴酷世界的粗礪地面，晃得七葷八素。他看得出天空在變暗，可怖的日光消失在地平線之下，有如此刻是黃昏時分，但移動的是浪人而不是太陽。懸浮機車能比太陽升起的速度更快地繞行這個星球，避開黎明灼人的魔爪。

這個星球自轉的速度一定很慢，英雄對他乖僻的貼身男僕提出觀察心得。注意看那些交通工具有多輕鬆就跑贏了太陽。

前方，與太陽相對的方向，有個巨大的行星環浮現在天空——一道反射出日光的寬闊弧帶。

浪人沒什麼餘暇享受回到安全暮色中的感覺。機車上有好幾個人都想剁掉他的鍊子，即使他沒用鐵環封死，在這麼快的速度下，再加上鍊子末端拖著他這個重物，這絕非易事。他懷疑他們會不會乾脆停下來先把他處理掉，但他們仍繼續跟著其他機車，始終維持飛在離地只有一、兩公尺的高度。

他們終於減速，然後停下。浪人被擱在一塊溼土上，對柔軟的觸感滿懷感激。他呻吟著翻身，長褲已破破爛爛，剛修復的皮膚像被捶打過，雙手仍銬著手銬。他度過了痛苦的片刻時光，努力換個角度思考，慶幸自己至少沒增加新的疼痛，然後才轉頭看看他們為何停下。

他看不出原因。也許只是駕駛需要找路吧——因為他們短暫交談後，懸浮機車又起飛了。這次他們飛得比較高，浪人被吊在半空。這樣比較好，至少他們飛行時，他不會再撞到東西。他猜想他們先前飛得那麼低，應該是不想冒險飛太高被日光照到。

他們飛了感覺有一小時左右，終於到達有趣的地方了：一座漂浮城市。那是一塊巨大的碟片，在大地上方移動，碟片底下有幾百具引擎燃燒，讓它保持浮起和推動它前進。浪人曾造訪過一些飛行城市，包括靠近他原始世界的一個星球上的飛行城市，但他鮮少看到這麼……寒酸的。雜七雜八的單層建物，看起來像一片廣大的貧民窟，雖然被抬離地面——但只有離地十公尺左右。說眞的，就連浮在這麼矮的高度，看起來也已經快把這城市的引擎操掛了，這高度只夠勉強避開地上的各種障礙物而已。

這不是什麼科技奇蹟造就的雲霄大都會，而是爲了生存孤注一擲的最後辦法。他回頭望向遠方，地平線那端的日光已隱沒消失。但他知道太陽就在那裡，成爲無形的威脅，有如你的行刑日。

「你們要一直待在它前方，對不對？」他低聲說。「你們住在陰影裡，因爲這裡的太陽會殺人。」

他颼的。整個社會都得不停移動，只爲了比太陽跑快一步？這背後代表的意義使他的大腦飛速運轉起來，昔日受的訓練——他曾經身爲的那個人——開始從他現在這具行屍走肉中鑽出。這個星球的天氣爲什麼沒有大亂，即使是天黑的這一半？既然太陽隨時都用超強火力加熱某一側，身處另一側應該也活不下去才對。但他們顯然都活得好好的，所以他有某部分沒搞懂。

他們的食物從何而來？那些引擎用什麼燃料？他們一直在移動，又怎麼可能有時間採掘或鑽探所需礦藏？說到礦坑，他們怎麼不住到洞穴裡就好？他們顯然都有金屬可用，先前就用鐵鍊將那些可憐人拴在地上。

他一向求知若渴。即使在他刻意背離學者生活、成爲士兵後，他仍不斷提出疑問。現在各種疑問逗弄著他，直到他一手狠狠將它們拍開。只有一個問題值得深究：那些引擎的動力來源是否足以供應他下一次跳躍，在夜旅兵團找到他之前，讓他能離開這個星球？

懸浮機車轟隆作響，朝那座城市攀升而去。他吊在四輛機車的最後一輛底下，害它有點飛不起來，機車底下的引擎朝他的方向噴著火，燒熱他的鍊子。幸好輔手還能應付這點溫度。奇妙的是，才上升沒多少高度，浪人卻感到耳壓不平衡而悶脹起來。

四輛機車都飛到城市的地面層後，並未以傳統方式降落。它們側飛過去並鎖定在城市的邊緣，引擎仍保持啓動，爲整座城市的主力引擎加進它們的額外浮力。

浪人靠著鍊子和雙手吊掛在半空，隨著再度修復完成，他的疼痛褪去，不過相較於曝曬在日光下所需修復的程度，這種療癒只是小意思。他從這視野良好的位置能看見下方一座座寸草不生的土丘和泥坑，像是爛泥巴和泥炭沼地。城市所經之處，留下一道燒乾的泥土痕跡。顯然那些飛行機車靠著這樣的傷痕，能輕易找到回家的路。

浪人很訝異自己竟然能看得這麼清楚。他眨眨眼，汗水和泥水滴入眼睛，他又抬頭看了看行星環。它與多數行星環相同，其實是由許多道環集合而成。藍金相間，燦爛耀眼地環繞這個星球——高聳入天，彷彿延伸到無窮遠。它們朝向太陽，角度微微傾斜，因此日光反射在行星環的表面。現在既然有機會仔細研究它，他內心某部分不得不承認這景象實在令人咋舌。他已到過幾十個星球，從未見過如此簡樸中見宏偉的畫面。底下是泥與火，天上卻……華麗而高貴。這是個戴著冠冕的星球啊。

他的鍊子在晃動，有人開始將他拉上去。不久後，他的雙臂就被抓住，然後扯到城市的金屬地面上，置身一條歪七扭八的街道，兩側都是低矮方正的建築。有一小群人嘰哩呱啦地對他指指點點。他沒管那些人，注意力集中在他們後方五個醒目的角色身上——胸口有餘火的人。

他們垂著頭、閉著眼——餘火已冷卻。他認爲其中兩人是女性，雖然燒空她們胸膛的火沒留下乳房的性徵，只剩一個兩掌寬的大洞，焦黑的皮膚間戳出斷掉的肋骨末端，心臟用餘火取代。

其他人的穿著和他先前在底下見過的一樣：衣領高到下巴，全身包緊緊，每個人都戴手套。好幾個人穿著制式的白外套，前襟敞開，不過有肩章。可能是警官或官員。剩下的人衣服顏色暗淡，似乎是平民。有些女人穿裙子，但很多人選擇類似長裙的開襟外套，裡面搭配長褲。不論男女，許多人都戴著寬邊帽。在幾乎沒有日光的環境下，他們為何作這種打扮？

別去想了，他精疲力盡地告誡自己。誰在乎啊？反正你在這裡不會待多久，對他們的文化也不會有任何了解。

很多人是白皮膚，不過也有近半數膚色和他一樣黑。另外有比較少數的人膚色介於兩者之間。圍觀人群很快就停止騷動，垂下目光退後，分開來讓路給一個新人物登場。浪人向後坐在腳跟上，深深地吸氣吐氣。新人物是個穿黑色大衣的高䠷男人——他的眼睛會發光。

那雙眼睛隱隱散發深紅色光芒，彷彿是由內側照亮。這種視覺效果讓浪人聯想到古早的記憶——但不太像那些腐化靈魂的紅眼睛（注），更像是此人身體裡有什麼東西在燃燒。他的黑大衣邊緣也在發光，相似的橘紅色光芒。浪人認為他的胸膛也有那種餘火，不過他的胸部被薄薄的衣物蓋住了。他的餘火似乎不像其他人一樣深陷到皮膚裡，因為他仍保有胸肌的輪廓。

許多建築都呼應著他的光芒，牆壁邊緣彷彿被火照亮般發光。好似這座城市最近曾陷入火海，而這些是它的灰燼。

眼睛發亮的男人舉起戴著厚手套的手，示意人群噤聲。他打量浪人，然後朝兩名官員點點頭，指著浪人吼了一句命令。官員忙不迭地執行命令，趕緊過來解開浪人的手銬。

手銬一解開，他們便緊張地退後。浪人站起身，令許多平民倒抽一口氣，但他沒有輕舉妄動。因爲他颶的，他眞的好累。他長嘆一聲，皮肉痛已轉爲腰痠背痛。他叫輔手保持原本的鍊子狀態；他可不希望他們發現他能取用一件會變形的工具。

眼睛發亮的男人朝他吼了一句話，語氣很粗暴。

浪人搖頭。

亮眼睛更大聲、更緩慢、更生氣地複述問題。

「我不懂你們的語言。」浪人啞聲說。「給我點能源，例如那些機車引擎用的燃料。我吸收了之後，也許就夠用了。」

那要看它們用什麼當燃料——不過從它們能讓整座城市浮起來判斷，他不認爲用的是傳統能源。用煤炭做爲這種城市的燃料，光用想的都荒唐。它們應該是用某種授予原料，或許是用那種日光來充電的。

那個領導者終於明白浪人不會回應他了，於是朝旁邊抬起手——然後小心翼翼地摘下手套，逐一拉起每根手指的布料。人群驚呼出聲，手套摘下後，露出來的只是略顯蒼白的普通手掌。

注：「颶光典籍」系列中的「煉魔」。

男人走到浪人面前，用手貼著他的臉。

沒發生任何事。

男人似乎很詫異。他換了個角度。

「要是你敢湊過來吻我，」浪人嘟噥。「我會咬掉你他颶的嘴唇。」

能這樣耍嘴皮子的感覺眞好，他那千里之外的前師傅會以他爲榮的。浪人年輕時太嚴肅了，鮮少放縱自己流露輕浮之舉。主要是擔心可能說出尷尬到想鑽進地洞的話，讓他就是放不開。

然而遭受羞辱、被踐踏夠多遍，包括被揍到奄奄一息，連自己的名字都快想不起來——嗯，對你的幽默感能發揮神奇效果。到那種時候，你能做的只有對你自己所淪爲的笑話放聲一笑。

圍觀群眾對於亮眼睛碰了他卻沒事發生眞的極度驚訝。男人捏住浪人下巴試了最後一遍，然後放開，在大衣上抹了抹手，戴上手套：那對像火苔火光般的眼睛照亮了他帽子的前緣，以及那過於平滑的臉龐。他或許有五十歲了，但很難說得準，因爲他沒有一絲皺紋。看來生活在永恆的暮光之中也是有好處的。

先前來解手銬的一個官員上前一步，用手勢比向浪人，壓低音量說了些話。他指向地平線，露出難以置信的表情。

另一個官員點點頭，目光直盯著浪人。「Sess Nassith Tor。」他悄聲說。

眞奇妙，騎士說。我幾乎聽得懂呢。這與我仍微微有聯繫的另一種語言很相似。

「知道是哪一種嗎？」浪人粗聲問。

人。

不知道，不過……我覺得……Sess Nassith Tor……意思大致上是……從太陽之下倖存的人。

後方其他人跟著複誦這句子，令它傳開來，直到亮眼睛朝眾人怒吼。他回頭望著浪人，猛地狠狠踹向浪人胸口。很痛，尤其浪人現在狀況不佳。這男人絕對擁有授予，踢人時才會如此強勁。

浪人悶哼一聲彎下腰，努力緩過氣。男人抓住他，意識到浪人不會還手而露出笑容。這想法讓男人喜孜孜。他將浪人往旁邊一推，再度踹人，笑容愈發燦爛。

浪人很想把那笑容連皮扯下來，可是還手就會讓他動彈不得，最好還是任人宰割。亮眼睛對浪人比了個手勢。「『Kor』Sess Nassith Tor。」他嘲弄地說，又踢了浪人一腳以防萬一。

幾名官員匆匆上前，勾住他腋下將他拖走。他不由得期盼被送進一間不錯的牢房——當然會是冰冷堅硬的空間，但至少可以睡覺，有幾個小時忘記自己是誰。

只是當城市開始瓦解，連這卑微的心願也粉碎了。

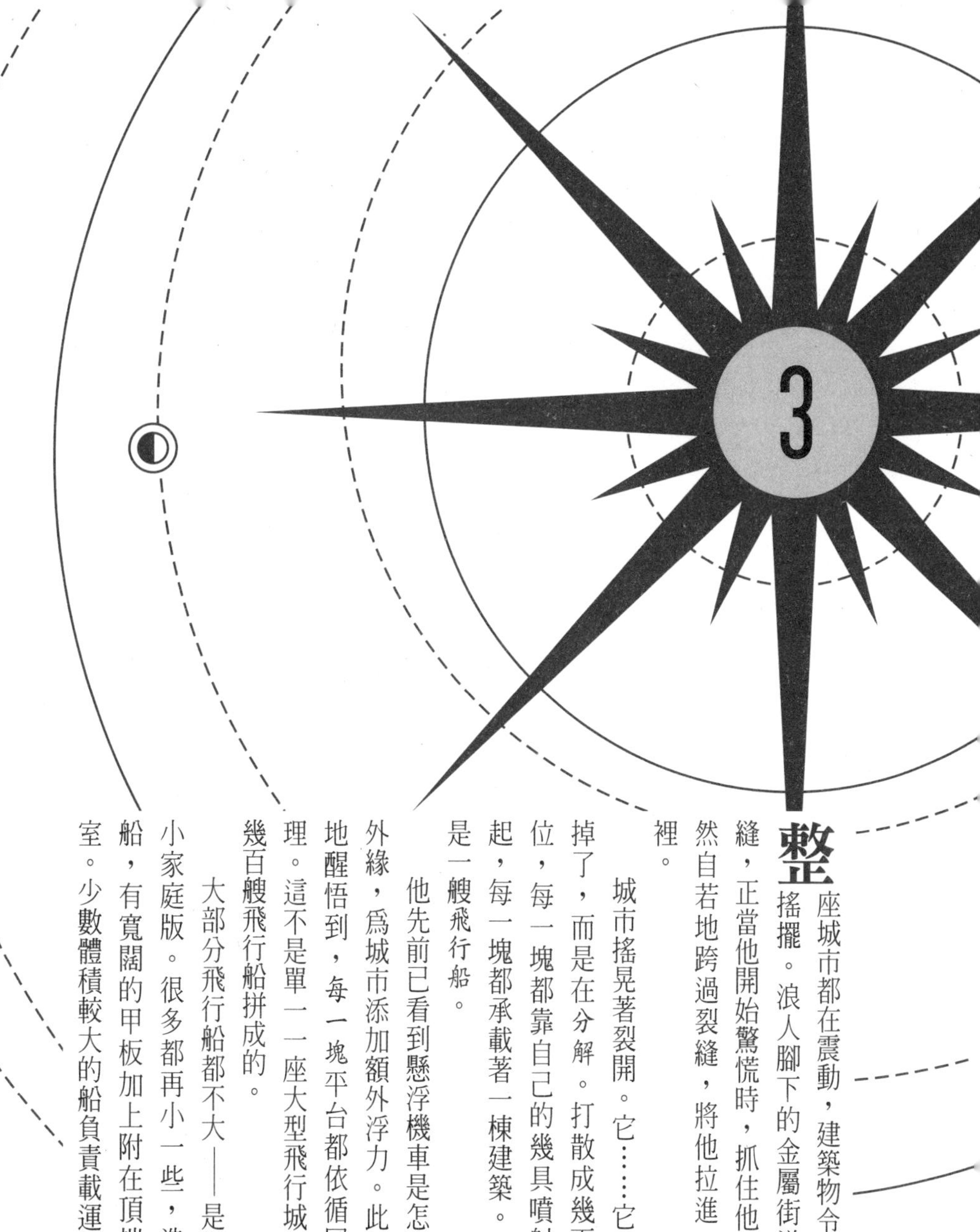

3

整座城市都在震動，建築物令人反胃地搖擺。浪人腳下的金屬街道迸出裂縫，正當他開始驚慌時，抓住他的人卻泰然自若地跨過裂縫，將他拉進一棟建築裡。

城市搖晃著裂開。它……它並不是散掉了，而是在分解。打散成幾百個小單位，每一塊都靠自己的幾具噴射引擎浮起，每一塊都承載著一棟建築。每一塊都是一艘飛行船。

他先前已看到懸浮機車是怎麼固定在外緣，爲城市添加額外浮力。此刻他困窘地醒悟到，每一塊平台都依循同樣的原理。這不是單一一座大型飛行城市；它是幾百艘飛行船拼成的。

大部分飛行船都不大——是懸浮艦的小家庭版。很多都再小一些，造型像拖船，有寬闊的甲板加上附在頂端的駕駛室。少數體積較大的船負責載運適合當作集會所或倉庫的大型建築。所有飛行船上都裝了又寬又平的甲板，可以拼在一起組成街道。當那些船各自飛開，甲板邊緣會升起護欄，還有一些牆面翻開，露出擋風罩和駕駛室。

他感覺這座城市最初建立時的概念，並非就只是兼具拆解功能的完整結構——它更像是一大堆獨立飛行器湊到了一起，只是配合得天衣無縫。這有助於解釋這座城市海納百川的特質。它就像一支商隊，出於方便或防禦的理由，能夠將零件組合成臨時的城鎮。

這種模式如此成功，眞是了不起。許多飛行船應和著浪人聽不懂的喊叫與指示，飛向遠方去從事某種活動。浪人瞇眼細瞧，發現有幾艘船正往地面撒東西。

*種子，*他恍然大悟。*他們在播種。*這詭異世界的一塊拼圖拼上了。授予日光解釋了植物爲何生長得這麼快，當它們吸收黎明前的強光，便幾乎在瞬間成熟了。他已證明自己無法汲出那股能量來使用，但這顆星球悄聲表示，方法不是沒有——只是他不會。

無論如何，這個社會每天都要採收農作物。他們得播種，然後在僅隔幾小時後採收，接著遁入黑暗。行星環的反光就夠用了嗎？或是他們必須冒險接近致命日光的邊緣？

他簡直要拿棒子將自己的好奇心敲回去。

*你還眞是個不稱職的厭世者，*他在心裡對自己說。

他待的這艘船並未跟著去播種，它加入另一群降落到地表的飛行船。這些船之中，有的承載高達兩、三層樓的建物，是他見到規模最大的。它們在泥濘地面圍成一個大圓落地。他所在的船降落時與另一艘船固定住，那艘船前端有好幾層露台，看起來不堪負荷。

亮眼睛走到某一層露台上，舒服地坐到椅子裡。浪人打量圈出的泥地，較小的船固定到別的船上方，形成四到五個船身高的層狀結構。當他認出這個布局時，心裡不禁一沉。這是一座競技場。農夫去幹活時，位高權重的一群人便聚集到船艦的甲板前方，欣賞某種餘興節目。

抓住他的人在他的前臂箍上一對黃金臂鎧，就和餘火人戴的一樣，令他吃痛呻吟。戴好之後，那些人將他拖到船的甲板前方。他試著反抗，本能地朝其中一人揮拳，結果又僵住了。於是他們輕鬆地將他拋下三、四公尺高，落在一塊飽含水分且飄著異味的土地上。

這不是他第一次置身競技場，但是當他抬頭離開爛泥，馬上判定這絕對是最髒的一次。有幾艘狀似貨櫃的較大船艦剛落地，打開了前艙門。身穿白外套的官員強迫大約三十個衣衫襤褸的人走出來，將他們趕進場內。浪人嘆口氣，爬起身，努力忽視泥巴的臭味。不過仔細想想這幾週來他的經歷，他猜泥巴可能也同樣嫌棄他。

被逼著進到場中的囚犯看起來一點都不像逞凶鬥狠的類型。這些可憐的傢伙模樣頹喪而疲憊，跟他的感受差不多。他們跌跌撞撞、磕磕絆絆，努力穿過黏稠的爛泥，衣物都被弄髒了。

他們沒領到兵器。浪人心想，看來這不是角鬥士競技場，他們不是來對戰的……或許是來受死的。果不其然，另一扇門開啓，三名餘火人手持武器大步邁出。一艘飛行船飛低，引擎散發令人不適的熱氣；它拋下幾個大型金屬條板箱，箱子落在泥巴上時響起溼漉漉的吧唧聲。那顯然是障礙物，大小不一。

餘火人朝場內奔來，觀眾歡呼。手無寸鐵的老百姓慌亂地四散逃跑，像是遇到白脊的豬群。

還眞歡樂呢。

浪人衝過泥巴。這泥巴只淹到他腳踝，卻比想像中更加溼滑，而且以驚人的吸力黏住他的腳。他踉踉蹌蹌地溜向一個較大的箱子，它足有兩百四十公分高，然後用指尖的力量將自己撐起，爬上箱子。

他猜想如果讓自己成爲整群人中最難得手的目標，餘火人會先去追較簡單的獵物，那他就能爭取一點時間，想出他颺的辦法脫離這窘境。但他才剛爬上箱子，就出現一雙戴著黑手套的手——有個人跟著他爬了上來。她的心臟中央燃燒餘火，淺綠色眼睛定定地直視他，嘴唇彎成咆哮的形狀。她有一頭摻著銀髮的黑色短髮，左臉頰布滿黑色脈絡，中央有一道發光的紋路。

另外兩個餘火人拿的是鞭子，這女人卻手持一把凶殘的長砍刀。沉淪地獄啊，幹嘛盯上他？浪人瞥向上方的寶座，亮眼睛在那裡饒富興味地注視著他。

你覺得，騎士問他忠心的侍從。他是不是想測試一下你的能耐？

「不是。」浪人小聲說，倒退遠離那個餘火女。「還記得剛才那首領氣得牙癢癢的嗎？其他人因爲我沒被太陽曬死而對我有幾分敬意，這點讓他恨透了。」

這才不是什麼測試。亮眼睛想讓浪人公開受死，想要他在眾目睽睽下灰頭土臉地落敗。

餘火女一刀朝浪人揮來，所以他轉身從大箱子頂端跳向另一個較小的箱子，接著故意滾到泥地上，假裝在泥裡亂扒一番找東西。當餘火女從上方撲向他時，他霍地往上抬起手，手中已握著剛形成的撬棒——他很小心地試著「不」打到女人，只是要將砍刀擋開。

他的身體沒有僵住。看來只要純防禦，他就可以反抗。他將餘火女推向一旁，害她失去平衡跌倒。一秒後她又站起來，半邊臉沾著泥巴，用野生動物般的目光怒瞪他。她似乎不意外他怎麼突然有了武器，他剛才試著用翻滾和撲跌的動作來掩飾自己取得武器的過程奏效了。他希望在高處觀戰的人認爲他不知怎的從爛泥裡挖出這東西，以爲它是先前待過這裡的人留下的廢物。

那女人一邊嘶吼，一邊朝他撲來。後方有個可憐的老百姓被堵到了，一名餘火男抓住她，只用一條手臂就將她舉到半空。女人驚慌尖叫，雖然她似乎並未受傷，觀眾開心地吆喝。

浪人低頭閃躲一次、兩次、三次——驚險避開餘火女的砍刀攻勢，她的速度與流暢都超乎常人。泥巴對他造成的困擾更甚於她。儘管他已度過多年逃亡生涯，仍不習慣土壤這種物質。腳下沒踩著堅實的石地，感覺就是不對勁。

就在第二個人被逮住的同時，浪人擋下砍刀又一下攻擊——並懸崖勒馬克制住自己，才沒向後揮出撬棒去打那女人。他颼的，忍耐眞痛苦。但他也不能靠閃躲撐完全場，另外兩個餘火人遲早會來對付他。

下一波格擋時，他刻意加重力道迎接女人的砍刀，將武器由她沾滿泥巴的手中撞掉。她爲此對他咆哮，而他轉身逃跑，偷偷在撬棒上加了個小環讓它不會掉落，將撬棒掛在腰帶上。他沒回頭確認她是否跟過來，接連跳上幾個較小的箱子，再縱身躍上最高的箱子，大約有四百五十公分高。

他勉強攀到箱頂，努力想將自己撐上去。不幸的是，他的雙手沾滿溼滑的泥巴，所以他開始墜落。

這時，有隻戴手套的手抓住了他的手腕。原來箱頂已經有一個男人了，是個老百姓——身材頗爲魁梧，膚色白皙，棕眼，下巴有個渦。男人帶著堅決的表情用力使勁，將浪人整個人都拉了上去。

浪人朝這渾身髒汙的男人點頭致謝，對方回應一個缺了牙的笑容。他瞥一眼浪人的武器，然後用困惑的語氣問了個問題。

好像在問……你殺人的事？阿輔說。抱歉，我幾乎完全聽不懂，你得弄點授予來。

「抱歉，朋友，」浪人對男人說。「我聽不懂。不過謝了。」

男人跟他一起望向競技場。另一名犯人很會躲，在泥地間靈活地穿梭，讓那些餘火人有些費力。最後是兩個餘火人合作才逮住那個可憐的女人。

剛才與浪人打鬥的餘火女仍然無視其他所有獵物。她謹愼地繞著大箱子走，盤算要怎麼上來。又一個人被逮住後，剩下的老百姓放棄逃跑，跪到地上或靠著牆，累得氣喘吁吁。

遭逮的那些人被趕向另一艘飛行船，他們尖叫哭泣——不過顯然並未反抗。耐人尋味。由他們的反應研判，浪人有種感覺——

「先被逮住的那批人，被歸類爲另一群犯人，阿輔。」他猜測。「要被留在日光下。」

所以……輔手在他腦中說。這是某種豪華版的鬼抓人遊戲？爲了決定下一波處決人選？

「要我猜，這是最有可能的答案吧，」浪人說。「你看看其他沒被逮到的人那副如釋重負的樣子。」

要說如釋重負是沒錯，騎士用一種陰鬱的憂傷口吻說道。不過也很……哀戚。

輔手說得對，許多倖免者都用痛苦的眼神望著被帶走的人，甚至有個男人慘叫著擺出懇求的姿態，跪倒在地做出自願代替的手勢。這些犯人都互相認識，被帶走的人是倖免者的朋友，也可能是家人。

浪人的盟友開始爬下箱子，但競賽尚未完全結束。還不到時候。雖然另外兩個餘火人將犯人帶離後，也跟著退場了；第三人，也就是髮間有銀絲的女人，卻沿著雜亂的箱子一路衝向浪人的據點。

他很確定，她不殺死他是不會罷手的。好吧，該是來瞧瞧能否騙過他的「磨難」的時候了。他繃緊神經等著餘火女接近。

浪人？輔手問。你在幹嘛？

「你能變成多重的物體？」他問。「在不消耗我們半點BEU庫存的前提下？」

我每次變形都會用掉微量授予，但多數時候都少到可以忽略不計。所以我猜你問的是，如果不大量取用我們的庫存，我能變成什麼。在這樣的限制條件下，我能變成一塊大約四十五公斤重的金屬。要幹嘛？

浪人等到餘火女幾乎已到他面前——從隔壁箱頂朝他的箱子跳過來的那一刻，抓準這個時機跳出去迎接她。他將輔手高舉過頭——同時擔心會揭露自己的祕密——並創造出一支達重量上限的槓鈴。浪人將它舉在面前，一副準備揮出去的樣子。

他的「磨難」感應到他有傷人的意圖，因此他的雙臂立刻被鎖住了。但餘火女仍正面撞上那一大塊金屬，兩人在空中硬碰硬，她發出驚呼。

浪人基本上也成了一個重物。兩人都垂直墜落到下方的泥巴中，他壓在她身上，槓鈴砸到她胸口，手肘猛撞她喉嚨。各種重量加在一起，將她整個人壓進柔軟的地面。

浪人跌跌撞撞站起來，她仍躺著——雖然意識清醒，但頭腦昏眩。她的餘火忽明忽滅，像是倦極而緩慢眨動的眼睛。

觀眾的吆喝化爲死寂。

「這種狀況不常見，是吧？」浪人叫著，轉頭看著坐在競技場主位露台上的亮眼睛。「竟然有人打敗你的士兵。這種事怎麼可能發生呢？這都是授予戰士，而你讓他們跟手無寸鐵的老百姓對打！」

亮眼睛當然沒回應。他颶的，浪人最討厭惡霸了。他往前跨一步，好似要挑戰那男人。然而他一這麼做，就有一陣電擊般的刺骨寒意快速掠過他，從他兩隻手腕開始。

他低頭看著他們給他戴上的臂鎧。它們直接吸走他的體溫，讓他結凍，肌肉癱瘓。他呼氣，氣體都凝結成霧。他怒目瞪向亮眼睛——對方拿著個有按鈕的裝置。

「混、混蛋。」浪人牙關格格作響地說完，隨即仆倒在泥地上，昏了過去。

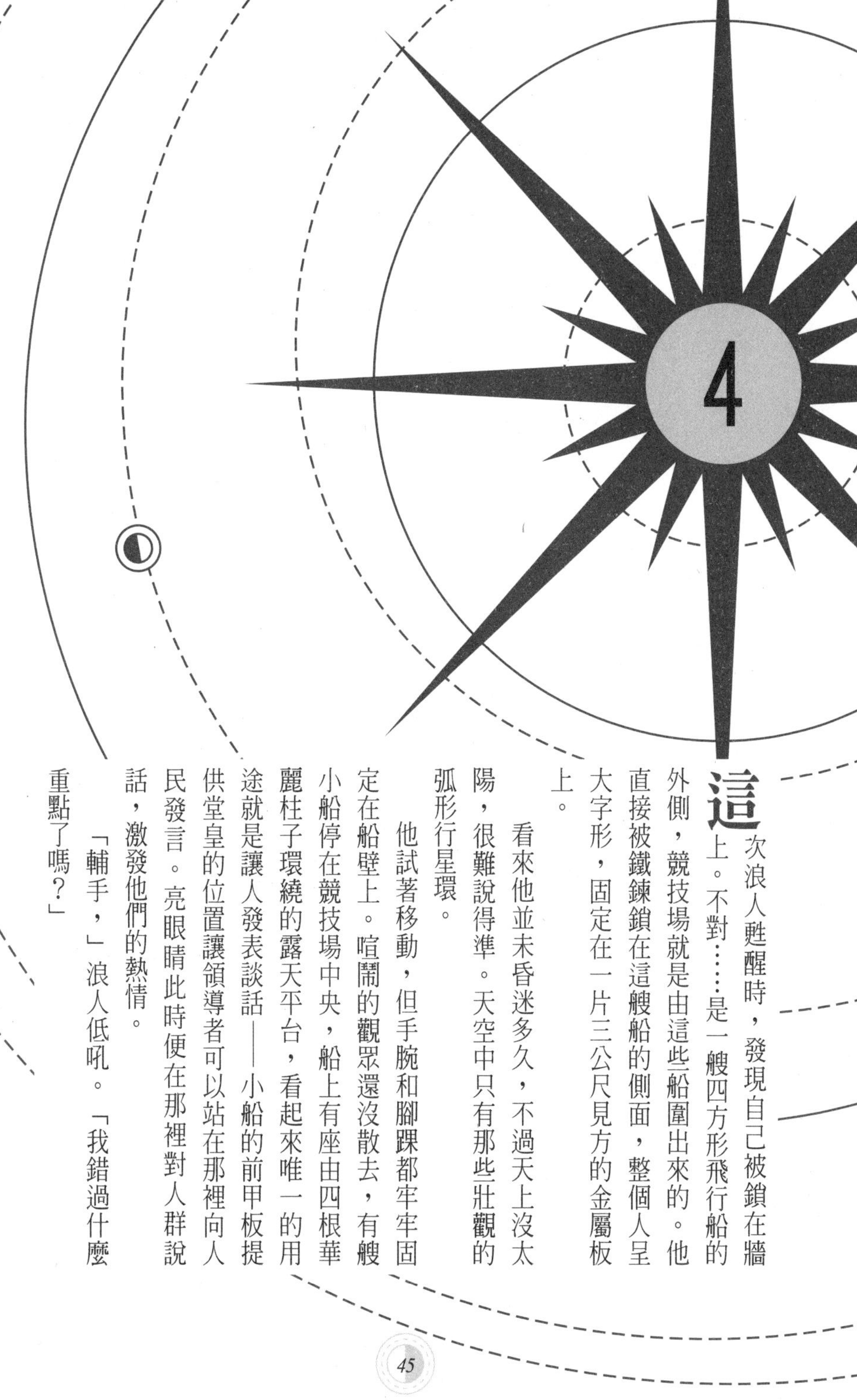

這次浪人甦醒時，發現自己被鎖在牆上。不對……是一艘四方形飛行船的外側，競技場就是由這些船圍出來的。他直接被鐵鍊鎖在這艘船的側面，整個人呈大字形，固定在一片三公尺見方的金屬板上。

看來他並未昏迷多久，不過天上沒太陽，很難說得準。天空中只有那些壯觀的弧形行星環。

他試著移動，但手腕和腳踝都牢牢固定在船壁上。喧鬧的觀眾還沒散去，有艘小船停在競技場中央，船上有座由四根華麗柱子環繞的露天平台，看起來唯一的用途就是讓人發表談話——小船的前甲板提供堂皇的位置讓領導者可以站在那裡向人民發言。亮眼睛此時便在那裡對人群說話，激發他們的熱情。

「輔手，」浪人低吼。「我錯過什麼重點了嗎？」

他們挪走那些礙事的箱子，輔手回答。然後把你綁在這。我努力聽懂他們的語言，但頂多只理解隻字片語。這一切有一部分與你有關。還有……一個「範例」？

「眞是好極了。」浪人拚命想掙脫鐵鍊。

我不認爲他們明白或看到你對我做了什麼，輔手繼續說。我指的是變成槓鈴的部分，視角對他們不利。所以他們把你從泥巴中拉起來時，我已變回撬棒。他們拿起我察看了一番，覺得沒什麼重要的，就把我丟到一旁。我還在泥地上，就在你左側。

嗯，這是好事。浪人可以隨時召喚它：先讓它消失，再出現在他手裡。他的手腕箍得很緊，但輔手能變成各種特殊形狀，或許有某個造型適合讓浪人重獲自由。他目前未面臨急迫的危險，沒必要曝露能力，所以浪人先考慮別的方法。也許他將拇指拗到骨折後，就能把手抽出手銬，再修復骨折。不幸的是，骨折的修復速度要比瘀青慢得多。

他左側的動靜吸引他的目光。他盡可能轉頭，注意到那裡有個會轉動的黑盒子，上頭還有閃爍的燈光。監視器嗎？它對準他停留了一會兒，又轉向平台。

亮眼睛朝浪人比畫時，嗓音提高了，語氣也更強硬。沉淪地獄的。就算能掙脫，他仍戴著會讓自己結凍的臂鎧，而且還被他不能動手反抗的敵人團團包圍，又有監視器盯著一舉一動。在這種情況下，即便讓一手重獲自由，又有什麼用？

這次你可能眞的麻煩大了，輔手說。

「你這麼覺得嗎？」

我這麼覺得嗎？我不確定耶。看你的標準怎麼訂吧。

「你知道嗎，你活著的時候討喜多了。」

這該怪誰呢？

浪人張牙舞爪地對抗鐵鍊，但他的注意力終於暫時被別的事吸引，不再一直放在自己的困境上。因爲此時幾名官員將兩、三個衣衫襤褸的囚犯帶到了有平台的那艘船，亮眼睛輪流掐住他們的喉嚨，而他們馬上變得委靡，膚色也轉爲灰白。他將他們拋向一旁時，他們看來已是死屍，而他胸口的餘火變得更亮。

群眾歡呼，這時另一名囚犯又被拖上來，歡呼聲更加響亮。這個囚犯受到兩名穿白外套的警衛戒護，其中一人手持長矛，另一人拿著步槍。亮眼睛沒掐這個囚犯的喉嚨，只是高舉雙手，慫恿人群喧譁。

浪人忍不住盯著那把步槍瞧。這是他在此地見到的第一件現代武器。它們很稀少嗎？他審視剛出現的犯人，發現是先前靈活躲避的那個女人，後來動用了兩個餘火人才被逮。

「那個女人……」浪人說。「是先前競技場上比較優秀的一個戰士——至少算是比較優秀的躲避者。或許因爲她表現不錯，他們打算犒賞她？」

亮眼睛朝女人比了個手勢，人群歡聲雷動。他重重一拍她的肩膀，幾乎帶點祝賀的意味。但那個女囚馬上更激烈地掙扎，令浪人有種不祥的預感。

這不干我的事，他心想。

亮眼睛朝旁邊招招手，警衛之一將長矛遞給他。他拿掉長矛護套，矛尖有一點發光的餘火——亮到在浪人視線中留下殘影。

囚犯尖叫。

亮眼睛將長矛用力捅進女人的胸口。

浪人所在的位置正好可以清楚看見接下來的發展。亮眼睛拔出長矛，將餘火留在囚犯體內。警衛慌亂地跑開，亮眼睛泰然自若地待在原地。痛苦不堪的囚犯跪落在地，灼人的高溫在她體內燒開，令她的慘叫愈來愈淒厲。火花與一道道焰流有如從被攪動的篝火中噴濺而出，小粒的火星燙傷她手臂和臉上的皮膚——即便她胸口那簇主要的火焰消退後，火星劃出的傷痕仍持續發光。

女人最後終於側身癱倒，眼睛卻未閉上。她睜著無神的雙眼躺在那裡，胸口靜默的火焰照亮平台的地板。

嗯，輔手說。現在我們大概知道那些餘火人是怎麼來的了。

「沒錯。」浪人覺得反胃。「我猜他們挑選身手最矯健的囚犯來改造升級吧，畢竟他剛才吸收能量的對象是比較弱的囚犯。」

這假設或許有些過度延伸，不過很合邏輯。

浪人深吸一口氣。「我們也許可以利用這個機會。你覺得我們能吸收那種長矛上的能量嗎？獲得足夠逃離這個星球的ＢＥＵ？」

不，我敢說它的威力不夠用來跳躍，輔手說。沒有更多資訊很難判斷。我猜那種長矛大概含有兩千ＢＥＵ吧——頂多只有百分之十到二十的跳躍值，讓你跟這星球建立聯繫倒是綽綽有餘，你就能聽懂別人在說什麼了，用剩的還可提供療癒或是強化我的功能。

警衛轉身將剛造好的餘火女拖走時，亮眼睛大步走回平台上，有人拿著另外兩支長矛上前。亮眼睛接過一支，迅速抽掉護套，露出第二個發光的矛尖——如同燒到熾熱的金屬，但似乎永遠不會冷卻。群眾的叫嚷和歡呼聲比之前更加沸騰。

「我敢打賭，」浪人說。「他打算把其中一支用在我身上。他本來希望弄死我，但他的手下失敗了，所以現在他要出別的賤招。」

原來如此，英雄恍然大悟地說。對喔，這很合理。他怎麼都不擔心等你獲得力量後，會反咬他一口呢？

「我猜他依賴那些凍結臂鎧來控制其他人，而他不久前已經確認過那玩意兒對我也有效。」

感覺挺不保險的。

「那可不。」浪人說。

就眼前的狀況而言，劇本是不會照著亮眼睛的預期走的。如果他用矛尖碰浪人，浪人就能吸收它的能量了。這是他的「磨難」少數有用的部分之一。浪人獲得一種不尋常的能力，可以透過新陳代謝吸收幾乎任何一種授予，不過有時需要輔手幫忙。

好吧，但為什麼有兩支矛？

「他們應該會把我放在最後一個，」浪人說。「當作壓軸好戲。我猜現在還有一個可憐的囚犯要被……」

他的話沒說完，他們已經將第二個人拖上平台：是先前幫助浪人的那個缺牙男人。浪人一見到這倒楣的傢伙，就明白一切都有道理。他原本就懷疑他們是選戰力最強的人轉化成餘火人，這男人或許稍胖了點，但他有辦法避免被抓到——甚至還有餘力幫助被視為頭號目標的浪人。

然而這男人的膽識為他博得恐怖的獎賞。亮眼睛舉起第二支長矛，群眾高聲歡呼。可憐的囚犯在警衛手中奮力掙扎，發出悲慘的尖叫聲。

不干我的事，浪人閉上眼睛對自己說。

但他仍聽得到。不知怎的，由於遮去了光線，身處於他自己製造的黑暗空間裡，他產生了某種感覺。屬於他以前那個身分的感覺。

曾說過的箴言。在榮耀無比的燦軍時光。

沉淪地獄啊，男人驚恐的叫聲撼動他心靈時，他心想。

浪人硬是睜開眼皮，然後把右手扯出手銬，他那異於常人的力量瞬間讓拇指粉碎性骨折，撕裂手掌兩側的皮。他將血淋淋的手舉到頭頂，往旁邊一揮，從泥地召回輔手。

浪人只用四根指頭將握柄抵在掌心，手用力向前一抖，將輔手旋轉拋出，華麗炫目地飛過半空。阿輔撞進講台上的一根柱子，就在亮眼睛的頭旁邊——已變成一把一百八十公分長、亮閃閃的寶劍，這是輔手真正的形態。它深深砍進那根柱子，懸在那裡微微顫動。

人群倏地安靜了。

唷，輔手在他腦中說。*我以為你已經不能這麼做了。*

他剛才刻意不瞄準亮眼睛。浪人如果沒對任何人構成威脅，就能避免觸發「磨難」。儘管如此，他還是有好一陣子沒見過碎刃的原貌，沒能取用它的全部威力。如他所期望的，亮眼睛被這酷炫的外型震懾住了。他困惑地呆望著寶劍，完全忘了他的囚犯。缺牙的男人在警衛的箝制下往後瑟縮，尚未被矛尖碰到。

浪人重新召喚輔手，想要它再度形成碎刃，但失敗了。「磨難」鬆懈了一回，現在它已全神戒備。不准有武器。浪人將變成長杆的輔手舉高。他的拇指痛得要命，但長杆下方的一個支架固定住拇指，讓他能用未骨折的另外四根手指握住杆子。接下來他把杆子變成扳手，又變成撬棒。

亮眼睛著迷地盯著這東西，瞪大的眼睛裡明顯帶著渴求。他握著長矛踉蹌走下平台，筆直朝著浪人而來。

「很好。」浪人悄聲說，直視那對發光的眼睛，挑釁似地要他靠近。「很好。你想要這個。來啊，試試把我變成你的奴隸，那你就能命令我把它交給你了，對吧？」

男人走近，停住，將長矛舉在面前表示威嚇。

「我在吸收授予的時候不想被刺，」浪人對輔手說。「你要處理這問題嗎？」

好，輔手說。他刺你的時候，你就把我變成插座擋在胸口，不然一般的盾牌也行啦，我會負責回收能源。

亮眼睛在浪人一公尺外遲疑著。

「快點啊！」浪人叫道。「刺我啊！」

男人將熾熱的矛尖湊近浪人的眼睛，質問他某個問題。

「我不會說你們的語言啦，白癡。」浪人說。「直接刺我就對了！」

男人朝浪人的手揮了一下，更加嚴肅地重複一遍剛才的話。

他要你示範給他看，你是怎麼召喚工具的，騎士解釋給他有時異常遲鈍的侍從聽。

結果浪人召喚的是一團美味的口水——還用仍然乾在他嘴唇上的泥塊調味，直接送進那混蛋眼睛裡。唾液彷彿落在電烤盤上嘶嘶作響，男人氣急敗壞地向後彈開，咆哮著用長矛指著浪人的胸口，令群眾歡聲雷動。

來吧，浪人心想。

就在此時，附近一艘飛行船轟然炸開。

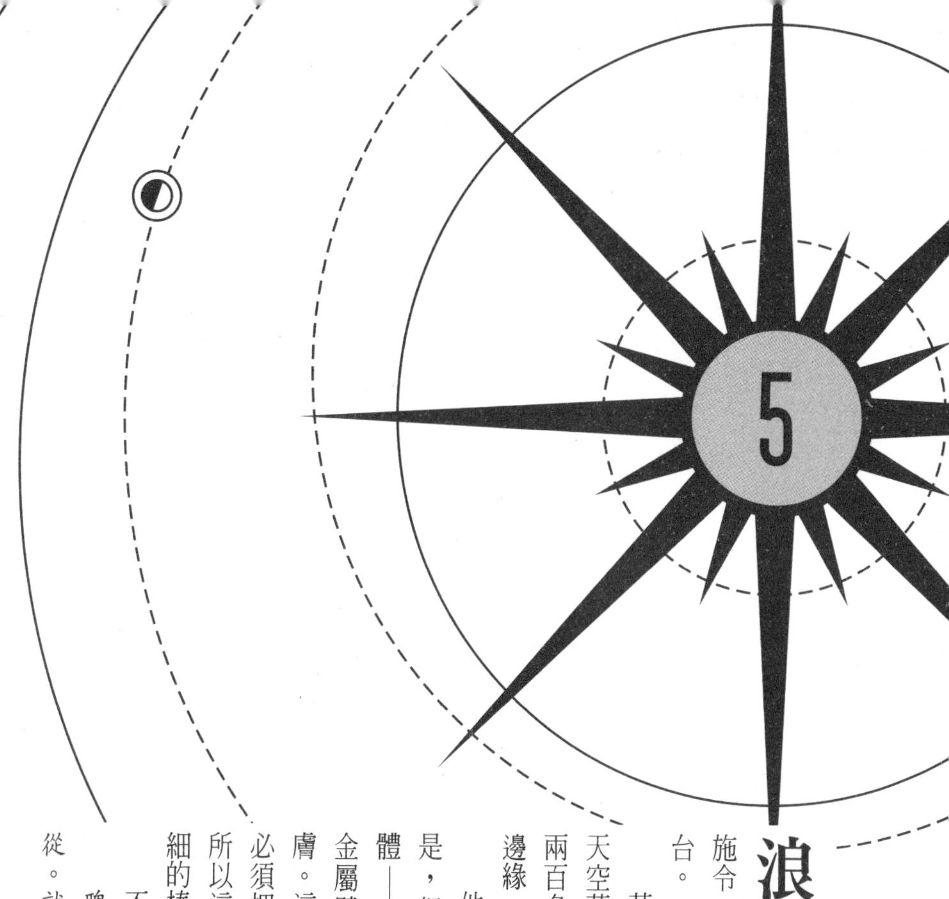

浪人氣惱地大叫一聲，因爲亮眼睛先是轉頭看向爆炸聲，然後一邊大聲發號施令，一邊面不改色、昂首闊步地走回平台。

某種顯然極高溫的攻擊火力如雨點從天空落下。亮眼睛又喊了另一句話，足足兩百名餘火人傾巢而出，跑到各艘飛行船邊緣。這時他們的餘火同時變暗了。

他們的臂鎧正在啓動。浪人的臂鎧也是，但他在慌亂中召喚輔手變成特殊形體——成爲插在他原有臂鎧底下的兩個薄金屬臂鎧，隔離它們不直接接觸他的皮膚。這東西的構造很怪，因爲大原則是他必須把輔手做成各零件都相連的物體——所以這對「臂鎧下的臂鎧」中間還有根細細的棒子。

不過它奏效了，這次他沒結凍。

*聰明，*騎士眞心佩服地讚美他的侍從。*就算以你來說，這設計都夠詭異了。*

他幾乎能用輔手做出任何東西，只要那東西所需要的金屬量不超過極限。再來就是他要了解那東西的基本構造。譬如，他曾想做時鐘卻失敗了，後來仔細研究過時鐘的圖解才成功。

他內心殘留的學者悄聲表示他使用這股力量的方式太陽春——如果他善加練習，能成就更偉大的功業。只是他的人生中除了逃亡之外，實在沒什麼時間再做別的事，如影隨形的壓力，有時讓他的想像力只能局限在最顯而易見的解決方案上。

無論如何，他的臂鎧嗡嗡作響，彷彿因爲碰不到他的皮膚、無法發揮作用，而感到很不爽似的。餘火人大軍並不具備這樣的防護，於是紛紛像午睡時間的幼兒一樣軟倒，原地躺平在泥地裡。

亮眼睛霍地轉身，顯然被這意外發展驚呆了。不論他們出了什麼狀況，似乎都是敵方幹的好事。換作別的時候，男人此刻的表情可說非常滑稽逗趣，但浪人沒空慢慢欣賞，因爲他鍊在其上的這艘船正從競技場地面緩緩升空。它在離地大約一百五十公分高時，遭到上方的砲火擊中。猛烈的爆炸撕裂它，令浪人所在之處與正在瓦解的其餘船體分離，飛射而出。

往好處想，浪人是往地面飛。

往壞處想，有一塊冒著煙和火花的船體碎片跟他一起墜落。他落地時，那塊船體直接壓在他身上。他的身體對這粗暴的待遇表達抗議，全身的空氣都被擠壓而出。無論他是否擁有授予，若非掉在柔軟的泥坑上，他早就被壓成肉餅了。

結果他卡在泥濘的黑暗中，被巨大的重量按住，拇指依舊骨折，正在緩慢修復，而一場火拚仍在他頭頂熱戰方酣。

噢，搞什麼啦！他基本上可以憋氣到天長地久，因爲他高度授予的靈魂更新他體內細胞之快，能媲美這裡的太陽讓植物生長的速度。但是他偷到武器的機會每分每秒都在下滑。

浪人，英雄對他懶得要命的貼身男僕說。現在不是休息的時候。

浪人吹著泥巴水咕嘟咕嘟地回應了一句不悅的話。

對，我是在開玩笑，輔手說。證明我死後不是徹底鬱鬱寡歡。不過說正經的，你應該想辦法脫身才對。日出遲早會來到，先前我已嚐到它的威力了，如果你在這裡被它照射，你會蒸發。目前我沒有力量爲你遮擋那樣的威力，我們也沒辦法吸收那麼強烈的能量。

一波爆炸搖撼地面，讓浪人被卡住的位置都在震動。他的左手仍銬在壓住他的那一大塊金屬板上，或許他能拉出左手，但大概要弄斷拇指或手腕的骨頭，感覺是個餿主意。他的右手雖然已在修復中，仍派不上任何用場。

幸好他還能感覺空氣拂在雙腿上，甚至可以挪動雙腿。他的腳踝很痠痛，他猜剛才爆炸時已扯脫腳踝上的鐐銬，而現在壓住他的殘骸只蓋到他上半身。

好吧。他先試著將輔手想像成一把刀——但沒成功，即使浪人堅持他要做的是工具而非武器。他需要別的東西。他回想自己身爲胸懷大志學者的日子（感覺已恍如隔世），再想像出一個舉起重物用的千斤頂。

浪人需要輔手變成的物體愈複雜，所花的時間就愈久——除非他變成那樣東西的經驗已經很豐富。變成千斤頂費了些時間，而且第一次還有問題，浪人必須重新設計。但最後他讓輔手出現在他右手旁邊，而且造型是正確的，千斤頂的支撐墊剛好卡在金屬殘骸的邊緣下方。

浪人沒什麼活動空間，不過還能將右手挪到特別設計的曲柄上，轉動它幾圈。這樣就足以將殘骸抬起明顯可見的高度。

又一項聰明的應變措施，輔手說。眞高興看到你寶刀未老啊。

他慢慢將倒塌壁面轉爲某種立在他上方的單側斜屋頂，空氣隨之流入，他終於有足夠空間屈起雙膝，變成趴跪姿勢。

然後，他使出九牛二虎之力（還差點被滑溜的泥巴擺了一道），用雙腿一撐，將自己翻了個身。此舉使得金屬板壓進泥巴，而他仰躺在上方，一手仍被銬住。

入目所見四處都是嗡嗡亂飛的飛行船。攻擊火力並不如他想像中強大——這些飛行船並沒有固定在機體上的武器。爆炸源自他們投擲的炸彈，他先前看到的槍火則全數來自甲板上手持步槍的人員。這些船也飛不高；他看見飛得最高的船，高度約在十五到十八公尺。它們不是正規戰機，偏向於多了三分幹勁的懸浮機。

整座競技場內都可見開始萌芽的植物。只是些雜草，但僅憑行星環反射的光線就讓這荒蕪的泥坑迅速變成草原，仍然令人嘖嘖稱奇。

「來自行星環的光裡頭有授予，」浪人說。「我們能吸收它嗎？」

看來吸收速度很慢，輔手回答。量不多。大概每小時十到二十ＢＥＵ吧？

沉淪地獄的。嗯，先前圍出競技場的飛船大多都已升空，亮眼睛不知所蹤——不過他以餘火爲心臟的手下有很多都倒在原地，這是浪人逃走的絕佳機會，或許還能偷一艘船。

他試著將輔手變成一把鋼絲剪，但是對「磨難」而言，此刻就連這個東西都太像武器。它為何讓他做出一次碎刃，現在卻連鋼絲剪都禁止？他改選撬棒，用槓桿力量努力讓它助他脫離金屬板，但他因拇指骨折一直抓不到正確角度。

浪人正在泥巴裡滑動掙扎時，有艘四人座的小型懸浮機車轟隆隆俯衝而下，噴射火焰把一堆植物燒焦。一男一女從上頭跳出來。男人手持步槍，兩人都沒穿浪人先前遇到的警衛所穿的白色制服外套。看來他們是侵略方——攻擊亮眼睛一夥人的那一方。他可以大膽假設敵人的敵人就是朋友嗎？

「嘿！」他們衝過他身邊時，他叫道：「嘿！」

女人瞥他一眼，不過男人不理他，只是在地上找著什麼東西。有艘飛行船隆隆飛過，狹窄的甲板上擠滿身穿骯髒衣物的人。它迅速飛向遠方。

這是一項救援任務，浪人醒悟。他們是先前那些俘虜。

「嘿！」他叫得更大聲，舉起撬棒朝他們揮舞。「幫幫我！」

那兩人轉身背對他，浪人完全想不透這些雜草間會有什麼他們想找的東西。這時，不遠處有個人坐起身——是一個餘火男。他看起來無精打采的，但是……

「不論你們對他們做了什麼，都已經快要失效了！」浪人大叫。

救援者繼續在不斷長高的草叢間焦急搜尋，直到男人高聲呼喚女人，女人跑去找他，兩人合力從草叢裡撐扶起一個渾身泥濘的人。

是先前在競技場大亂鬥中追殺浪人的那個餘火女，她很好認，因為髮間摻著銀絲，一邊臉頰還有一條發光的印記。另外兩人將她拖向他們的飛行器時，她看起來昏昏沉沉、搞不清狀況。他們直接經過浪人沒理他。

「颺你的！」浪人扯著手銬掙扎。「好歹看我一眼啊！」

他們沒看他，只是將他們的俘虜放上懸浮機車，用手銬將她鎖在兩個後座之一。看來他們並不信任這個餘火女，也許俘擄她是爲了要求某種贖金或交換人質？

好吧。浪人得把另一手也弄骨折來脫困了。幸好他先前骨折的手已大致痊癒。他試著將銬住的手硬拽出來，在痛苦中聽到骨頭斷掉的聲音。但是那隻手沒辦法抽出。沉淪地獄！這一邊的手銬比另一邊緊，即使弄斷拇指，手仍抽不出來。

浪人，你的授予已經低到危險的程度了，輔手說。如果你還需要大量修復，你的庫存會開始掉到百分之五以下。你會變得虛弱，耐力和體力也無法再受到強化。

沉淪地獄啊。他又朝那兩人揮手，但男人突然慘叫，因爲一束熱能擊中他肩膀。他踉蹌後退，下一發子彈直接讓他整個頭都氣化了。

屍體倒在雜草間，女人發出撕心裂肺的大叫，完全沒想到要躲到她的懸浮機車後頭。上方有艘飛行船朝地面靠近——正是後側有座平台、側面有四根柱子的那一艘。

亮眼睛的臉被他體內的火點亮，他手持步槍站在飛行船邊緣，瞄準目標。他朝女人開槍，將她那艘長形的四人座懸浮機車轟掉一小塊。

女人縮在懸浮機車的陰影裡，面朝浪人。她設法拿到陣亡同伴的步槍，但站起來開槍時，亮眼睛神準的一槍差點射爆她的頭。而她只是亂射了幾槍，離目標十萬八千里遠。她又試了一次，比剛才差更多。

「妳需要我幫忙。」浪人邊說邊朝撬棒比畫。「快點。」

她回頭瞥他一眼。

「快點啦，」他手上的傷讓他痛到淚汪汪。「快點！」

她講了句難以理解的話，又察覺他聽不懂，於是舉起步槍。

「嗯，我會用槍，」他點頭如搗蒜。「我的槍法應該比妳好多了。」

吹牛不打草稿，輔手說。

「我沒吹牛啊，」他說。「我槍法本來就很好。」

你一摸到槍，身體就會被鎖死。

「反正她又不知道。」他朝女人殷勤地猛點頭。

這段時間裡，在這不明就裡的女人後方，亮眼睛被迫轉身應付其他敵船——它們以他的船爲目標在投炸彈。女救援者趁他分心時，終於快速來到浪人面前，接過撬棒。她用全身力量壓上去，拚命使勁，努力弄開將手銬固定在板子上的鍊環。這動作扯到浪人骨折的拇指，他忍不住大叫。

不幸的是，這手銬的用料非常紮實。她還沒能救下他，亮眼睛的注意力已回到他們身上。

「快跑！」浪人指著亮眼睛說。

女人懂了他的意思，趕緊逃開。浪人扭身，收回輔手，又立刻再召喚他，這次變成套在他手臂上的盾牌。盾牌擋下了亮眼睛的子彈連發攻擊。浪人蹲在地上，用盾牌擋在身前，一手仍被固定在身體下，與金屬板相連。

女人縮在她的懸浮機車旁邊，坐在機車上的餘火女則在呻吟。她快要醒了。

「槍。」浪人又是指又是招手。

隨著另一波彈雨兜頭淋下，女人帶著不信任的眼神，有些遲疑地把槍拋給他。他不敢冒險收起盾牌，但他可以改變它的形狀——讓它的底部冒出長尖刺，他就能把盾牌用力插在土裡，不必一直舉著它。他縮在盾牌後頭，單手很彆扭地將步槍轉了個方向，對準鎖頭。

你會轟掉自己的手，輔手警告。

「安啦，」浪人說。「我有兩隻手。」

他開槍。它如他所期望的打爆了鎖頭，他能將受傷的手拉出來。他抓起盾牌，挪到女人的飛行器附近，和她並肩窩在一起。

現在修復你另一隻拇指了。差不多就只能這樣，除非你想掉到百分之五以下。

「知道了啦，好極了。」他審視著懸浮機車。「偷走這東西有多難？你有看到他們怎麼發動引擎的嗎？」

你眞卑劣，阿輔說。*這女人救了你耶，結果你要偷她的船？*

「她只是迫於情勢才救我。我要怎麼發動引擎？」

我沒看到。

沉淪地獄的。嗯，他得擺脫亮眼睛才行。浪人將步槍架在綁著餘火女的隔壁座位上，她怒瞪他並嘶吼，而他不停催眠自己不打算朝任何特定人士開槍，只會算是不小心射中。這招奏效了，不過只能瞄準很遠的地方開槍。他朝空氣猛射，足以暫時嚇阻亮眼睛不要輕舉妄動。救了浪人的女人瞪著他，揮舞雙手大喊大叫。

我想她對你的爛槍法很不滿。

「女士，」浪人說。「我今天眞的衰到家了。如果非要飆罵我，妳可以起碼輕聲細語嗎？」

她搶走他手裡的槍，自己射擊，阻止亮眼睛越雷池一步。然後她朝懸浮機車比了個手勢，又說了些話。

*她應該是提議要載你，*輔手說。*只要她在飛行時，你用盾牌掩護她後方。*

可以接受。他甩了甩受傷的手，急著要它快點復原。此時他突然頓住，掃視滿是迅速生長高草叢的平原。先前平台就在那裡，不是嗎？他剛才好像在附近草叢裡看到東西。是屍體嗎？

沉淪地獄的。浪人邊罵自己蠢，邊舉起輔手當掩護，不理會那女人詫異的驚呼，便朝那個方向狂衝。他接近先前競技場中央的位置，發現缺牙男就躺在泥地上。他幾乎被泥巴掩埋，一腿扭向奇怪角度，臉上流著血，可能被人踢了一腳——不消說，是格鬥開始時將他丟下船的一個士兵踢的。

可憐的男人抬頭，看到浪人。即使炸彈四落，一排發光的自動步槍子彈攪起附近的泥土和焦草，男人眼中仍燃起某種光芒。希望之光。

浪人揪住男人一條手臂用力一撐，將他從泥濘的土裡拔出來，再扛到自己肩上。浪人無法用受傷的手舉著輔手，便收掉盾牌衝過戰場，早已遺忘的誓言沉甸甸地壓在他肩頭。他幸運地躲過子彈，跑到懸浮機車旁，將男人丟到座位上。左後方的座位，在餘火女旁邊。希望她的手銬夠牢靠。

男人含著眼淚悄聲說了幾個字。浪人不必懂他的語言也能感覺到他的感激。

眞不像你耶，浪人再度召喚出盾牌形體的輔手時，他說道。

「他跟我一個老朋友有點像，就只是這樣罷了。」浪人望向仍躲在懸浮機車旁的女人，她朝他的盾牌比了個手勢。

她對他粗聲吼了句話，然後豎起三根手指，用來倒數。數到零時，他跳到懸浮機車上，跪在座位之間的骨架中央。女人坐進左前方的駕駛座。浪人讓盾牌變大到能遮住他們兩人，他保護不了缺牙男，但希望敵方的注意力會擺在駕駛身上。

女人發動引擎時，浪人仔細觀察。這些機車與兼作建築的大型船艦不同，純粹只用來當交通工具。她拉了根操縱桿、按下按鈕，然後停頓，望向她同伴的無頭屍身。

「起飛吧！」浪人催促她，此時彈雨已襲上他的盾牌。另一艘敵艦注意到他們，轉向要來對付他們。雪上加霜的是，其他餘火人都在草原上爬起身，有如受到識喚（Awaken）的屍體。其中幾人轉向他們——尤其是當那個被綁在右後座、現在已完全清醒的傢伙，開始大吵大鬧之後。

女人總算起飛，讓他們低飛在草叢上緣，跟在她那個團體的其他人後頭，他們正帶著獲救的俘虜一同逃離。一時間，浪人以爲他們已逃脫成功了。他看見亮眼睛挺立在他的平台船上，隔著一段距離觀看。

但那男人不需要親自追敵，因爲才不過三兩下工夫就有好幾艘船降落，將胸口有餘火的人都接上船。執行突襲戰的友軍飛行船大多遠遠超前，幾乎看不見了。浪人這架飛行器已是落單的孤鳥。

所以載滿餘火人的船艦以他爲目標，也是理所當然的結果。

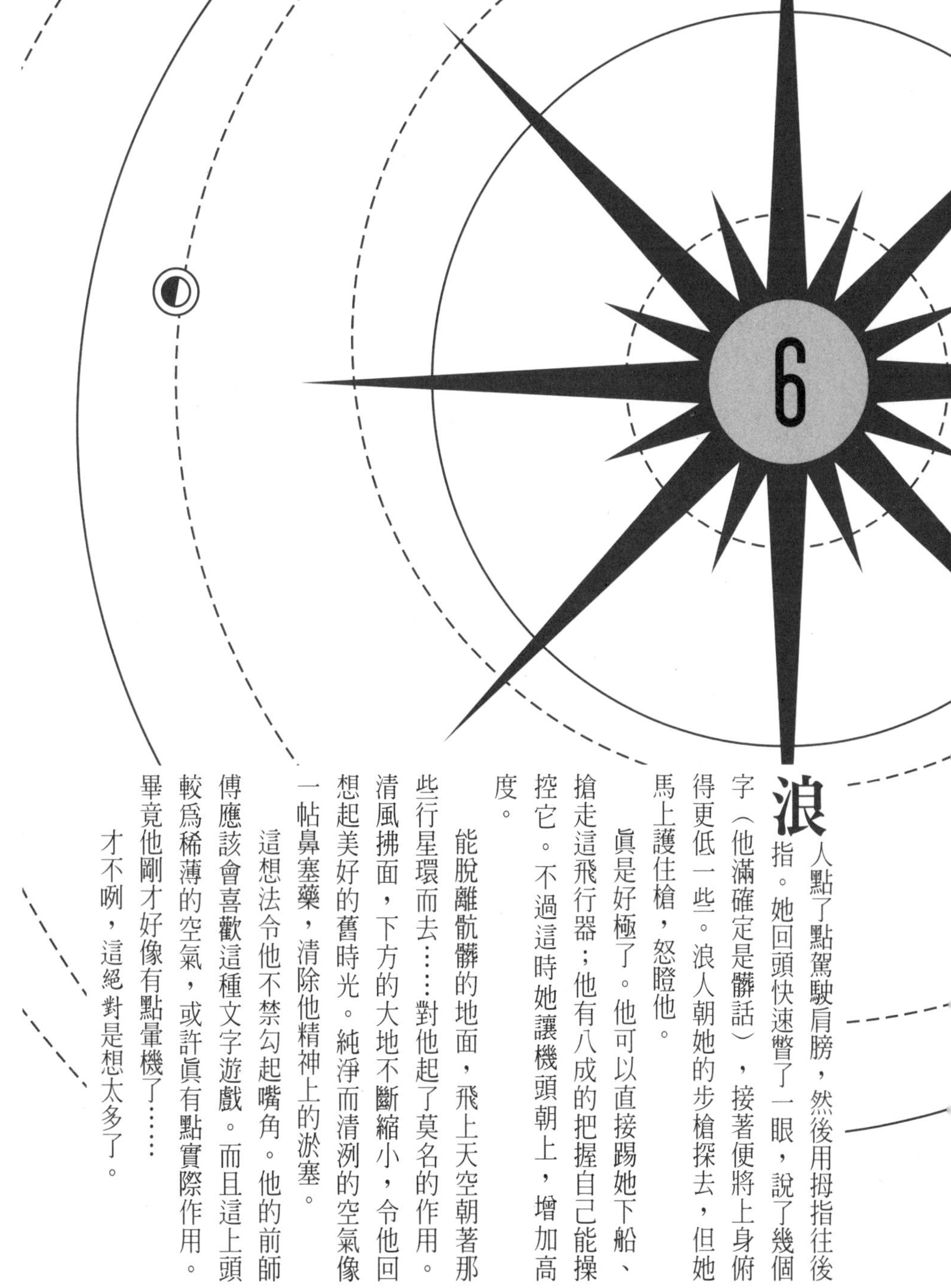

浪人點了點駕駛肩膀，然後用拇指往後指。她回頭快速瞥了一眼，說了幾個字（他滿確定是髒話），接著便將上身俯得更低一些。浪人朝她的步槍探去，但她馬上護住槍，怒瞪他。

眞是好極了。他可以直接踢她下船、搶走這飛行器；他有八成的把握自己能操控它。不過這時她讓機頭朝上，增加高度。

能脫離骯髒的地面，飛上天空朝著那些行星環而去……對他起了莫名的作用。清風拂面，下方的大地不斷縮小，令他回想起美好的舊時光。純淨而清冽的空氣像一帖鼻塞藥，清除他精神上的淤塞。

這想法令他不禁勾起嘴角。他的前師傅應該會喜歡這種文字遊戲。而且這上頭較爲稀薄的空氣，或許眞有點實際作用。畢竟他剛才好像有點暈機了……

才不咧，這絕對是想太多了。

不過他仍安分地維持盾牌，沒試圖劫走這輛機車。他將注意力轉向後方的敵軍。他們擠上兩艘流線型的戰鬥駁船，船身長而平坦，前側有大型甲板，駕駛室在後側，就像會飛的快艇，只不過駕駛室比較靠後方，讓船頭有更大的甲板空間。餘火人便站在那些甲板上，手握護欄。他們的餘火被風煽動而變得更亮，有如一顆顆頭燈。他們的姿態流露出堅決與渴切。

而且他們正在拉近距離。這些救援者怎麼會自認能靠較差勁的船成功執行突襲的？有個穿白外套的狙擊手從一艘戰艦的駕駛室側門走到甲板上，開始瞄準。浪人舉起化身盾牌的輔手，注意到這個狙擊手並不是餘火人。餘火人似乎只配備適合近身鬥毆的武器。

狙擊手開槍了，瞄準的不是浪人或駕駛，而是座位之間的中央機體。他先前就注意到自己正搭乘的這種機車，構造還挺怪的。主要是一根很長的中央骨架，兩側有四個開放式座位——都是設計成讓人跨坐，前方各有握把和獨立的擋風罩。

簡直就像……四輛較小的機車附在一個大型骨架上。其中三個座位已有人，雖然右前方的座位可以給浪人坐，他卻巴在機器中央——一手緊握臨時做出來的握把，另一手舉著盾牌保護駕駛背後。

狙擊手的子彈打中機體骨架另一端，離浪人大約一公尺遠。駕駛咒罵一聲，回頭望向身後。他把盾牌變為透明方便她察看——因爲狙擊手又朝同一位置開槍，轟掉一塊機體。底下的一些機械構造因而裸露出來，它們正散發明亮光芒。

浪人感覺駕駛十分慌亂，所以沿著骨架挪動，擋掉下一發子彈——它擊中盾牌後炸成火花。他讓自己待在狙擊手瞄準位置的正後方，單手攀著金屬外殼光滑側面來防止墜落。

這使他能清楚看見敵軍瞄準的是什麼：骨架上有個小艙門。艙門被打掉之後，可以看到下面隔間裝著一塊散發強光的寶石……還是玻璃？它和手榴彈差不多大，發散的橘紅色光芒與引擎還有步槍射出的子彈如出一轍。

「能源嗎？」浪人猜測，擋下另一發子彈。

幾乎肯定就是，騎士幾乎肯定地說。

「你覺得『它』的力量足夠讓我們離開這星球嗎？」

我很懷疑。

「它的力量足以讓這些船艦飛行，這可是要大量耗能的。」

對，你的論點很有力，不過不同星球有不同科技，有的將能量轉換為授予的效率就是比較高。而你本身的吸收與利用效率又比很多星球差。依照我的評估，你需要二十到三十個那種東西才能達到跳躍值，不過等你實際吸收過之後，我們才會更清楚。我建議你等我們降落後再做這件事，除非你寧可讓降落過程比正常情況更倉促。

「知道了。」

他前方的駕駛在矮矮的擋風罩後頭又伏得更低一些，油門向前推到底。浪人救起的缺牙男瞪大眼睛緊趴在座位，髮絲在風中飄揚。

浪人望向前方，希望看見避難堡壘，或是一列趕來救他們的援軍。結果他只看到濃濃的漆黑。上方的行星環看似已在天空移動位置，但其實沒有；是浪人這艘船飛得太快，使他視角中的行星環角度出現劇烈變化。他們不但快過星球自轉的速度，甚至改變了他們與星體的相對方位。

他颺的，他們飛得沒有那麼快吧！如果飛一下子就能迅速繞行這個星球，那它到底有多小？他應該能從地平線看出端倪才對，要不是一直疲於奔命，肯定會發現的。但引力相對正常，表示它的核心密度很高，或許高於標準值——

停，他在心裡對自己說。會計算這種事的人……已經不是現在的你了。

無論如何，他們正迅速接近前方的黑暗。那地方被壓迫感很重的雲層籠罩，連行星環反射的日光都照不進去。

狙擊手退回駕駛室裡了，但敵艦離他們愈來愈近；浪人聽得到餘火人都在發出戰呼和叫喊。他們擠在平台前端，準備在船艦離浪人的機車夠近時，馬上跳過來。

那麼，騎士問道。你要怎麼在不打鬥的情況下撐過「這一局」？

「我期望『磨難』會稍微放鬆一點，」他說。「就當可憐可憐我？」

祝你實現心願囉，騎士用極致悲傷且懷疑的口吻回答。

浪人很懷念他的嗓音仍有語調變化的時光。在他們初識時，阿輔確實不太願意表現真實的自我，不過共處幾十年後，他愈來愈敞開心胸。直到……那一天。

浪人將注意力重新集中在眼前的任務上，把盾牌拿好。透明金屬讓他能盯著逐漸逼近的餘火人，此刻已有四人準備跳過來。就算他能打鬥，一打四也相當棘手——況且後頭第二艘船上還有另外四人在接近。

幸好他有一項優勢。目前爲止他觀察到的一切，都顯示這些生物不認爲有人會跟他們一樣強大。因此浪人深吸一口氣，站起身，沿著懸浮機車的機身快跑，然後跳出去。

好熟悉的感覺。

風吹在他破爛的衣物上。

上方是無垠的天空。

降落其下，仰望蒼穹，滿心嚮往。

如今的浪人與天空的關係有些疏遠，不過昔日他們曾有一段親密時光，他在它的地盤仍然熟門熟路。

他現在感覺……體力比較充沛了。先前他很吃力地跳上金屬箱，這次他飛躍而至。

餘火人看到他跳過那麼遠的距離都震驚不已。他飛過他們頭頂，撞擊他們後方駕駛室牆壁的力道，足以撼動整艘船。他沿牆滑下，來到了船的前甲板，咧嘴而笑，召喚輔手以寶劍形式出現……

對喔，不能有劍。

……召喚輔手以超大號扳手形式出現。他用扳手對準四名餘火人，然後朝他們衝去。他們往兩邊站，讓出空間給他，接著將他包圍。不過他沒揮擊扳手。當他們出手時，他迅速轉向其中一人，將輔手變成盾牌，擋住攻勢，順帶將那個餘火人向後推開，再轉身阻擋另一擊。

他欣然迎接每一下攻勢——擁有一面可塑的透明大盾牌絕對是不可否認的優勢，他得留意別太粗暴地推他們，以免啓動他的「磨難」。

浪人，騎士示警。注意另外那艘船。

他往旁邊瞄，發現第二艘船快追上懸浮機車了。他那缺了牙的朋友身體是歪的，雖然有安全帶固定，但疼痛讓他快要失去意識。餘火俘虜女竭力反抗身上的鐐銬，並朝她的盟友吼叫，但伏低身體的駕駛很專心地飛行。她無法開槍，因為必須讓飛行器不停蛇行和閃躲，避免被敵艦接近。

卻是徒勞。敵艦速度更快，也更靈活，不久後就會有四名敵軍沿著機身朝她爬去了。浪人擋下另一擊，然後轉身從兩名餘火人之間闖過，跳到第二艘敵艦上。

他再度在空中停留了片刻。太美妙了。

然後他抵達目標，勉強攀住甲板邊緣，身體撞向船體側面，吊掛在外頭。他將輔手變成梯子，勾到上方的護欄上，七手八腳地爬上去，眼前是另一群詫異的餘火人。他突然冒出來讓他們大吃一驚，駕駛一時失控，使得甲板朝友艦傾斜。那艘船上的四名餘火人現在眼裡只有浪人，他們趁這機會跳過短短的距離。也就是說，這下八名敵人全擠在一個甲板上，準備跟他打鬥。

正合他意。

在一對多的鬥毆中，場面愈混亂，對他愈有利。訓練有素的軍事小組可以輕易包圍和制伏他，但這群人是一盤散沙。他們發出怒吼，個別朝他撲來。對手迅捷勇猛，然而平素他們占盡優勢，卻讓他們養成錯誤心態，以為自己不需要團隊合作。浪人已經多次見證這一點。

他滾到甲板上，滑行一段距離後舉著盾牌起身，擋住能跟上他動作的砍刀和鎚矛。其他餘火人因為急於抓到他，互相撞在一起或被別人絆倒。他跳起身，將一個男人抓拋過去砸向另外幾人，接著縱身一躍，離長形甲板後側的駕駛室更近一點。

他從窗戶看見穿著白外套的駕駛正滿臉驚慌地望著他。她按了個鈕，立刻有一個防護罩從她的窗戶外滑了上來，將她封在裡頭。幸好他的目標不是駕駛，浪人看到甲板地上嵌了個艙門，跟懸浮機車上被射掉的那個構造很像。

他將輔手變成撬棒，用力捅進艙門鎖孔。艙門彈開，露出能源。

原來如此……騎士不太情願地表示佩服。

裡頭的電池所散發的光芒與製造餘火人時用的矛尖很像，但它的光輝沒那麼……凶狠。為了以防萬一，浪人將輔手變成套在手上的一只臂鎧，然後伸手將電池拔出來。餘火人想從背後突襲，不過失去動力的船直直墜落。浪人最後一次奮力跳躍，讓自己回到第一艘戰艦上。

他身後傳來餘火人墜機時的哀號聲。當浪人落在它的友艦上時，那艘倒楣的船也同時鏟進地面。

你拿著那個能源應該不會受到傷害，阿輔說。它跟那些矛尖不太一樣，比較穩定。

他點點頭，單手捧著發光的能源，收起臂鎧。與此同時，他從船側探出身往下看，發現那些餘火人正從泥巴中爬起身。這裡的地面似乎和先前的競技場一樣溼，或許天黑時會下雨，然後隨著星球將溼潤的大地轉朝太陽，行星環反射的光線（以及授予）便讓植物生長。最後日出來臨，焚毀一切。

這些人過的生活何其詭異，總是離全面毀滅只有倒數幾小時。難怪他們沒信心讓一艘不可分割的大船載運全部人。一堆小型引擎等於有更多冗餘可消耗，更別說若是群體本身出了什麼差錯，你能輕鬆自立門戶，帶著住宅獨自飛離。

他覺得自己很清楚地看到八個餘火人都從下方的殘骸中站起來了。沉淪地獄的，這些生物的命還眞硬。

他舉起盾牌，轉朝這艘船的駕駛室，駕駛身邊還有那個狙擊手，兩人都瞪大眼睛隔著玻璃盯著他。狙擊手朝他舉起步槍，慌亂中直接對他發射——以致擋風罩上熔出好幾個洞。

每一發子彈都被他的盾牌彈開了。然後如他所預料的，他們想要升起防護罩。因此他將輔手擲向窗戶，用他卡住機關，讓防護罩無法遮住已半熔的窗戶。

浪人衝向前，當然手無寸鐵——更糟的是，他完全無法傷害這兩人。但他們可不知道。他指了指他們的槍，又低頭怒瞪他們。他已發現這裡的人平均而言都比他家鄉的人要矮。在高大的雅烈席人（Alethi）面前，他經常覺得自己矮了一截，但在此地，換他成了巨人。

狙擊手被這徒手握著能源核的怪男人嚇唬住了，乖乖服從浪人的命令。她垂下步槍，接著又在他的比手畫腳下，越過滿目瘡痍的擋風罩將步槍丟出來。她退後一步，舉起雙手。駕駛一直待在操控台前，就在浪人拿起槍時，他將船身翻轉。

他們重新轉正時，狙擊手已昏倒在地。綁著安全帶的駕駛不受影響。浪人仍屹立在原位，輔手已變成一只有磁力的靴子，裹住他一隻腳。他心如擂鼓，剛才並沒有把握這一招能奏效。他露出鬆口氣的笑容，將能量核舉到臉前，吸氣。

他花了好幾個月才抓到竅門。他確信「吸氣」這部分純粹是心理上的行爲，不過他自然而然也想做出實際動作。能夠吸取授予是一種後遺症，來自他曾肩負的重擔，那件事也給了他「磨難」。

他需要位能型態的動力來源，而不是動能型態的。以他的狀況而言，這些科學用語的意思是，他極爲擅長從電池或其他穩定的來源汲取授予。然而，朝他發射的能量束或是（很遺憾地）那個太陽的能量，就沒辦法了，後者強度和動能都太高了。要從某人或另一個生物體內汲出授予，對他而言也是他飅的難，必須天時地利人和才行。

不過就眼前來說，他握有他所需要的：某種類型的電池。他輕而易舉地從這太陽碎片中吸收授予——這顆熔光球不知怎的，摸起來一點都不熱。他吸入授予的同時，整顆能源核因爲能量被吸乾而變暗，只剩空殼的它看起來像深色玻璃，或是他家鄉的某種寶石，不過這東西的表面有更多光滑的波紋和凸起，有如熔化的玻璃或爐渣。

輔手在他腦中發出滿足的嘆息。*這樣就行了，騎士對他卑賤的同伴說。*

「我們弄到多少？」浪人問。

讓我們躍升到超過百分之十。你還想要我幫你和這地方建立聯繫，讓你能懂他們的語言嗎？

「當然要，」浪人說。「我受夠只能聽到胡言亂語了。」

好喔，阿輔說。給我五分鐘搞定它。

浪人點點頭。他用步槍指著駕駛，裝作只是端正地站在原地蓄勢待發，掩飾自己雙臂都鎖死的窘境。駕駛見狀臉色變得更加蒼白。浪人的肌肉放鬆時，馬上垂下槍，朝旁邊比了個手勢。

駕駛順從地帶他飛近正在逃命的懸浮機車。浪人點點頭，指了一下駕駛，又用誇張的手勢比向後方，配上他能擺出最有恐嚇意味的表情。他努力清楚傳達意思：*最好別讓我看*

到你跟來。

浪人跳到懸浮機車上。敵機的駕駛應該懂了浪人的指令，因爲他馬上調轉機身，逃向遠方姍姍來遲的其他追兵。地景愈來愈暗，前方的雨幕遮蔽了更遠處的上空。他們朝那裡加速飛去，這雨幕讓浪人回想起家鄉的另一種風暴。他極度思念家鄉，卻再也不能回去，以免讓夜旅兵團找到愛過他的那些人。

缺牙男一臉敬畏地盯著他。那男人什麼時候甦醒的？駕駛懸浮機車的女人回頭瞥了一眼後頓住。當她發現一艘敵艦正落荒而逃，一艘不見蹤影，不禁瞪大了雙眼。他颶的，莫非她剛才都沒在看？難道她現在才注意到他幹的好事嗎？從她的表情判斷——確實如此。

他嘆氣。到現在，他已經習慣許多他界者的長相了。他不會因爲他們奇特的眼睛而覺得他們「幼態」；事實上，他已漸漸能分辨無數種族之間的細微差別。他認識眼睛大小和雪諾瓦人（Shin）一樣的雅烈席人(注)，也遇見過與費德人（Veden）難以區辨的他界者——即使那群人照理說不會有費德人。

但他還是忍不住覺得，他們流露訝異時，眼珠子也瞪太大了吧。嗯，世界之大無奇不有。他往前爬向她右側的座位，不過爬到半途，腳被卡了一下，結果失手讓他的步槍從側邊掉出去。

他探出身去撈，縮回身時兩手空空，聳了聳肩。

駕駛用氣急敗壞的口吻對他說了些話。

「對啦，」他坐進她旁邊的座位。「我就猜到妳會因爲我掉槍而氣炸，這裡的槍似乎不太多。我也莫可奈何啊。」他嘆口氣，甩甩手。他的拇指能正常活動了，疼痛也已消退，手掌兩側的刮傷都已癒合。「妳有什麼好東西可以喝嗎？」

他刻意用並非他母語的雅烈席語講這句話。他從先前的經驗學到別用自己的母語，以防他在講本地方言時脫口夾雜母語。「聯繫」的運作方式就是如此；輔手現在進行的事，會讓他的靈魂以為他是在這星球土生土長的人，這樣他講起他們的語言才會和以前講母語一樣自然。由於他通常不希望別人偷聽他對輔手說了什麼，最好還是養成習慣，在不想讓旁人聽懂時改說雅烈席語。

總之，懸浮機車的駕駛只能跟浪人大眼瞪小眼，而他們的飛行器正鑽進那片壓迫感沉重的奇怪雲蓋所造成的黑暗。

注：羅沙幾乎所有人種的眼睛都有俗稱蒙古褶的內眥贅皮，只有雪諾瓦人例外。而蒙古褶會讓雙眼看起來稍微睜不大，眼距也顯得較寬。

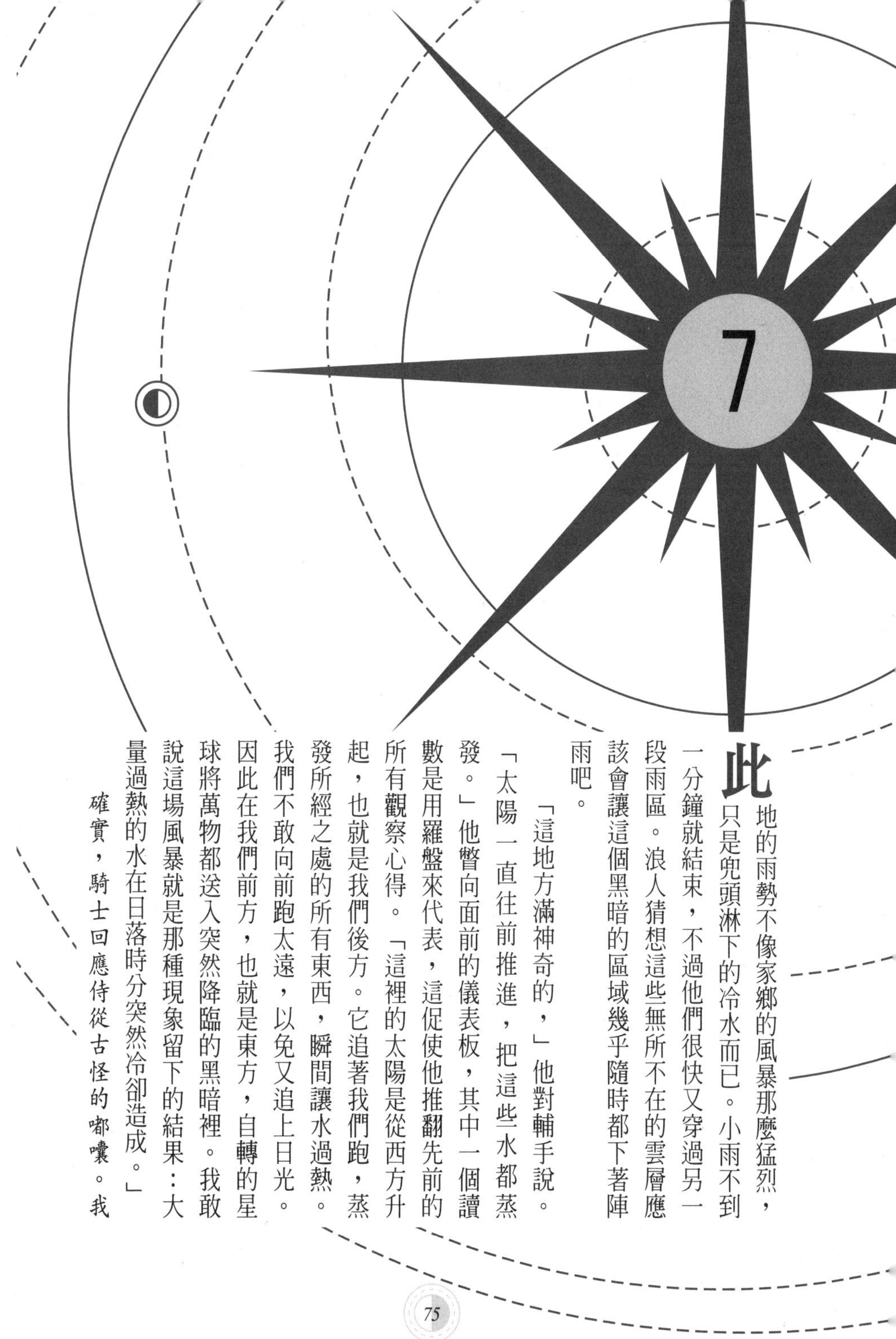

7

此地的雨勢不像家鄉的風暴那麼猛烈，只是兜頭淋下的冷水而已。小雨不到一分鐘就結束，不過他們很快又穿過另一段雨區。浪人猜想這些無所不在的雲層應該會讓這個黑暗的區域幾乎隨時都下著陣雨吧。

「這地方滿神奇的，」他對輔手說。「太陽一直往前推進，把這些水都蒸發。」他瞥向面前的儀表板，其中一個讀數是用羅盤來代表，這促使他推翻先前的所有觀察心得。「這裡的太陽是從西方升起，也就是我們後方。它追著我們跑，蒸發所經之處的所有東西，瞬間讓水過熱。我們不敢向前跑太遠，以免又追上日光。因此在我們前方，也就是東方，自轉的星球將萬物都送入突然降臨的黑暗裡。我敢說這場風暴就是那種現象留下的結果：大量過熱的水在日落時分突然冷卻造成。」

確實，騎士回應侍從古怪的嘟囔。我

們很久沒到過會有持久風暴的星球了。引起你的鄉愁了是嗎？

「是發愁的愁。」浪人說。「既然另一側的溫度那麼高，這種天氣模式根本不合理。我不是氣象學家，但直覺告訴我，整個星球都應該是無法住人的悲慘漩渦才對。」

懸浮機車的操作台有背光，讓駕駛能看清自己做了什麼，因此他們不是完全像瞎子一樣。可是這飛行器沒裝大燈，連聊備一格的遮雨篷或上蓋都沒有，令他覺得將飛行器飛進黑暗並非本地的常態。

說起來也很合理。這女人所屬的團隊爲了救援任務，主動攻擊顯然更加危險的一方勢力。他似乎加入某種游擊隊了——這支游擊隊會藏身在別人不敢進入的黑暗中。或許是由劫掠者組成的一個小國家？

但他們的成員當初怎麼會被擄走呢？如果他們一直都在從事這類活動，爲什麼不把飛行器改造一下，讓自己飛在雨中時不會淋成落湯雞？

他沿著假設折返，回到他能確定的點，重新往下推理。運用邏輯按部就班地思考。這部分的他還在，即使受到朋友揶揄，也執著地追尋證據與數據的那個部分。過了這麼多年，他仍然是原本那個人。正如同一塊金屬被鍛造成斧頭後，基本上仍是同樣的物質。

他們不是劫掠者，他判定。他們是難民。他們被那個更龐大的群體攻擊，便躲藏起來。現在他們鋌而走險反擊，好救回朋友。

只是個說得通的理論，不過感覺就是正解。他猜不透的是，他們爲何要綁架一名餘火人，是想拿來做實驗嗎？還是……

我眞白癡，他心想，望向駕駛，注意到她垂在肩頭的辮子是摻雜銀絲的黑髮。她年輕的臉龐與綁在後頭的女人很相像，兩人的眼睛都是淡綠色。在他的原始世界，這種眼睛顏色可能表示她們是貴族。

這個餘火女是她的家人。從她們的年齡差距研判，餘火女可能是她姊姊。他應該早點看出來的。這些人受到攻擊、有人被擄走，其中一些俘虜遭受可怕的酷刑。他身旁的駕駛搶救回一人，由餘火女持續掙扎和咆哮可以看出這是多麼危險的舉動——在黑暗中，她胸口的光像血一樣紅。

但他有什麼資格評斷這些事？他只是來偷飛行器的，結果發現有一種能源強到能讓他脫離這個星球。但他覺得還是應該先讓駕駛給他點食物和飲料，以報救命之恩。

當他們快速飛入黑暗中，他感覺「聯繫」生效了。等到女人用無線電通話時，他才眞的確定。「明燈？」她說。「機車護衛回報，請求訊號校準。」

「蕾貝凱？」男性嗓音問道。「蕾貝凱．救難，是妳嗎？」

「如果受歡迎的話，」她說。「那就是我沒錯。通行密碼爲『感恩十三』。」

「很高興聽到妳的聲音啊，女孩。」男人回答。在呼嘯的風聲中，浪人幾乎聽不清他在說什麼。「神性跟妳在一起嗎？」

蕾貝凱回答時有點哽咽。「沒有，他陣亡了。」

線路另一頭沉默不語。最後男人接口道：「願他的靈魂找到回家之路，蕾貝凱。我很遺憾。」

「我哥哥自願承受這風險，」她臉上淚水與雨水混雜。「我也是。」

浪人瞥向機身另一側的她。在他眼裡，這位蕾貝凱突然顯得好年幼，也許才剛滿二十歲。或許是眼淚造成的觀感。

「熱誠，」蕾貝凱說。「我……帶了某個人回來。如果你的反應不要太激烈，我會感激不盡。」

「某個人？」那個名叫熱誠的男人說。「蕾貝凱……妳是因此才落後的嗎？妳是否『明確地』違背眾益的意願與指示，跑去救妳姊姊了？」

「對。」蕾貝凱聲如蚊鳴。

「她很危險！她已經是他們的人了！」

「我們全是因為輓歌才能活到現在。」蕾貝凱不客氣地說，嗓音變得較為有力。「她引領我們、激勵我們。我不能拋下她不管，熱誠。只要把她綁好，她對我們就沒有威脅。而且或許……或許我們能幫助她……」

「等妳回來，我們再討論此事。」熱誠說。「返回明燈的訊號已經傳給妳了。可是蕾貝凱……妳真的太魯莽了。」

「我知道。」她瞄一眼浪人，浪人很做作地靠在椅背上閉目養神，假裝聽不懂。「我這裡還有另一個人，是個……俘虜？」

「妳好像不太確定。」

「我從焦燎王那裡救出他，」她說。「但他有點毛病，不能正常講話。我覺得他可能有智能障礙。」

「他危險嗎？」

「也許吧？」她說。「他救了湯莫斯，我沒發現他躺在草叢裡。跟他家人說一聲我載他回來了。不過重點是，這個陌生人裝作殺手來說服我救他脫困，結果在戰鬥時根本派不上什麼用場。」

派不上什麼用場？

派不上什麼用場？

他在無法「還手」的情況下，毀掉了兩艘敵艦耶！他逼自己不要有任何反應，但眞是他颸的。她是在撒謊還是……嗯，她是沒目睹他在後頭做了什麼啦，但她總有注意到敵艦消失後，他帶著一把步槍回來吧。不然她以爲他是在哪撿到槍的？

你注意到他們的名字了嗎？騎士好奇地問。

「輓歌，」浪人用雅烈席語說。「神性，熱誠。嗯，我是注意到了。你覺得……」

輓星人（Threnodite），騎士回答，對自己睿智的評斷展現出謙遜的自信。一整個文化支系。眞是出人意料。是吧？

「對，但我應該要想到的。」他說。「他們的穿著很類似那種風格。不知道他們是多久以前岔分而出的？」

你有猜到那個俘虜是這女人的姊姊嗎？

「這我倒是察覺了。」他仍在深思。「輓星人。他們死亡時不是會……陰魂不散嗎？」

在適當條件下，他們會變成幽影，英雄爲他遲鈍的貼身男僕解釋。他眞的應該要記得自己曾經差點被一個幽影吃掉。

「對喔，」他說。「平常是綠眼睛，它們想進食的時候眼睛會變紅，完全沒遺留從前的記憶。我覺得應該已經要看到它們才對，幽影會在黑暗中出沒，而我們來到此地後，所遇到的一切都純屬黑暗。」

或許這群人是在碎神之死——以及隨後的效應——影響他們之前，就已岔分出來了。

浪人若有所思地點點頭。這個區域的雲層徘徊不散，連用天空中發光的行星環來辨識方向都做不到，現在感覺更多了幾分凶險的意味。彷彿他直接飛在虛空，上方和下方都空無一物。永恆的黑暗。唯一的居民可能只有亡者的靈體。

因此前方出現火光時，他感到慶幸——那是一座城鎮底下的引擎散發的火光。在這片雨落不停的黑暗地景中，霧濛濛的雨絲和高聳的黑色山壁妨礙視線，所以他們可說是已經到了目的地門口，才看得到它。它看起來比他甩在後頭的大城市來得小，引擎在地面留下的痕跡也沒那麼明顯——就算眞留下蛛絲馬跡，大概也都被雨水沖走了。總而言之，即使那些引擎燒出熾亮的火，這城鎮也在此處隱藏得很好。

蕾貝凱將懸浮機車飛向上方的聚合體，將它鎖定在城鎮邊緣的位置——浪人猜想這城鎮就是他們口中的「明燈」吧。名不副實，看上去暗得要命。他看到幾盞燈光零星散布，但是只有小小的光點，而且都是淡紅色的。至於下方的引擎，只要他們持續飛在低處，讓山丘和雨幕遮蔽他們，就不會有人看到火光。

他未能充分觀察到明燈的規模，不過他們的懸浮機車輕易地就定位，成爲城鎮結構的一部分，令他研判它的建築原理大概和他先前待過的平台差不多。有幾個人頂著狂風和細雨在等他們，爲首的男人拎著一盞提燈，暗紅色光芒照出他們的身影；這個男人個子很高，表情嚴肅陰鬱。浪人馬上斷定這就是那名叫熱誠的男人，剛才用無線電與蕾貝凱通話的就是他。

所以當熱誠的嗓音由站在邊邊的一個超矮男人嘴巴傳出時，他大為詫異。那個矮男人身高不足一百二十公分，頭部大小很正常，但手臂和腿都比一般人短。他的眼睛和浪人一樣是深褐色。

「蕾貝凱，」熱誠說。「妳做的事很危險。」

「比輓歌的計畫還危險嗎？」她說。「熱誠，你拿到東西了嗎？」

他沒回答，而是深思地打量浪人。「這就是那個陌生人？他叫什麼名字？」

「我還沒這個榮幸知道呢。」蕾貝凱說。「他似乎聽不懂我說的話，好像……他沒有語言的概念。」

熱誠用雙手比了些動作，指了指自己的耳朵，又大力拍手。他以為浪人可能是聾子不成？浪人轉念一想，這倒也算合理的猜測。這個星球上還沒人往這方向思考過。

浪人用雅烈席語對他說話，邊說邊比手畫腳，裝出一副狀況外的模樣。

熱誠和高個子男人過來攙扶缺牙男湯莫斯，這可憐的傢伙又歪躺在座位上，只靠安全帶才沒掉下來，口中唸唸有詞，已陷入半昏迷狀態。熱誠一聲令下，另外幾人便將他快速帶走，想必是去接受醫療照護。

「好好照顧他喔。」浪人用雅烈席語說。

「那是什麼胡言亂語啊？」高個子男人舉起提燈說。這個人的身材極為高瘦，因此提燈舉高後，使他看起來有點像路燈。尤其他又穿著很長的黑色雨衣。

「他經常發出那一類噪音。」蕾貝凱說。

「有意思。」高個子男人回答。

熱誠望向已鎖定的懸浮機車，然後慢慢靠近它。高個子男人與蕾貝凱也跟上去，三人都站在那裡盯著被綁在後座咆哮的餘火女。

「輓歌，」熱誠說。「輓歌，是我們啊。」

這句話只引來更激烈的咆哮。

熱誠嘆氣。「走吧，我們得遊說眾益，爲了妳向她們求情。雅多納西終究會想起我們的困境，請盡你所能地照料她。」

高個子男人點頭應允。

等一下。他的名字是「雅多納西終究會想起我們的困境」？在浪人目前聽到的人名中，這是冠軍。他眞的需要記下這些輓星風格的怪名字。

「噢，」熱誠補上一句。「還有請幫蕾貝凱的客人找個地方住，麻煩你了，雅多納西終究會想起我們的困境。給他未配備本機存取控制系統的飛船，如果你願意幫忙的話。他看起來很需要洗澡和睡覺。」

熱誠和蕾貝凱一同沿著街道走開，熱誠打開一只紅光手電筒照路。洗澡和睡覺聽起來確實很誘人，但弄清楚這裡怎麼回事更重要，所以浪人跟在他們兩人後頭邁開腳步。

雅多納西終究會想起我們的困境自然趕緊追上去抓住浪人手臂，想要輕柔地把人帶走。浪人露出平靜的笑容，扳開他的手，繼續往前走。男人更努力地阻止他，浪人也更粗暴地掙脫。

這麼做是很挑釁沒錯，也很容易惹禍上身。他們可能會攻擊他，那他就有藉口偷走懸浮機車了。他大概應該直接這麼做才對，不過……嗯，他現在剛好想大發慈悲。因此他只是大步跟著那兩人，而雅多納西終究會想起我們的困境緊張不安地追著他。

蕾貝凱和熱誠進入一棟建築——嗯，應該說是甲板上有較大建體的飛行船。浪人沒等門關上，快步跟著他們跨進去。他看到這是一間昏暗的小前廳，牆壁漆成全黑。雅多納西終究會想起我們的困境跟著他擠進去。

「我致上最高的懺悔，熱誠，」高個子男人懊惱地說。「他就是……不肯跟我走。」

「也許我們該帶他去給眾益看看，」蕾貝凱說。「她們可能想見見他，或許她們知道他是哪種人。」

「我贊同。」熱誠考慮三秒後說。「雅多納西終究會想起我們的困境，你就把他交給我們好了。」

「萬一他很危險怎麼辦？」高個子男人小聲說。「蕾貝凱說……他可能是殺手。」

「他手腕上戴著臂鎧，」熱誠說。「焦燎王應該還沒機會重新設定它們，我們應該不會有事。」

浪人都快忘了自己還戴著臂鎧。他努力避免在熱誠提起臂鎧時低頭看它們。這證實了他稍早的猜測：這些人有辦法駭進臂鎧或利用它的系統漏洞來讓餘火人失能。

雅多納西終究會想起我們的困境走了，去處理被綁起來的女人輓歌。蕾貝凱推開前廳另一側的門，率先走進一條有正常照明的走廊。雖然天花板上的電燈調得不太亮，強烈的明暗落差仍讓人一時眼花。

這裡當然沒有窗戶。剛才那個小前廳等於是光閘，作用在於防止鎮民讓建築裡的光線流瀉到街上，他們才能持續在黑暗中隱身行動。浪人快速瞄一眼就知道，將他們與光閘隔開的牆和門是用較不結實的木材做的，地板和天花板則是金屬。那個前廳是最近才額外隔出的空間。

沒錯，幾乎可以肯定，他們是新近才開始逃亡的一群人，躲進了雲層下這深沉的黑暗中。

他跟著另外兩人穿過走廊，沒忽略熱誠始終提防著他的事實——他一手插在口袋裡，大概隨時準備要操控臂鎧，讓浪人再度凍結。他們把他帶進走廊盡頭的房間，他快步進去，急於見到他們稱為「眾益」的那些人。

結果眾益是三位老太太。

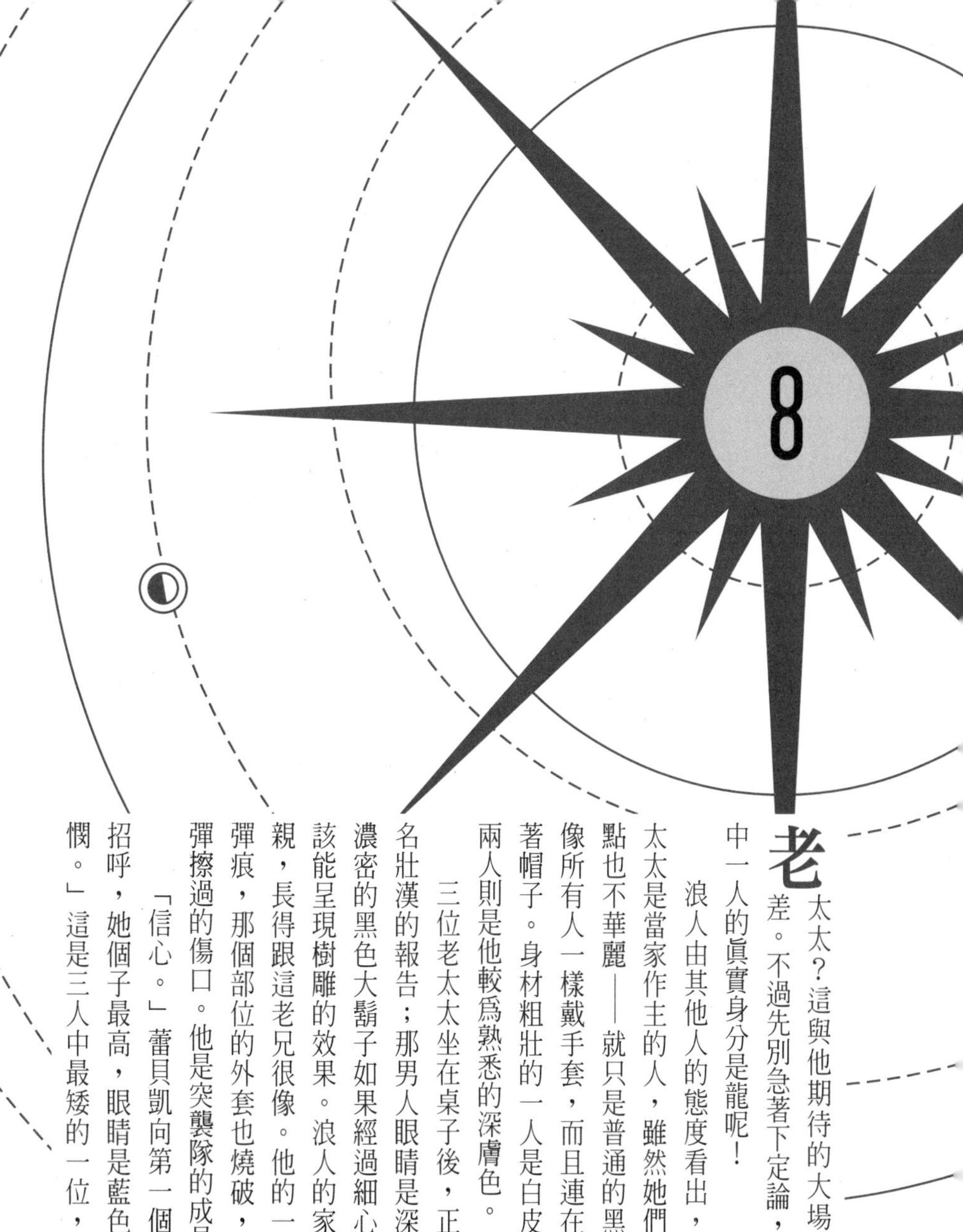

老太太？這與他期待的大場面有點落差。不過先別急著下定論，搞不好其中一人的眞實身分是龍呢！

浪人由其他人的態度看出，這三位老太太是當家作主的人，雖然她們的穿著一點也不華麗——就只是普通的黑色洋裝，像所有人一樣戴手套，而且連在室內都戴著帽子。身材粗壯的一人是白皮膚，另外兩人則是他較爲熟悉的深膚色。

三位老太太坐在桌子後，正在聽取一名壯漢的報告；那男人眼睛是深褐色的，濃密的黑色大鬍子如果經過細心修剪，應該能呈現樹雕的效果。浪人的家鄉有個表親，長得跟這老兄很像。他的一條手臂有彈痕，那個部位的外套也燒破，露出被子彈擦過的傷口。他是突襲隊的成員之一。

「信心。」蕾貝凱向第一個老太太打招呼，她個子最高，眼睛是藍色的。「憐憫。」這是三人中最矮的一位，看起來也最孱弱，眼睛是淺褐色。「愼思。」這是那個粗壯的老太太，雖然是白皮膚，卻有一頭盤在頭頂的黑髮（顯然是染的），她灰綠色眼眸與身上的披肩顏色相仿。「我把我姊姊帶回來了。」蕾貝凱分別向三人點頭致意後，繼續說。

「我們已收到了消息。」愼思撫摩著下巴說。「我們應該叮囑過妳勿做此等輕率之舉。」

「是的。」

「結果妳失去了兄長。」信心說。「為了救一個手足而犧牲另一個手足？」

「我們無法——」蕾貝凱剛開口，名叫憐憫的矮個子老太太突然站起來。她邁著不穩的步伐顫巍巍上前，將蕾貝凱擁入懷中。

蕾貝凱低下頭，幾縷鬆脫的髮絲拂在臉上，回抱著老太太。

室內陷入寂靜。氣氛或許可算是感人，不過浪人對桌上的那壺茶更有興趣。他拖了張椅子到桌邊，逕自倒杯茶喝起來，而他溼透的衣物就一直往地上滴水。

茶已經冷了，不過味道還不錯。也許稍嫌甜了點。

在場所有人都傻眼盯著他。因此他往後靠，將靴子蹺在桌上。

大鬍子男人把他的腳推下桌。「怎麼會有這種人啊，太沒禮貌了吧？」他憤慨地說。

浪人站起身，男人就沒再說下去了。如前所述，雖然浪人在家鄉算是矮個子，卻比室內任何人都高了至少十五公分。他的衣物都扯破了，因此他們絕對能看到他的肌肉——是練出來的，不只是因為授予。

鬍子男上下打量他，然後便退開，讓浪人愛幹嘛就幹嘛。他故意又把腳蹺回桌上，震

得三位老太太的茶杯咔啦作響。

「我們將湯莫斯送醫之前，」熱誠也拖了張椅子坐下說。「他喃喃地說了些譫妄之語。他說他看到這個人碰到日光，結果仍然活著。」

被湯莫斯瞧見了喔？浪人都快忘了自己曾短暫地感受到日光，然後才被拽著脫離它。也許那些囚犯被迫觀看處刑過程。浪人對亮眼睛的印象更差了，那是很確切的殘暴行爲。

「歷經日煉而不滅之人，」愼思說。「一名日煉者。」

「眾益，請恕我直言，我不認同。」蕾貝凱也在愈來愈擠的桌邊坐下。「請考量一點：如果他是個日煉者，應該會幫助我們，而不是表現成……這樣。」

「他會發出亂七八糟的說話聲，」熱誠說。「像是還沒斷奶的幼兒。」

「是嗎？」愼思說。「有意思，很有意思……」

「如果可以的話，我想或許妳們能判斷他是怎樣的人。」蕾貝凱說。「不過老實說……是他堅持要跟我們進來這裡，等一下我們大概得把他凍結，才能弄他出去。」

「也許他是個殺手！」鬍子男傾身向前說。「我們的專屬殺手！你們有看到他是怎麼瞪我的嗎？」

這……不是浪人預期鬍子男會有的反應。這位仁兄滿臉殷切的笑容。

蕾貝凱對鬍子男搖頭。「如果他是殺手，我應該看得出來，傑弗瑞傑弗瑞（Jeffrey Jeffrey）。」

傑弗瑞傑弗瑞？浪人覺得這名字也夠妙。「嘿，阿輔，」他用雅烈席語說。「你覺得怎……」

等等。對喔，輔手不在。

每個人都盯著他。

「好奇怪的詞語。」憐憫說。「我提個想法，他該不會是從北方很遠的廊道來的吧？他們偶爾會說些讓人得聚精會神才聽得懂的話。」

「恕我無法苟同，憐憫。」慎思說。「我不認為這只是腔調的問題。完全不是。無論如何，眼前還有更急迫的事要處理。熱誠，可否勞駕給我看看你的小隊取回來的東西？」

矮男人從口袋拿出一件用手帕包住的物品。外頭的風勢增強了，雨水更加猛烈地敲打金屬天花板和牆壁，聽起來有如鼓聲。天花板傳來的答答聲像是有人神經質地一直在按服務鈴。不過當熱誠解開手帕，所有人都忘了雨聲。手帕裡是個幾乎與男人手掌一樣大的金屬碟片，正面有個奇怪的符號。浪人認得這符號，但他絕對沒料到會在這個星球上看到它。他颺的。

司卡德利亞人（Scadrian）怎麼會出現在這裡？

「這是眞品……」慎思用指尖撫摸金屬上的凹痕。

「恕我直言，」信心說。「我們能確定這是眞品嗎？」高個子老太太拿起碟片。「它可能是複製品，抑或傳說是假造的。」

「容我斗膽說一句，」熱誠接話。「我不認為如此。它不會是贗品。焦燎王有什麼理由認為它會遭竊呢？連知道他寶貝計畫的人都寥寥可數。」

「這是我姊姊想達成的目標，」蕾貝凱說。「這是我們獲得自由的出路，唯一的出路。熱誠……你成功了！」

有意思。浪人開始拼湊出來龍去脈了。那不是單純的救援行動——老實說，救人的部分可能是爲了掩護更耐人尋味的竊盜計畫：偷取這個東西。而他很清楚它是個司卡德利亞授權密鑰。司卡德利亞人當然會避免使用塑膠門卡，他們是金屬狂熱份子。

這個碟片能開啓某扇門，而在座的人似乎都知道，雖然他們並不是徹底明白自己在幹嘛。

「但我們能操作它嗎？」憐憫問。「我們能通過古老的門禁進到裡面嗎？」

「我們連傳說到底是不是眞的都不確定。」信心說。「對，焦燎王相信傳說是眞的，但我要提出一項反駁：有什麼證據能證明地底下眞有所謂的神祕之地？一個不受太陽荼毒的地方？我要很堅定地說，沒有證據，我是不會自信滿滿地領導這群人而行的。」

「有些事是找不到證據的。」愼思說。「我的想法是，有一陣子我們必須單憑信念而行動。我們所推舉的指引星輓歌就懷有信念，眾爸信任她爲我們在黑暗中引導方向。這是她的目標；對我而言，這就夠了。」

「愼思，妳提出這種意見滿牽強又奇怪的。」信心說。「妳忘了妳的天職是科學和理性嗎？」

愼思拿起碟片，崇敬地捧著，年邁的臉龐刻滿喜悅的紋路，新知識的火焰在她眼中舞動，讓她雙眼發亮。有些人或許認爲她將頭髮染黑是虛榮的表現，但浪人看出那是泰然自若的象徵。她知道自己喜歡呈現什麼樣貌，也不在乎別人知道那是人工美。因爲她勇於表達自我，加工後的成品反而比原始狀態還要眞實。

「即使在科學領域，」愼思說。「信念也占有一席之地。每做一場實驗，在知識的道路上踏出的每一步，都要仰賴在黑暗中探路。你無法確知自己會找到什麼，甚至會不會一無所獲。驅動我們的正是信念——相信會找到必然存在的答案。」

她望向在場其他人，只略過浪人，但蕾貝凱、熱誠和傑弗瑞傑弗瑞都被納入。她對他們表現出的尊重，證明這個社會中不是只有領導人高高在上；所有人都很重要。

「關於有一塊不受太陽染指的淨土的說法，確實是虛無縹緲的希望。」慎思承認。「但我們得問問自己：我們能在這片黑暗中撐多久？輓歌決定讓我們搬來這裡是對的，可那是逼不得已的作法。我們的同胞時時刻刻都在衰亡。我們無法種植作物，每次我們冒險進到黎明之地，都會折損船艦和勞力。

「我要說出沉重的事實：我們會死在這裡。然而若我們回到從前的廊道，就會被焦燎王呑併，這也是不爭的事實。我們不懂作戰和殺戮，無法對抗他；我們天生就不具備那一類殘暴的肉體本能。

「我還要提出另一個殘酷的想法：他絕不會像今天一樣，再次被殺個措手不及。他的殺手會保持警戒，做好對付後續攻擊的心理準備。焦燎王絕不會容許他們的臂鎧再遭到巧妙的駭入，他的人民也不會再完全沉浸於遊戲中，以致放鬆戒備。

「今天是明燈鎮民的重大勝利，但我認爲，相對於這個高峰，今天也是我們開始走下坡的起點。若是拿不出解決辦法，我們就會滅亡。所以我要問：信心，難道爲了爭取機會、避免走上絕路，不值得我們拿出一點信念嗎？花一點時間追尋傳說中的獎賞？」她將碟片翻面。「我們信任輓歌而來到這裡，也該再信她一次，找到這個避難所。」

「基於我們目前所完成的事，我們有責任測試這個密鑰。」憐憫說。「而且熱誠的小組也該爲自願負責偷回它接受表揚。」

「我要提醒大家，」信心警告。「焦燎王會因爲這憑證而追殺我們。」

「請容我提出反駁，」憐憫輕聲說。「無論如何他都會追殺我們。他一心想要毀滅我們，只是經過今天的事之後，他會產生志在必得的想法。這下他非要毀滅我們不可了，否則會有更多他的人民質疑他的權威是否有其極限。」

浪人興味盎然地聽她們對話。沒錯，他們明白這是密鑰，但他們不知道使用它之後究竟會遇到什麼狀況。他相當確定即使他們用密鑰成功打開某扇門……也不會找到什麼神祕的「避難所」。這是個司卡德利亞勘測員會使用和攜帶的現代裝置，作用是爲他們定位，以及讓他們在返回探勘用的小型星艦時通過門禁。

風勢更加猛烈了，整座城鎮都爲之搖撼，眾人換了個話題。他們提到「大混亂」，浪人判斷那是指日暮時分跟隨太陽而來的風暴，跟颶風很像。所以他猜對了——這片雲蓋是日落造成的結果，而在日落「當下」會有某種可怕的風暴。

他在心裡將這個星球的日常分爲五個階段。第一階段：他經過的那種土地，反射而下的日光會讓那裡的植物生長。第二階段：徘徊不散的雲蓋，會灑落分散的雨水。第三階段：日落時的「大混亂」，那時日光消失，留下壓力和溼度變化造成的氣旋。第四階段：受太陽曝曬而過熱的大地。最後是黎明，被照到的人類只有死路一條。

發現有一片土地，這裡的人不是被風暴追著跑，而是偷偷跑到它的尾端，並躲在它斗篷的下襬裡，還眞是奇怪。

無論如何，浪人突然覺得自己方才的無禮很可恥，竟然野蠻地硬闖進這個房間。對，他已脫胎換骨，不再是以前那個過度在意禮貌與秩序的人。他知道自己像是首度離家出門闖蕩的青少年，經常爲了證明自己而做出太過火的事。他仍然叛逆地想對抗以前的自己，結果自私地變成像盲目的蝸螺四處亂撞的人。

浪人放下蹺在桌上的雙腳，感到一股自我鄙夷，難得的是，連他都無法將責任推到現實條件上。這次不行。他站起身，大步走向那道門，走出去，把在場的人都嚇了一跳。穿過走廊，穿過光閘。

進入風暴。

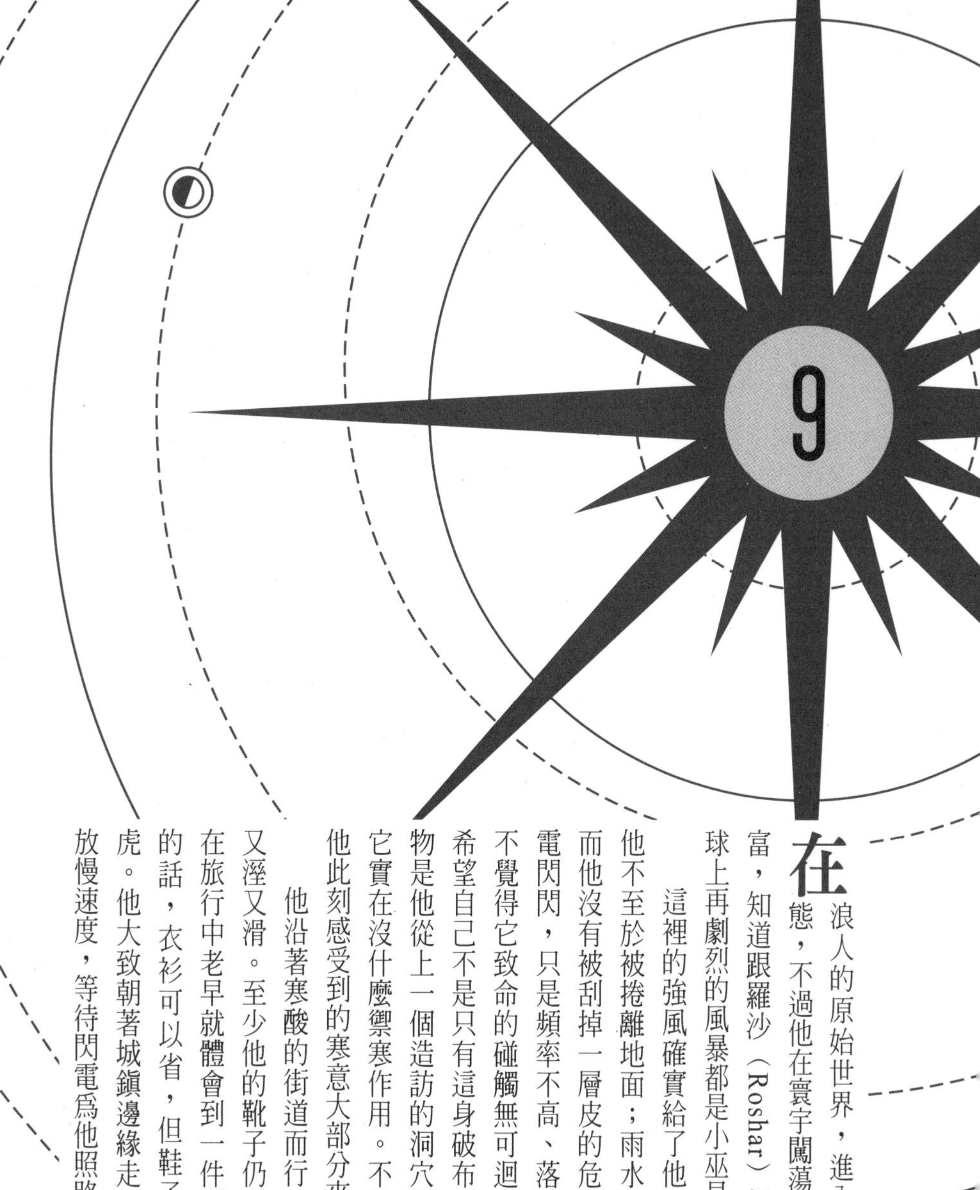

9

在浪人的原始世界，進入風暴並非常態，不過他在寰宇闖蕩的經驗已夠豐富，知道跟羅沙（Roshar）相比，其他星球上再劇烈的風暴都是小巫見大巫。

這裡的強風確實給了他迎面一擊，但他不至於被捲離地面；雨水用力敲打他，而他沒有被刮掉一層皮的危險；天空中雷電閃閃，只是頻率不高、落點也不近，他不覺得它致命的碰觸無可迴避。他倒是挺希望自己不是只有這身破布可穿，這套衣物是他從上一個造訪的洞穴星球偷來的，它實在沒什麼禦寒作用。不過話說回來，他此刻感受到的寒意大部分來自內心。

他沿著寒酸的街道而行，腳下的金屬又溼又滑。至少他的靴子仍狀態良好。他在旅行中老早就體會到一件事：逼不得已的話，衣衫可以省，但鞋子絕對不能馬虎。他大致朝著城鎮邊緣走去，然而他得放慢速度，等待閃電爲他照路。

他稍早看到的那些昏暗燈光都消失了。大家回到室內、鎖上門，躲起來等風暴過去。這是舉世皆通的行爲模式。無論你所在的星球，雨水是會打凹金屬板，抑或只會淋溼你，人類都會逃離風暴。或許人們不喜歡受到提醒：不管他們的城市多麼壯觀，面對因星球而異、變化萬千的天氣模式，他們只是渺小的塵埃。

他出來這裡是希望淋個雨會感覺好一點，希望被雨點敲擊會感覺像與老朋友擁抱——呼嘯的風聲聽起來會像士兵圍著營火喝濃湯時的談笑聲。然而今天，這些回憶令他特別難受。風聲讓他想起自己曾是怎樣的人：寧死也不肯像他今天這樣對待別人。

不，風暴並未提供他庇護。儘管他很喜歡雨——儘管雨水似乎很符合他的調性——回憶仍然太痛了。

他終於回到他們停放懸浮機車的地方，它仍附著在城鎮邊緣，爲推進城鎮貢獻一己之力。在一場名副其實的大雷雨中還讓這地方飛在天上，眞的很大膽。不過空氣似乎不像一般風暴中那樣充滿電——每一道閃電之間都隔了很久。

他藉著雲的反光看出原本綁在後座的餘火女已被帶離。懸浮機車也經過巧妙的改裝，現在每個座位上方都有板子，保護皮革座墊不受雨淋，而且機車可以與城鎮表面完美銜接。擋風罩收起來，又加裝了這些板子，使得巨大的懸浮機車狀似用螺栓固定在明燈邊緣的矩形厚金屬塊，就像是多合一工具在將各種細部構造展開前，看起來只像個小盒子。

這令他有些憂慮地爬向機車邊緣，一邊留意別被強風颳落到黑暗中。然後他往下伸長手，探向機車的最底部，接著鬆了口氣，因爲他藏在那裡的步槍還在。先前他故意絆了一跤，好讓蕾貝凱相信他笨手笨腳，其實是假裝不小心弄掉槍——之後再將輔手變成特殊造型的爪勾，把槍固定在懸浮機車底部。

他用輔手做的固定槍的機關消失。他舉起步槍，雨水讓他的掌心溼滑。

他高明的計畫於焉已功德圓滿，騎士用戲劇化口吻說。不知出於什麼理由，他那腦筋遲鈍的侍從現在爲自己配備一把他不能使用的武器。

「不然的話，我們抵達時他們就會讓我繳械。」他說。

再次重申……眞是個高明的計畫……成功弄到一把不能使用的武器。要付出的代價就只有讓我獨自困在雨中、淋得溼透——從你的模樣看來，你也害自己承受相同的遭遇。

「反正我本來就需要沖個澡。」浪人抹掉臉上的雨水，再撫過頭上短短的髮根。在日光下待的區區幾秒，已把他的頭髮燒光了。日煉者。他甩甩手，仍跪在懸浮機車上，摸了摸遮在座位上方的板子。他能把它們拆掉嗎？

他想拆掉嗎？

閃電的閃光在他腦中留下殘影，是以前的他。憑良心說，他並不想再成爲那樣的人。天眞；過度在意規則和數字；被責任感綁住手腳，讓焦慮緩緩箍住他，就像在靈魂上纏了帶刺鐵絲。

他不喜歡現在的自己，但他也不懷念以前的自己——其實不懷念。他經歷生存、成長、墮落，於是……嗯，有所改變。

一定有第三個選項才對。有什麼方法不爲他從前的人生鑲金，同時又不必成爲一件人形垃圾。

假如他眞的爬上這輛機車，從此消失在黑暗中呢？他能得到什麼好處？在這裡，有一群似乎（稍微）願意信任他、接納他的人，或許是因爲他們已走投無路吧，也可能是因爲他沒讓他們有選擇餘地。

除此之外，他感覺他們不善於戰鬥或殺戮。他們確實成功執行一場大膽的救援行動，以及更冒險的盜竊任務。這一點他必須肯定。但他目擊了俘虜遇上餘火人時那種驚慌失措的反應——跟所有人對待他的態度如出一轍。這群人並不習慣面對暴力。

在很多地方，拚命求生會引出人們最殘暴的一面。然而他在這個群體中看到值得注意的現象。莫非被迫不停移動、被迫團結合作才能活命，使得他們凝聚成一個沒空互相殘殺的社會？或許這個星球創造出的人民，非但一點都不軟弱（那個太陽絕不會對弱者手下留情），而且也很重視生命？

如果他想取得威力大到能讓他前往他界的能源，他需要盟友。而他覺得去向焦燎王求助不會有好下場。

他退離懸浮機車，將步槍靠在肩頭。這時他有某種感覺——感覺內在受到拉扯。一種……奇特的暖意。風暴似乎變弱了，雨勢也變小了。

沉淪地獄。不可能啊，在這個世界不可能。這只是普通的風暴，不是他家鄉那種神祕的暴風雨。普通風暴帶來的黑暗裡，不會發生像家鄉那種現象……

嘿，騎士困惑地問。我們現在要幹嘛？浪人？我們的下一步是什麼？

他看到左側有光，在城鎮邊緣稍遠的位置。他像疲憊的旅人被烹調食物的香噴噴柴火吸引，也被光源吸引而走了過去。那裡……有個人站著，對吧？手裡握著個發亮的東西，一個球體。身穿軍服，背對浪人，眺望黑暗。

他颼的，不可能。怎麼可能。

浪人不理會輔手再次催他給個解釋，逕自走向前。可能發現什麼狀況令他心神不寧，又擔心自己快要瘋了。但他還是迫切地想知道答案。該不會……

「阿卡？」他壓過風暴的聲音問。

那人回過身，露出鷹似的面龐和極度欠揍的笑容。

「啊，沉淪地獄的。」浪人嘆口氣說。「智臣？你怎麼會在這裡？」

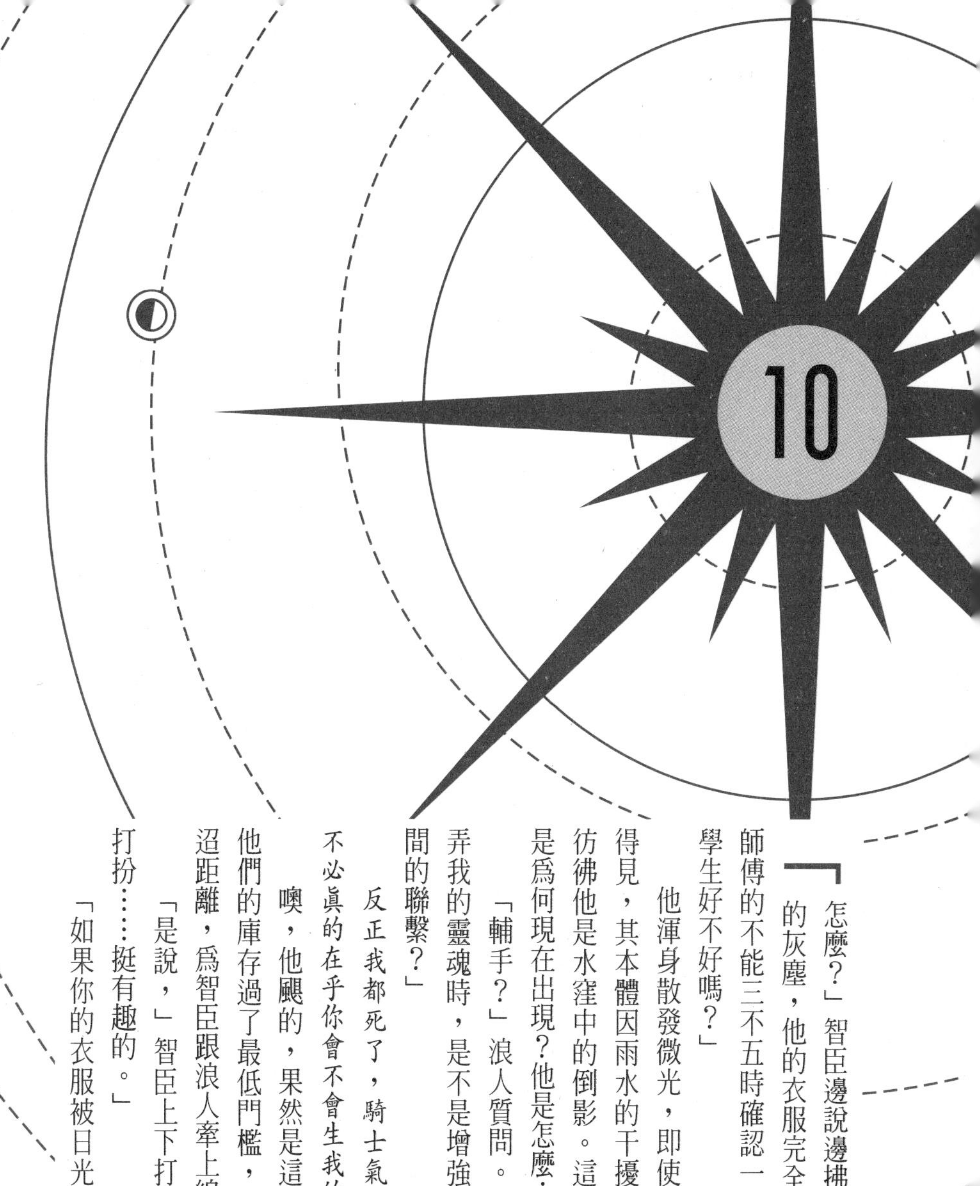

「怎麼？」智臣邊說邊拂去藍色軍服上的灰塵，他的衣服完全沒淋溼。「做師傅的不能三不五時確認一下他最喜歡的學生好不好嗎？」

他渾身散發微光，即使在黑暗中也看得見，其本體因雨水的干擾而微微波動，彷彿他是水窪中的倒影。這是個幻影，可是為何現在出現？他是怎麼……

「輔手？」浪人質問。「先前你在耍弄我的靈魂時，是不是增強了我跟智臣之間的聯繫？」

反正我都死了，騎士氣呼呼地說。我不必真的在乎你會不會生我的氣。

噢，他颺的，果然是這麼回事。現在他們的庫存過了最低門檻，輔手便隔著迢迢距離，為智臣跟浪人牽上線。

「是說，」智臣上下打量他。「這身打扮……挺有趣的。」

「如果你的衣服被日光點燃，又在懸

浮機車後頭被高速拖行半小時，就會變成這樣。」浪人說。

「很瀟灑。」智臣說。

「我沒時間理你，智臣。」浪人說。「夜旅兵團正在外頭獵殺我，爲了你對我做的事。」

「你或許拯救了寰宇呢。」

「我絕對沒拯救寰宇。」浪人沒好氣地說，在口袋裡摸到一顆石子，便朝智臣的頭部丟去，石子直接穿過。幻影波動了一下，又復歸穩定。「我倒是可能拯救了你。」

「沒什麼差別。」

「才怪，」浪人說。「眞的有差。」他朝智臣的投影走近一些。「要是他們逮到我，就能查出你和晨碎（Dawnshard）的連結，然後他們就會開始追獵你了。」

智臣沒回應。他雙手交扣在背後，直挺挺地站著，多年前他傳授過浪人一個小技巧，這種姿態能讓聽眾相信你正在思考很重要的事。

「你最近過得很辛苦，」智臣說。「是不是，學徒？」

「我不是你的學徒。」浪人說。「少在那裡裝作你現在很關心我了。多年前我和朋友們快要被亂箭射死時，你什麼也沒做。接著我到了沉淪地獄，而你只是悠哉地吹笛子。你怎麼有臉暗示你現在關心我了！我在你眼裡只是另一件工具而已。」

「我一直沒機會爲在雅烈席卡王國發生的那些……事件道歉。」

「嗯，你哪裡有機會呢？」浪人說。「畢竟你曾頻頻找我的長官談話，要他向我轉告訊息。畢竟你曾跟我住在同一座城市好幾年，卻一次都沒來找過我。你讓我自生自滅。這事讓你寢食難安，對吧？但不是因爲你關心我，而是因爲有人知道你的眞面目。這個人還有膽不乖乖死掉，讓你的生活輕鬆一點。」

聽了這番話，智臣眞的垂下了目光。有意思。不常有人能眞正刺傷他，要憑藉熟稔和事實才行，而智臣是迴避這兩樣東西的能手。

「曾經有個男孩，」智臣開口。「仰望繁星時不禁好奇——」

浪人刻意大動作轉身走開。他早就聽過太多這人說的故事了，一點也不想再聽一個。

「那男孩就是我。」智臣在他背後說。「我小時候在悠倫（Yolen）。當時一切都尚未開始——神還沒死，世界還沒一個個終結。我……我是那個男孩。」

浪人僵住，回頭瞥了一眼。雨勢緩和爲毛毛雨，但小水滴仍會擾動智臣的影像。

他不常提起自己的過去，提起……許久之前的那段日子。他聲稱對童年的事印象不深，只說當時自己住在一個有龍和骨白色樹木的地方。

「你在撒謊嗎？」浪人高聲問他。「這是你編的嗎？爲了拉攏我而精心設計的餌？」

「不撒謊，現在不。」智臣仰望天空說。「我記得……坐在屋頂上看著天空，好奇星星是什麼。

「我以爲我永遠不會知道答案。鎮上的哲學家爲了爭辯這話題，把嗓子都講啞了，他們經常這樣，說到再也說不出話，然後期望有人買杯酒請你喝，好讓你繼續侃侃而談。」

他對浪人微笑，眼睛閃亮。「然而數千年後，我卻能遊走於各星星，一一認識它們。我終究得到了答案。然而……我想時至今日，你見識過的寰宇已經超越我了。」

「所以，這算是我的福氣囉？」浪人指著自己問。「你給我的『磨難』？」

「所有『磨難』都是福氣，」智臣說。「連我的也是。」

「眞是好極了，溫暖人心。謝謝你找我聊天啊，智臣。」浪人繼續往前走。走沒兩步，他看到智臣又出現在前方的邊緣處，轉過身看著他經過。

「你總是在追尋答案，」智臣說。「所以我才收你爲徒。你以爲可以找到答案，設法誘哄出答案，寫下來，將世界分門別類地歸檔記錄。你確信只要夠努力，就能找到每個答案……」

「對，我是個白癡，謝了。幸好有你提醒我。」

智臣當然再一次出現在他前方——不過他正在消逝，影像轉爲透明。輔手用來促成這場會面的小小聯繫爆發已經快用完了，眞是謝天謝地。

「追尋答案、想知道答案，是很好的本能。」智臣說。

「答案根本不存在。」浪人嘆口氣，停下腳步望著智臣。「疑問實在太多了。尋求任何型態的解釋都可謂瘋狂。」

「第一點你說對了。」智臣說。「以爲我發現了星星本身的奧祕，感覺是很棒，但接下來卻浮現無數的疑問，反而讓人更苦惱。確實，那都是沒有答案的疑問。至少沒有好的答案。」他直視浪人的眼睛。「但醒悟到這點讓我有所改變，學徒。重要的不是——」

「重要的不是答案，而是疑問。」浪人打岔。「對啦，下略三千字，我早就聽過了。你知道我聽過多少遍了嗎？」

「那你明白這道理嗎？」

「本來以爲我懂，」他說。「直到我的誓言終結，我才醒悟到結果眞的很重要，智臣。不論我們怎麼說，就是很重要。」

「從來沒人暗示結果不重要。」智臣說。「我認爲你根本就不明白，因爲如果你懂的話，就會知道：有時候光是提問就夠了。因爲不夠也不行，有時候就是只有疑問沒有答案。」

浪人盯住他的眼睛，出於難以說清的理由而火冒三丈。他很氣惱，不過當然有智臣在的地方，這一點純屬正常。

「我不會走回頭路，」浪人說。「不會恢復成以前的我。我不想走回頭路。我不是在逃離他，我根本不在乎他。」

「我知道。」智臣輕聲說，然後他靠向前。「我錯了。我盡力應付所面臨的局面，期望那麼做可以預防大災難。我毀了你的人生，我做錯了。對不起。」

眞是……奇怪的感覺，聽他說話如此直接、如此坦率。如此眞誠，徹底的眞誠。他颶的，都過了這麼久，他怎麼還有辦法持續讓浪人驚訝？

浪人轉身欲去，又停下腳步等待最後一句話。智臣總是要撂下最後一句話。不過這次，他只是對浪人露出疲倦而悲傷的笑容，就消散於無形。也許他知道自己再說什麼都沒用，索性保持沉默。如果是這樣，這大概也是智臣人生中的頭一遭。

浪人嘆口氣。他以爲輔手會說句俏皮話，但這個靈也默不吭聲。智臣在的時候，他通常都不說話——他知道如果插嘴，往往會讓浪人感覺腹背受敵。

「沉淪地獄啊，」浪人說。「我們得離開這個星球。我知道要怎麼辦到。」

怎麼做？騎士問，同時納悶他的侍從進行完重要對話後，該不會完全抓錯重點。

「管理此地的人找到一個很眼熟的通行碟片，上頭有司卡德利亞文字。而我敢說，如果這星球上有強到能讓我跳躍的能源，肯定在他們手上。」

原來如此……輔手說。那我們要怎麼做？

浪人大步走向方才拋下的那棟建築，不費吹灰之力就認出它，因爲他不小心留了條門縫。他重重地踏進去，一路滴水，用手臂夾著步槍。他闖進仍在會議中的房間，嚇得他們紛紛踉蹌倒退。沒有任何人想到要拿武器。

沒錯，他們完了。但也許他們跟他有共同的目標。他抓起桌上的碟片舉起來，用他們的語言說話——說得很標準，沒有任何口音。

「我知道這是什麼，」他說。「它是鑰匙，能打開一扇大型鐵門，很可能那門是埋在什麼地方，對吧？門上有相同的文字？」他將鑰匙丟在桌上，它落下時翻了個面，在木頭上敲出咔啦咔啦的聲音。「我也要去那裡，或許我們可以互相幫忙。」

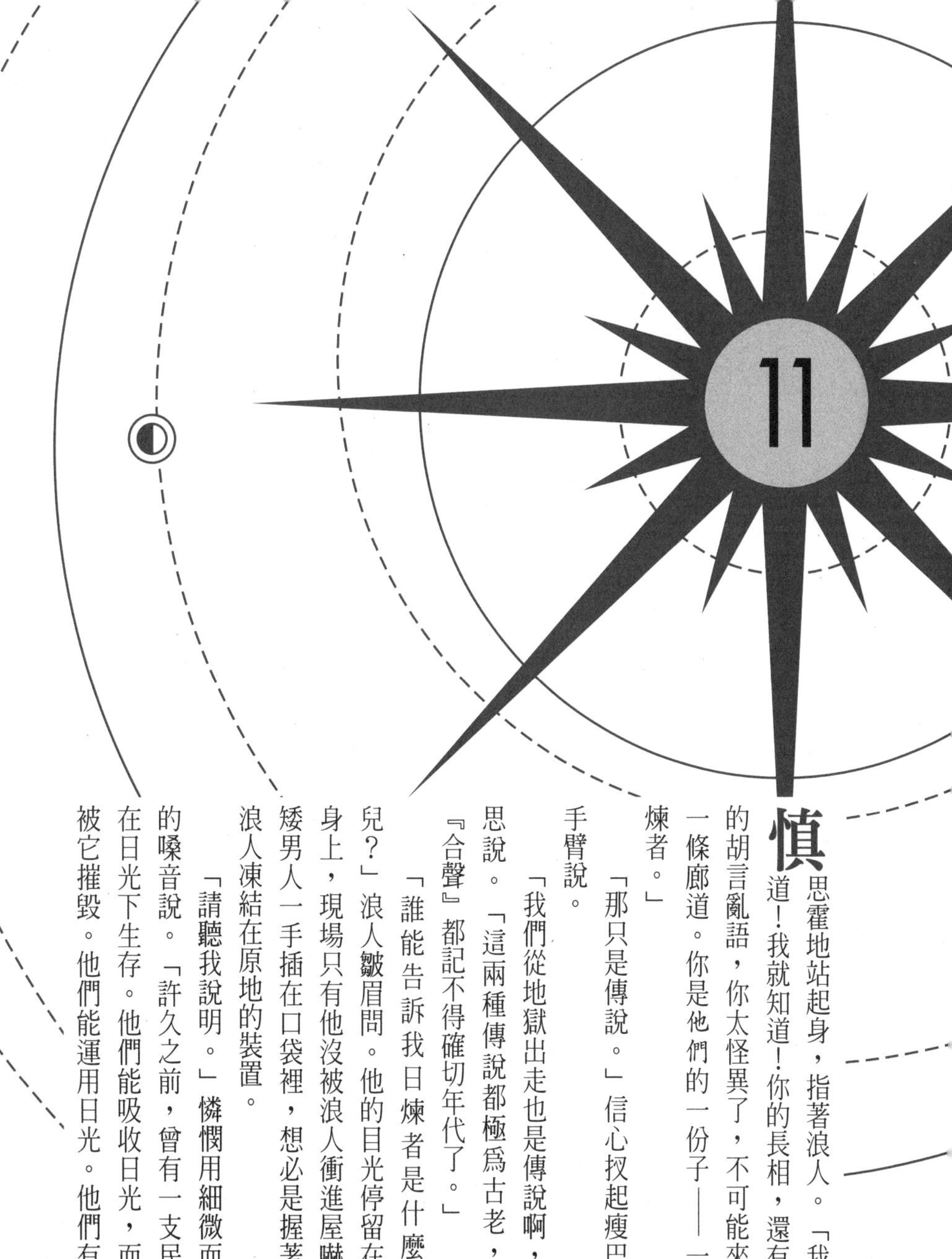

慎思霍地站起身，指著浪人。「我就知道！我就知道！你的長相，還有滿口的胡言亂語，你太怪異了，不可能來自另一條廊道。你是他們的一份子——一位日煉者。」

「那只是傳說。」信心揪起瘦巴巴的手臂說。

「我們從地獄出走也是傳說啊，」慎思說。「這兩種傳說都極爲古老，就連『合聲』都記不得確切年代了。」

「誰能告訴我日煉者是什麼玩意兒？」浪人皺眉問。他的目光停留在熱誠身上，現場只有他沒被浪人衝進屋嚇到。矮男人一手插在口袋裡，想必是握著能將浪人凍結在原地的裝置。

「請聽我說明。」憐憫用細微而脆弱的嗓音說。「許久之前，曾有一支民族能在日光下生存。他們能吸收日光，而不是被它摧毀。他們能運用日光。他們有辦法在某處停留夠久，打造一座地底城市。他們就是日煉者——能在日光下倖存的人。」

「我是被日光照到了沒錯，」浪人說。「但它差點害死我。」

「你接觸到日光卻沒立刻斃命？」傑弗瑞傑弗瑞悄聲問，瞪大眼望著浪人。「是真的？」

「只有幾秒而已！」浪人說。

「歷經日煉而不滅之人。」憐憫低聲說。

「我必須帶著無上的尊重和謹慎提出，」信心說。「我覺得整個日煉者的故事是哄小孩的概念，不是成人該相信的事實。如果那支民族跑進地底，應該會被泥巴悶死。」

「不，」慎思說。「有些區域的地面全是岩石，石頭裡可能有孔洞，例如熔岩管。在那裡人類可以生存。我一向感覺在我的大限到來之前，會親眼見到這樣的事。」

「岩石照到日光就熔化了。」熱誠說。

「日煉族的岩石不會。」慎思說下去。「它們嵌得很深。焦燎王相信這種說法，所以才會耗費多年努力進到那扇門。而這個男人，是從岩石避難所來的！」

「欸，妳錯了。」浪人說。他以為自己擅闖進來時，對方會強烈抗議，或許還會有肢體衝突，可不是……無論這是什麼狀況。「不過我並不是特別在乎你們相信什麼。你們知道那扇門在哪裡嗎？碟片能開啓的門？」

「我們有一些概念。」憐憫輕聲說。最嬌小也最年邁的這位老太太仔細看看他，露出微笑。「那是我們的指引星輓歌的計畫，她說要偷走焦燎王的鑰匙、摸清使用方法，設法進到隱藏在地底的和平之地。」

「那是我們逃離他魔掌的唯一手段。」熱誠悶哼一聲。「他現在是全世界權力最大的人，掌控赤道的廊道，坐擁最多的資源。他逼所有人不斷朝兩極移動，在那裡只要稍有差池，就會送命……」

浪人暗暗記下這項資訊。「嗯，我也想找到那扇門，我會協助你們去那裡。」

你打算告訴他們嗎？英雄犀利地問，語氣充滿弦外之音。你要警告他們可能會在門後發現什麼嗎？那並不是給外人的避難所，而是來自異星的小型設施，大概是來監測那個太陽散發的授予？

「那不干我們的事，」浪人用雅烈席語說。「這些人想要找到那扇門，我也想要找到那扇門，而我會協助他們到那裡。我們對他們做到這樣，也就仁至義盡了。」

眞是冷血。

不過輔手沒再逼他，他和浪人一樣心知肚明，他們脫離這個星球最大的希望，就是進到那個設施中。

「我覺得這人挺有趣的，」熱誠說。「我們要接受他的提議嗎？也許他幫得上忙。」

「陌生人，你能爲我們做什麼？」信心問道。「你要提供怎樣的幫助？」

「首先，我認得那上面的字。」他指著碟片說。「它是一個名叫哈里丹的副官的東西，這是他的識別證，讓他能打開門。我也能看懂寫在門上的字，而且如果門後有人，我能跟他們溝通。」

「日煉者。」愼思低聲說。

其他人點頭附和。

「我的想法是我們該接受他幫助，」熱誠說。「我們必須找到這地方，逃到裡頭去！如果我們將焦燎王和他的嘍囉鎖在門外——那扇他們覬覦多年都進不去的門，然後為他們的安全禱告，對我們和鎮民來說豈不是一件樂事？」

「我很確定雅多納西會保佑我們完成此事。」憐憫說。「我們的鎮民終於可以眞正休養生息了，不必再依靠日心為我們的城鎮供應能源，不必再被日出追著跑，不必再有……折損。」

「雅多納西是吧？」浪人說。「對了，一群輓星人怎麼會信奉起另一個星球的父神了？」

「我們在出走前學會的，」信心說。「我們相信史上第一位指引星的話。我們曾生活在地獄裡，信仰帶領我們來到一片新土地。」

「一片隨時都在燃燒的土地？」浪人問。

「雅多納西，」愼思說。「終究會想起我們的困境……」

尖酸的侍從明智地選擇「不」向這些人解釋悲哀的現實，亦即他們的神早在一萬年前左右就死了。我暗示得很明顯囉。

浪人把話吞回去。

「也許雅多納西確實沒忘了我們，」熱誠說。「也許這就是日煉者出現的原因。」

「如果你們非要稱呼我什麼的話，叫我浪人就好。」他打岔。

他們一副沒聽到的樣子。「如果他能讓我們通過門禁……」傑弗瑞傑弗瑞說著望向他。「你能啓動這個碟片嗎？打開那扇門？焦燎王已經試了很多年，從來沒成功過。他能找到門，但進不去。」

是嗎？「我幾乎百分之百確定我能打開那扇門。」浪人說。「我不是像你們所猜的來自偏遠地區，但……我確實認識門裡的人。至少認識他們的一些同胞。我會說他們的語言。」

愼思迎向他的目光。她明白其他語言代表什麼，其他人似乎不懂。她相信他的話。他直視那雙充滿希望的年邁眼睛，感覺自己有些動搖。昔日的他有點死灰復燃的跡象。

「聽著，」他對她說。「我……不認爲你們會在門後找到你們想要的狀況，它……不是你們所寄望的避難所。」

「你眞的很確定是這樣嗎？」她問。

「不確定。」他承認。門後或許是大型設施。他颺的，搞不好那裡已經遭到棄置了。但可能性很低。它最可能是一艘探勘船，裡頭全是探索那日光的研究員。這類船都超小，頂多只能容納二十幾個科學家。

「對，」他重申。「我並不確定。可是……這方面我經驗豐富。我不認爲那個密鑰能帶給你們救贖。」

一夥人面面相覷。

「無論如何我們都得試試，不是嗎？」信心說。有鑑於她剛才一直持反對意見，浪人很訝異她現在這麼說。「這眞的是我們唯一的希望嗎？」

「我們的能源愈來愈不足，」傑弗瑞傑弗瑞說。「現在又激怒了焦燎王。不，我們撐不了多久了，這就是我們唯一的希望。」

其他人點頭。他颺的。好吧，浪人試過了，他坦誠相告，這樣就夠了。

他會善盡他的本分，帶他們到門前，並且替他們開門。在那之後……嗯，他們只能自立自強了。他不會有罪惡感。他們執意要把希望寄託在不可能的事情上又不是他的錯。

「我們確定要這麼做之前，得先問問鎮民的意見。」憐憫輕聲說。「請容我要求採取這個作法。」

「我贊成，這很明智。」愼思說。「明燈沒有獨裁者，只有家人。我們就向鎮民告知此事，讓他們決定我們是要爲可能進到避難所的獎賞冒險，還是乾脆向焦燎王投降。我想這個陌生人的出現，應該會促使他們選擇前者。」

「好極了。」浪人說。「我需要吃點不是泥巴的東西，還有喝點不是淋在我身上的液體，還有換穿不是掛在身上的碎布的衣物，就當作是我幫你們翻譯碟片的費用吧。」

「那你幫助我們到門那裡也要收費嗎？」蕾貝凱問。

「我只想進到那個避難所而已。」浪人說。「對了，我也要拿掉手臂上的臂鎧。」

「我們沒有鑰匙可以——」熱誠開口。

浪人狠狠瞪他。「你們駭進焦燎王的系統，弄昏他的餘火人——」

「他們叫作焦燎兵。」蕾貝凱說。

「——不管他們叫什麼，你們能同時弄昏他們全部，絕對能幫我拆掉這個。」

熱誠別開視線。

「我們還沒討論，」信心說。「你裝作不會說話，藉此刺探我們內情的事。」

「認識新的人時，」浪人說。「多幾分謹愼總是沒有壞處。蕾貝凱，妳說是吧？」

她狠瞪他。

他微笑地眨眨眼，然後伸直雙臂。「所以，要怎麼脫掉？」

「我去拿調波器。」熱誠嘆口氣說。「先告退了，眾益。」

三個老太太點頭。他閃身溜出去，浪人則在桌邊安坐下來。他傾斜椅背頂著牆，不過這次沒把腳蹺上桌，畢竟他現在內心多了幾分尊重。

「浪人，如果你願意的話，」信心對他說。「我想問問跟著你的那個靈體的事。蕾貝凱說，你可以憑意志力變出物體？」

「要這麼形容也是可以，」他回答。「但具體作法是我的祕密，抱歉。」

他們沒再追問，他頗為訝異。他們怎麼知道輔手是個靈體？又為什麼不更強硬地逼問？他遊歷各地時注意到一件事，就是所有地方的人都對輔手很著迷。別人經常將他的能力視為神的象徵，或至少是受到眾神極致恩寵之人。

然而在這裡，他們直接讓他用一句話打發了他們？真奇怪。他們換了別的話題，討論要怎麼集合鎮民，要怎麼找到那個設施的入口——稱那個地方為「岩石避難所」。顯然那地方不容易找到。

蕾貝凱沒參與對話；茶喝完了，她轉身去幫大家拿新的來。有意思。他們在外頭逃命時，她看起來像個被逼急的反抗軍。現在他看到不一樣的她。身穿溼透洋裝的年輕女子，在戰鬥中弄丟了帽子。她身上濺滿沒被雨沖掉的泥巴，垮著肩膀，一副垂頭喪氣的模樣。她今天吃了很多苦頭。

她明明應該（也有資格）回房睡覺，或至少換件衣服，為什麼要留在這裡？也許與她姊姊有關。他們不是說那個已被改造成焦燎兵的女人當初創建了這座城鎮，還想出逃進避難所的計畫嗎？這讓蕾貝凱處於何種立場？

今天她哥哥死了，他想起來。他們在救姊姊時，她目睹他的頭被蒸發。沒錯，那個呆滯的表情，機械化的動作。蕾貝凱尚未從打擊中恢復。他知道那種感覺，全靠意志力撐下去，努力找事情忙。因爲如果停下來，如果眞的去睡覺，你很清楚會發生什麼事。

你得面對現實。

「我說阿輔，」他們等茶的時候，浪人用雅烈席語說。「我們要來聊聊你違背我明確的指令，擅自聯絡智臣的事嗎？」

在侍從尖銳的質問下，騎士不安地換了個姿勢，阿輔說。他努力理直氣壯地回應，但他緊張的語氣讓他洩了底。

「你期望發生什麼事？」浪人問。「你以爲智臣快閃來一趟，用他的道德小故事激勵我，我就會變回輕鬆愉快的樣子？」

我記得……光的啓示。脫胎換骨。

「那是特殊情況，」浪人調整一下靠在肩上的步槍。「大部分改變不會伴隨著光的啓示好嗎，阿輔。大部分改變都像是朝著坑洞緩慢而穩定地滑下去，就如同老化的過程，是拖著腳一步一步地走向墳墓。」

你已經不會老化了。

「我的身體是不會，」他悄聲說。「但我的靈魂絕對會。它已經繞著那個坑洞打轉很多年了。一步一步，阿輔，我們會逐漸磨耗殆盡。理想就如同風中的雕像，看似永垂不朽，但事實上，細微的侵蝕無時無刻不在發生。」

其他人繼續開會。「眾益，這件事會很危險，」傑弗瑞傑弗瑞在說。「我要提出一項事實：我們必須拆解整座城鎮，帶大家一同前往，這樣探勘船找到入口時，才能隨時待命。」

「我們對鎮民解釋時，會清楚聲明這一點。」憐憫說。「傑弗瑞傑弗瑞，謝謝你直白地說出評估結果，但我們確實必須將希望寄託於此。慎思說得沒錯，保持現狀是無法生存的。我們的日心會死，而我們的資源就愈來愈少。」

「我們只有兩個選擇：進到這個避難所，」慎思說。「或者死於焦燎王的殘暴之下。他不會接受我們的投降，鎮民應該也很清楚。」

「想像一下，」憐憫說。「有個地方不受他的箝制。我們能在那裡證明我們的作法比較好，我們不需要他的暴政或虛假的『團結』才能生存。如果熱誠的任務失敗了，或許我們只能接受較差的選項；但是有了那個密鑰，我們就有了一個機會。」

高眺而緊繃的信心別開臉不看桌旁其他人。「這讓我想起一件事。我們還沒討論出該怎麼懲罰違逆我們嚴格命令的人，她這麼做等於緊抓著混亂和危險不放，還讓所有與她同行的人都一併承受這兩件事。」

正默默收拾加熱板和茶杯的蕾貝凱僵住。她回頭看了看桌旁的人，然後垂下目光。

「嘿，」浪人用他們的語言說。「對這女孩寬容一點可以嗎？要不是她，你們哪裡有我幫忙。」

「這事與你無關，外來者。」信心說。

「妳好像沒注意到，」浪人說。「我並不在乎妳們怎麼想或事情與我有沒有關係。」他站起身，這時熱誠拿著某種器材回來了。浪人把槍放在桌上，伸出雙手。

熱誠先望向眾益——她們點頭允准——才開始拆臂鎧。

「妳們老是在強調，」浪人繼續說。「妳們跟焦燎王不同，妳們要反抗他的暴政。在我看來，如果妳們想建立有別於受那傢伙統治的地方，就不該懲罰一個只是盡力想幫上忙的人。」

第一個臂鎧脫掉了。熱誠砰的一聲把它放在桌上，再把器材插到另一邊臂鎧底下操作。

「感謝賜教，年輕人。」信心冷冷地說。「也許等你年紀大一點，就會明白『平衡』是必要的。暴政很可怕沒錯，但不是所有權威都該排斥。年輕人經常難以了解過猶不及的概念。」

「妳到底覺得我年紀多大？」浪人覺得很逗趣。

「十八、九歲？」信心說。

「不，要再大一點。」慎思接口。「二十出頭。」

他颳的。他知道自己不再長白髮之後，外貌顯得年輕許多，可是二十出頭是怎樣？在晨碎的影響下，他停止老化、靈魂扭曲時，都已經三十八歲了——況且這還是用他那個星球的算法，它的一年比多數星球都更長。

平心而論，這群人永遠都生活在黑暗裡，他大概也猜不準他們的年齡，可是還是很扯。

「從外表看不出來，但我已經活了比妳們預期中更久。」浪人說。「而我見過太多假借——嗯，恕我直言，人們口中的『眾益』之名，行暴政之實。名稱不重要。妳們想避免被視為暴君嗎？坐而言不如起而行。」

另一邊臂鎧也脫掉了。浪人向熱誠點頭致謝，熱誠邊盯著他邊退後——彷彿擔心他會馬上抄起步槍瘋狂掃射。浪人其實真有點想這麼做，朝天花板開幾槍，嚇嚇這些人也好，來個震撼教育。但輔手會把他罵到臭頭。

於是他只是把步槍扛在肩上。「食物。衣服。床。照這順序。」

「這事就交給蕾貝凱辦，」憐憫說。「當作她懲罰的一部分。」

「外來者，你會飛嗎？」慎思問。

浪人僵住了。他望著她們三人，疾速思考，情緒洶湧……然後突然領悟她們指的是開飛船。

「我應該能搞懂，」他說。「只要稍微幫我講解一下操作台的功能。我開過類似的飛行器。怎麼了？」

「因為我們很快就會經過避難所的入口所在區域，」慎思說。「我們需要向鎮民說明狀況，並且在短時間內做決定。之後我們就需要分解城鎮，開始找路，而我覺得應該要確認一下……」

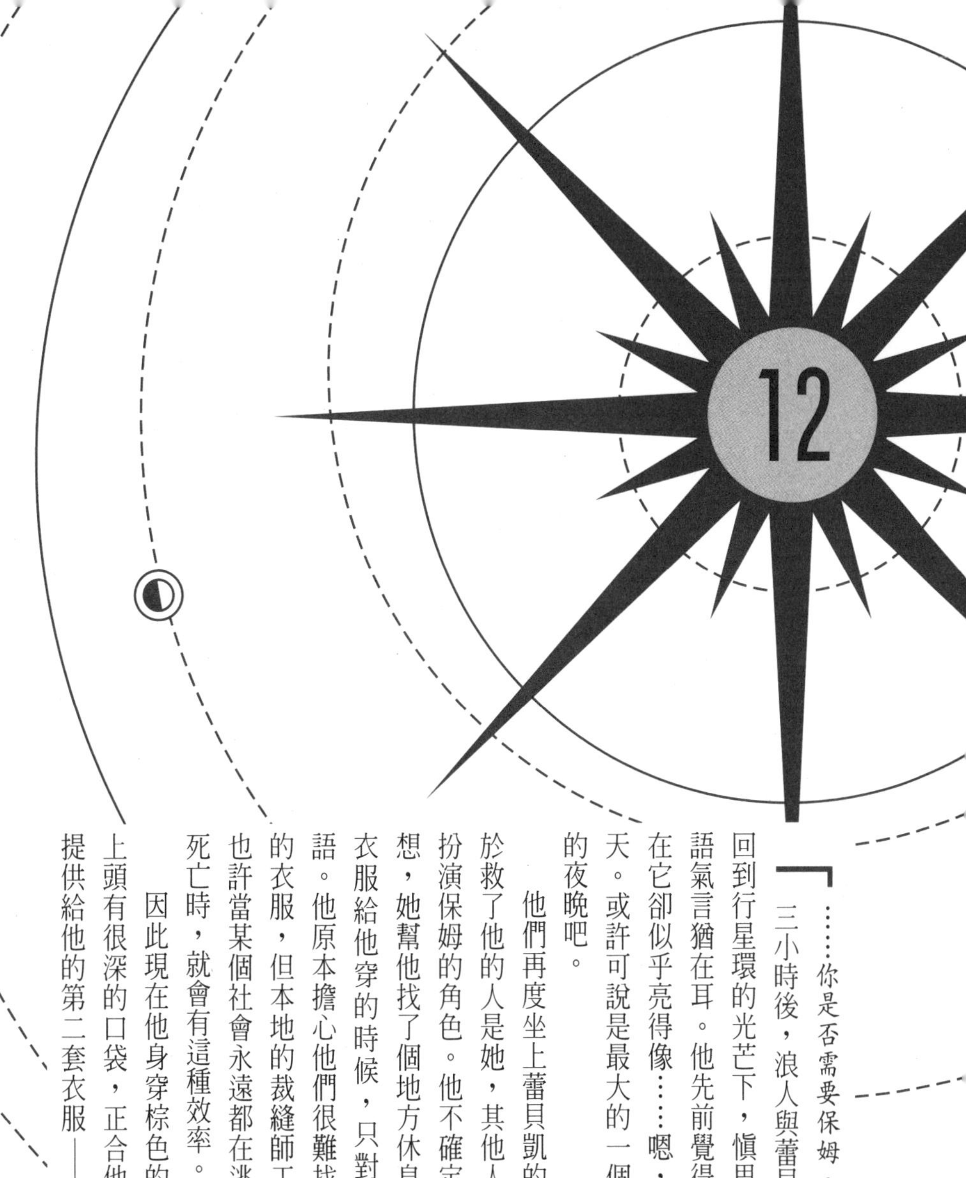

「……你是否需要保姆。」

三小時後，浪人與蕾貝凱衝出雲蓋、回到行星環的光芒下，慎思那洋洋得意的語氣言猶在耳。他先前覺得這光很弱，現在它卻似乎亮得像……嗯，倒也不是大白天。或許可說是最大的一個月亮高掛天空的夜晚吧。

他們再度坐上蕾貝凱的四人機車。由於救了他的人是她，其他人似乎樂於讓她扮演保姆的角色。他不確定她對此作何感想，她幫他找了個地方休息、又弄來一些衣服給他穿的時候，只對他說過寥寥數語。他原本擔心他們很難找到適合他身材的衣服，但本地的裁縫師工作效率超高。也許當某個社會永遠都在逃離高溫造成的死亡時，就會有這種效率。

因此現在他身穿棕色的防塵長外套，上頭有很深的口袋，正合他意。這是他們提供給他的第二套衣服——第一套看起來太像軍服了。當時他很不客氣地數落蕾貝凱，現在還覺得很慚愧。這一套還不錯。他已經連續去了兩、三個世界，都找不到如此符合他品味的服裝。他在外套裡穿著耐用的長褲和薄襯衫。

他們騎著大型懸浮機車衝出黑暗時，有一小支飛船艦隊跟在後頭。他和蕾貝凱，再加上其他騎著懸浮機車的斥候，先出來確認過焦燎王不在附近。不過現在警報解除，明燈剩下的成員也都來了。

原來明燈的總人口約一百五十人——船艦約有三十艘。正如他在較大的那座城市，也就是他現在知道稱為「聯盟」的地方所觀察到的，大部分的船都更像熊蜂而不是胡蜂。不過所有船都能飛，而且運作順利。

整座城鎮可以在一聲令下直接拆解打散，仍令他大感驚奇。他告訴自己，到現在他已去過數十個星球了，應該早就對各種新鮮事疲乏了才對。然而事實上，每個星球都有類似這樣的狀況——有某種引人入勝的怪東西，讓他想待久一點研究和學習。

當然，要是他真待久一點，夜旅兵團會逮住他——就此找到下一個環節，朝他們的最大獎邁進。他很確定他們對他做的事將極具「啓明」效果——他的內臟會首度見到外界的光線。

他將思緒收回來，打量地貌。先前他注意到泥巴是黑暗中的風暴經過後遺留的產物。這裡的地面基本上就是灰色爛泥，看不到植物或甚至任何生物——但這不表示地形很單調或平坦。

臨時形成的河流已經在泥地鑿出一條條水道，侵蝕土壤、創造網狀水系。它們都給人一種海口灣的感覺，也就是河流匯入海洋的地方。只不過這裡沒有海，倒是有一些湖。大片的淺水窪反射出天上的行星環，色彩繽紛的擬像令人嘆爲觀止。

地貌多變的程度耐人尋味。他原本設想這整個星球都像一大片鹽沼或泥坑，但他們卻經過了崇山峻嶺以及曲折迂迴的河谷，谷中流水潺潺。此外這些地形間還點綴著奇岩怪石，尖銳而險惡，上頭布滿孔洞。飛過一片平原時，他看到幾百個這樣的石頭，有如狂人創造的雕像。

你對那些東西有什麼看法？刻意地裝作嚴肅的騎士有點困惑地問。

「你知道嗎，」他回答。「智臣師傅總告誡我，應該避免在說話時用上太多副詞。」

那我要怎麼表達情緒？他更加困惑地問。

「透過內容的脈絡，還有語氣。」

語氣是吧，他木然地說，他木然地說。我不多不少就只有一種語氣，浪人。死去是要付出代價的，你知道嗎？

「只可惜緘默不是其中之一。」

那些怪石，浪人，他愈發惱怒地說。它們是什麼？

「怪東西，就這樣。」

他通常會認爲這類結構源自於長久風雨刻蝕，但如果是這樣，這些岩石的側面應該很平滑，而不是像這樣嶙峋又有洞，簡直像……

像從地面噴射出來時，突然凝結的熔岩，他醒悟。火山爆發時突然被冷雨兜頭淋下，於是就地凝固成形。這些東西就是給他那種感覺。

「嘿。」他切回本地語言，朝左側駕駛座上的蕾貝凱揮揮手。「那些岩石結構是日光造成的嗎？地面過熱之後，岩漿就噴出來了？」

「我們猜想這是最可能的答案。」她大喊著蓋過呼嘯的風聲。「天空暴君來臨時，會在大地製造大災難。每天所有東西都會熔化或裂開，等我們再次經過時，一切都變得不同了。」

「等一下，」他說。「『一切』都變得不同？」

「一切。」她高聲說。「不過有些大原則是不變的，例如南方地勢比較高，但沒有個別特徵能維持到第二天。上次經過這裡時，還沒有那些山丘，全都是新形成的。合聲曾述說我們的舊世界，那個地方很安詳，地貌處於靜止狀態，不會每天都變個樣。但那裡也是地獄，所以……」

「我去過，」他大聲回答。「東西很好吃，但那些鬼魂眞的有夠討厭。我不意外妳的祖先想離開。」

她意有所指地白他一眼。「不要胡謅。」

「胡謅？」

「你才沒去過地獄。」她大喊。

他聳肩。他遭遇過各式各樣的地獄，不過只有輓星眞的就叫地獄。但誰在乎她相不相信他？

岩漿的事，你怎麼會想到是這樣？騎士插嘴。

「岩體沒有受侵蝕的現象。」他用雅烈席語解釋。「由於這裡的地貌會受到極端力量影響，那樣解釋很合理。眞是了不起，像個仍在成形的原始星球。」

生活在一個無法製作地圖的地方是什麼感覺？沒有任何熟悉的地標？除了你帶在身邊的東西之外，什麼都無法持久存在？在這種環境裡，他會寧可找個安靜的洞穴隱居。不過，這下他也知道爲什麼沒有很多洞穴可以躲了。

既然地表每天都被煎到裂開，讓熔岩能湧出來……嗯，這可不利於穩定宜居的洞穴存在。他再次懷疑他們要找的避難所眞的「可能」是某種洞穴嗎？

儘管如此，他內心有個小聲音在說，其中有地方說不通，他漏掉一塊拼圖了。過熱的光線或許能讓地表岩石熔化流動，但要造成噴發？他不是專家，但他以爲通常要靠「相反」的效應才會造成這種結果，亦即地底高溫、地表涼爽——再加上地殼構造活動的慷慨相助，才能開鑿出新的通道讓地底高溫散逸出來。

高度授予的光，也使得搭乘星艦在這個世界中通行幾乎是不可能辦到的事，然而他卻有證據表明這個地方有司卡德利亞人。所以，這個星球的機制到底是什麼狀態？

「我猜，」他對蕾貝凱說。「是因爲地貌如此不穩定，我們才必須特地尋找進入避難所的門在哪裡？」

「對。」她指向附近聚成一群的五艘飛船，它們的底部都又圓又扁，懸浮在較低的高度沿地面掃過，用很謹慎的模式共同行動。「我們用探勘船來做這件事，它們能偵測土壤底下的能量來源。焦燎王在例行搜索中偶爾會找到那扇門，後來他變得對那扇門與避難所的故事很著迷。當他獲得密鑰後，這種執念變本加厲。鑰匙是從一具屍體上找到的，他的機車護衛發現那名陌生人死於山崩。」

浪人點點頭，陷入沉思。用那些探勘船來執行偵測授予這種小事，簡直是用牛刀殺雞，但是並非所有人都幸運地有一個「搜尋者」替他們效勞。

「這麼說，你們本來是他的子民？」他蓋過風聲問她。「焦燎王？在你們脫離並躲進黑暗之前？」

「可以這麼說吧。」她讓機車減速，好拿水壺潤喉，接著她不必大喊就能說下去。「他負責『維護法律』，基本上他的影響力遍及所有宜居的廊道，凡是稍具規模或有價值的城鎮都被他納入聯盟。

「而像我們這類較小的城鎮，他會派幾個官員代表他。當然同行的還有一些焦燎兵，隨時準備強硬執行命令，我們只能忍氣吞聲。有很多年的時間，事實上應該說打從我有記憶以來，我們的生活都受他控制。直到他開始改變辭令，作法也更殘暴，聲稱他的天命就是要將所有人統一爲一個城市，於是——」

有艘船經過，她瞥向側面。他們把她姊姊輓歌安置在那艘船上，算是某種臨時牢房。浪人覺得他們連眞正的監獄都沒有眞是太扯了。

「輓歌一向滿懷宏大的夢想。」蕾貝凱說。「凡是她有熱情的議題，她就能說服任何人接受任何事。我多麼希望我們能爲她……做些什麼。先前我把她關起來時，她對我大吼大叫。那是她的嗓音沒錯，但她的眼神沒剩下半點原本的自我。我……」她低著頭，頹然窩在座位上。

他颺的，這女孩需要睡眠以及哀悼的時間，而不是執行另一次任務。可是太陽不等人，大家都被它的時程表綁死。也許等他們打開那扇門，她就能休息了……但她當然不會有休息的機會。因爲那扇門並不會通往避難所。他硬起心腸。「焦燎王會在這外頭尋找你們，對吧？」他說。

「他總是在找我們。」她回答。「不過熱誠拿了個假密鑰替代他偷走的眞品，所以如果雅多納西保佑，焦燎王還不知道我們做了什麼。他會派巡邏隊出來試著找我們的蹤影，但只是一般編制的巡邏隊。也許我們今天運氣不錯——畢竟他鮮少巡邏這一區。」

「爲何？」

「因爲等他們採收完作物，他的城市——聯盟——本來就要往這裡走。」她解釋。「我們怎麼會蠢到直接飛到他的路線上呢？他的機車騎士通常會搜尋這條廊道還有附近幾條廊道的偏遠區域，他們認爲我們會在那些地方試著採收自己的作物。」

兩人都沉默了。

「你們就不能逃去另一條廊道嗎？」浪人問。「妳不是說有些地方不受他影響？」

「他能影響全部地方，」她說。「只是有些地方他不在乎——因爲那些地方根本不適合住人。」她指向北方。「朝那方向飛一小時左右，就都是他的地盤，直到抵達死亡帶爲止，那裡長不出糧食。被流放到那裡等同判死刑。」

她轉身指著南方。「以前南方帶是可以住人的，但這兩、三年忽然竄起一道山脈，它愈變愈高。如我所說，個別特徵會消失，但有些大型結構會留存。我們不斷期盼這道山脈會熔掉，結果都沒有，所以住在那條廊道的所有人都得往北方遷移——把這裡的廊道都擠滿。這讓焦燎王統治起來更得心應手，因爲要壓迫他們也更容易了。」

「等一下，」浪人說。「山脈有什麼大不了的？從上頭飛過去不就好了。」

「我們飛不了那麼高，」她說。「這些船辦不到。而且那道山脈的範圍很大，如果試著從旁邊繞，絕對會困在某座山谷裡、坐以待斃。所以我們選擇躲在黑暗中，避免被他的巡邏隊發現。」

這番話令浪人覺得滿奇妙的。他們的科技……有些令他想不透的部分。不過對他而言倒不是什麼罕見的事，到過的地方愈多，愈是體會到科技並不是一種直線發展的東西。很多星球經常在某個領域擁有精熟的知識，對其他領域又無知得很。他見過某個社會有能力處理複雜的數學，也對建築學知之甚詳——卻對車輪毫無概念，因爲他們的生活環境是濃密的叢林，在那裡發展車輪不像在有大片平地和筆直馬路的地方那麼有意義。

所以，騎士沉吟。他們活在焦燎王的欺壓下，無可否認，聽起來挺糟的。但那眞的比在這個星球另找出路來得更糟嗎？他的統治眞的可怕到跑去生活在純粹的黑暗裡是更好的選擇？

這很難說。就浪人的經驗，人民並非在生活水深火熱的時候會起義，反而是當生活有所改善時，他們有了餘暇去思考和質疑。他們有了想像的能力。

所以，或許最近這裡的狀況有了一定的進展，鎮民才會懷疑他們到底要不要服從獨裁者。

「焦燎王向你們收稅嗎？收得很重？」浪人說。

「很重，」她輕聲說。「太陽每繞一圈，都要進行一次摸彩。」

摸彩？

嗯，這個詞會因爲使用的情境而有各種不同的意義。他想起先前在聯盟遇見的事，綁緊神經準備聽到最糟的答案。「拿……人民來摸彩？」

她點頭。「不然還會是什麼？」

「他對被抽中的人做了什麼？」

她皺眉，仔細看他，然後瞇起眼。「你……不知道？」

他搖頭。

「眞的嗎？」她輕聲說。「有一個不使用日心的地方存在？」

「能源？」他用指節輕敲機車外殼。「我是說，我見過的所有民族都會使用某種能源，但我沒看過這種。你們是從哪裡取得的？它是不是……」他沒把話說完。

日心。

摸彩。

「人？」他問。「這些能源本來是人？」

「這一顆，」她一手輕按著機殼。「是我母親。兩週前，我們將她留在外頭等待太陽，下一圈繞回來時再收取她的日心。她的肉體被高溫蒸發，而她的靈魂就凝結成這顆石頭。」

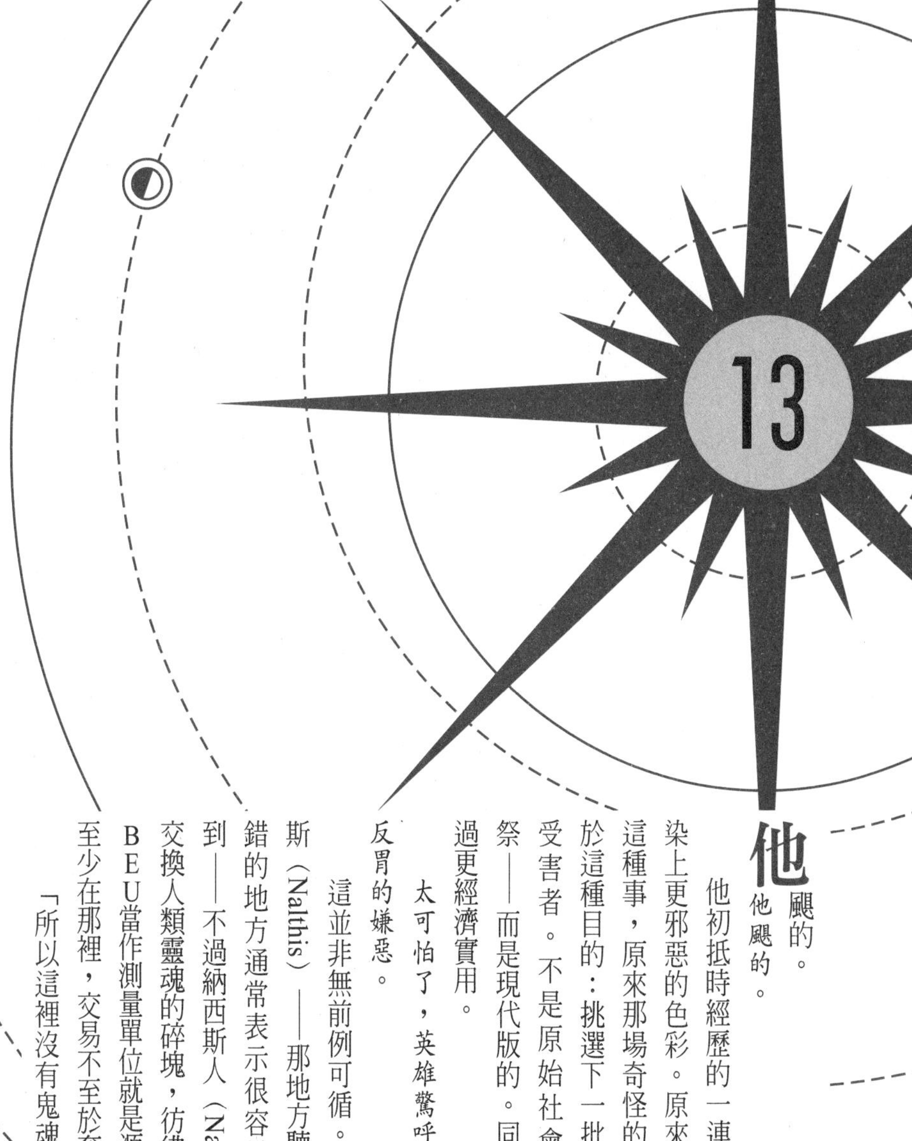

他颶的。他颶的。

他初抵時經歷的一連串事件，突然間染上更邪惡的色彩。原來焦燎王在做的是這種事，原來那場奇怪的鬼抓人遊戲是出於這種目的：挑選下一批要獻祭給太陽的受害者。不是原始社會異教徒式的獻祭——而是現代版的。同樣駭人聽聞，不過更經濟實用。

太可怕了，英雄驚呼，語氣含著滿滿反胃的嫌惡。

這並非無前例可循。浪人沒去過納西斯（Nalthis）——那地方聽起來不錯，而不錯的地方通常表示很容易被夜旅兵團找到——不過納西斯人（Nalthian）會買賣和交換人類靈魂的碎塊，彷彿它們是寶石。將BEU當作測量單位就是源自那個世界，但至少在那裡，交易不至於奪去你的性命。

「所以這裡沒有鬼魂，」他用雅烈席

語輕聲說。「輓星人的靈魂會有一種若有似無的回聲，那種煙霧般的魅影會在他們死後繼續存在。可是在這裡沒機會發生這狀況，他們的靈魂會凝聚、熔解，變成……」

一顆電池。他已經吸收一顆電池來與這個星球建立聯繫，現在回想起來，又是一件毛骨悚然的事。他摸了摸外套口袋，在他獲得新衣服後，他便把已枯竭的能源核藏在口袋裡。

即使附隨著幽影，單憑一個靈魂也不足以讓我們吸收超過一千BEU的授予，但我們卻做到了，阿輔說。所以勢必有別的力量將石頭灌滿，就像羅沙的颶光一樣。這裡的太陽必定如我們猜測的含有授予，當某人被太陽燒死時，它也同時讓靈魂的殘骸超充能。

這是唯一合理的解釋，因為他們絕對無法只靠靈魂供應整座城鎮的能源。除非很快就把人類用完了。不過細究其隱含意義，仍令他作嘔。

「你的反應，」蕾貝凱說。「應該是真的吧？你完全不知道日心是什麼。」

「不知道。」

「那麼希望確實存在，眞切的希望。甚至比輓歌提出的前景更好的生活。」

「你們的城鎮……仍在使用這樣的犧牲品？」浪人問。

「不然還能怎麼辦呢？沒有能源的話，我們根本無法跑得比太陽快。有別於焦燎王的摸彩，我們總是使用志願者，都是年長者或病人。」她無意識地用指尖描畫日心外罩的輪廓。「我母親已是風中殘燭。她本來也許還能再活幾個月，也許是活幾天，也可能活好幾年。但我們已經耗盡三顆日心，有三艘船不能運作，所以……」她深吸一口氣。

「所以你們就把人留在外頭等死。」他說。「他們會變成這些……能源。你們要如何再找到他們？」

「用探勘船，」她說。「所以我們才會打造這種船。不知爲何，日心會浮在靠近岩漿表層的地方，約略在我們留下那些人的位置，就能找到日心，不過往往必須從岩石裡把它們撬出來。」她的手停住了。「我哥把媽媽的日心安裝在這裡，在我們的四人機車裡，讓我能離它很近。現在他……他不在了，母親也是，就連輓歌也……」

這個他颸的世界，騎士用喘不過氣的語氣說。代表驚恐而不是興奮，因爲這說法有時可以形容另外那種意思。只是怕你誤會。

「他們逮到我的時候，」浪人說。「焦燎王曾脫下手套，抓住我的臉。他以爲會發生某種狀況，結果沒發生。」

這話令蕾貝凱從哀傷中驚醒，忍不住又瞪大眼盯著他。她望向他沒戴手套的手。蕾貝凱顯然十分好奇，先脫掉右手手套，又有點遲疑。

「我能試一下嗎？」她問。

他聳肩。因此她伸手過來摸他手腕。

「什麼也沒有。」她詫異地說。

「到底『應該』發生什麼事？」

「我應該要能吸走你的體溫才對，」她說。「還有你靈魂的一部分。我出手摸你時，應該要能從你體內汲走熱能，讓你變冷——就跟臂鎧的作用一樣。臂鎧對你不是能發揮作用嗎？」

「很不幸，是的。」他說。「從你們身上被吸走的東西，我們稱爲『授予』，那是另一種狀態的能量，在被吸走的過程會讓人體溫下降。不過那只是副作用。基於你們的起源，你們的授予類型很有趣——我的也是，不過屬於另一種。」

「爲什麼臂鎧對你有效，」她問。「我摸你卻沒效？」

很難說到底是什麼原因。雖然他曾鑽研這類題目，但他已好幾十年沒思考過這方面的事了。即使對專家而言，授予的各種細微差異都可能很刁鑽。

「授予是很挑剔的，」他說。「通常需要集合特定條件才能操控，例如意圖（Intent）、指令（Command）、熟悉程度。臂鎧可能是很粗暴的東西，能硬闖入我的防護措施，但妳的觸摸不同。」

她抽回手，快速戴回手套，臉變紅了。「這種行爲並不常見。」她說。

「什麼行爲？」他問。「摸別人嗎？」

她點點頭，一臉尷尬。「通常只會不小心碰到。」

「我看到焦燎王故意這麼做。」他說。「他在競技場吸食別人的授予，要了他們的命。」

「對，」她低聲說。「他能用蠻力迅速強勢地吸出熱能。他能獵食人類，直到他們只剩下無生命的軀殼。到現在他已經……吃掉幾千人了。」

哇，阿輔說。幾千人？你要當心那傢伙啊，浪人。如果他擁有那麼大量的授予……他可能真的極度危險。

「儘管如此，」蕾貝凱說下去。「任何肢體接觸都可能導致熱能被汲出或施予，即使只是普通人而且並非刻意爲之，也是一樣。不過這種行爲鮮少會造成危險。」

「等一下，所以說，」浪人說。「只要你們互相接觸，就會開始榨乾別人的授予？」

「我們有固定的禱文爲它賦予形式。」她說。「不過……的確，長時間接觸就會啓動這種效應。包括意外，或是……親密行爲。」

「你們性交時會讓對方結凍？」

嗯，這個新鮮，英雄對他過於口無遮攔的貼身男僕說。我所預期會在這個世界發現的文化特質清單上，絕對沒有這一項。

蕾貝凱的臉更紅了。「事實上，我們的熱能會來回傳遞，那……應該不是我必須向你解釋的事情。」

「說得也是。」他陷入沉思。這些人的生理本質讓他們能互相汲取授予。幾乎所有東西都含有某種授予的元素，但是極端經驗與授予的本質有很深的關聯，具體來說，極端經驗指的是他能做到的怪事以及他遭遇的怪事。

包括他的「磨難」在內。它有生理元素，也有心理元素。但眞正的鐐銬是精神上的——亦即授予。因此或許……

他腦中開始浮現一個計畫，有種方法也許能讓他脫離痛苦折磨。或至少減輕它的症狀。

浪人，騎士插話——大概打擾到他思索自己的特異本質——我看到東西了。你右側二十度有艘船，距離很遠。

浪人定睛望向輔手說的方向。雖然除非被浪人召喚出來形成物體，阿輔並沒有實質軀體，這個靈仍然能使用浪人的身體來感知世界。阿輔一直都在注意周遭，儘管浪人並沒有。

浪人看到它了：遠方有艘小船正在接近。「有斥候船，」他對蕾貝凱說。「我想它正在觀察我們。妳最好向其他人示警。」

蕾貝凱順著他的視線看去，然後低聲咒罵。她撥動座位旁邊一個開關，浪人左側的機體便裂開來。蕾貝凱的座位和它周圍的金屬頓時解鎖，與機車主體分離。前方和兩側有些部分自動展開，形成她個人的單人座懸浮機車，過程流暢有效率。

他猜得沒錯，這輛四人座機車可以將四個有座位的部分彈射出去。與其說這是一輛大型懸浮機車，不如說它是四輛小機車的母艦。

「了不起。」他說。「這星球上的所有東西都能分解成獨立運作的小零件嗎？要是這機器墜機，它會分解成一百輛更小的機車嗎？」

「回報你看到的事，向其他人示警。」她對他說，然後俯下身準備朝那艘斥候船衝去。

「妳別急著送上門啊！」浪人大叫。「它在觀察，妳發現它貼向地面避免被看見嗎？它大概正用無線電回報呢。我敢說那艘斥候船以爲自己逮到我們在播種。要是妳高調地朝它衝去，斥候船就確定它被看到了。」

她頓住，發現這話有道理。「它不可能在回報。」她說。「我們全鎭都在這裡，包括我們的無線電干擾器，那會阻礙他們的訊號。」

浪人再次對他們先進程度不一的科技感到驚訝。不過話說回來，也許他們用的不是眞正的無線電波，只是他的大腦爲了方便而如此轉譯詞彙。既然它是依賴這些日心當能源，或許是某種以聯繫爲基礎的通訊方式。

「既然如此，就更不該提醒斥候船他們已經曝光了。」他說。「來，我示範給妳看。」

他轉身低頭看著腿邊，剛才蕾貝凱就是伸手到同樣位置解鎖她的機車。他在那裡找到一個幾乎平貼在機體側面的把手。她點頭許可，於是他拉了把手，讓他的機車也與中央機體分離。

現在這輛單人座飛行器，比較像他在其他世界開過的懸浮機車。他飛到她的機車旁邊。

「這是最小的機型。」她表示。「甚至沒有安裝自己的日心；它們用的是電池，能讓你使用一小時左右，再來就得與主要機體連接充電。」

「好極了。」他說。「跟著我。」他將車頭轉朝遠方斥候船的約略方向，然後繞了個大彎，表現出打算去找那些探勘船的樣子。

她跟在後頭，在經過與那艘仍很遠的斥候船最接近的位置時，她騎到浪人旁邊停住。

「現在嗎？」她熱切地問。

「不，」他說。「我們再繞一圈，裝作這是我們的例行事務。不過這次我們把圈子再拉大一點。」

她點頭，緊盯著斥候船。

「妳最近不是才因爲違抗命令而惹上麻煩嗎？」他問。「她們又會罵妳的。」

「如果你想知道的話，我早就被罵習慣了。」她說。「我要在乎嗎？」

他微笑。「我想妳沒必要在乎。」

她突然有些猶豫。「我……我得警告你，那個斥候有可能是焦燎兵。到時候我們要怎麼辦？」

「那我們就問對方要不要喝茶。」浪人說。「妳覺得我們要怎麼辦？當然是先殺了那混蛋，免得我們被殺啊。」他靠向前盯著她。她看起來迫不及待，也許是沒剩下生存目標的人那種豁出去的態度，也可能是渴望報仇。但最大的可能是她只想做點什麼——任何事都好——才能不去想失去親人的事。他有過同樣經驗，太多次了。

這些人的行事態度有點奇怪，騎士自言自語。我猜你已經注意到了吧。

「對，」他用雅烈席語說。「他們異常怯懦，就連狙擊手感覺也不像眞正的軍人——要是得知他們是被徵用的獵人，我也不會意外。」畢竟他們會用「殺手」這個詞，彷彿那是某種分界線。彷彿殺人這事有些人做得到，有些人不能。

無論如何，他感覺到蕾貝凱有種渴切。她盼望行動，盼望反擊。他帶著她又繞了一個大圈，離斥候船的位置更近一點。這種懸浮機車操控起來出乎意料地直覺，這也很合理；如果你的整個社會都仰賴持續逃亡而存在，當然希望飛行器操作簡單。

那艘斥候船藏身在一塊岩體旁，岩體的模樣狀似瞬間凝結的岩漿巨浪。現在他們已離它近得多，不過仍隔著一段距離——他們與它之間的距離大約是原本的一半。離得再近就會引起懷疑了。

「好了，」浪人對蕾貝凱說。「就是現在！」

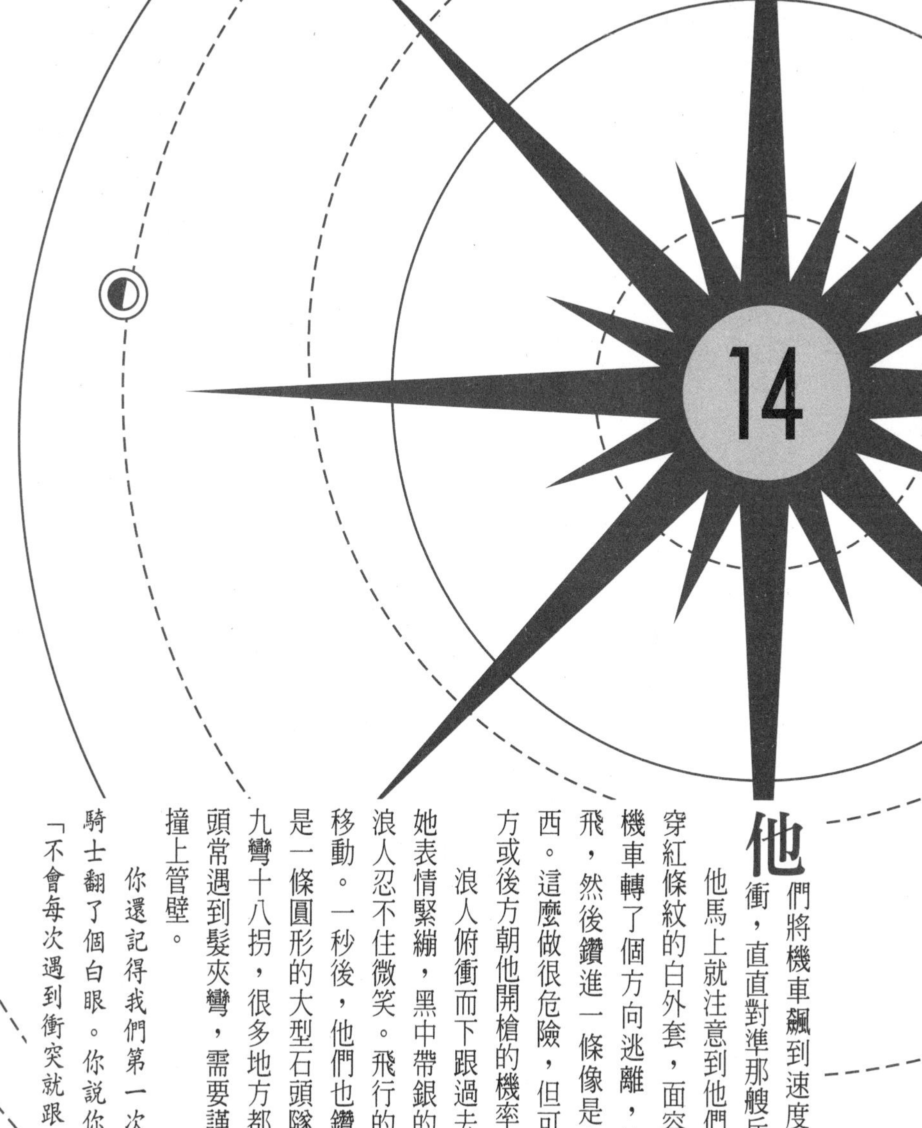

他們將機車飆到速度極限，向側面猛衝，直直對準那艘斥候船前進。

他馬上就注意到他們了。那個男人身穿紅條紋的白外套，面容枯槁，他立刻將機車轉了個方向逃離，持續貼近地面低飛，然後鑽進一條像是大型熔岩管的東西。這麼做很危險，但可以降低敵人由上方或後方朝他開槍的機率。

浪人俯衝而下跟過去，蕾貝凱也是，她表情緊繃，黑中帶銀的髮絲被風撩動。浪人忍不住微笑。飛行的感覺眞好，高速移動。一秒後，他們也鑽進熔岩管——那是一條圓形的大型石頭隧道，開口朝上，九彎十八拐，很多地方都碎裂了。飛在裡頭常遇到髮夾彎，需要謹愼拿捏速度以免撞上管壁。

你還記得我們第一次見面時的事嗎？騎士翻了個白眼。你說你「個性理智」。「不會每次遇到衝突就跟人幹架」。

「才怪，」他說。「聽起來不像我會說的話。」

最好是，而且你不是想要低調嗎？挑輕鬆的路走？聽起來像你現在在做的事嗎？

「只是想幫這女孩活下去。」

你何時變得這麼不厭世了？

「呿，我吃飽撐著吧。」

浪人又轉了個彎，勉強看到昏暗隧道前方的斥候船，在岩石破裂處之間的管道非常漆黑，只能靠引擎火光才能判斷他們的獵物在哪裡。

片刻後，無線電傳出一個嗓音。「你們在幹嘛？」慎思質問，在呼嘯的氣流中幾乎聽不清楚。

「我們去察看東西，」他按著通話鈕回答。「我們覺得是一艘斥候船。」

「日煉者，」慎思說。「我們需要靠你把門打開。」

「你們已經找到它了嗎？」

「沒有，這個時間的地貌非常艱險。」

「嗯，要是焦燎王跑來的話，就沒機會開門了。所以我們最好趕在這個斥候回報前阻止他。」

「萬一你死了怎麼辦？你答應要啓動密鑰的——要是沒有你，我們就不得其門而入了。」

「要是我死了，」他說。「那立刻就不干我的事了，不是嗎？」

「兩個魯莽的傻瓜。」她嘟囔。「如果你願意的話——雖然我很懷疑你願意做任何事——你不該繼續慫恿蕾貝凱了。她們家就只剩下她一個人，在我的時間到來前，我希望能將她妥善安置在避難所裡。」

聞言，他如同肚子挨了一拳，驚覺她說的時間是指什麼：輪到她死在日光中、爲鎮民變成一顆電池的時候。這個社會實在太詭異了。但是爲了生存，該做的事還是得做；他比多數人都了解這個道理。

眼下他不想理會無線電說了什麼，只是伏低身體享受追逐。斥候船的飛行技巧高明，在隧道中保持領先——但所有人都沒有用全速飛行，這裡的彎道角度太小了。

不幸的是，那個斥候不需要脫逃。他只要離自己的基地夠近，能向他們示警就好。所以浪人或許得做點蠢事。

「蕾貝凱，遇到下一個天頂破裂的地方，妳就先出去。」他用無線電說。「我要把場面弄得刺激一點。」

「什麼？」

浪人左腳用力踏油門，瞬間往前猛衝。即使他離得很近，也無法直接攻擊這傢伙。他最好的策略是緊咬對方不放，逼使男人自亂陣腳。

不久之後，熔岩管將他們吐到一座峽谷裡。浪人迂迴穿過峽谷，注意到兩側岩壁布滿小孔，那是岩漿冷卻時氣體逸出所造成的。他能想像大雨淋在流動的岩漿上，使這地方變成現在的樣貌——冷和熱相撞，讓石頭瞬間凝固，同時爆發大量蒸氣。

斥候回頭看，他蓄著長長的八字鬍，接著突然加速衝出去——然後慌亂地傾斜機身轉過狹小彎道。浪人跟上，拉近距離，希望能近到對那男人的頸後吹氣。果不其然，他們兩人衝入峽谷的下一個區域時，斥候再度回頭察看，發現浪人已如此逼近而大吃一驚。雖然這段航道更加狹窄，充滿像要咬合在一起的鋸齒狀熔岩，男人還是又加快速度。

引擎噴著火，兩道轟隆聲在峽谷間迴蕩，高聳的山峰時而遮蔽、時而露出行星環，而他們也隨之在各種陰影鑽進鑽出。

騎士帶著愈來愈深的疑慮，納悶他忠實的僕人究竟他颶的知不知道自己在做什麼。他應該有自覺他在做什麼吧？在這個隨手一抓都一大把專業飛行員的星球上，進行高速追逐？

他們或許是專業飛行員，但浪人的專業可是被追殺。雖然他沒把握自己的飛行技巧比得上他的獵物，不過斥候的動作已愈來愈雜亂無章。他轉彎時轉得太急，加速衝進迂迴的航道而不是筆直的路線，又頻頻回頭。

多麼熟悉的感覺。夜旅兵團差點逮到他的次數已多不勝數，緊追在後，瞄準器鎖定他。浪人很能體會那種驚慌，手忙腳亂中腎上腺素爆發。與後頭的威脅相比，前方的危險突然顯得微不足道。你眼裡只剩下後方，甘冒愈來愈高的風險。

簡直就是他人生的寫照。

斥候知道太陽就在後面。它也在追人——不過是以一種緩慢、必然、輾壓一切的姿態，不是近在眼前、倏忽即至的危險，與這個狀況截然不同。浪人以太近的距離掠過一塊岩體，感覺它就從他腦袋旁邊唰地擦過去。用這種速度飛行，只要稍有誤判就會以大爆炸收場。

不幸的是，正當浪人確信他快要贏了，他們卻衝出峽谷，進入峽谷區的一塊開放空間。這個較平坦的區域被平頂山與山峰環繞，基本上可說是一個大型火山口的底部，讓斥候可以將速度催到最快。他們的機車在速度上是分庭抗禮，因此浪人仍緊追在後，但就算被他追上了，他也無計可施。他需要——

附近的地面噴出岩漿，一道鮮豔的橘紅色熱氣噴灑出火焰、灰燼和煤煙組成的碎片。浪人的機車前端蒙上一片火星，而且還持續燃燒，雖然它們應該要被風吹熄才對。

沉淪地獄啊，騎士驚呼，語氣激動。出於訝異的激動。

斥候大概應該帶頭飛高一點來迴避噴發，但他現在腦筋似乎不太清楚。他反倒是轉向，試著朝外側更貼近陡峭的火山口山壁，可能想說那裡的地面比較穩定。

另一塊岩石炸開，將大塊的熔岩拋入空中。它們在兩輛機車周圍下墜，砸碎在地面，像煙火一樣爆出火花。浪人低喃幾聲髒話，由於前方不遠處噴出一整面火牆，不得不偏移方向——那道深紅色熔岩形成的大浪又崩落，有些部分立刻就變黑了，並且像蠟一樣塌陷；其他部分則持續發亮，有如生命之火。

他繞過這個障礙物，千鈞一髮地看到拱起的地面又噴發另一陣熔岩並及時躲開。他不情願地拉高機首——飛上高空，遠離危險地帶。他繼續在高空追擊，但斥候已經遠遠超前。太遠了。他已快要抵達火山口的另一側，那裡——

上方射出一道光，將男人轟落機車。屍體掉下去，機車則以前滾翻的方式擦過土地，塵土飛揚。

浪人抬起頭，看到蕾貝凱扛著步槍坐在機車上，就在他前方不遠的距離。好吧，他確實叫她先去前面的，不是嗎？

他停在她旁邊深呼吸，心臟跳得飛快。那些岩漿爲什麼會接二連三噴出來？基本上他們現在可說是在離日光最遠的位置了，這裡應該是全星球上地殼構造最穩定的區域才對，雖然或許根本沒有一處眞的算穩定。在地殼裂開的情況下，極端對流或是潮汐力也許會造成各種問題——

不對。停下來。

不是因爲這些因素。

下方又噴出另一道熔岩，他抹了一下額頭的汗水。「你們的星球，」他對她說。「還滿情緒化的喔？我還沒見過這麼適合用『鬧脾氣』來形容的星球。」

她似乎充耳不聞，只是低頭直盯著墜落的斥候。

「蕾貝凱？」浪人問。

「我……」她望著他。「我開槍射他。」

「他飇的，這是妳的第一次？」

她點頭。「我不是沒開過槍，開槍射人。只是從沒射中過。」她很明顯地在發抖。「我是獵人。我們槍法不錯的全都是獵人，我們要靠狩獵取得肉類。但是對人開槍……我是說，焦燎王的手下會這麼做，可是我一向覺得好……可怕。」

你又說對了，騎士對他說。關於獵人的事。你怎麼做到的？

一輩子的仔細觀察。

「我沒感覺有什麼差別，」蕾貝凱說。「但我覺得應該有才對。這樣想合理嗎？」

浪人聳肩。「我第一次殺人用的是長矛。我必須不停戰鬥，他的血流到我手指上時，我連停頓一下的時間都沒有。」他搖頭。「當天晚上喝濃湯時，我只感覺像是度過一個超現實的訓練日。我幾乎不記得事情發生的那一刻是怎樣。」

她點頭。

她似乎獲得安慰了，騎士表示。即使侍從並沒有說出任何具實際助益的話。

「知道自己不是異類，」他用雅烈席語解釋。「就具備實際助益。知道別人跟你有相同感受，有時候這是唯一有助益的想法。」

「你爲何會這樣？」蕾貝凱問。「有時候又胡言亂語起來？」

「這是我自己的語言，」他說。「蕾貝凱，別的地方的人有各種不同的語言，妳都聽不懂的。」

「但你現在爲何要用？又沒人聽得懂？」

「我在禱告，」他挑了個她應該樂於接受的謊言。「向我家鄉的古神之一禱告。」

快別這麼說，騎士說。我不是神，我是爲了餬口才工作的。

浪人確認過他的機車還能飛一段時間，再用下巴指了指底下的殘骸。「走吧，我們去檢查他。」

「爲什麼？」蕾貝凱說。「他都死了。」

「蕾貝凱，當殺手要學的第一課，」他說。「就是每次都要確保萬無一失。」

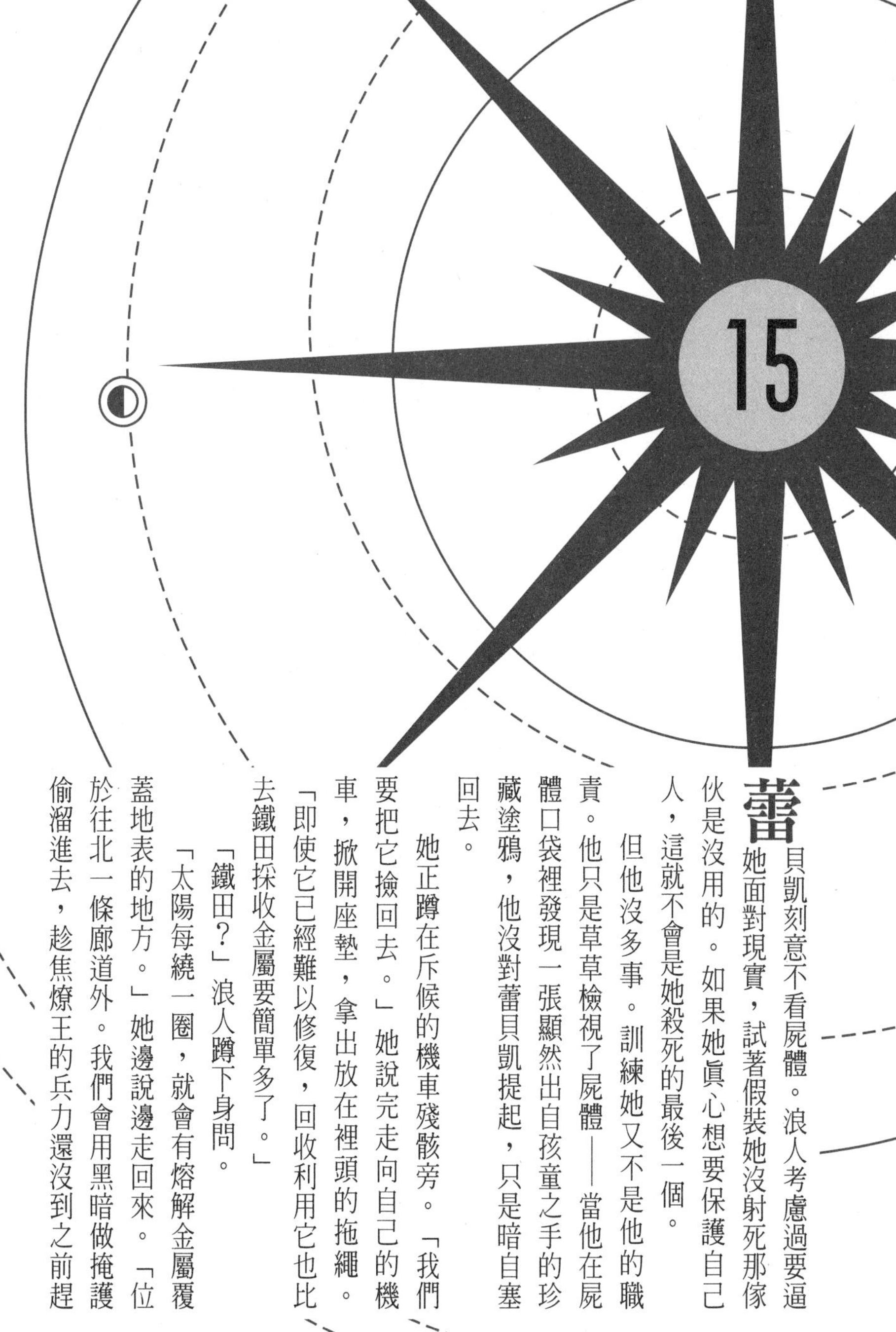

蕾貝凱刻意不看屍體。浪人考慮過要逼她面對現實，試著假裝她沒射死那傢伙是沒用的。如果她眞心想要保護自己人，這就不會是她殺死的最後一個。

但他沒多事。訓練她又不是他的職責。他只是草草檢視了屍體——當他在屍體口袋裡發現一張顯然出自孩童之手的珍藏塗鴉，他沒對蕾貝凱提起，只是暗自塞回去。

她正蹲在斥候的機車殘骸旁。「我們要把它撿回去。」她說完走向自己的機車，掀開座墊，拿出放在裡頭的拖繩。「即使它已經難以修復，回收利用它也比去鐵田採收金屬要簡單多了。」

「鐵田？」浪人蹲下身問。

「太陽每繞一圈，就會有熔解金屬覆蓋地表的地方。」她邊說邊走回來。「位於往北一條廊道外。我們會用黑暗做掩護偷溜進去，趁焦燎王的兵力還沒到之前趕緊撬一些起來。」

「然後你們怎麼用它？」他皺眉問。「難道你們的船上有完整的加工廠嗎？」

「加工廠？」她歪著頭問。「我們當然是用合聲啊，就是類似跟著你的那種靈體，它們會做出我們需要的東西。」

啊——騎士發出吟詠般的聲音。聽起來眞有意思。

「不要再試圖釣我上勾了。」他用雅烈席語低喃，再切回她的語言。「蕾貝凱，妳找別人來撿這個吧。這輛機車儀表板上閃爍的小燈是幹嘛的？」

她低聲咒罵，垂下拖繩。她再度蹲下去，輕敲一塊黑底綠字的小指示螢幕，它雖然裂了，但仍在閃爍。

「那是什麼？」他問。

「它顯示有個無線電訊號正在傳來。」她說。「喇叭毀了，所以我們聽不到他們在說什麼。不過……」

「不過這傢伙墜機時，有人正在呼叫他。」浪人說。「也就表示在他死掉之前，我們已經脫離你們的訊號阻擋器有效範圍了。沉淪地獄的。他大概一逮到機會就馬上用無線電回報了。」

「換作是我也會。」蕾貝凱說。

「這表示他們知道他墜機了，知道有東西或有人殺了他。」

「萬一他們派更多部隊過來怎麼辦？萬一他們派焦燎兵呢？萬一他們出動整座城市呢？」

浪人站起身，拍掉手上的塵土。「妳現在應該已經知道該怎麼辦了吧。」他朝自己的機車走去。前方原本絢爛奪目的地表噴發秀已經結束，留下整片像長了麻子的坑洞，還有一堆堆黑色熔岩。

他回頭看，一句貧嘴的回應已溜到嘴邊。

「浪人！」她在後頭喊。「我不想要這樣，不想成爲殺手。不想跟……跟你一樣。」

*浪人，她很痛苦，*輔手提醒他。*行行好吧。*

他遲疑著，看到蕾貝凱握著剛拿來的拖繩，無論如何都避免看向屍體，目光低垂。他當然注意到了。如果哪天輔手比他更善於看透人類的情緒，那一天可要堪比泣季時的大晴天了。不過說到同理心嘛……嗯，他應該要慚愧才是，因爲那個既不是人類又已經死去的生物，確實勝過他。

「我知道。」他捨棄原本的回應，對蕾貝凱說。「妳要牢記這一點，它或許有幫助。」

她點點頭。他讓她獨處一下，自己走到懸浮機車旁，用無線電向慎思回報。也許他應該同時呼叫眾益三人組，但他才不在乎她們的規定如何，而且他滿喜歡慎思的。她能一眼看穿他。

「嘿，」他說。「我們處理掉斥候了，但是看來他可能已經先向基地回報。你們在路上或許會遇到伴。你們找得怎麼樣了？」

「很糟。」慎思說。「這裡看起來什麼也沒有，不過我們的地點是對的。」

「妳怎麼知道？」他好奇地問。

「星體導航。」她說。「我們可以從行星環和星星的位置來判斷。星星就是那些會發亮的——」

「我知道星星是什麼，多謝妳。」他說。

「只是確認一下。嗯，它們能讓我們頗為準確地知道自己在星球上的位置。我們現在所處的廊道很容易辨認，但經度就比較難知道了，那需要有——」

「精確的時鐘，」他說。「對，這我也明白。」

「以一個生活在地底的人而言，你對地表世界的事懂得還眞多，眞奇怪。」

「妳就繼續向自己提出這類疑問吧，愼思。」他說。「也許到最後妳就會領悟到，妳對我做的各種假設都是錯的。無論如何，我們沒剩多少時間了。」

「我們正在反覆搜尋。」她說。「這回開口可能埋得很深，那會讓我們很難偵測到，但我們還是應該要找到它了才對，焦燎王每次都在這個經度停下來，測試他的密鑰。我們的鎮民有一些人見過那個開口，浪人。它眞的存在，只是我們的探勘船就是找不到。」

「嗯，那妳要我們做什麼呢？」

「你現在願意服從我的命令了？」愼思問。

「要看妳的命令有多愚蠢再決定。」

她悶哼一聲。「如果你願意的話，我的指示是，在原地待一會兒，看有沒有人過去察看斥候。也許他們只會派一小組人馬去調查。」

「如果這裡就是門所在的區域，」浪人說。「焦燎王可能會猜出我們想幹嘛。也許他會發現你們把密鑰調包了。」

「假若我們運氣這麼不好，只能等著大軍出現了。如果是這種情況，你們願意的話，請向我們示警。」

這建議挺中肯的。「我們會的。」

「很高興你贊同我的指示。那名斥候的飛行器裡有日心嗎？」

浪人望向蕾貝凱，她已經主動在確認此事了。他高聲詢問她結果，她回頭看他，搖搖頭。

「看來它是用電池運作的。」他對愼思說。

「眞他幽影的。」她嘟噥。「要是有，我們就能用了。」

「你們的船隊能源不足了嗎？」

「我們決定不再製作新的日心，」她解釋。「雖然我們的能源存量已經偏低。我們做此決定，是爲了試試輓歌進入避難所的計畫。目前爲止我們一再失敗，導致資源緊繃。那些資源是以可怕的代價換來的，需要——」

「我知道。」

「原本下一個輪到我，」她說。「還有我在眾益的姊妹們。會有另外三人接替我們的位置。沒在我的時間來臨時離去，讓我感到……沉重的愧疚。然而此時此刻，我們的鎮民需要領導人。不幸的是，要是我們沒找到入口……現在剩下的能源也不夠我們撐到太陽再繞完一圈。」

沉淪地獄的。「那你們最好找到那個入口了。」他朝蕾貝凱點點頭，她收起拖繩，爬到她的機車上。

他們留下殘骸，起飛，接著馬上躲到火山口邊緣一塊天然的城垛後頭。浪人左側遠方的天空因為日出前的天光而變亮。應該說微亮——換作另一個星球，他甚至不會稱此為黎明。但是在別的星球，日出不會要人命，他也從未像在這裡一般，感覺黎明是如此不祥。

他們把機車熄火來節省電池存量，然後不管左側逼近的光芒，留在原地監看。這裡的岩石很黑，狀如玻璃。大概是黑曜石。令他想起他曾生活的那世界上另一個地方，他就是在那裡遇到輔手的。

蕾貝凱翻出麵包和臘腸，切片後做了個三明治，抹醬看起來像摻了香草植物的油。沒有奶油，他猜想這也是正常的。他不知道他們都獵捕什麼動物來取肉，但這些飛船並沒有空間養家畜。

「慎思對你的假設是錯的，對吧？」蕾貝凱遞給他一塊三明治，他接過去。「她認為你來自某個奇怪的地底空間，但我覺得你來自更加正常的地方。」

「什麼地方呢？」他問。

她抬起下巴指了指天上的星星。

「別的世界比較正常？」

「我們就是從別的世界來的。」她趁咬麵包的空檔說。他們連吃東西時都戴著手套，真怪。「被我們稱為邪靈的古老力量逼走的。」

「它還在那裡，」他說。「在你們的原始世界。我見過。嗯，應該說見過它的化身。」未受管控的野生授予，帶著它自己特異的意志活過來——形成大如山體的人形，其五官超乎想像又令人膽寒，誰也猜不透它們有什麼動機。要找地方度假的話，輓星絕不是好選擇。

這句話終於讓她驚訝到了。他說完的時候，她差點失手弄掉三明治。

「我們的歷史存留在合聲那裡，奇怪的是，它們不會說我們是因為邪靈而出走的。」她說下去。「不，它們說是因為爭執，說我們的人民內部起了衝突。矛盾，仇恨。我的祖先想逃離衝突，因為它比邪靈本身還要致命。我們的人民是毀於爭鬥之手。

「我們逃離邪靈的過程中，人民產生更多齟齬。我們這群人……我們聽從一個男人的教誨，他是雅多納西的聖僕——元祖指引星。我們跟著他前往新世界。這是我們自己的選擇。」

浪人悶哼一聲，咬了一口他的三明治試吃看看，發現還真是淡而無味。要是能來一點辣椒粉，要他出賣靈魂都行。他去過的星球，有半數的食物淡而無味。他颸的，在他的家鄉，就連麵包都比這臘腸香辣夠勁。

但它畢竟是食物，所以他硬吞下去。他能靠授予維持體力，不過他現在的跳躍值只有百分之十，寧可別浪費在新陳代謝上。

「我們在這裡應該擁有自由才對，」蕾貝凱仍望著地平線。「不受彼此箝制。我經常在想，元祖指引星將我們帶到這裡，是否就是要我們不停奔跑，這樣我們才能有專注的目標。一顆像邪靈一樣具毀滅性的太陽，永遠都在追趕我們。它到目前為止都防止我們反目成仇。」

「你們活到現在都沒發生過暴力事件？」

「我們有暴力事件，」她說。「衝動犯罪，爭吵。但沒有真正的殺手，沒有受過訓練的殺手。那是焦燎王的獨創。」

了不起，騎士說。我難以判斷他們究竟是天眞還是天才。

「殺人又不是人類的天性，阿輔。」他用雅烈席語小聲說。「人要經由特別訓練才能做到。至少如果希望下手時乾脆俐落，就要靠訓練。」

在他聽來，這個星球上有多達五十個群體，在所謂的「廊道」中各自過著互不干涉的生活。這樣的人數足以支撐族群通婚，防止近親繁殖，但也等於邀請獨裁者對他們下手。資源稀缺。不習慣團結合作的許多小群體。

有鑑於此，過這麼久才出現焦燎王這樣的人物，確實相當了不起。浪人不是民族誌學者，即使他師傅一直逼他就範，浪人的興趣始終放在工程學、授予的本質，以及操弄授予所能創造的機制。不過在智臣的訓練下，他仍熟知故事以及說故事的人有什麼特質。所以他看得出這些人的故事肯定引人入勝，足以令他有點想留下來弄個清楚。

但是追兵始終威脅著他。趕走其他所有念頭，就像掠食者驚擾了原本安詳的鳥群。

他不能逗留。

他必須離開。

因此他沒有追問詳情，只是認眞監看。幸虧如此。因爲不久後，他就發現有艘船前來察看墜機的斥候。

只有一艘船，比大部分飛行器都要大——跟小巴士差不多。它花稍的側面在行星環的光芒下閃爍。

他指出它時，蕾貝凱倒抽一口氣。「那是焦燎王的王船！」

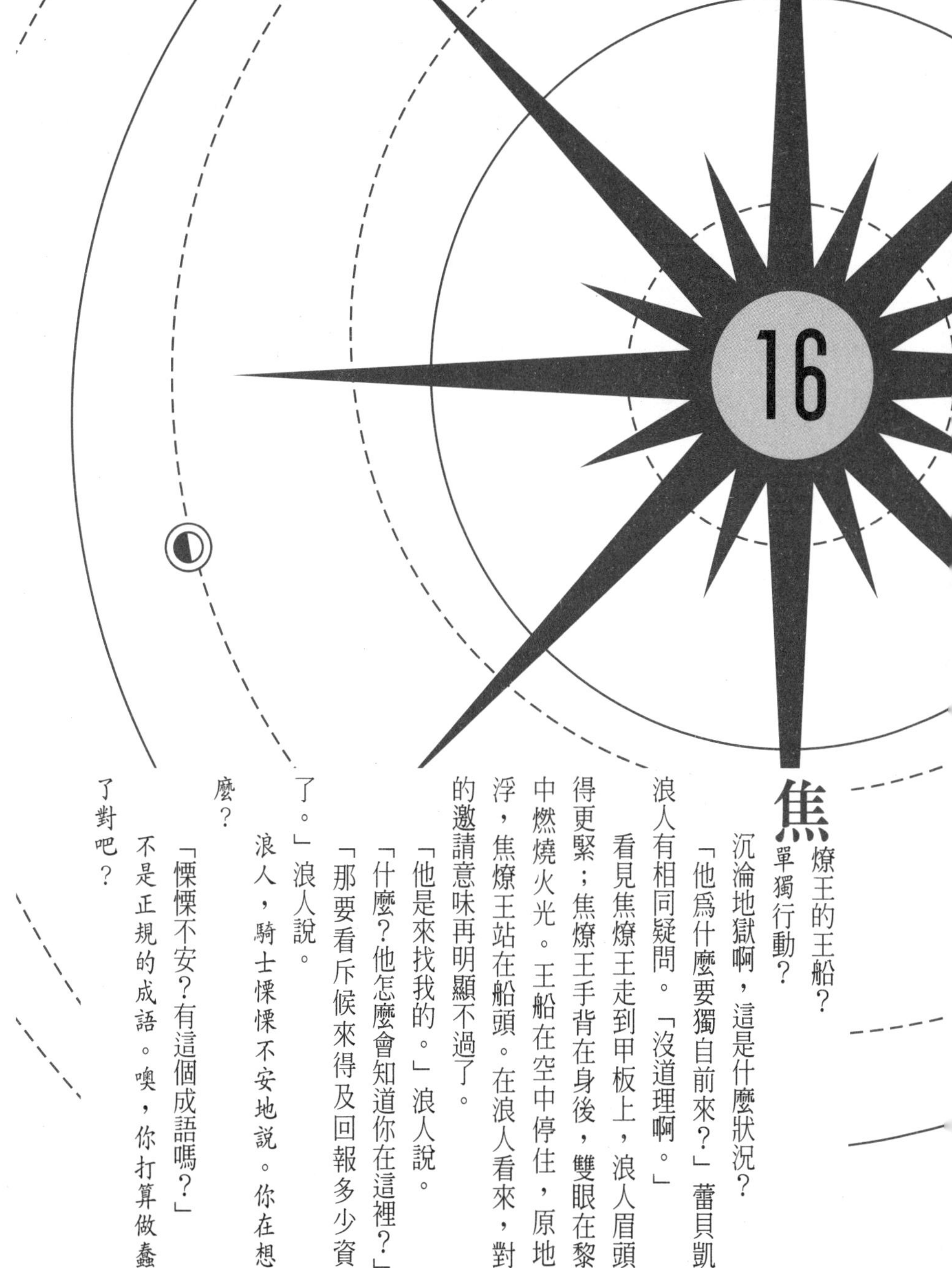

焦燎王的王船？單獨行動？

沉淪地獄啊，這是什麼狀況？

「他爲什麼要獨自前來？」蕾貝凱與浪人有相同疑問。「沒道理啊。」

看見焦燎王走到甲板上，浪人眉頭皺得更緊；焦燎王手背在身後，雙眼在黎明中燃燒火光。王船在空中停住，原地懸浮，焦燎王站在船頭。在浪人看來，對方的邀請意味再明顯不過了。

「他是來找我的。」浪人說。

「什麼？他怎麼會知道你在這裡？」

「那要看斥候來得及回報多少資訊了。」浪人說。

浪人，騎士慄慄不安地說。你在想什麼？

「慄慄不安？有這個成語嗎？」

不是正規的成語。噢，你打算做蠢事了對吧？

「我不能停止移動，」他說。「我停下來就會沒命。」他切回本地語言。「蕾貝凱，我要上去。假裝妳不在這裡。但如果局面急轉直下，就試著支援我。」

「呃……」年輕女子說。「我要怎麼知道局面急轉直下？」

「我很可能會破窗而出。」他說。「如果運氣好的話，會是出於我自己的選擇。」他深吸一口氣，發動引擎，從凸伸的岩壁下竄出去，轟隆隆地飛上天空。

焦燎王豪華的船艦懸浮在機車能飛到的高度上限。浪人的機車飛到船頭時已經很吃力，他再次注意到飛上這樣的高度時，耳朵比平常更快就因壓力變化而悶脹。

焦燎王穿著高領上衣，外搭飾有微亮飾帶的長外套，腳穿擦得晶亮的靴子，手戴黑色皮手套。他微笑，眼中的光與胸口的餘火相互輝映。

他轉身朝甲板側邊一個泊船處比了個手勢。這艘船的形狀像航海船，狹窄的甲板在船頭附近變寬，有一個駕駛室，船殼內具有儲物空間。浪人來到這星球後沒怎麼看過木材，但這艘船充滿木頭裝飾——還鑲了金邊，在光線更強的環境中，它一定金光閃閃。泊船處是在甲板上挖出的一個矩形空間，可以讓小型飛行器嵌進去。

浪人小心翼翼地開到定點——但沒有整個停進去。他讓機車靠自身的動力懸浮，然後跨到甲板上。駕駛室裡有兩個焦燎兵（在暗影中，他們悶燒的餘火十分醒目）朝前跨出一步，不過他們的國王揮手要他們退回去，他的另一隻手伸向浪人表示歡迎。

上一回，騎士表示。他把我們銬起來，還想對我們施加烙刑。現在為何態度丕變？

焦燎王招手叫來一名穿白外套的爪牙，那人手持一疊……很大張的紙？沒錯，又厚又硬的紙，幾乎算是硬紙板了，上頭有一些圖畫，然後……

「噢。」那個男人舉起第一張紙板，上頭畫著焦燎王與浪人握手的示意圖，浪人回應。

「嗯，你們不需要那玩意兒。我已經弄懂你們的語言了。」

「你……弄懂了？」焦燎王說。他颶的，那雙眼睛眞嚇人。令浪人想起他曾信任、曾愛過的人。「不到一天就弄懂了？」

「我學東西很快。」浪人說。「你怎麼知道我會在這裡？」

「拜託，」焦燎王嗤笑說。「有人幹掉我最優秀的一名斥候？太明顯了。你可以跟我進到船艙嗎？我保證不要詐。」

「一個誓言？」浪人好奇地說。「這麼輕易就提出來？告訴我你的目的，我會考慮看看。」

「我們初識的過程不太順利。」

還眞是輕描淡寫的說法，英雄評論道。

「但是，」焦燎王說下去。「我已明白這應該歸咎於我。讓你成爲我的焦燎兵是很令人愉快，不過你還有別種爲我效力的方式。我想僱用你。」

「僱用我。」浪人冷冷地說。

「對。」焦燎王快步走向駕駛室。「你的星球上有這種行爲對吧？你的原鄉，那個充滿颶風和石頭的地方？他們不是會僱用男人擔任士兵嗎？」

他知道？

他怎麼知道的？

浪人頭一回眞心對這個人感到好奇，他不知不覺就跟著焦燎王進到駕駛室。飛行員的操作台位於房間前端用門隔開的空間，桌上擱了一小排螢幕，各螢幕以不同角度照出焦燎王這艘船的監視畫面，畫質不太穩定。浪人幾乎已忘了他被銬在競技場時曾看到監視器，但這裡有明確的證據證明焦燎王如何嚴密地控制人民。其中一個轉動畫面朝向船下的地面，鏡頭拉得很近，浪人能看到斥候機車的殘骸。他希望他們從這裡看不到蕾貝凱。他逼自己撇開頭，免得有人注意到他在看哪裡。

這裡大部分的空間撥給了有高級木材、吧檯和幾個厚軟墊座椅的房間。焦燎王將幾個守在室內的焦燎兵趕遠一點，然後走過去替自己倒了杯酒。

「你要喝嗎？」他拿著一杯酒問，先啜了一口證明酒裡沒毒。浪人的身體有足夠的授予，能應付任何一種普通毒藥。

他接過酒杯，想起以前遵守的規定，不禁啞然失笑，接著一口氣灌下酒。好酒。他原本沒期望在一個滿是教徒的星球喝到好酒。不過話說回來，他自己星球上最美味的私釀酒，其實也是信仰很虔誠的一群人做出來的。所以，他又懂什麼呢？

「我殺的第一個他界者，」焦燎王抿了一口酒說。「很弱。身材臃腫，有著奇怪的長眉毛。他用了某種裝置讓他能說我們的語言，然後試著用三寸不爛之舌脫身。當時我不知道他的來歷，以爲他搞不好是某種惡魔，覺得還是殺了他比較保險。

「後來我在他的隨身物品中發現了這些書。」他從吧檯旁的書架上抽出一本書舉起來。

是銀光市發行的指南系列書，很古早的一本——由從事艱困探索之旅而造訪不同星球的那群人，費盡千辛萬苦寫出來的那種原始版本。太空旅行問世後，寫這些書就容易多了，浪人覺得由於現在人們前往不同世界太輕鬆，他們寫的書也少了點醍醐味。

這本舊書屬於探勘類，內容提到許多星球，每個星球都簡單介紹。有意思。書是用賽勒那文（Thaylen）撰寫，再加上攜帶書的男人長著那種特殊眉毛，顯示它的前任物主是從浪人的原始世界來的。

「他的翻譯裝置幫助我閱讀這本書。」焦燎王解釋。「翻譯機最後壞了，但那時我已經很明智地派人把譯文寫下來。這本書提到來自星星上各種地方的各種民族。我猜這一段講的是你，對吧？羅沙人，五官分明的高大民族，就像這幅插圖所畫的。好戰，極端富侵略性，危險。」

「這是概括性的形容。」浪人說。

「但適用於你身上？」

「確實。」浪人說。「我很訝異你邀我進來，我手長腳長，狹小空間對我有利。」

男人聽了這話，笑得更燦爛。「你果然是個殺手。告訴我，你的世界眞有那些人物嗎？國王、軍閥、皇帝？」

「多到氾濫。」浪人說。「那又怎樣？」

焦燎王闔起書，手指擱在書上。「我始終覺得還有更多事等著我去做，更偉大的天命。我想必不會注定只能過著逃避日光這種無限輪迴的生活，因爲我很重要。我從這些書裡得知我該做什麼，他界者。」他望向浪人，眼睛散發明亮的光。「我的天命就是團結所有子民。」

嗯，這種話浪人在某地方聽過。他先是微笑，繼而大笑。部分是因爲他知道焦燎王一定會痛恨他的笑聲，但主要是因爲即使浪人都跑來這裡了，它仍追著他不放。他年輕的時候被皇室不停轉手，一個又一個暴君拿他當口袋裡的硬幣般交易，直到奴役令他陷入谷底，最終才靠同儕情誼翱翔天際。

但是他颶的。即使在相隔許多世界的此地，它仍追著他不放。與夜旅兵團截然不同的一種追殺。

焦燎王臉色一沉。

「抱歉，」浪人說。「只是看出其中的諷刺之處。請繼續發表你自大狂式的豪語吧。」

國王走到一座櫥櫃前，從裡頭取出一顆很小的日心。它散發微弱的光。「你知道這是什麼嗎？」他問。「你的同胞就剩這樣了，那個造訪我們的星球、被我殺死的人。你的同胞做成的日心還眞差勁啊，他界者。」

「有日心可讓你拿就夠讓我意外了。」他說。「你殺死的人大概有『駐氣』（Breath）吧。而且他才不是我的同胞，他跟我分屬不同國家。」

「你的星球不該有不同國家，你們應該南征北討，把它們都團結成一體。」

「征服也不會讓國家消失。」浪人說。「只會讓地圖上的國界消失。團結要靠別的方式。」

焦燎王輕聲低吼，將迷你日心握在掌中。「憑我讀到的內容，我還以爲你會欣賞我的志業。我以爲你會受到激勵，覺得這裡有家的味道。」

「你搞錯味道了。」浪人說。「下次試試放些咖哩粉吧，它比暴政的味道好多了，沒那麼重的堅果味（注）。」

焦燎王把酒喝完，然後將日心放回原位。他繞著房間走，從一個焦燎兵身後經過時，突然掐住他喉嚨。他加重力道，而那可憐的男人沒有反抗，甚至幾乎沒有掙扎。

「我是整個頌星（Canticle）上權力最大的人，他界者。」他仍然用力掐著焦燎兵。「你看到他們根本不能抗議或反抗嗎？看到不管我怎麼對他們，他們都會爲我效命？我對他們擁有絕對的權力。」他微笑。「在我順應天命之前，本來是負責押送囚犯伏法的人員。我在那個地方領悟到，眞正的權力不在於能殺戮，而在於能操控實際下手的人。」

嗯，這種想法還眞是超級正常又合理，騎士酸溜溜地提出見解。我相信他絕對是這星球上身心最健全的人了，對吧？

浪人沒答腔。他眞希望這類論調能再少見一點。他曾在獄卒、守夜人、士兵身上看過。但凡用權力掌控他人時會有快感的人，都會流露相同的眼神。他們能使喚的對象愈強大，這種權力就愈讓他們陶醉。

這個人或許並不特別傑出或聰明，雖然他自認爲兩者兼具。事實上，他不需要具備兩者中任一項特質，就能成爲危險人物。因爲他有權力，而權力能讓任何人腐化，不論他聰不聰明，況且這個案例中，權力是落在一個笨蛋手裡。這類人總是被掌權者的地位深深吸引。浪人擔任指揮官期間，被迫學習認出這類人。要是看漏了，嗯……就會落入這個局面。他們就像一窩鼠輩，會愈來愈壯大。

最惡劣的一種霸凌者。很多人內心深處懷有恐懼，所以才先發制人。那種人你終究能幫他們一把。不過眼前這一款嘛……

嗯，也算是令人耳目一新。他已面對過太多口袋裡有幼兒塗鴉的敵人，實在太多了。他殺過太多罪不至死的人。但這裡有個男人，浪人可以拿燒燙的撥火棒捅穿他，只會對撥火棒感到內疚。

「他界者，你想要什麼？」焦燎王提問，總算鬆手放開那個焦燎兵，他跌跪在地、氣喘咻咻。得知能夠掐得死他們倒也是好事，並非所有授予生物都掐得死。

「我這人很單純。」浪人老實不客氣地再自己倒了些酒。「我逃跑，只想比那些追殺我的人永遠都快一步。」

焦燎王轉向駕駛室前端，飛行員操作台那一間的門是敞開的，他們能看到擋風罩——以及玻璃外的地平線，那裡的光線已經愈來愈亮。

「可以理解。」焦燎王說。「我可以保護你不受追殺者傷害。」

這次浪人笑得太急，差點被酒嗆到。「是喔，好啊，沒問題。祝你好運。」

「不准再嘲笑我。」

「噢，別擔心。」浪人擺擺手，把酒喝完。「我獲准嘲笑所有國王，我師傅給了我一張免死金牌，不知道放哪去了。」他甩甩頭。沉淪地獄啊，這酒眞棒，幾乎讓他感覺微醺，而酒精要通過他身體的嚴密防護措施可不容易。

有個官員走進來，對焦燎王悄聲說了句話，他的好心情又恢復了幾分。片刻後，另外

注：英文中 nutty 除了堅果味，也有「瘋癲、狂熱」的雙關意思。

兩人拖著蕾貝凱從甲板進來。一些髮絲由她的髮辮鬆脫，她的嘴巴被塞住，露出狂亂眼神，不斷掙扎。

浪人將酒杯重重放在檯面上。

焦燎王誤解了他動作的含義，笑得更得意。他從腰間的槍套抽出手槍，對準年輕女子。

噢，騎士說。我原本以爲他的智商可能並不低，直到現在。

「同情心？」焦燎王問浪人。「你這種人也有同情心？我還期望你那個世界的人沒那麼弱呢。我做了一堆研究，以爲你冷酷無情。」

浪人嘆氣。

官員繼續對焦燎王說悄悄話，浪人聽出的關鍵字有「整座城鎮」和「探勘船」。焦燎王又皺起眉頭，思考了一會兒——顯然注意到他們身在哪個區域。他的目光朝牆上的保險箱閃了一下，他很可能就是把密鑰放在那裡。在突襲的混亂中，密鑰已經被調包成假貨。

他快要拼湊出眞相了。沉淪地獄。

「那本書你應該繼續往下讀的。」浪人將男人注意力拉回來。「影響我行爲的並不是同情心，焦燎王八蛋。也不是冷酷無情。」他很刻意地向前跨了一步，離焦燎王近一點，面朝焦燎王直視蕾貝凱的虛擬線。「我眞的只想離開。但是關於我的族人，有件事你必須知道。你剛才承諾我不耍詐，而你絕對不該違背向羅沙人許下的誓言。」

焦燎王的注意力回歸，手槍瞄準蕾貝凱，浪人撲向一旁。與此同時，他已將輔手做成一顆金屬球握在掌心。

焦燎王開槍。

浪人丟出的球體打中飛過半空的子彈，頓時火花四濺。

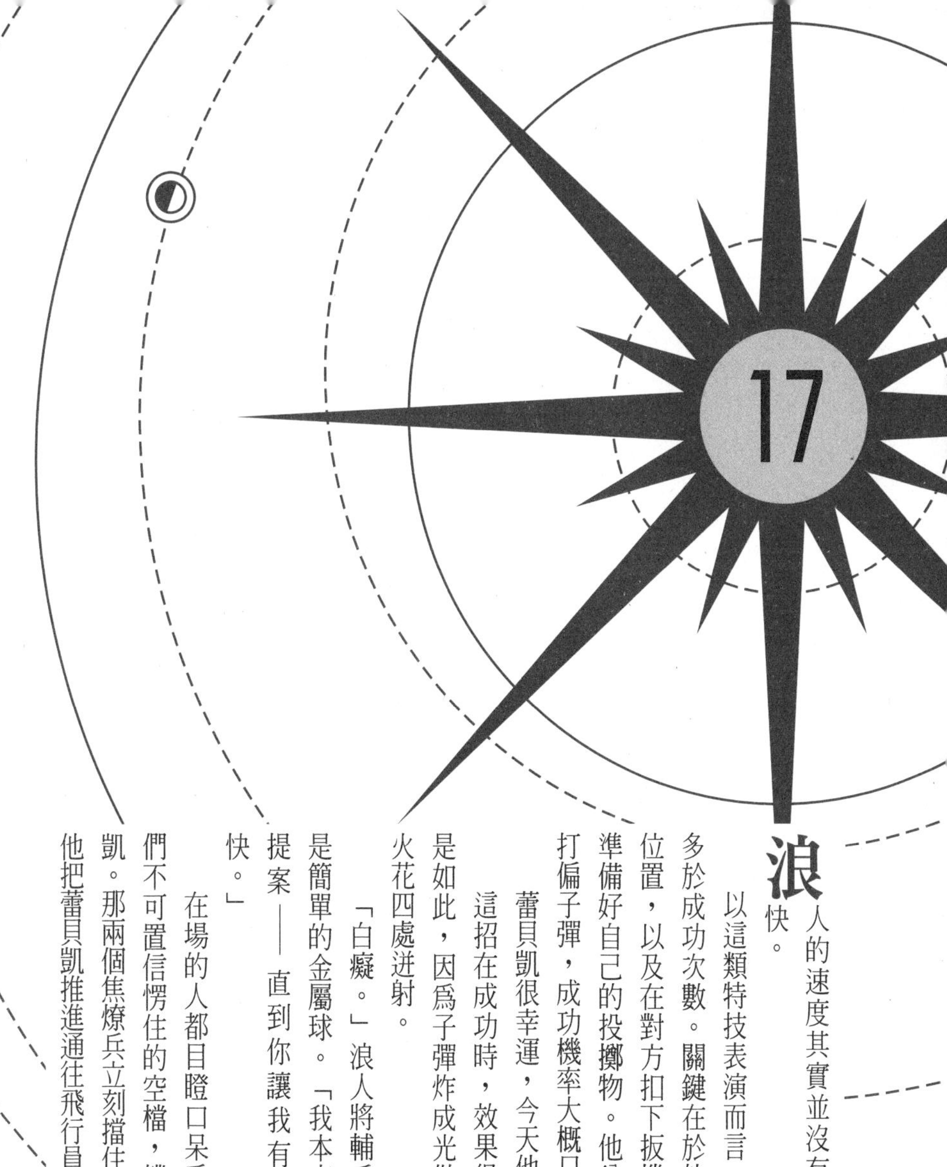

17

浪人的速度其實並沒有比多數彈藥更快。

以這類特技表演而言，他失敗的次數多於成功次數。關鍵在於他能占據多好的位置，以及在對方扣下扳機前，他能多快準備好自己的投擲物。他曾花數星期練習打偏子彈，成功機率大概只有十分之一。

蕾貝凱很幸運，今天他丟得夠準。

這招在成功時，效果很棒。在本地更是如此，因爲子彈炸成光做成的煙火，讓火花四處迸射。

「白癡。」浪人將輔手收回掌心，仍是簡單的金屬球。「我本來還在考慮你的提案——直到你讓我有理由除你而後快。」

在場的人都目瞪口呆看著他。他趁他們不可置信愣住的空檔，撲過去抓住蕾貝凱。那兩個焦燎兵立刻擋住兩側出口，因此他把蕾貝凱推進通往飛行員操作台的門。

浪人還沒來得及跟過去，就有一個焦燎兵用身體阻截他，將他撞向焦燎王放珍寶的櫥櫃那面牆，櫃子裡有那顆迷你日心，這一撞使得櫃中的物品都晃動作響。浪人轉頭望著這個焦燎兵，他臉上有好幾道很長的紅紋，彷彿有人曾用燒燙的撥火棒壓在他皮膚上。

焦燎兵咧嘴一笑，退後一步。浪人反射性地舉起雙拳——結果身不由己地僵住了。這使得敵人連揍他三拳，輕輕鬆鬆把他打倒。浪人重摔在金屬地板上，輕聲呻吟。但他沒時間停下來休息。

他似乎總是沒空休息。他快速蹲下，雙腳施力讓自己往前撲，閃過了想壓住他的焦燎兵。浪人快步跑進小小的控制室，與蕾貝凱會合。

他立刻甩上門，再將輔手變成門扣鎖。他把它按在適當位置後，門扣鎖側邊的扣環暫時變模糊，然後牢牢扣住門框。那兩名焦燎兵想推開門，卻發現門已被封住——既然外頭有武裝士兵，這扇木門也撐不了多久。

蕾貝凱退到操作台邊。「你剛才是在空中打掉一顆子彈嗎？」她問。

浪人抄起飛行員坐的金屬凳，拋向擋風罩，把它打裂。儘管有別於他師傅許多故事中的描述，玻璃其實是很堅固的，不過現在擋風罩已經鬆開，在外框中發出咔啦咔啦的聲音。這樣他就夠滿意了。

「浪人？」她問道，而他再次丟出凳子，這次它彈開，下一刻彈雨開始透門射入，他們趕緊低頭躲避。

「對，我打偏一顆子彈。」他說。「十次我大概能成功一次吧。準備好衝到我的機車那裡。」

「十次只能成功一次？」她臉色更加蒼白。

「幸好妳就是那一次。注意！」另一發子彈射入門板。對方以為他不知怎的用門鎖門鎖住門，現在集中火力想射掉門把。

浪人跳上操作台，肩膀撞上擋風罩，讓它整個脫落。他與玻璃一起跌出去，滾地站起，奔過甲板。蕾貝凱回過神來，手忙腳亂跟著爬出。

浪人發現機車還在原處，大大鬆了口氣。嗯，他們是將它整個停進去還用鐵鍊固定沒錯，不過似乎沒破壞它。此時變成撬棒的輔手讓他將鐵鍊從甲板上的固定處撬起，蕾貝凱爬到座位上，用操作台讓機車脫離船側。浪人跳上機車坐在她後頭。

焦燎王大步走出駕駛室，拿著手槍一陣狂射——浪人用盾牌擋下子彈。一秒後，蕾貝凱將機車朝地面俯衝，突然加速差點把他甩下車。他設法用膝蓋夾緊機車，一臂摟著她的腰，另一手仍舉著盾牌，在下降過程中又攔截幾發子彈。

「要是他們開始射機車而不是我的話，」他用雅烈席語表示。「場面就尷尬了。你能再變大一點，保護整輛車嗎？」

你的跳躍值只有百分之十出頭而已，英雄警告。我得挪用一些庫存才能變大。要是我們掉到百分之十以下，就無法再建立新的聯繫了，不過原本有的聯繫仍然會在。

「就用吧。」浪人感覺手裡的輔手變重了——吸取了一些他們蒐集來的授予。他擴大成直徑約有一百五十公分，及時阻擋更多子彈。變大的效果無法永久維持，而且以這個大小多存在一秒，都會繼續吸取浪人身上的授予。

蕾貝凱仍在俯衝，浪人意識到她是要去另一輛懸浮機車那裡。他看見機車邊緣從下方的凸伸岩壁露出來，被行星環的光芒照亮。顯然逮到她的官員沒動那輛機車。

「蕾貝凱！」他大叫。「我們得趕快離開！」

「那是我們僅有的少數機車！」她轉過頭大聲回應，他才能在風聲中聽到她說話。「我才不要放棄一輛。」

浪人抬頭看。焦燎王出現在甲板邊緣，發亮的眼睛有如營火中央的木炭。他一手握著個東西。密鑰？

假密鑰。他顯然勃然大怒地將假密鑰和手槍都摔在甲板上，然後手伸向旁邊，有人遞給他一把步槍。他瞄準後，一發又一發子彈打在盾牌上。

「蕾貝凱！」他叫道。「你們的機車庫存也許是不足，但如果妳在那底下停車，他勢必會從上方把我們打死。妳明白嗎？」

又過了幾秒，機車仍尖嘯著衝向地面。緊接著，她顯然挫敗不已地拉高車頭，帶兩人沿著地面急速掠過——將另外那輛機車棄置在後。焦燎王不再開槍了。浪人好像還看到那男人大步走回駕駛室，不過現在已離得太遠，他也不確定。

他想通真相了，騎士推測。即明燈人調包他的密鑰，現在在找入口。

「是喔？」浪人用雅烈席語沒好氣地說，收起那面會消耗授予的盾牌，然後對蕾貝凱大聲說：「我們換一下位子。」

「什麼？」

他們既已脫離射擊範圍，他便逼她減速，讓他負責駕駛。機車上幾乎沒空間做這種動作，而且他把她換到後面以後，她不肯抱他的腰。

他皺眉看她。

「我們平常都不會有……肢體接觸，」她說。「這讓我們很不自在。」

「就連隔著衣服都不行？」他質問。

她別開目光。「只是感覺很怪，如果要——」

「好啦，隨便，我不在乎。」他臨時發明輔手剛才那種門扣鎖的變化版，將她的雙腿固定在機車上，接著就加速衝向明燈人的大本營，並啓動無線電。「愼思，」他說。「我們有麻煩了。」

「老天，我這裡也有不好的消息。」她回答。「我們已經把這區域掃過兩遍，什麼都找不到。」

「關於入口的地點，」他說。「他一直都在誆你們。刻意高調地在這一區停留，來掩飾它眞正的地點。」

「我先前已解釋過，我們有些人親眼看到它了。」

「他們對那地點確切位置的記憶能靠得住嗎？他們是用星星的位置來記的嗎？這個世界根本沒有長久不變的地標，所以——」

「所以，」她承認。「看到門的人或許根本身在另一區。這是合理懷疑，我承認我們依賴的座標可能是爲了防止現在這種狀況，而刻意混淆的謊言。」

「就是這樣。」他伏低身子抵抗強風。「我剛才和他小聊了一下，他是暴君。不過對我們來說很幸運的是，他是個愚蠢的暴君——自大多於才智。」

「不好意思，你說你跟他聊天？」

「對啊，解釋起來有點複雜。」

其實並不複雜，騎士提出見解。他停在那裡，你就飛上去了。

「複雜的點又不是這部分，」他用雅烈席語說。「而是解釋我爲何要飛上去。」他切回本地語言繼續說。「愼思，他知道了，他想通你們調包密鑰的事了。」

「日煉者，我沒有過度冒犯的意思——但莫非是你不小心提醒了他？」

「如果能讓妳好過點，就這樣想吧，」他說。「不過他並不需要我幫忙。我目睹他拼湊出眞相——他只需要得知明燈正在這區域搜尋，而且你們把所有鎮民都帶在身邊就夠了。他確實沒有我一開始以爲的那麼靈光，但就連他也算得出二加二等於多少。」

線路另一端的愼思默不吭聲。

「聽著，」浪人說。「他正在集結兵力，很快就會找上你們。該是收隊撤回黑暗中的時候。」

「我們如果撤退的話，」愼思說。「在我們配合太陽再轉回這個地點前，就會沒命了。」

「你們不撤退會死更快。在我看來，這不是什麼艱難的選擇。」

她嘆氣。「我只是……好厭倦一直逃亡。」

「女士，」他回答。「妳絕對想像不出我多麼感同身受。」

「我要與眾益的另外兩人討論一下，」她說。「然後我們會做決定。我希望蕾貝凱丫頭還跟你在一起。」

「她在這裡。」他說。「她有一點暴躁，因爲我逼她放棄一輛機車，不過她沒缺胳膊斷腿——身上也沒多幾個洞。」

「那就好。」愼思說。「她或許不是我們的指引星，但她的手足都不在了，現在她就是我們鎮民眼中的象徵符號。我要向你提出請求，盡量別讓她陣亡。至少別在我們其他人倒下前她就先犧牲。」

她結束通話，浪人不由得擔心她們不理會他的警告。幸好等他回到基地，他們已如他所願在整隊，並朝著黑暗的方向返回——這時，黑暗已經移到滿遠的距離外了。地平線愈來愈亮，離眞正的白天大概還有一小時，不過他仍將機車飛低一點，更加深入星球的陰影。

在這區域，植物正在生長。不像黎明前一刻的植物長得那麼快，但仍是肉眼看得出的速度。他拋在身後的地貌荒涼一片，全都是泥巴和峭壁。這一區則綠意盎然，苔蘚可說鋪滿所有表面，青草迎風搖曳，甚至還有小片樹林，樹枝伸向行星環。感覺像截然不同的另一個世界。他出發時注意到的一些地標，現在都被濃密的樹葉和厚厚的綠色植物遮住了。

種子是如何從白天那種高溫災難中倖存的？他颶的，這世界的植物一定有哪裡不一樣。動物呢？他快速掠過時，嚇到一群像是羚羊的動物，牠們吃草吃到一半驚跳起來，朝黑暗方向狂奔。牠們的眼睛散發淡淡金光，體內應該含有某種授予。

他在原來的位置找到四人座機車的中央機體，它靠著其他噴射引擎待在空中。他將小機車固定好，拿掉蕾貝凱腿上的固定物，讓她接手駕駛，他們隨後與其他船艦會合，重拾永無休止的跋涉，飛離太陽。

有一會兒工夫，浪人以爲他們眞的逃過一劫。這時他們飛到雲蓋的外圍，雲蓋下是連反射的日光都照不進去的黑暗——結果他在前方的黑暗裡看到東西。大量燃燒的紅光。幾秒之後，幾十艘敵艦衝了出來，準備攻擊。

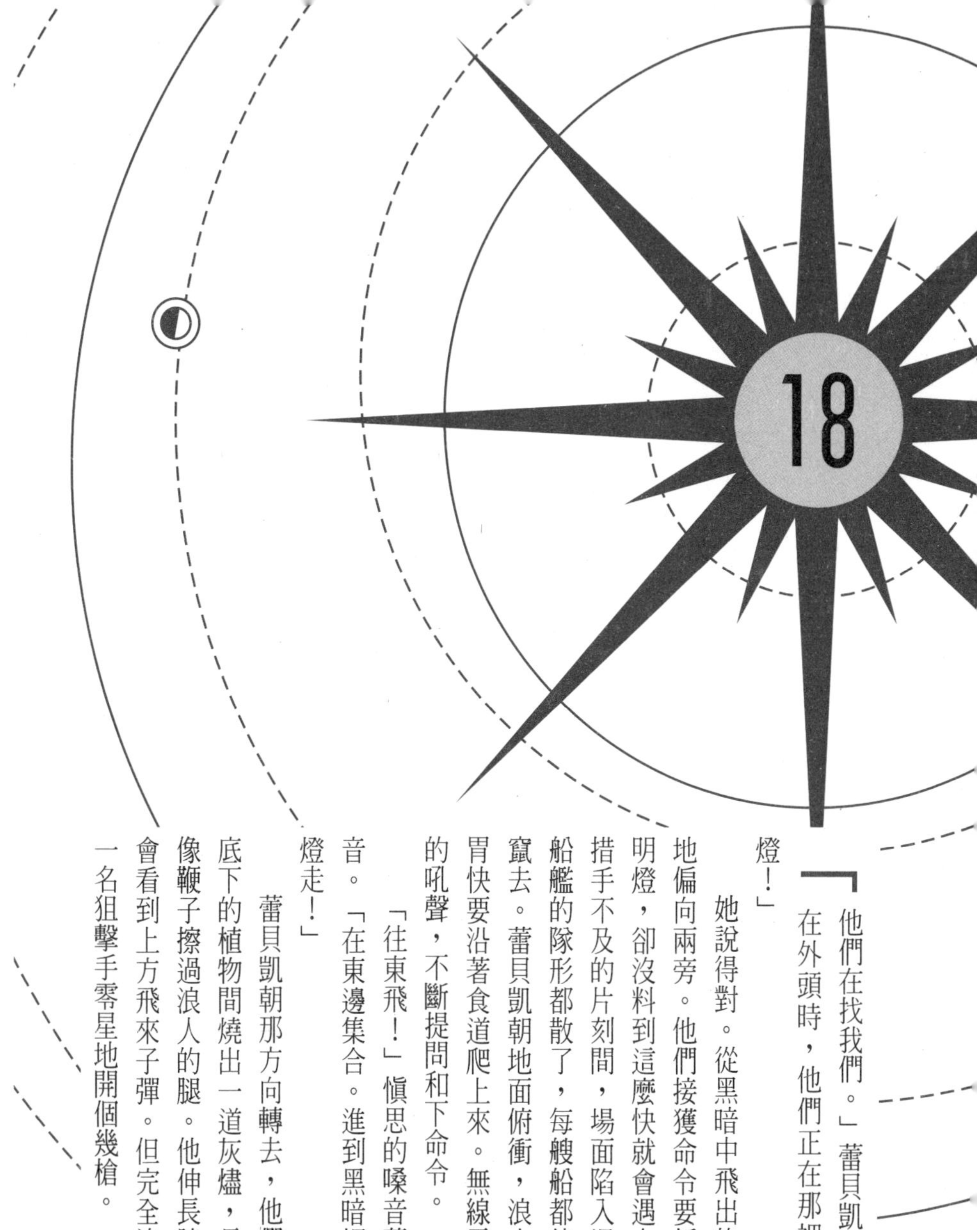

「他們在找我們。」蕾貝凱說。「我們在外頭時，他們正在那裡面搜尋明燈！」

她說得對。從黑暗中飛出的艦隊訝異地偏向兩旁。他們接獲命令要折回來攔截明燈，卻沒料到這麼快就會遇上他們。在措手不及的片刻間，場面陷入混亂。雙方船艦的隊形都散了，每艘船都往不同方向竄去。蕾貝凱朝地面俯衝，浪人感覺他的胃快要沿著食道爬上來。無線電傳出慌亂的吼聲，不斷提問和下命令。

「往東飛！」慎思的嗓音蓋過所有雜音。「在東邊集合。進到黑暗裡，跟著明燈走！」

蕾貝凱朝那方向轉去，他們的引擎在底下的植物間燒出一道灰燼，長長的植物像鞭子擦過浪人的腿。他伸長脖子，以爲會看到上方飛來子彈。但完全沒有，只有一名狙擊手零星地開個幾槍。

他提醒自己：他們的船艦沒有裝設機關砲。他倒是看見兩艘敵艦包夾一艘有藍條紋的明燈飛船，並在它兩側鎖定，像是要停泊的樣子。接著有一些士兵從焦燎王的船艦跳出來，衝向明燈船的駕駛室。

他染上「磨難」之前，住在一個沒有槍枝的世界。他們在那裡進行的是更貼身、更殘暴的格鬥——當你設法用最有效的方式讓對手失血時，你會被迫看著他死去。

眼前的衝突更類似他原始世界裡的海戰：沒有機槍，沒有火砲，只有強制登船。這種作法事倍功半，但在這裡很合理，因爲收編敵船是最有建設性的選擇，既能削弱敵軍，又能壯大己方陣容。除此之外，焦燎王的軍事力量主要仰賴焦燎兵，而他們最擅長的是近身搏鬥。

浪人，騎士說。看上面，你左側五十度的方位。

他遵照指示望去，看見有艘船在空中上下晃動，它已被一艘鎖住它的大型敵艦挾持，而那艘敵艦正開足馬力離開黑暗。被俘擄的船就和許多明燈船艦一樣，更類似會飛的房屋而不是戰艦，根本無法與敵艦的強大馬力抗衡。它正被拖走。

我們就是在那艘船上與眾益會面的，騎士注意到侍從一副狀況外的表情，於是解釋道。

「沉淪地獄的，你確定？」

很不幸，是的。

「那些人大概不懂得要讓領導階層分散在不同船艦上的道理，對吧？」

感覺是要有過慘痛經驗才會學到教訓的那種事……

他嘆氣，蕾貝凱則在迂迴閃躲。敵艦理都沒理他們這艘船，他們的目標是更大的獵物，因爲那些船上人比較多。

怎麼樣呢？

「我在想，」浪人說。「現在回去找焦燎王，說我願意接受他的提案，算不算太遲？」

我在瞪你。

「你沒有眼睛。」

所以我才得用講的。

浪人嘆氣，拍拍蕾貝凱的肩膀，指著出狀況的那艘船。她及時看見兩個焦燎兵跳上船，他們飛過空中時，開襟長袍在風裡飄動。蕾貝凱說了一句話，被風聲蓋過所以浪人沒聽見，但她表情十分驚恐。

「帶我靠近！」浪人大叫。「還有準備好在我有難時接應我。這次妳盡量別再被抓了！」

她點點頭，拉高機頭向上飛，使得機身又是一陣劇烈震動。不幸的是，有一艘逃命的明燈船轟隆隆地橫過他們的去路。他們許多人在避免被逮到這件事上都表現得很好——畢竟他們對此經驗豐富。但蕾貝凱仍然被迫向左急急傾斜機車，接著再翻正，才能繼續飛往眾益的船。

他發現另一艘飛船從他們右側衝出——插進他和指揮艦之間。

「阿輔，這筆帳要算在你頭上。」他嘟噥。

蕾貝凱慢半拍地發現繼續飛會撞船，趕緊往旁邊偏。浪人利用衝力直接從機車後側撲出去，重重落在朝他們而來的那艘船上。

他在甲板上翻滾時，瞥見駕駛室內的人一頭霧水，接著他都還沒站穩腳跟，又縱身跳過一段不短的距離，差點就沒搆到眾益那艘船的側邊，因爲它正被拖往反方向。他撐起身體爬上甲板，這艘船的甲板寬度約三公尺。

敵艦仍停泊在船的另一側，一名白外套官員接管操作台，劫持了指揮艦的動力。那女人看到他時瞪大眼睛，連忙摸找她的步槍。

她毫無心理準備，給了他可乘之機，所以他衝過甲板想要制伏她——但是他的「磨難」當然認爲這樣太便宜他了。它凍結他的肌肉，害他很難堪地在甲板上跌了個狗吃屎。

「實在他颶的有夠煩。」他嘟囔，千鈞一髮地舉起阿輔變成的盾牌，擋掉步槍子彈。

你不是想到處理這事的方法了嗎？

「是沒錯，但我需要時間準備。」他退後遠離步槍火力，總算移動到指揮艦的前側玻璃處，但它被防護罩遮住了。對手不再填彈時，他便將輔手變成撬棒，一撐就弄掉防護罩，金屬板匡噹一聲掉在甲板上，然後他側身撞向裡面的玻璃。

結果被彈開。

「這些人把窗戶做這麼堅固幹嘛啊！」他這回將輔手變成大型槓鈴，先把他丟出去。

不知道耶，騎士輕而易舉地撞破玻璃時說道。一定是你個人的問題。

子彈狂射浪人身旁的牆，他悶哼一聲，飛撲到窗內，翻身站起，脫離步槍女的視線。

但先前見過的兩個焦燎兵就在這裡頭，正在威嚇眾益三人組，她們躲到房間另一端已翻倒

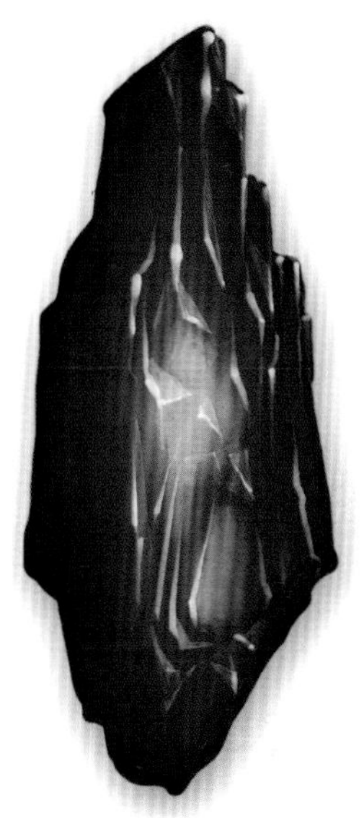

的桌子後頭。浪人在破窗前戲劇化地站直身子時，看到她們稍微探出乾癟的頭顱。他在心裡喊了一聲沉淪地獄，眞希望自己已經想好接下來要怎麼辦。

至少現在焦燎兵都把注意力轉向他了。他們手持警棍同時上前。幸好焦燎王俘擄人的目的是拿他們製作日心，所以偏好配發警棍而不是利刃。

不幸的是對方有兩人，而且他們動作超快。他們圍著他低吼，配合一陣棍棒連擊，逼得他只能用盾牌左遮右擋。他甚至不能試著迫使他們後退，因爲會被自己愚蠢的靈魂凍結，所以只能純防守，而這從來就不是在格鬥中取勝的好方法。他們揮擊動作太大時，他只能當沒看見，也不能懲罰他們殺紅眼的攻勢，要是可以的話，他們早就露出破綻供他反擊了。

結果他先是手臂挨棍子，然後是身側，接著腦袋又被惡狠狠敲了一記，使得他眼冒金星、踉蹌地走到角落。

騎士希望他遭到夾攻的侍從已擬好計畫。

「我有個計畫。」他嘟噥，擋下又一波攻擊，又勉強從角落裡硬闖出來，以免被堵死在那裡。「我可以再從窗戶跳出去。也許明燈人並不是眞的需要這些老太太幫忙。」

也對，騎士說。就讓他們陷入群龍無首又彈盡援絕的處境吧，我相信他們一定能絕處逢生的。

那兩個焦燎兵憑著授予，並不需要任何停頓來喘口氣；他們又把浪人逼到另一個角落，毫不停歇地一直毆打他。

浪人？輔手的語氣仍一如往常沒有高低起伏，這是他情非得已。但浪人好像能感覺到朋友的擔憂，因爲他的嘲諷不見了。這會需要動用大量的療癒功能。我現在光要讓你的身體能動都很勉強了……

片刻後，門用力打開了，敵方的飛行員，也就是那個穿白外套的女人，進來幫忙焦燎兵，她舉著步槍蓄勢待發。嗯，來得正好。

浪人從角落硬擠出來，肩膀又挨了一下重擊。這下他全身曝露出來，其中一名焦燎兵從背後衝向他，將他撞向飛行員。因此她被撞倒在地不能怪他，而「磨難」也樂見他踢開她的槍。他不需要它。

接著他確保焦燎兵注意力放在他身上，對他們露出挑釁的笑容——同時又刻意晃了晃身體，用虛弱的假象引誘他們。於是他們加重力道打他，設法繞過他的盾牌——在二打一的格鬥中，要打到他實在太簡單了。他們連揍他好幾棍，使他放低盾牌，露出他的臉——

其中一名焦燎兵的頭爆開。

另外那名焦燎兵僵住了，迅速回轉身子，而站在桌子前方的愼思同時朝他胸口連開好幾槍。她大步走向前，染黑的頭髮披垂在粗壯的身軀旁，持續發射直到打倒第二名焦燎兵，對方已變成亂七八糟的悶燒餘火和焦黑肉體。

浪人跪倒在地，大口喘氣，愼思將步槍指向飛行員，她舉手投降。

「幸好妳的槍法不錯。」浪人喃喃說。

「我年輕時負責打獵。」老太太回答。「好多年沒握過步槍了。你幹嘛不自己拿來用，而要踢給我？」

「這是我給自己設下的挑戰。」他翻身仰躺在地上，身上一堆傷讓他痛得緊閉雙眼。

「因爲我討厭獨自攬功。妳們哪位行行好，去把船熄火，免得我們繼續被拖往錯的方向？」

接下來發生什麼事他不清楚。他並未完全昏迷，但他的身體在修復時，進入放空狀態。他感覺她們照他的話做了，因爲船又開始朝正確方向移動。他吃力地爬到角落，在那裡靜養。

接下來一小時，他半清醒地聽著信心（手長腳長的高個子老太太）用無線電指示大家如何逃命。輔手將他治療好了，但輕聲提醒現在他的跳躍值已不到百分之九。

蕾貝凱在某個時間點也加入他們。他們逃亡時，破窗戶透入的光線漸漸變暗。他閉著眼忍痛。拜「磨難」之賜，他的身體能承受大量折磨。但即使是他，也需要偶爾喘息一下。尤其是挨了一頓痛揍之後，換作別人早就被打死了。

不過他仍清醒到能聽出信心在指示其他人時，語氣十分憂慮。似乎有許多明燈人都成功脫身了，而明燈也還在，所以她們能帶領大家。但是焦燎王的兵力這麼一亂，他們已偏離原本想走的路線。

從他聽來的資訊研判，他們現在被迫偏向南方，進入截然不同的一條「廊道」。以他的理解，所謂的廊道是本地人指稱特定緯度的說法。每條緯度都是一條廊道，實際上並沒有地理特徵來區分，只知道太接近北邊或南邊都很危險。

嗯，至少他們逃掉了，至少他們還活著。誰在乎他們跑進另一條廊道？應該不至於糟到哪裡去吧，是不是？

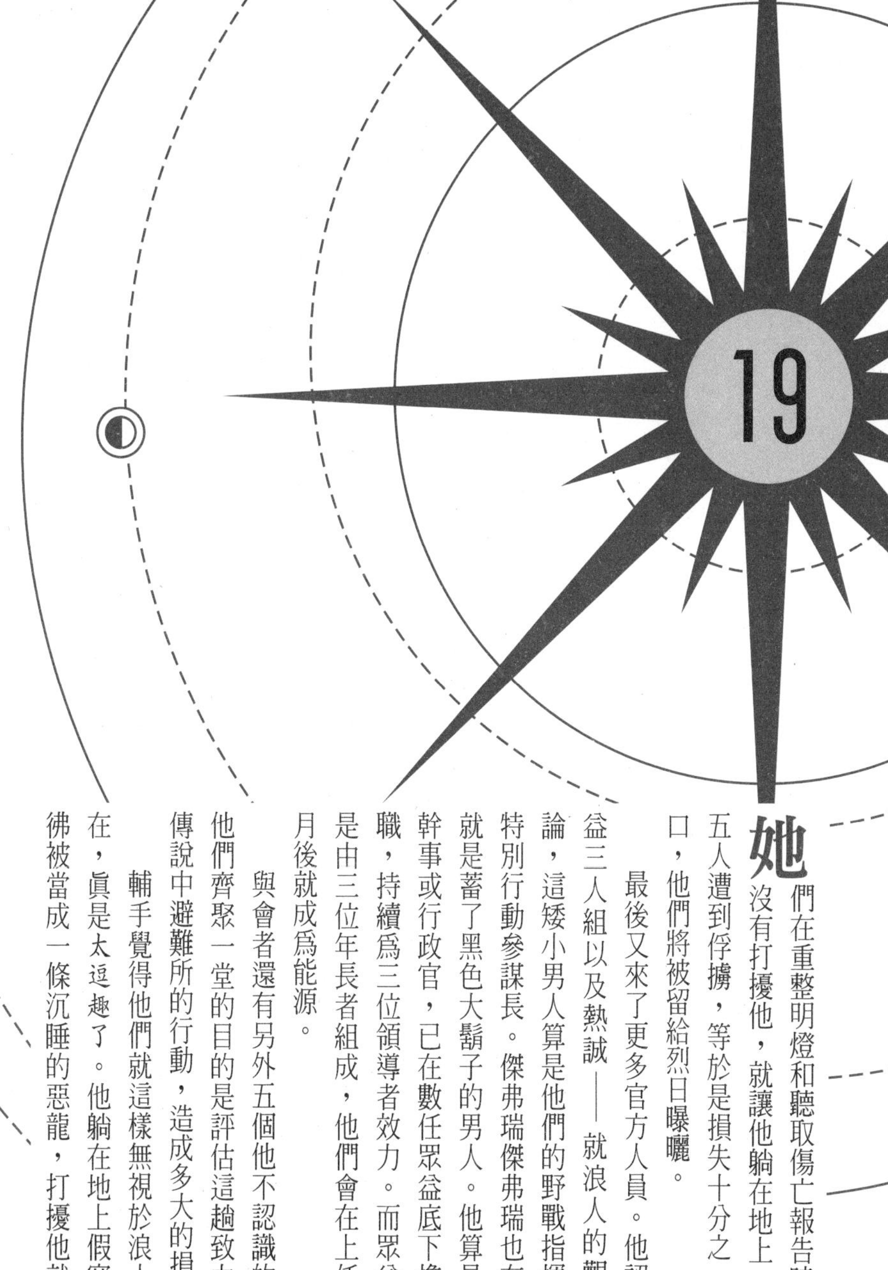

她們在重整明燈和聽取傷亡報告時，並沒有打擾他，就讓他躺在地上。有十五人遭到俘擄，等於是損失十分之一的人口，他們將被留給烈日曝曬。

最後又來了更多官方人員。他認得眾益三人組以及熱誠——就浪人的觀察結論，這矮小男人算是他們的野戰指揮官或特別行動參謀長。傑弗瑞傑弗瑞也在場，就是蓄了黑色大鬍子的男人。他算是市政幹事或行政官，已在數任眾益底下擔任公職，持續爲三位領導者效力。而眾益通常是由三位年長者組成，他們會在上任幾個月後就成爲能源。

與會者還有另外五個他不認識的人。他們齊聚一堂的目的是評估這趟致力找到傳說中避難所的行動，造成多大的損失。

輔手覺得他們就這樣無視於浪人的存在，眞是太逗趣了。他躺在地上假寐，彷彿被當成一條沉睡的惡龍，打擾他就會有危險。

看看他們椅子是怎麼擺的，英雄嚷嚷。你看啊，浪人。他們根本不敢往後挪一點，以免撞到你。他們爲何不乾脆另外找地方開會呢？或是……你知道……把你搬到床上？

浪人大概擺出了他的招牌表情之一。這表情像在說：「別碰我，我正在考慮下一個要殺誰，有人自告奮勇我也歡迎。」

最後這群人開始討論眞正的麻煩。

「我們死定了。」信心站起來發言。他認得眾益中最高的老太太的聲音，腦中浮現這手長腳長的女人瞪視所有人的畫面。「該是我們與雅多納西和解的時候了。」

「恕我直言，」浪人沒見過的男人說。「妳不是應該最樂觀才對嗎！如果妳願意，請給我們希望吧。」

「我的頭銜是信心，」她回答。「我的職責是以最充沛的活力，說出我所知的實話。說謊可不是我的職責。我看不出還有什麼生路。」

「我們被逼進一條無以爲繼的廊道，」憐憫輕聲附和。「過去五年來，這一區都是山區。我們很快就會遇到高山了。過了高山後，我們的日心所剩熱能就不足以讓我們再飛多久。我們已將日心分給大家共用，配給量已達到極限。」

「即使我們全都集中到少數船艦上，」信心說。「也撐不過再一次的輪轉。我們已太久沒有收成。試第一次時遭到驅趕，又放棄了下一次嘗試，現在我們是靠冷卻的靈魂在硬撐。」

「我們是不是必須……向焦燎王投降？」傑弗瑞傑弗瑞輕聲問。

熱誠用力一搥桌面。「我寧可冰冷地死去，讓我的靈魂只能照亮泥巴，也不要獻給『他』使用。我們的靈魂只會更加助長他的暴政。」

「所以要怎麼辦？」憐憫問。

在場所有人似乎都望向慎思。浪人偷偷睜開一點眼皮打量她。她沒戴帽子，黑髮又挽成頭頂的髮髻，即使滿室的人穿著都很類似，她仍然特別醒目。

「慎思？」憐憫又問。「妳應該有對策吧？」

「我……想不出任何對策，」慎思承認。「只能想到如何死得有尊嚴，因為我們知道自己不願與那怪物同流合汙，反抗他到最後一刻。輓歌若是知道我們至死不屈，應該會……以我們為榮。」

室內陷入死寂。浪人判定是他出場的時候了。呃，應該說已經在場的他要刷一下存在感。他準備好一番冠冕堂皇的演說詞，可以有效激勵人心的那種。但他還沒來得及起身發表，與會者已紛紛站起來。

「我們勇往直前。」一人說。

「我們勇往直前。」另一人回應。

浪人坐起身，看著他們一個個挺身而立，從同伴身上獲得力量。他領悟到他們並不需要他的演說，這群人和龜甲一樣強悍。他們不需要外力來打氣或激勵。而今天……他們甚至不需要士兵。

他們需要的是以前的他。他們需要一個能解決問題的人。

他颺的。他能為他們成為那個人嗎？有差嗎？即使他設法把他們帶到入口……也救不了他們。然而他仍覺得他們的不服輸精神，比焦燎王的烈酒還讓人陶醉。如果說以前的他還殘存某部分，那必定是極端厭惡霸凌者——尤其是專門欺負弱者的那一種。

因此，他站起身加入他們。他們轉頭仰望他，為他讓出空位，讓他能靠近眾益的桌子。他用雙手撐著木頭桌面。「那個混蛋，」他說。「違背了對我做出的誓言。」

三位老太太瞠目結舌地看著他。

「……所以呢？」愼思說。「他是殺人魔兼暴君，當然也說話不算話。」

「我其實不在意別的，」浪人說。「但焦燎王跟我結下私人恩怨……所以我要殺了他。我想在離開前順便推翻他的王國，就當是臨別贈禮吧。」

「我們很樂意給你這個機會，」信心說。「但我不認為你了解我們的問題有多嚴重。我們被逼進一條無以為繼的廊道——裡頭有很多障礙物，讓我們無法前進。」

「我們折返飛出去，」浪人說。「繼續躲在黑暗裡。」

「我們派了斥候出去，」熱誠在後方說。「焦燎王的衛兵和斥候已經封死我們的北側——他勢必動員所有子民把船供他使用！要是我們試著回到北方，就會被他逮到。」

「我們被困在這了。」憐憫小聲說。「北有敵軍，南方和東方都是山脈。」

「山脈？」浪人皺眉。「蕾貝凱好像說過這方面的事……不過再幫我溫習一下吧。我以為每次輪轉，地貌都會變一個樣。這裡怎麼會有山脈呢？」

「有些較大的地形特徵會保留。」熱誠解釋。「南北極總是有山，那些區域是去不得的。有時候其他地方也會形成山——而這一區的山脈已經存在好幾年了。」他望向別人，聲音放輕。「這些山脈初形成時，有兩座城鎮被毀滅。我曾擔任斥候，數度試著通過山區，都沒成功。輓歌一開始考慮過，要是我們能在這條廊道住下來，就能逃離焦燎王。」

「山脈會熔解和重組，」愼思補充。「但我要老實告訴你，日煉者。這裡的高地是因爲我們星球核心的某種特質而形成的，要通過它是異想天開。」

「不是啊，我們有飛船耶，」浪人說。「可以從上面飛過去。」

「啊，從上面飛過去！」熱誠用力一拍腦門說。「我怎麼都沒想到？」

「你不明就裡，容我解釋一番。」愼思說。「如果飛太高，我們的引擎會失靈。它們會發出巨響、努力嘗試，但我們並未前進——然後它們就熄火了。除此之外，若大家在高空待上超過幾分鐘，就會昏迷。」

「等一下，你們說的山脈到底有多高？」浪人問。

「很高，」熱誠說。「至少有三百公尺。」

三百公尺？連五百都不到？

一開始他以爲聯繫故障了，所以他沒正確翻譯出對方的話。難道這些人的「山脈」，竟然矮到在他原始世界幾乎稱不上山丘？他在那個世界所住的城市，本身海拔就超過四千五百公尺了。

但他不認爲他們笨。或許有點天眞，不過不是白癡……

我被弄糊塗了，騎士困惑地說，但他的困惑無損於他那踐踏別人自尊的莊嚴智慧。是我誤會什麼了嗎？這是怎麼回事？

「數學，」浪人領悟。「這是數學問題。」他切回本地語言。「誰能給我幾張計算紙，還有可以寫字的工具？」

他們不想配合，他就一直狠瞪他們，直到有個負責筆記的人交出他要的用具。有個女人搬了張椅子給他，他坐下來，抹了抹額頭。現在他可以自然而然地就提筆寫字——想想也眞奇怪，在他的家鄉，有些人還覺得會寫字是很不得體的事呢。

他挖掘許久前的記憶，翻出昔日的自我，快速列出一些算式。他仔細思考懸浮機車的運作方式，在腦中描繪它們的引擎。他猜想最可能的情況是，引擎的機械構造設法利用日心的授予讓空氣過熱，再將熱空氣由機車底部的噴射器送出去，以提供向上的推力。基本上，他們的懸浮機車依賴朝向下方的噴射引擎，而不是機翼的浮力。

「推進物。」他喃喃地說。「問題就出在這裡。高空的空氣太稀薄，無法做爲你們飛船的推進物。有意思……」

與會者慢慢圍過來，看到他們的「日煉者」，這個滿口嘲諷的殺手，竟然能寫出複雜的數學算式，似乎都很震驚……嗯，他完全能理解他們的心情。

「這代表什麼？」他在寫的時候，愼思輕聲問。

「表示你們的星球眞的超小。」他說。「應該說，幾乎是小得荒謬。太陽完整繞一圈要花多久時間？」

「大概二十小時。」愼思說。

「嗯……拿個時鐘給我。」

他們拿來一個時鐘，於是他能用自身的時間感來進行一些粗略計算。他們的一小時大約只等於他的半小時。把這一點代入算式之後……嗯，這下他找到施力之處了。

他估計他們的白天長度差不多是銀河標準時間的十小時。這星球很小不說，自轉速度又夠慢，所以人類駕駛普通飛行器就能追上自轉。他推測繞星球飛一圈，可能只要四小時。但實際上不能，你得等星球轉動，因爲要是飛得太超前進度，又會直接遇到日光。

他又向其他人問來一些測量數據，計算出了這星球的直徑。有了直徑後，其他答案都一一出爐。由於本地的重力感覺起來與他的家鄉差不多，起初他被糊弄了。其實這裡的重力比大部分世界要小，但仍在正常範圍內。他讓幾件物品垂直掉落就能測試重力。儘管如此，最初的直覺印象卻使他誤以爲自己了解這個世界的物理法則。事實上，他錯得離譜。

「有這種重力的多數世界，」他解釋。「都比這裡要大得多。你們星球的核心有密度很高的東西——我猜是含有授予，因爲沒有哪種自然元素能創造這種引力，還讓這星球能住人。

「你們的大氣似乎也以嚇人的速度轉爲稀薄。據我的估算，三百公尺的高度已經絕對是你們的死亡區域了。難怪你們都只讓飛船懸浮在十公尺左右的空中。」

他抬起頭，看到一圈茫然的臉龐。

我的手舉起來了，騎士說。雖然你看不到，但我眞的舉手了。點我點我。

「好喔……」浪人用雅烈席語說。

請問老師，我可以改修美術課嗎？

「輔手，你名副其實就是物理力量化身而成的生物——本質上與重力和原質間力是相同的。這話題你應該跟得上啊。」

呃，是喔。所以說因爲你們是肉和各種詭異液體組成的，每個人類天生就是靈長類動物解剖學專家？

「這個嘛，反正保持警覺總是沒壞處。」浪人說。雖然他自己說完也覺得這是什麼鳥話。要是他自己早點保持警覺，也不會到現在才弄懂這回事。星球的曲度、地表的低氣壓……在在都是跟星球一樣大顆的醒目線索。

他切回本地語言。「聽著，你們的引擎試著飛越山脈時會熄火，有完全合理的解釋。因為你們的船是靠排氣來移動的。」

「恕我反駁你，」愼思說。「它們是用日心來飛行的。」

「這麼說只對了一半。」他說。「你們是用引擎飛行，而引擎的燃料來自日心——但是把燃料換成煤炭，你們一樣能待在空中，前提是你們能抵銷超大火爐和沉重燃料的重量。不過眞正讓這種船移動的並不是燃料，而是推進物。你們懂吧，就是把東西推出去，你們就會往上衝？就你們的狀況而言那東西就是空氣？不懂？」

他們呆若木雞地盯著他。

「太扯了，」他說。「你們怎麼能開著這些先進船艦，卻對基本航空學一無所知？流體動力學呢？運動和反向運動法則？」

他們繼續傻在原地。唯一的例外是站在邊邊的一個女人，有幾個人望向她。浪人猜她是技工或工程師，她的穿著與其他人無異，不過手套上有油漬。

「日煉者，你說的這些我能理解一部分。」她盯著他所寫的數字說。「但你必須了解一件事：我們是最卑微的一群難民。焦燎王那裡的科學家或許能聽懂你說的話，不過就連他們都把重點放在讓城市持續移動上。

「我們沒辦法把時間、資源和人命浪費在研究理論，手邊有什麼就用什麼。我們能讓這些船維持運作，也能再做出一樣的船，可是……」她聳肩。「死亡就在地平線徘徊，我們實在沒有餘力思考虛無縹緲的事。」

他能尊重他們的想法。他颶的，他自己也同病相憐。從他開始逃亡以來，他有多少餘裕能夢想遠一點的目標？

「這一切，」信心朝他列出的算式揮揮手。「證實了我們早就知道的事——要是我們飛太高，引擎就會失靈，我們也會窒息？」

你應該告訴她：那基本上算是數學存在的意義，騎士插話。亦即解釋大家早就知道的事。

有時候浪人眞希望自己締結的是一個謎族靈（Cryptic）（注）。

「它確實講出我們本來就知道的事，信心。」他說。「不過更有用的部分在於，它讓我們知道原因。要修正任何問題的第一步，就是找出原因。」

「那你能修正這個問題嗎？」愼思說。「在十小時之內？因爲十小時後，我們就會遇到那些高地了。」

他們的十小時。他能在那麼短時間內修正這種問題嗎？

怎麼可能。

「當然可以。」他說。「我需要一些東西，其中最重要的就是獲准使用你們的加工機，不管那是怎樣的機器。蕾貝凱說你們能把原料做成新的飛船組件？」

注：謎族靈了解數學的本質，而不會像輔手對數學嗤之以鼻。

「對，」傑弗瑞傑弗瑞說。「我們可以。」

「太好了。我需要使用那部機器、一個安靜的房間、一些工具，還有……我們抓回來的焦燎兵。蕾貝凱的姊姊。我要拿她來測試相關的事情。」

他們沒有質疑他。很好。他還在想要怎麼避過「磨難」，需要有個實驗品來測試他的理論。聰明的科學家可不會拿自己做實驗。

「等一下，」信心說。「即使出現奇蹟，眞的能飛越山脈，我們還是死定了。我們的能源庫存快見底的問題又該怎麼辦？」

「我們會想到辦法再弄到一些。」浪人說。

「那焦燎王呢？」她質問。「我們面臨的大軍呢？我們每天都在他的攻擊中失去鎮民的事呢？我們現在的目標是什麼？除了殺掉他之外，你還想完成什麼事？我們的終極目標爲何？」

「那就看你們了。」浪人說。「我想找到那扇門。我會盡我所能帶你們飛越這裡的山脈，然後弄到足夠你們再撐一天的能源。之後我們會回到這一區，可以再找一遍。」他聳肩。

「又繞回這個計畫了？」信心說。「你自己說過那扇門幫不了我們。」

「我……」他說不下去。

她一針見血。

「冷靜點，信心。」憐憫發話。這位膚色如黑檀木、滿頭小鬈白髮的老太太，在座位中看起來好脆弱。她走路時需要人攙扶，講話時聲音抖抖的。然而她散發一股力量，源自向歲月低頭、但尚未對歲月臣服的人。他不但了解這種力量，也深懷敬意。

「我們原本只是確定寧死也不回到焦燎王手下。」憐憫繼續說。「難道現在討論的事，不比我們原本的結論至少多點希望嗎？我們的祖先來到這片土地，在各種不利條件下生存，做到不可能的事。那麼現在我們窮盡一切手段求生，不論希望多麼渺茫，不也是對祖先應盡的責任嗎？」

「我們已搜遍整個區域，」信心說。「都沒找到門。」

「它就在我們找的地點附近，」憐憫說。「一定是。我們會查出是在哪裡，再去那裡找。」

「萬一避難所眞的只是神話呢？」信心問。「萬一就像這個人所言，它從來就不眞正存在呢？」

其他人沉默不語。

「我們需要一個奇蹟。」熱誠從座位起身，小聲說。「我是爲了奇蹟而活的，眾益。即使沒有山脈……即使我們有充足的日心……若是沒有夢想，我們仍是死路一條。若是沒有夢想，他終究會磨光我們的意志力並毀滅我們，不論我們怎麼努力都沒用。所以，我確實寧可相信神話，信心，而不是就這麼停下腳步，迎向太陽。」

其他人紛紛點頭，浪人的胃扭成一團。他垂下目光。先前他被他們的信心給激勵了，現在卻發現那股信心反而可能宣判他們死刑——對他，以及他在這裡所代表的虛假機會懷有信心。

試著相信吧，他在心裡對自己說。像他們一樣。至少試著裝作他們還有希望。天知

道？你以前也誤判過。

「我們會成功的。」他抬起頭，向他們承諾。「我們會跨越那些山脈，繞行這個受詛咒的星球一圈。我們會繞回起點，而這一次，我們要打開那個入口。總比躺下來等死好。」

「確實，」愼思贊同。「所以你才要一直逃跑嗎？」

「目前爲止是的。」他說。

信心坐下來，兀自點點頭。他意識到她剛才或許是在扮演某種角色。她確實表達了眞實感受，卻也製造必要的爭論——讓另一方有機會反駁。藉由講出眾人都懷有的恐懼，逼大家做出結論；先把恐懼具象化，再讓對方一一擊破。

「我們要拚一把，」憐憫小聲說。「爲了我們的孩子，爲了我們的家人，爲了我們自己。」

太好了。現在浪人只需要在兩、三小時內革新他們的航空科技基礎，改良整座城鎮的引擎，讓它們能在近乎眞空的條件下運作，就行了。

他寧可再被痛毆一頓。因爲眼前這件事需要以前的他，而那個他已經失敗了太多次。

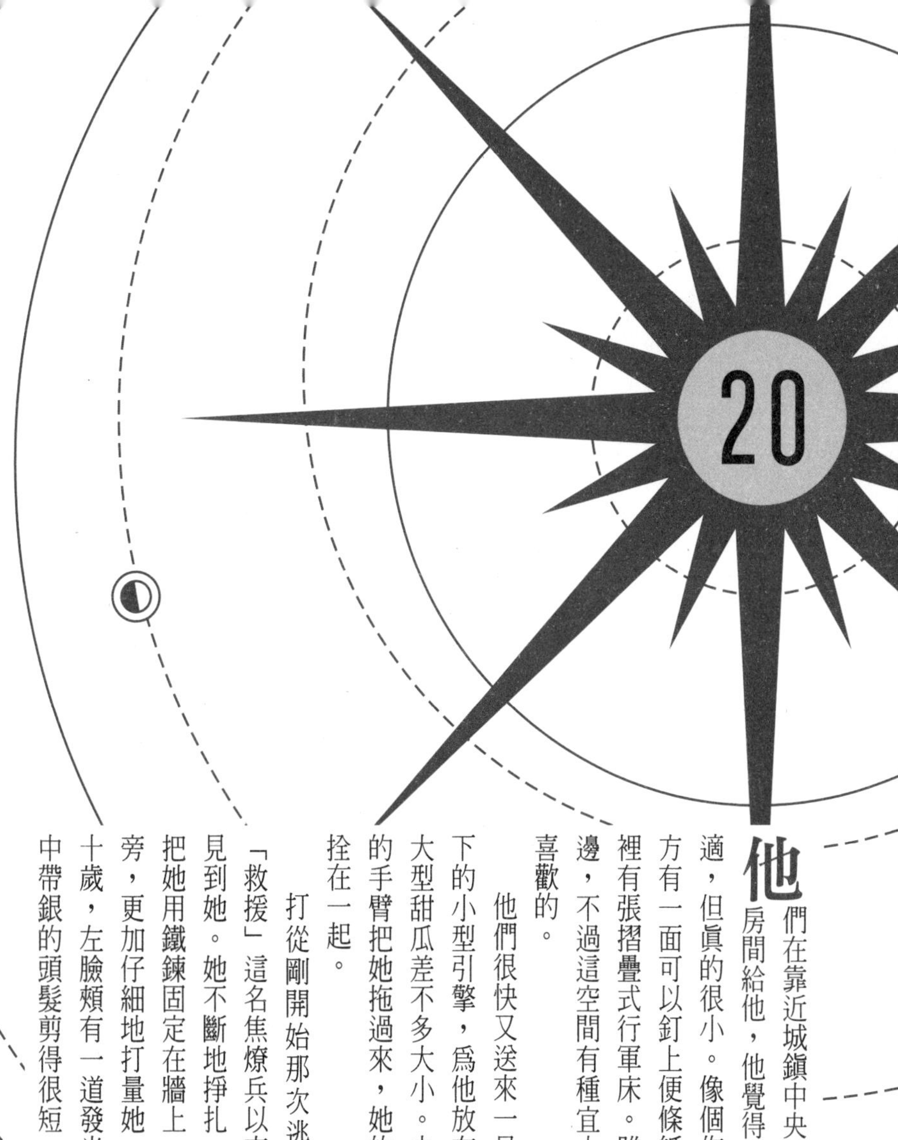

他們在靠近城鎮中央的地方撥出一個小房間給他，他覺得那房間……雖然舒適，但眞的很小。像個作坊，在工作桌上方有一面可以釘上便條紙的軟木牆，角落裡有張摺疊式行軍床。雖然跟豪華沾不上邊，不過這空間有種宜人的居家感，他挺喜歡的。

他們很快又送來一具從懸浮機車上取下的小型引擎，爲他放在工作桌上。它與大型甜瓜差不多大小。之後他們抓著輓歌的手臂把她拖過來，她的兩隻手腕用鐵鍊拴在一起。

打從剛開始那次逃跑過程中，協助「救援」這名焦燎兵以來，浪人一直沒再見到她。她不斷地掙扎，六名大男人合力把她用鐵鍊固定在牆上。浪人坐在工作桌旁，更加仔細地打量她。她看起來將近四十歲，左臉頰有一道發光的餘火印記，黑中帶銀的頭髮剪得很短。她和妹妹有同樣的淡綠色眼睛，在她對箝制者發飆時，浪人有充分機會觀察那雙眼睛。

那些男人終於離開了，有好幾人都被她的膝蓋或手肘撞傷。這女人即使被鍊住，仍然很危險。她胸腔那個燒成灰燼的空洞，本來是心臟所在位置，現在則放著餘火；隨著她掙扎對抗鐵鍊，餘火也戲劇化地不斷亮起火光。若不是她體內的高度授予強化了她的皮膚和肌肉，這麼激烈地想要掙脫鐵鍊，肯定會讓自己受傷。

「這裡是她以前的房間。」慎思站在門口說。「我原本希望這能讓她回想起一些事……」

由輓歌的反抗程度研判，他很懷疑這點子發揮了半點作用。不過知道這原本是她的房間，仍顯示若不是她被燒到只剩下靈魂的灰燼，浪人應該會挺欣賞她的。

「你要她在這裡做什麼？」慎思問。

「我需要了解你們的能源，」浪人說。「這些日心……我在其他星球都沒見過類似的東西。」他用下巴指了指輓歌。「而她身上就有一顆日心，我想做幾項測試。」

「會傷到她嗎？」

「我不敢打包票，」他說。「但我認為應該不會。」

慎思若有所思地點點頭，她的黑髮梳成在頭頂堆高的蜂窩式髮型，使她顯得比實際上要高。「如果輓歌發生不測，」她終於說。「我們之中有些人可能會很不高興。」

他點頭。「但妳不是其中之一？」

「我跟輓歌很熟，」慎思說。「她力主我們起身反抗的那幾個月，我聲援她很多次。當我受命擔任眾益時，我立刻發起投票，希望指定她擔任指引星。這是一個公職，要負責引導城鎮不偏離路線行事。對我們而言，這職位還不僅於此——那個角色還要獻策。我們是城鎮領導人，她卻是它的心臟。我們要追隨她的願景。」她朝被鍊在牆上的女人點點頭。「那東西才不是輓歌，你傷不到她的，日煉者，因為她早就死了。」

這時慎思走向他，摘掉手套，掌心朝前舉起手。她似乎期望他有所回應。他遲疑地舉起手靠近她的手，但沒真的碰到。

「你一點都不取嗎？」她問。

「我聽說，」他說。「拿走別人的熱能很不禮貌。」

「除非是對方主動提供。」慎思用下巴指了指自己的手。「這是我們表示感謝的方式，日煉者。展現出脆弱以及信任。你承受劇烈痛苦和風險，救了我的命。謝謝你。」

聽了這番解釋，他便將掌心貼在她手上。「妳的駐氣歸我所有。」他輕聲說，試著用一道命令汲出她的熱能。當然沒有奏效，但值得一試，況且她很在乎這儀式。

她眼中泛淚。「你破窗而入的時候，」她說。「我就知道你是那個人了——故事中的日煉者。你賦予我們能繼續進行恆久之旅的希望時，再次確證我的想法。」

「我不是妳以為的人，慎思。」他說。「我真的不是。不過在這節骨眼，如果這能幫助你們積極行動，那你們他颶的想叫我什麼都可以。」

老太太微笑。「很高興能認識你。」說完她就離開了，把他單獨留在一個發光的瘋女人身邊。嗯，除了瘋女人之外，還有他只發揮部分作用的良知。

你真覺得你辦得到這事？英雄懷疑卻又好奇地問。

浪人在桌邊坐好，持續盯著輓歌，她不再胡亂掙扎，只是專心地瞪他。「我覺得，」

他對輔手說。「我別無選擇。幸好他們已經先解決困難的部分了。」

是嗎？

他翻開空白筆記本。「對啊，他們擁有強大又精實的再生能源，多數開發中社會對這種能源只能空想，這就很難能可貴了。交通這回事的關鍵始終都在於能源供應。創造能量——嗯，應該說釋放能量——很簡單，只要往一堆乾燥的木頭丟根火柴，就能懂得這道理。但是控制能量？使它可攜帶？這才是問題。」

既然這麼簡單，浪人開始寫字和畫圖時，輔手回應。他們飛到山區時是出了什麼狀況？他們的引擎為何失靈？

「引擎並沒有失靈。」他說。「它們仍繼續釋放能量，但那些能量無用武之地。最傳統的運輸要遵循一項基本原則：大小相等、方向相反的作用力。從噴射引擎到馬車，萬變不離其宗的都是基本運動定律。」

而噴射引擎需要有空氣才能提供推力？

「對，」他說。「實際情況要更複雜，但概括而言，噴射引擎的原理是把空氣硬從小小的噴嘴推出去。在多數情況下，是讓過熱的空氣通過渦輪機，而製造出的『推力』就是讓飛船移動的力量。從引擎後方射出空氣。」

所以……空氣沒了……推力也沒了？

「正是如此。」他指著小型引擎說。「我猜側邊的這些部分是進氣口，它們吸進大量空氣，接著日心在這個類似壓縮機的結構裡面讓空氣過熱，或許甚至製造出電漿，雖然那就太扯了。你看這個，看到這裡面的噴嘴了嗎？那就是噴出過熱空氣的地方，或許也包括一些轉爲原始能量的授予。那就是我們的浮力來源，也是爲什麼我們會看到火光。」

那太空航行呢？那裡又沒有空氣，其他船艦是怎麼辦到的？

那是相對來說較新的技術。欸，技術本身是早就有了，具體而言有多早，要看你去的是寰宇的哪一區。但很少人實際測試過，那是大約近一百年才有的事。既然有更簡單的方法可以在星球之間旅行，又何必大費周章穿越太空呢？

問題是，大部分方法都很慢，通常要花上幾個月甚至幾年的時間在另一個維度行走。也是可以用飛的，但出口就只有固定的幾個可選。想去哪就去哪又更快速的交通方式才剛開始受到研究，那些方法各有其獨特的難度。若非如此，就是會伴隨他颸的可怕副作用。這是他的經驗談。

儘管如此，寰宇中還是有愈來愈多人漸漸理解那些困難但可行的方法，直到科學實務跟上了理論空想的腳步，這些方法才有了執行的可能。

「要進行太空航行的話，」他回答阿輔的提問。「通常要自行攜帶推進物。火箭引擎常會將燃料和氧化劑混合——但重點在於這種混合物要以高速從引擎後端大量噴出。從後端排出質量與能量，會使『你』得以往前。而這些以日心爲動力的引擎，裡頭根本沒裝燃料。」

那我們就裝啊。

「你手邊有多少液態氧？」他問。「煤油呢？火箭燃料可不是隨處可得，阿輔。我很懷疑我們能及時弄到任何燃料，我也沒聽說這個星球有任何清風乙太可採集。你呢？」

所以……我們完蛋了？

「並不是。」他開始畫圖表。「他們有一項物質不虞匱乏：水。現在它就嘩啦啦地打在屋頂上呢。而且如我所說，他們已備妥困難的部分：超壓縮且高能量的燃料。它不需要氧氣就能讓物質變熱，所以如果我們讓一個鍋爐運轉，而蒸氣從底下噴出來……」

等一下，你打算用蒸氣引擎進行太空航行？

「可以這麼說吧。」他說。「不過我會稱之爲高層大氣飛行，而不是眞正的太空航行。總之，你要是知道有多少現代能源使用都奠基在相同原則上，應該會很訝異。傳統蒸氣引擎——嗯，應該說大型的蒸氣引擎——的缺點在於，它使用的燃料必然又占空間又重。除了走在鐵軌上、拖曳能力很強的大型機器適用之外，實在稱不上實用。不過我可以告訴你，所有物體運動的原則都是這樣。」

所有物體運動？騎士遲疑地問。那我們以前一起飛的時候呢？

浪人僵住了。那時的情況不一樣。他當然講得太武斷了，並非所有物體運動都源自他剛才說的因素。還有別的類型，例如萬有引力法則。一個物體被另一個物體吸引。在原質層面將所有物質凝聚在一起的力量。

「那是另一種狀況。」他承認。

我以前很喜歡那種感覺，阿輔說。直到……

浪人重重呼出一口氣，用力閉上眼睛。

那不是你的錯。

「我答應了霍德，卻也與你締結。」

你並不知道這兩件事會造成什麼後果。

「我讓晨碎吞沒我們，輔手。我任由它吃掉你。」

我有搶救到一小部分，就是我這一點點心智。我靈魂的最後一塊碎片。

這件事，智臣與浪人要各擔一半責任。表面上，做這件事是為了保護寰宇。智臣要求他攜帶某種稱為「晨碎」的東西，它含有深不可測的授予，本身就是設定成武器使用。

浪人並不清楚細節，只知道自己想要幫忙，結果卻害死一位朋友（只剩下活在他腦中的聲音），還惹來大批士兵追殺。他接受那可怕的武器是為了把它藏起來，但它的力量扭曲了他的靈魂。更糟的是，他不知道、沒意識到，與輔手締結會導致這樣的悲劇。

他們就伴隨著這潛在的危險共度許多年，對它渾然未覺。然後在緊急關頭，他無意識地探向手邊任何能量來源。而晨碎找上輔手，一個授予生物。

它將阿輔的實體存在都轉換為能量，來增強浪人的能力。

晨碎這件武器設法保全自己。不計代價，不在乎要了誰的命。在超充能的片刻間，浪人差點沒趕在燒光輔手的靈魂前克制住自己。

現在不是懊悔的時候，騎士輕聲斥責。你有些天大的問題得解決。

他說得對。浪人睜開眼，從口袋掏出那顆被他吸乾授予的日心。它在他手心觸感像玻璃——一小塊圓柱形煙石，高約二十公分，直徑六、七公分。它的表面有一些稜條和紋理，像是融化的蠟。上頭的花紋當然是隨機產生的，但他發誓那一小塊看起來就像尖叫的臉孔……

蕾貝凱說這玩意兒能為船艦供應好幾個月的動力。大部分靈魂都不具備這麼強大的能量，即使是輓星人的靈魂。還有別的效應牽涉其中。能量是從另一個來源汲取的，靈魂的作用只是某種種子或觸發物。但是焦燎王拿給他看的羅沙人日心爲何那麼小？它爲什麼發揮不了類似的種子功能？

他盯著筆記本，感覺恐懼不斷累積。早在別人眞的開始追殺他之前，他就在逃避這類事物了。有如帶刺鐵絲纏裹著心臟的失敗，從他兒時就如影隨形。但若是不走這條路，就得爬回去找焦燎王，接受他的僱用。假如夜旅兵團眞的已經找上門，浪人才會考慮那個方案。所以他乖乖認命。

開始畫圖表。

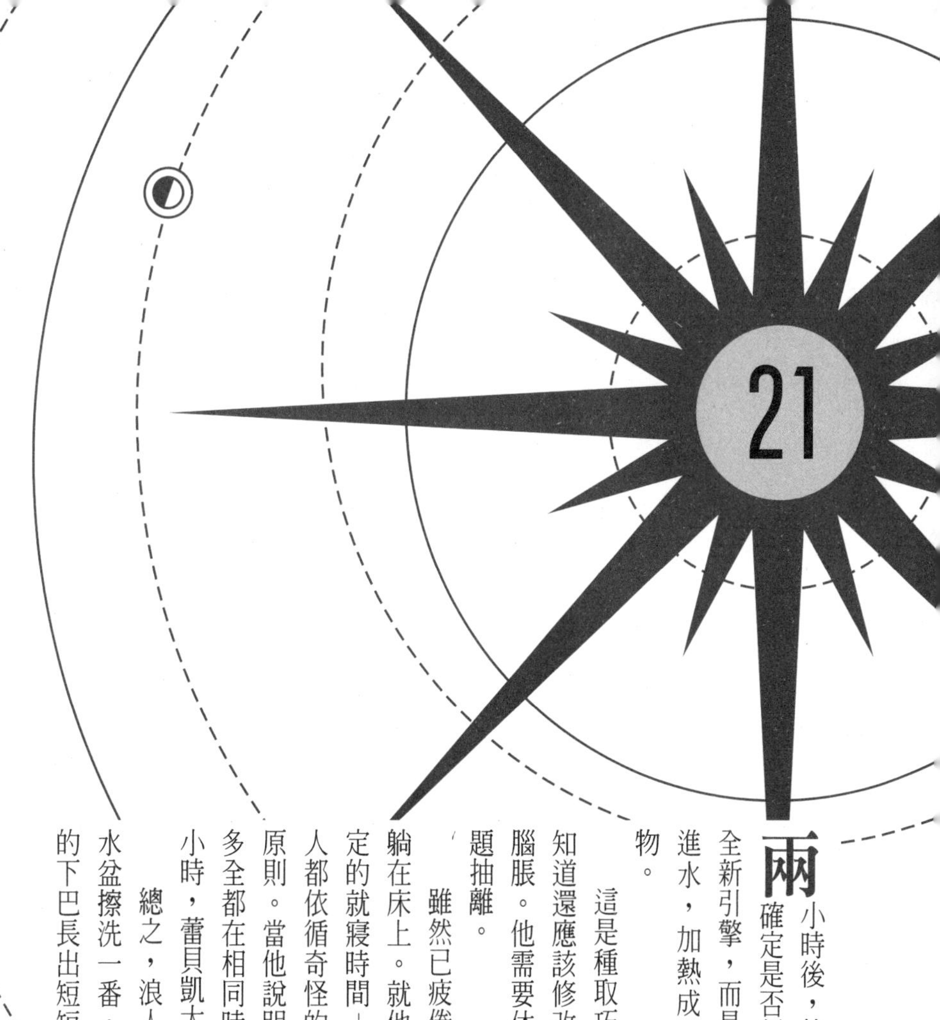

21

兩小時後，他已畫完圖表，不過他也不確定是否行得通。他的計畫並非打造全新引擎，而是將原本的引擎改造成可以進水，加熱成蒸氣，再用蒸氣當作推進物。

這是種取巧的作法，希望會有效。他知道還應該修改一些地方，但他已經頭昏腦脹。他需要休息一下，至少先從這個問題抽離。

雖然已疲倦不堪，不過他暫時沒想去躺在床上。就他的觀察，明燈人並沒有固定的就寢時間——說眞的，感覺全星球的人都依循奇怪的「睏了就小睡一小時」的原則。當他說明自己原始世界的人，差不多全都在相同時間睡覺，而且一睡就是八小時，蕾貝凱大惑不解。

總之，浪人還不想睡。他用他們給的水盆擦洗一番，再用小手鏡看看自己。他的下巴長出短短鬍碴而呈現灰綠，頭髮已全都長回來了——一如往常，他的身體終究會調整成多年前，他剛接受晨碎時的外貌。他拋開小鏡子，撫平他們給他的帶釦襯衫，然後把椅子拉到仍鍊在牆上的輓歌面前。

應該不是我自己想歪吧？騎士問。你的牆上鍊了個女人，確實很詭異對吧？

「我承認是很詭異。」

那你把她弄來的原因是？

「我想她的狀況可能與我類似。」他瞇起眼打量輓歌。「我從智臣那裡接收晨碎時，它創造出我的『磨難』。短時間內吸收太多授予，會扭曲我整個人。」

智臣怎麼沒受影響呢？

「我覺得還是有，只是他掩飾得很好。無論如何，我擺脫晨碎後，已經變了個人。我的靈魂上有某種疤痕組織，那就是『磨難』。我可以同時保有與所有地方的奇怪聯繫，我有能力吸食授予，我也可以用跳躍方式前往不同地點——卻得背負不能還擊的詛咒。

「晨碎是造物的原始力量之一，而我們持有過的那個晨碎，恰好與暴力和傷害的概念背道而馳。我靈魂上的疤痕組織具有相同的原旨，對它的宿主有相同要求：不管有什麼理由，我都不能傷害別人。」

還眞諷刺，英雄說。因爲晨碎被用來……

「殺死神。對，沒錯。」他靠向椅背，若有所思地迎向輓歌的瞪視。「我猜她的處境也類似，她的靈魂上有個潰瘍。焦燎王的火燒掉她的記憶和人格，但那也不至於使她變得如此凶暴和憤怒。我想不透他是如何控制她這類生物的，肯定與某種聯繫或是……嗯，疤痕組織有關。」

在靈魂上的疤痕組織使她變得凶暴，而你的疤痕組織作用相反。

「基本上是這意思沒錯。」他說。

不過當你奉行你的誓言時，你那股奉行誓言的本能就會突破疤痕組織。

「曾經是。」他說。「但現在我覺得疤痕愈來愈嚴重了，阿輔。我得設法阻止它繼續擴大，或是讓它縮小更好。小到我能戰鬥，但不至於讓我失去由這星球跳躍離開的能力。」

理想情況是他最終能把它全部清除，斬斷他與晨碎藕斷絲連的聯繫。只要這股聯繫還在，他就能連結到現任晨碎持有者，不論持有者是誰。只要他能找到全寰宇最強大的武器之一，就會有人追獵他。

這問題太龐雜，現在無法處理。目前他只要能想出任何抑制症狀的方法就很滿足了。他很希望下回有焦燎兵想殺他時，他有辦法還手。

他又掏出那顆已枯竭的日心在掌心翻看。「這些人，」他說。「能透過觸摸互相傳遞授予，而他們高度授予的靈魂，在受到太陽摧殘夠長時間後，就會變成這些能量來源。我現在期望設法把我的靈魂切掉一點，連帶切掉部分的疤痕組織，將它放進這顆空掉的日心。你懂我的意思吧？」

大概懂。就像割開癤瘡。

「對啦，但沒那麼噁心。」

凡人的一切都很噁心好嗎。但切掉靈魂……不知道耶，不會痛嗎？

「如果只是很小一塊就不會。」他說。「況且它會再長出來，疤痕組織也是。人類靈魂是很有彈性的，阿輔。它就像我們的身體會自我修復。」

輔手這類生物的狀況不同，悲劇發生時，他的本質就被燒毀了，只剩下這僅存的微量殘渣。

所以……你打算用那塊石頭，試著割掉使輓歌如此暴怒的靈魂疾病。要是有效，你就會用在自己身上，希望能治好你自己的靈魂疾病。簡要來說是這樣，對吧？

「確實。」

蕾貝凱大概不會認同你這樣拿她姊姊做實驗。

「應該吧。」

她大概是因此才躲在你門外喔？偷聽你在幹嘛？

他愣住。「她在外面？」

啊！原來你沒發現？我是說，外面是有人在發出一些窸窸窣窣的聲音，我承認只是猜測是她。雖然我很強，但我的技能表上沒有透視眼這一項。不過感覺應該是她，因爲那個人一直貼在門上，好像想聽清楚似的。

嗯，應該被輔手說中了。

我眞的以爲你注意到了，騎士傲慢地說。否則我早就提醒你了。

「少假了，」他微笑說。「你最愛現了。」

我是很愛現，騎士高聲說。感覺超爽。凡人爲何忌諱這種行爲？

「所有好玩的事我們都忌諱。」他仍在把玩枯竭的日心。如果他沒猜錯，這個世界的所有人之間都有同樣的奇怪聯繫，才能夠將自己的一部分轉移出去。而這顆空掉的能量來源曾裝著某人精煉後的靈魂，所以應該也能用吧？

然而，他拿那物體觸碰輓歌，卻沒發生任何事。即使他繃緊神經伸長手，拿它去碰她的餘火，也沒用。她大聲發牢騷，於是他聽到門外有個悶響，蕾貝凱應該換了個姿勢。

他退後，在筆記本上寫幾個字。其實他也沒期望這麼簡單就成功。

授予會對人類思維有反應。嚴格說來它既非能量也非物質，但它能成為這兩樣東西。根據克里絲的第二法則，授予、能量和物質都是同樣的東西。你無法創造或銷毀它；它只會由一種狀態轉變為另一種狀態。

然而，授予的反應與能量或物質不同。你可以給它指令。說得更精確些，你說出那些指令時所達到的心態，讓你能夠強迫它服從你的意志。寰宇中諸多不同調性和種類的力量，都依循這個原則。指令、誓言、咒語……你可以用各種方式讓意志或意圖聚焦，再投射到授予上。

就像他不久前試用在慎思身上的指令，它源自納西斯星球，作用是讓授予在不同身體之間流動。

今天他幾乎試遍他知道的所有指令，還用上不同語調，同時將日心壓在輓歌裸露的手臂上，要它吸出她的熱能。但沒有任何反應，每一次失敗都令他挫折不已，那顯示他根本就是在亂槍打鳥。

他頹然地坐進椅子，用後腦杓輕撞頭墊。輓歌體內確實藏著能量，它使她更強悍、更快速也更靈活。要怎麼觸及它呢？思索一番後，他的結論是自己大概從來就不知道那個正確的指令。有一些運用語調和振動的方法，也許能奏效，但他不會——而且他知道在這裡，至少熱能是可以在人與人之間自然轉移的。他就是靠這一點來推敲授予在這星球移動的機制。

假如這理論可行（他並沒有把握），他需要用本地人召喚或引發能量的方式才能成功。因此他需要本地人熟悉的作法，需要他們組織思想與意志的特定手段。不過本地人用的到底是哪一類方法呢？不是誓言，但……

他想到答案的瞬間，覺得其實再明白不過了。「蕾貝凱！」他用他們的語言叫道。「妳可以進來一下嗎？我有事要問妳。」

門外的窸窣聲戛然而止。接著蕾貝凱一臉心虛地開門走進來。

想像我現在得意洋洋的表情吧，騎士說。

蕾貝凱瞥向姊姊，看到她毫髮無傷，顯然鬆了口氣。然後她轉向浪人，等著挨罵，但他沒罵她。易地而處，他大概也會偷聽。

浪人指著輓歌。「妳不是說過，你們族人在分給別人熱能，或更重要的是『拿取』別人熱能之前，會說出某種儀式性禱詞嗎？」

「有……好幾種版本。」她說。「怎麼了嗎？」

「跟我說說都是什麼狀況下使用。」

「嗯，有一種是夫妻之間使用的，」她說。「在進行……親密行為之前。」

哇咧，做愛前先唸個儀式性禱詞。聽起來很……助興？

「還有別的嗎？」

「第一次碰觸所愛之人前說的禱詞。」她說。「奉獻熱能給保護你或幫你做事的人之前先說的感謝禱詞。陪伴臨終者時說的禱詞，因爲要趁他們的熱能消退前取走——」

他在椅子上坐直身體。

「我們只會對確定沒救的人這樣做！」她叫道。「而且只是因爲有人生病或很虛弱急需熱能，才替他們汲取！」

眞可愛，騎士說。她以爲你會在乎他們的社會風俗呢，好窩心喔。

「告訴我這種禱詞的內容。」他說。

「呃……神聖的雅多納西啊，接受這個靈魂吧，獎賞他們獻出熱能。垂死的勇者啊，請給我你將逝的熱能，讓我能祝福尚在人世者。」

眞棒。用正式的指令做爲儀式象徵，強行取走授予。他抓起桌上的日心，按在輓歌手臂上，惹來另一陣咆哮。他一字不漏地複誦蕾貝凱剛才說的禱詞。

沒反應。

「你想把她的熱能轉移到日心？」蕾貝凱說。「它的運作方式跟你想像中不同。我們試過了，雖然我們可以在用罄的日心裡儲存少許熱能，但它提供的動力不足以讓船艦飛行。」

這下獲得證實了，騎士沉吟。他們的靈魂並沒有強大到單憑本身就做得出日心。日心不只是一個凝結的靈魂——還需要日光摧殘才能爲它超充能，進而創造出能量來源。

「你們是怎麼操作的？」浪人問她。「我是說把熱能轉移到日心裡？」

「我不確定耶，」她說。「我們不常這樣做。」

他思考片刻，修改用語再試一次。「垂死的勇者啊，請給這顆日心妳的熱能，讓它能祝福尚在人世者。」微調後或許便足以……

不行。還是沒反應。

「你爲什麼要試這個？」蕾貝凱說。「我不懂耶。把熱能轉移到日心裡實在沒什麼用處——它又不是活的，不懂得欣然接受這種餽贈。」

「把範圍拉到寰宇層級的話，」他說。「妳會很訝異『活著』和『死去』的定義有多廣泛。無論如何，我需要知道怎麼把某個人的一小塊靈魂轉移到日心裡。」

「爲什麼？」蕾貝凱質問。「你到底想幹嘛？」

「研究你們能量來源的本質。」他說。不幸的是，他已經走進死胡同了。而且他們離撞死在山壁上的結局又縮短了幾小時。他舉起放在桌上畫有圖表的筆記本。「我必須打造出我設計的引擎原型，很快就得完成。妳說過你們族人能製造機器零件。」

「我們不能幫你製造，」她說。「是我們的祖先可以。」

他頓住。「所以說……等一下，你們現在已經辦不到了？」

「不是，我們從來就辦不到。」她說。「但我們的祖先可以。」她望向他。「我想該是介紹你跟鬼魂見面的時候了。」

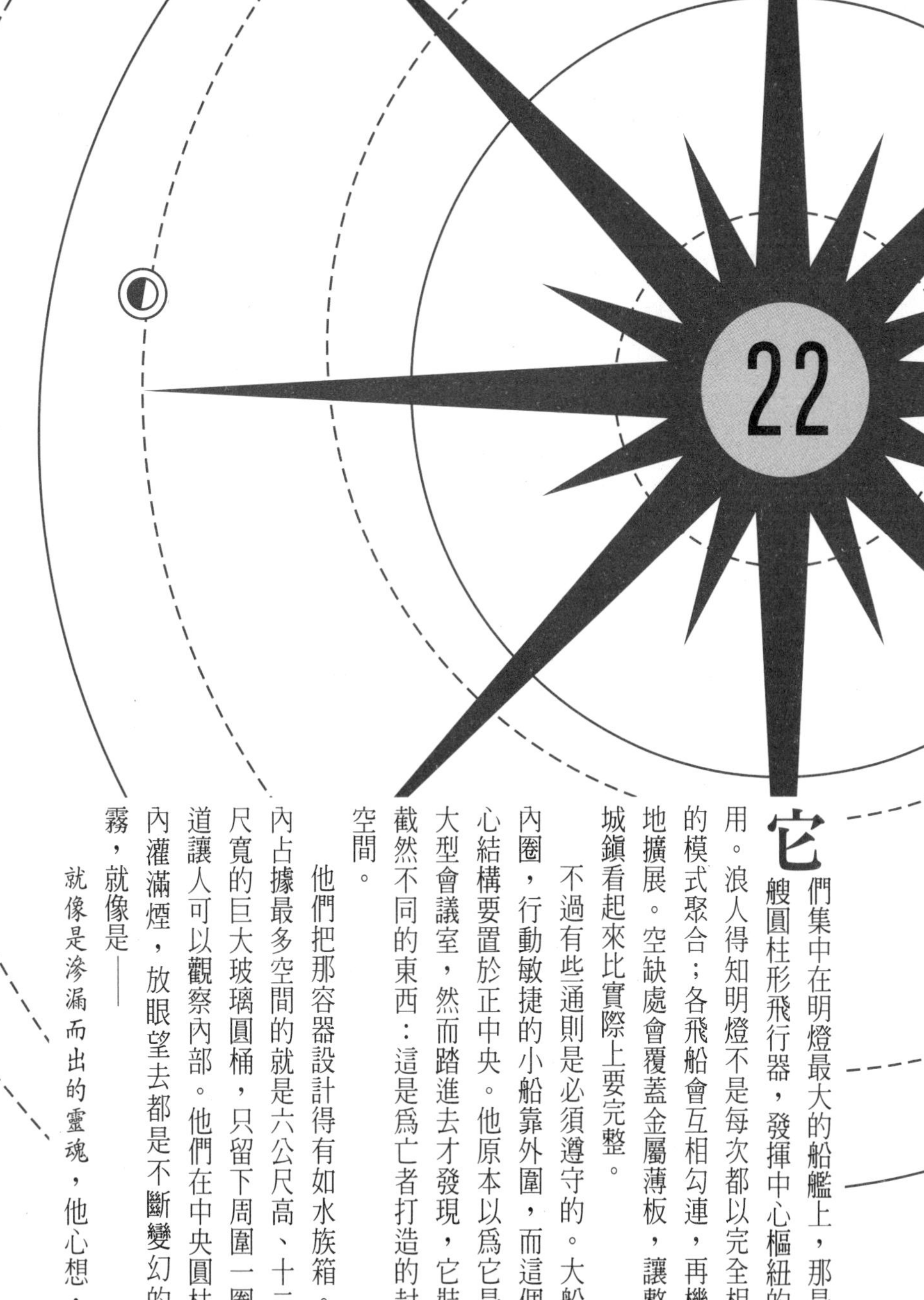

它們集中在明燈最大的船艦上，那是一艘圓柱形飛行器，發揮中心樞紐的作用。浪人得知明燈不是每次都以完全相同的模式聚合；各飛船會互相勾連，再機動地擴展。空缺處會覆蓋金屬薄板，讓整座城鎮看起來比實際上要完整。

不過有些通則是必須遵守的。大船放內圈，行動敏捷的小船靠外圍，而這個中心結構要置於正中央。他原本以爲它是個大型會議室，然而踏進去才發現，它裝著截然不同的東西：這是爲亡者打造的封閉空間。

他們把那容器設計得有如水族箱。室內占據最多空間的就是六公尺高、十二公尺寬的巨大玻璃圓桶，只留下周圍一圈窄道讓人可以觀察內部。他們在中央圓柱體內灌滿煙，放眼望去都是不斷變幻的白霧，就像是——

就像是滲漏而出的靈魂，他心想，雙

手插在棕色皮革長外套的口袋裡，走到玻璃前。現在陪著他的有蕾貝凱和熱誠——後者取得眾益的許可，帶他到這個聖所。在大水族箱對面的一面牆上，有許多放在架上的枯竭日心。

他望著那幾十顆毫無生命的日心，問道：「你們試過把它們再留在日光下嗎？」

「當然，」蕾貝凱說。「它們不會重新填滿能量。多數時候，我們根本無法再找到它們，但我們取回的少數日心，仍然和留在外面時一樣空。」

沉淪地獄的。不過說得也是，他們當然試過了——很可能是他們最先嘗試的作法。他回頭看著水族箱——他們把那容器稱爲「聖物箱」。他覺得這名稱很不貼切，這些又不是聖物。聖物通常是指聖者的屍身或部分遺骸，靈魂早已遠去。而眼前的情況應該正好相反。

起初他並未看見它們，只看到變幻的霧而已。那霧色淺而明亮，卻很濃密。即使那裡頭眞有亡者，他也看不——

霧中浮現一張貼近玻璃的臉孔，雙眼散發紅光，霧做的雙手拍打著眼前的阻礙。它面容憔悴，下巴鬆垂，臉頰凹陷。

浪人不由自主地驚跳起來。雖然他早有心理準備，看到幽影仍讓人不安。他在輓星的時候，這些東西極度危險。有它們在的地方，社會都因而扭曲，必須遵守嚴格規範來避免觸怒它們。這些東西的眼睛變紅時，表示它們起了殺心，構成致命威脅。然而在這裡，明燈的人把它們當成……寵物？

「我們逃離邪靈。」那個鬼魂輕聲細語地說，嗓音像紙張摩擦聲。另一個鬼魂從它肩膀上方冒出來，看起來只是一團模糊的煙狀人形，配上紅眼睛。「後來我們又逃離輓星。我們是你們的合聲，我們記得。我們來到這個微光星環之地，建立自己的世界。切勿遺忘。雅多納西終究會帶走我們。活著，並記得。」

嗯，騎士說。至少現在我們知道他們的民間傳說是怎麼歷久不衰的。

「在你們的原始世界，」浪人說。「這些東西會殺人。」

「它們也會殺我們啊，」熱誠說。「如果我們進到聖物箱的話。」

「它們有自我意識嗎？」浪人問。

「這方面我不太確定。」他回答。「它們有時候會回答問題，有時候又不回應，只是複誦舊的內容。」

「不過它們多半只是講古。」蕾貝凱說。她站到他身邊，隔著玻璃認眞觀看。「關於民間傳說和歷史，幾乎絕口不提自己。也許它們每個成員的身分是可以互換的，我們不確定它們是否記得自己個別的人生。它們就像……活史書。」

「『活』這個字用得不太精確。」熱誠接口。

浪人若有所思地點點頭。「據我對輓星幽影的了解，它們的表現已經遠超出我的預期了。」

「我們是第一批死在頌星上的人。」有個幽影悄聲告訴他。「也是第一批住在這片土地並設計出飛行器的人——以我們來此地時搭乘的飛船爲藍本。但後來我們死了，昇華爲幽影。記住一切。」

「幽影才沒有記憶，」另一個鬼魂說。「我們不是幽影，而是人民的合聲。」

「但是其他人，」另一個鬼魂貼向玻璃說。「必須獻給太陽。這裡是太陽的土地。」

「若不這麼做，」第一個鬼魂說。「這個世界將擠滿幽影。這星球太小了。它們會掠奪一切，它們會撕裂你、毀滅你。」

「我們也會，」另一個鬼魂補充。「如果有辦法的話。想要品嚐活人的血肉，想暢飲他們的體溫。」

「好甜美。」另一個鬼魂說。

「好甜美。」第一個鬼魂附和。

「它們……也有這個習慣，」熱誠接口。「說要殺死我們什麼的。還滿讓人發毛的。」

浪人，你帶我去的地方眞的都好陽光正面啊。

「那裡！」蕾貝凱指著說。「在那裡，是他。」

「妳並不能確定，蕾貝凱。」熱誠輕聲說。

「什麼？」浪人注意到她整個人貼近玻璃朝霧裡張望。「他？」他馬上就懂了。「妳哥？」

「我在它們之間看見他的臉。」蕾貝凱說。

「我們認爲沒被獻給太陽而死亡的人，可能會被吸引過來，加入合聲。」熱誠說。「聽說死後沒變成日心的人會浮出幽影，但我們鮮少遇到這種情況——倒是偶爾會在人死後，看到霧氣聚集並朝聖物箱飄去。」

「那是他沒錯。」蕾貝凱一副想要說服自己的模樣。「雖然他講起話跟別人沒兩樣，好像打從一開始就在這裡……」

不管是不是他，浪人都沒什麼理由在乎。「這跟我要設計引擎有什麼關係？」

「把圖表拿給它們看。」熱誠說。

「這些鬼魂，」浪人無言。「是工程師。」

「不是。」熱誠說。「它們是……嗯，你試了就知道。」

浪人嘆口氣，把設計圖按在玻璃上。一雙雙紅眼睛聚過來，臉孔推擠著想看清楚，嘴巴唸唸有詞而蠕動，但聽不清楚在說什麼。他將總共七頁圖表一一舉起，而它們仔細察看。然後它們退回霧氣消失了。

熱誠朝旁邊揮了個手，有個男人在那裡站崗。是工人嗎？還是警衛？還是神職人員？以上皆是？他操作某個機械裝置，從倉儲垂降一塊金屬原料。這塊金屬又寬又扁，底部還沾了泥土。看起來當初它呈現液態時蓄積在地面上，並就地凝固。

更多這類金屬塊接續運來。他覺得有些是銅，再加上數種其他金屬——而最大的第一塊主要是鐵。它們全都由上方送入霧裡，浪人這才不安地發現那個容器並沒有蓋子。容器內的霧騰湧起來，也變得更亮。

「它們在幹嘛？」他輕聲問蕾貝凱。

「打造你要的機械裝置。」

「它們是怎麼辦到的？」

「我們也不知道。反正就把原料放進去，給它們看詳細的指示，就能取出你要的東西。」

「我們要開闢新的移居地時，」熱誠說。「總會帶一些煙過去。我們不確定它能分成多少份——但目前為止都能用。你可以用特殊容器運送它。這裡的煙是我們從聯盟帶來的，另外還有一個舊型的容器，是當初焦燎王併吞一個較小的社群時取得的。」

「製作過程要花多長時間？」浪人問。如果它們在做東西，整個容器為何悄無聲息？

「不一定，」熱誠說。「以這樣的物品來說，大概要將近一小時。如果是它們做過的東西，速度就快多了。」

不到一小時就能做出複雜機械裝置？他沒什麼可挑剔的了——但即使真有那麼快，他們的時限還是很緊繃。

我覺得它們做東西的方式跟我用自己來做東西差不多，輔手說。你不是第一次看到這種事，你每天都在用啊，浪人。

「你可不會吸收原料再吐出可以長久使用的裝置。」他說。

是沒錯，但說起來，它們的行為豈不是比我們更加合理？

嗯……或許吧。他已經太習慣輔手了，有時候是沒察覺這個靈有多麼特別，每次變形都只耗用浪人身上微乎其微的授予。儘管如此，這倒是確實說明了為何這星球上絕大多數人，都沒因為輔手的能力而感到詫異。浪人猜想，如果整個社會都是靠神祕霧氣替你打造的東西而建立，阿輔在這裡可以完美融入。

「日煉者，你在等的時候要不要吃點東西？」熱誠問。

「好啊，盡量辣一點。」

「辣？」熱誠彷彿沒聽過這個詞。

「有什麼我就吃什麼吧。」浪人嘆口氣說。

熱誠點點頭，留下浪人和蕾貝凱站在玻璃旁，注視著裡頭幻變的霧氣。寰宇中大概有人會對這個很著迷吧。具備某程度自我意識的輓星幽影？它們還能重組金屬結構，彷彿那是可以塑形的授予？或許這就是司卡德利亞人來此的目的，還因此躲在地底下他們隱密的研究站裡。

想到這個，他當然又想起自己仍有許多工作未完成。即使改造後的引擎管用——但不會那麼順利，至少不會第一次就成功——他還得設法為這群人張羅足夠撐完又一輪自轉的動力。就算這個目標也達成了，還需要設法找到司卡德利亞基地的入口。他們怎麼找得到？可想而知，真正知道地點的人都住在基地裡面。

不，焦燎王也知道……他心想。所以我們要怎麼從他那裡套出答案……

「你不喜歡對吧？」他身邊的蕾貝凱說。

他皺眉，不知道她在說什麼。

「人家叫你日煉者。」她說。「熱誠這樣叫你時，你的臉好臭。之前你也有說希望我們叫你浪人。」

「妳說對了，」他說。「我不喜歡日煉者這名字。」

「為什麼？這是個尊稱，代表莫大的榮譽。」

「凡是和我擁有同樣程度授予的人，都能在日光下撐過幾秒。即使這個詞是尊稱——我明白，但也不認為它能代表什麼。我喜歡靠實力博得頭銜，可是在這件事上，我不覺得自己做了任何不同凡響的事。」

她聽了緩緩點頭。「但之前你跟愼思說，你不介意她這麼叫你。既然你討厭這稱號，爲什麼又說那種話？」

「因爲，」他說。「有時候重點不在你個人，有時候你必須擔任一個象徵。有時候你應該直接接受別人給你的稱號，因爲它能激勵別人。我見過這樣的情況，只是沒想到會發生在我身上。」

熱誠帶著一些點心回來了，他們繼續等候。最後，過了差不多四十五分鐘，容器內的光芒變暗了。那個工人操作簡易的吊車，從霧裡吊起浪人圖表的完成品：用來改造他們引擎的零件。

「現在呢？」蕾貝凱興奮地問。

「現在嘛，」浪人回答。「我們把它裝到一具引擎上，等著看它爆炸。」

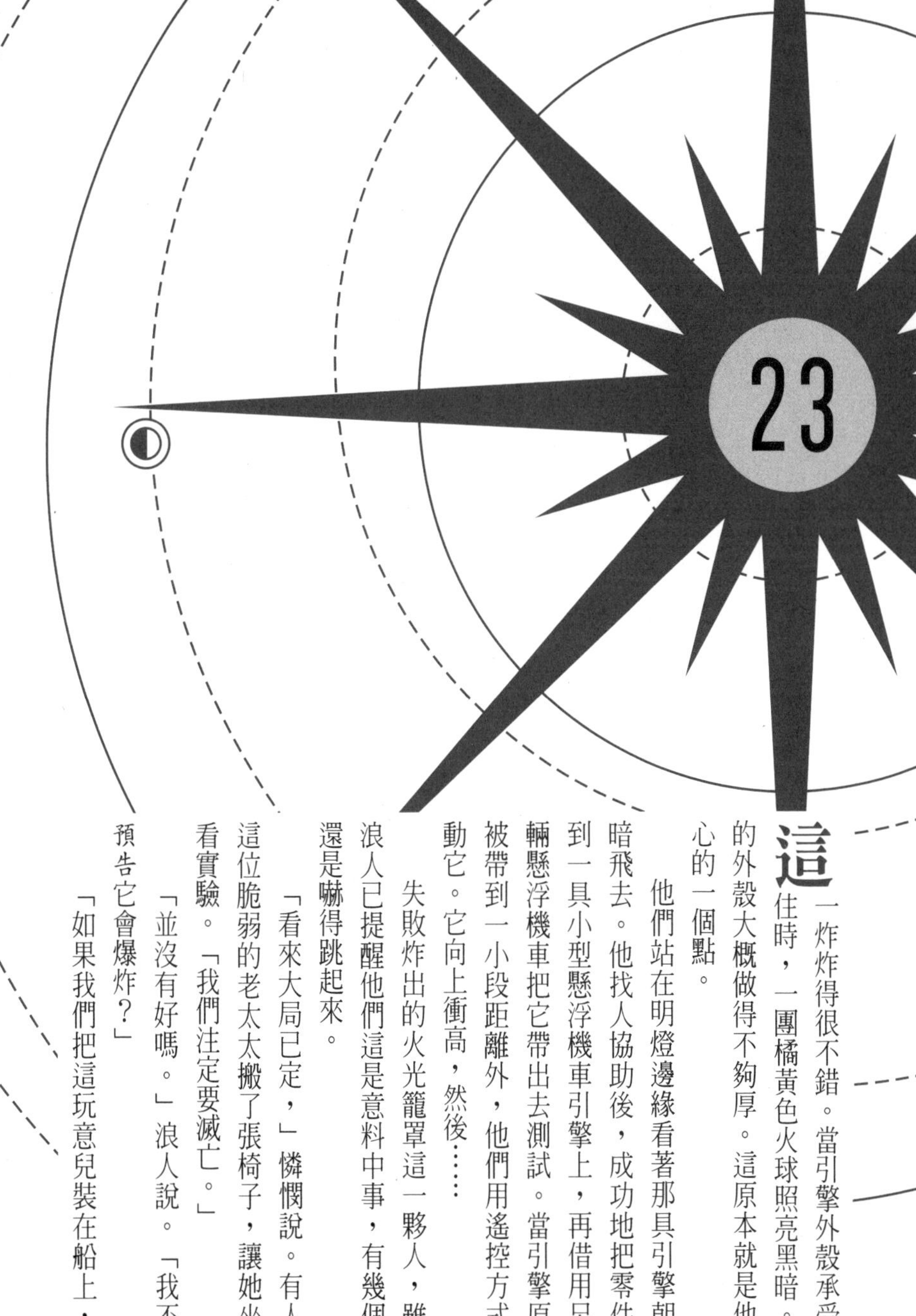

23

這一炸炸得很不錯。當引擎外殼承受不住時，一團橘黃色火球照亮黑暗。他的外殼大概做得不夠厚。這原本就是他擔心的一個點。

他們站在明燈邊緣看著那具引擎朝黑暗飛去。他找人協助後，成功地把零件裝到一具小型懸浮機車引擎上，再借用另一輛懸浮機車把它帶出去測試。當引擎原型被帶到一小段距離外，他們用遙控方式啓動它。它向上衝高，然後……

失敗炸出的火光籠罩這一夥人，雖然浪人已提醒他們這是意料中事，有幾個人還是嚇得跳起來。

「看來大局已定，」憐憫說。有人替這位脆弱的老太太搬了張椅子，讓她坐著看實驗。「我們注定要滅亡。」

「並沒有好嗎。」浪人說。「我不是預告它會爆炸？」

「如果我們把這玩意兒裝在船上，等

於在自己身上綁炸彈！」

「我們並沒有要用『這種』引擎，」浪人說。「第一款失敗是正常的。現在我們再來一遍，打造另一款更好的原型，看看它表現如何。以此類推。」

「以此類推？」愼思扠起手臂。現在只有構成城鎭的船艦內幾許燈光帶來光源，因此她蒼白的皮膚顯得幽魅。「日煉者，你打算花多少時間『以此類推』？」

他不得不承認，這個疑問一針見血。他已經耗費他們的三小時在這項工作上，表示不到七小時後，他們就會碰到高地了。他能用多快的速度改良現有的設計？他能在多短時間內進行足夠的實驗，找出一款可用的引擎？不消說，大師級的工程師才辦得到。

然而他在這裡心有餘而力不足。他不是故作謙虛；他一向對這類事物深感興趣，但他已選擇成爲士兵。嗯，應該說他被丟到那條路上，而後來也自願繼續走下去。

他的工程學素養多半是被放逐的頭幾年累積的，當時他與一些學者共處，才眞的有了學習機會。幸好現在他還找得到援手。在明燈職掌修理和工程部門的主管是個纖瘦女子，她已將團隊聚集在一旁，他們正在研究他畫的圖表。他大步走過去，他們就待在明燈的邊緣附近，再過去就會墜入黑暗。他蹲下來，工程主管看向他。她的膚色偏深，有一頭黑色長髮，幾乎像是雅烈席人——只不過浪人在組裝過程中，得知她有個輓星風格強烈的名字：莊嚴之神。

「這簡直是天才。」她一手按在圖表上輕聲說。

「謝了，」他說。「但我認爲鍋爐的外殼太薄了。」

莊嚴之神點點頭。「送葬曲也這麼覺得，但我想這裡和這裡是焊接點，稍微調整一下應該就行得通。」

「推進物很快就會用完，」另一位工程師提出警告。「我們有三個灌溉用的大水箱，但也不足以讓整座城鎮飛高。」

「如果我們精簡船艦數量呢？」浪人問。「只保留重要船艦，縮小明燈規模？」

眾工程師面面相覷。

「也許可行吧。」莊嚴之神說。「即使這麼做，我也很懷疑我們能爭取到夠長的航行時間。大概可以飛……兩小時？取決於我們能把城鎮重量減到多輕？」

「夠久了吧？」浪人問。「我們只需要翻越山巔，到了另一側就可以飛低。」

「應該夠，」她說。「應該夠，反正無論如何都會很勉強……」

「妳覺得你們能改良這個嗎？」他比向圖表。「修正它？時間不多了。」

「我們可以試試看。」她的語氣沒什麼把握，卻已經開始動手在他的圖表上做記號。

還眞順水推舟，英雄看著大夥修正浪人慘烈的初版設計時表示。

「這不是順水推舟，」他說。「是預料中事。讓這樣的城鎮持續飛行，需要很豐富的技巧與知識；這群人的實力遠超出他們自己的認知，他們只是需要有人推一把。我的設計已經帶他們走完九成的路程，我提供靈感；現在他們的專業可以補足我實作知識方面的空缺。」

這群工程師與多數鎮民不同，他們似乎對他偶爾講起外語的行爲深感興趣。爲了引開他們的注意力，他湊向前。「我猜你們有工務人員吧？負責維修城鎮的人？」

「我手下有足足十五個人在做這工作，」莊嚴之神說。「怎麼了嗎？」

「因爲妳的得力助手在研究引擎時，我需要讓其他人做別的事：把你們幾個大型居住艙改造成密閉空間。」

在場的五名工程師都皺起眉頭，於是浪人領悟到，雖然這些人飛行經驗豐富，他們對於越過高山上方時會發生什麼狀況卻一無所知。

「我們要去的地方，大氣會變得很稀薄。」他解釋。「應該可以說根本不存在。沒有空氣，表示不能呼吸。幸好我們不會在那裡待太久。你們的船有很厚的金屬外殼，如果我們將它密封住，應該能承受壓力。」

「是可以辦到，」莊嚴之神說。「但我們不會窒息嗎？」

「只要撐兩、三小時而已，」浪人說。「而且只需要載運一百三十五人。我們用空氣量爲標準挑出十艘最大的船，把鎮民分配到這些船上，再把這十艘船固定在一起，由我來駕駛。我不需要呼吸。」

莊嚴之神眨了眨眼，以爲聽錯了。「你……什麼？」

「我不需要呼吸。」他說。「這是我這一族的怪癖。我是說，我喜歡呼吸，感覺像正常人，也讓我能說話。情況許可的話，用自然程序爲血液充氧會比較好。但我不是非得呼吸不可，也可以安然無恙地待在眞空裡。這種事我從幾十年前就在做了。」

不出所料，有幾人喃喃地提到日煉者的超能力之類的。他很懷疑他們的民間傳說眞的明確指出了這位英雄具有哪些特定能力——這類傳說通常都含糊其詞。有太多地方都有民間傳說了，而令他懊惱的是，其中有許多都是他師傅編出來的，不論是刻意或無心。智臣習慣……尬聊。

不管如何，浪人姑且讓那些工程師保有他們原本的假設。這個節骨眼若要解說高度授予的身體會有什麼特性，以及面臨極端條件時，靈魂模板與意識感知能維持身體原本的狀態，似乎很浪費肺活量。

「我會派人去改裝。」莊嚴之神說。「如我所說，我想那不構成問題。我們會準備這些新款引擎，並為十艘船裝上密封用的組件，再將改裝好的船圍繞合聲所在的樞紐固定住，你就在主甲板上領航。我們會包辦這一切，除了……我帶著敬意大膽請求，由你去告訴眾益，我們有必要拋棄大部分船艦。」

他緊抿嘴唇、神色凝重地對她點點頭。大部分明燈都必須拋下，他會確保城鎮領導群理解。

「殘酷的取捨啊。」他低喃。他讓他們繼續研究圖表，小跑回去找其他人。眾益正與熱誠和幾名助手交談，蕾貝凱在那群人外圍徘徊，似乎不確定自己是否受歡迎。

浪人走近時，大夥都轉頭看他，露出繃緊神經的表情。他們心裡也有底了吧？

「我們得把大部分明燈拋下。」他說。他們顯然需要有個人把事實說出來。「工程團隊會用居住艙大小為標準，挑出你們的前十大船艦、為它們改裝。其餘一切我們都得捨棄。」

「留給太陽吞食。」憐憫低著頭說。「我們偉大的自由之城，輓歌的雄心壯志……」

「即使只將部分城鎮帶到安全的地方，都算是小小的奇蹟了。」他說。「妳也很清楚。況且要是我們找到避難所，你們橫豎是要放棄明燈的。」

「那並不代表做這件事不讓人心痛。」信心說。

「我們要怎麼找到避難所的入口？」愼思問。「如果我們只帶最大的船過去，表示要拋下探勘船——也就等於沒有掃描裝置可用。」

「那我們就帶一艘探勘船吧，」浪人說。「以備不時之需。」

「我們可以放棄農耕設備，」愼思說。「還有從熔鐵田採收金屬用的採集船……」

「我們要保留集會廳，」憐憫說。「食堂、貨艙，以及敬神室。就這些了。若是我們找不到入口，一切都完了。」

「我們本來就完了，」信心說。「選擇這條路，是因爲它還有一線希望。」她凝視浪人。「你能找到那扇門？你想到辦法了嗎？」

「我會的。」他承諾。「你們仰賴我想出辦法。」

「我們有很多事都仰賴你完成。」信心扠起手臂說。

「換作是我，也不想把這麼多事賭在我身上。」他贊同地說。「但目前你們所有選項都滿糟的，所以只能這樣了。」他聳肩。

你不是應該善於與人應對嗎？騎士問。你好像經常忘記這一點。

這個嘛，他又沒說錯，有差嗎？況且他的直覺是這些人正需要這樣的坦率。輔手或許不理解，但他這麼做恰好證明了他「善於」與人應對。在這情況下是。對於一群住在艱險世界的堅毅民族而言，這是危難時刻，他們並不想要裹著糖衣的謊言。

她們點點頭，派人通知工程團隊她們已同意浪人的計畫。他轉身準備離開，但信心攔在他面前。

「日煉者，」她說。「我要你知道，我們都很感謝你。」

他愣住了，沒料到她會說這話。這個表情嚴峻的高個子老太太一直都最排斥他的主意。

「我們知道焦燎王很可能向你提出合作條件，」另外兩人點頭附和。「這是他的作風。他很享受用權力掌控他人，爲達目的不惜一切手段，甚至砸錢收買，雖然他惜財如命。你大可與他同流合汙，但你沒有。」

「他違背了誓言。」浪人說。

「無論如何，我們要向你致謝。請別將我的疑慮誤解爲敵意，你的付出我們都看在眼裡。如果我們成功飛越山脈並找到避難所，我會搶第一個和顏悅色地向你奉上謝意。」

他點頭，這些微的感激（眞誠的情感）突破他那層厚厚的憤世嫉俗與疲憊，流入他心裡。有人領情的感覺挺好的。

「我不需要妳和顏悅色。」他說。「但或許妳們能爲我解釋一件事。蕾貝凱說有個方法能把熱能傳給日心，彷彿它是人？」

「對，」愼思說。「但這麼做徒勞無功。那幾乎不會讓日心增加半點能量——就算某人把整個靈魂都給它，它也只能讓飛船在空中待上很短的時間。」

因爲他們的授予量只有一單位的BEU，輔手沉吟。嗯，耐人尋味。

「我還是需要知道作法，」浪人說。「爲了做我的實驗。先前我拿一顆日心試過，完全沒反應。」

「你用的是枯竭的日心嗎？」愼思問。

「嗯，對啊。」

「那行不通的，」她說。「你不可能把靈魂傳給屍體，對方必須是活人，或是一顆——」

「有能量的日心。」他一拍腦門。「沉淪地獄啊，當然是了。」將授予灌入無生命物體的方法不是沒有，但通常會困難得多。也危險得多。

以授予的標準來看，日心算是活的。至少具有能量的日心是。他颶的，他是白癡。

他得拿輓歌再試一遍。

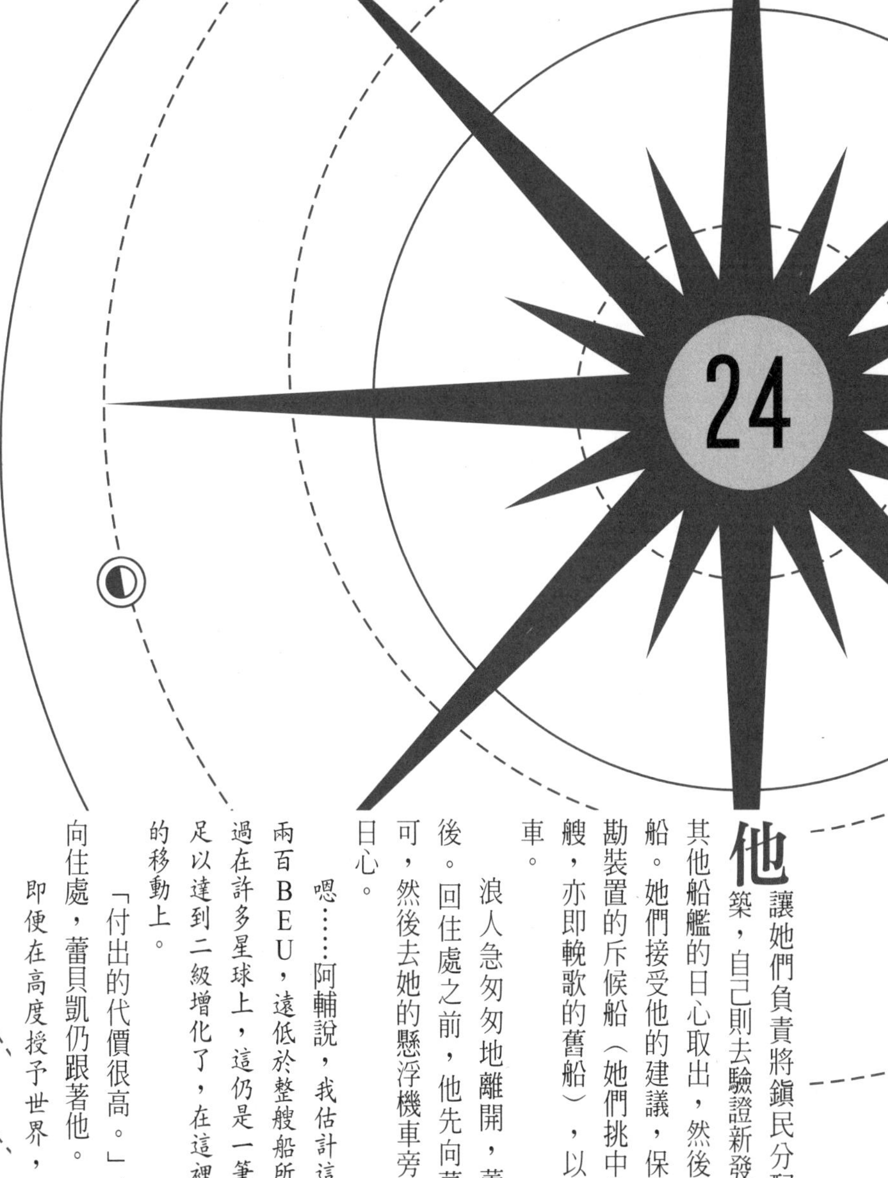

他讓她們負責將鎮民分配到獲選的建築，自己則去驗證新發現。她們會將其他船艦的日心取出，然後捨棄冗贅的廢船。她們接受他的建議，保留一艘配備探勘裝置的斥候船（她們挑中他目前住的那艘，亦即輓歌的舊船），以及幾輛懸浮機車。

浪人急匆匆地離開，蕾貝凱緊跟在後。回住處之前，他先向蕾貝凱徵得許可，然後去她的懸浮機車旁，取出機身的日心。

嗯……阿輔說，我估計這顆裡面大概有兩百BEU，遠低於整艘船所需的動力。不過在許多星球上，這仍是一筆豐厚的授予。足以達到二級增化了，在這裡卻只用在單純的移動上。

「付出的代價很高。」浪人邊說邊走向住處，蕾貝凱仍跟著他。

即便在高度授予世界，一個人的靈魂

也不會超過三單位的BEU，阿輔回答。你推測這些授予是外來的，確實沒錯。雖然這座城鎮比聯盟小多了，要讓它持續飛行仍需要耗費幾萬顆日心的能量。

這一點他想過。如今他再思索一番，仍決定維持原有的理論。他回到房間時，輓歌依然鍊在牆上——沒錯，這畫面依舊詭異得讓人不安。若是被他師傅發現這種事，只能願颶父幫助他了。這狀況可能衍生的笑話——笑點主要是浪人用了什麼手段讓女人待在他身邊——會讓智臣樂上天，興奮到足以為小型城市發電。

浪人舉起日心，它散發悶燒般的深紅色光芒。沒錯，這很合理。他嘗試過的指令應該要用在有生命的人或東西上。他先前做的事，基本上就等於奢望一條死狗表演握手。這次，他將活的日心舉向輓歌。

形成它的靈魂用能量使它發光。當他說出蕾貝凱教他的禱詞，她們母親的靈魂知道該如何回應。它汲出輓歌的部分生命，看起來像散發紅色冷光的燦煙。

好極了。終於有點進展了。他咧嘴一笑，退後一步，翻出另一本筆記本。

「我還是不懂這樣做的意義何在。」蕾貝凱說，而輓歌一如往常地咆哮低吼。

「姑且遷就我一下吧。」浪人說。「我問妳喔，製造焦燎兵的日心不太一樣，對吧？你們大家拿起這種日心都不會怎樣，但若碰到那種日心，就會被燒掉血肉、變成怪物。這是怎麼回事？」

「我們……也不知道。」蕾貝凱承認。「你說得沒錯，焦燎王能拿到擁有可怕力量的奇怪日心——我們稱它們為『焦燎心』。它們的光芒比較刺眼，誰碰到它們就會被吞噬。我們不知道他是從哪裡拿到的，但他就是靠它們坐上王位。首先憑著他自己胸膛那一顆，他因此有能力吃下幾千個靈魂，再來就是用那類日心製造焦燎兵，他們對他言聽計從。」

我猜想這事牽涉到某種聯繫，輔手說。想想看他的焦燎心與焦燎兵的心有什麼不同？他那顆更亮。而且他們似乎會回應他在心裡發出的命令，你注意到了嗎？

他沒有，但他信任阿輔，阿輔會留意他忽略的事物。

「我還是想知道你在對我姊做什麼。」蕾貝凱說。「還有目的。」

「我在學習。」浪人邊說邊寫了些筆記。「我沒做任何會傷害她的事，只是削去她的一點授予。但光是這樣沒用，否則那種臂鎧就會發揮同樣效果了；或者說，他颶的，你們誰去碰她一下也就夠了。我得直搗她的靈魂核心，移除它上頭殘餘的潰瘍……」

「爲什麼？」蕾貝凱說。「我根本聽不懂你在說什麼，也看不出這對我們製造引擎有什麼幫助。」

他不理她。若要弄懂怎麼利用這程序移除他靈魂上的「磨難」，便需要強化轉移的力道才行。或許他得將日心用力壓進她的皮膚？焦燎王在製造戰士時，可是把焦燎心捅得很深呢。

他將日心舉在輓歌身上的焦燎心旁，發現她的心顏色比較深。「輔手，」他盡可能靠近到他不敢再靠近的距離。「那不是反授予吧？」

感覺不像，輔手回答。但我不是很會判斷。

「它看起來腐敗了——包覆著某種……薄膜或外殼，好像水果的皮似的。」他思考片刻，對蕾貝凱說：「我要聲明一個重點，妳和我都要了解，我接下來的舉動沒有任何傷害她的意圖。」

「這話讓我有不祥的預感，」蕾貝凱朝他走近。「你爲什麼要說這種話？」

「因爲我自己也必須相信是這樣。」他舉起發光的日心——接觸輓歌的焦燎心，再說了一次正確禱詞。「垂死的勇者啊，請給這顆日心妳將逝的熱能，讓它能祝福尙在人世者。」

輓歌開始慘叫。蕾貝凱抓住浪人手臂，想把他扯開。她將全身重量都壓向他，但以她的體型，那根本不值一哂。他穩穩地保持姿勢，看著輓歌的焦燎心褪去深色部分。

正如同（他希望是）他自己靈魂上的潰瘍也會褪掉。這招奏效了。最後蕾貝凱直接吊在他手臂上，用一百五十公分高的身軀將他的肌肉往下拽。這足以令他移動位置，他不得不退後，推開蕾貝凱。

「我不是說了，」他沒好氣地說。「我沒有傷害她的意圖！」

「誰管你有沒有那個意圖，」蕾貝凱大叫。「你就是在傷害她啊！她完全無法反抗！我要你把她還給我們的官方單位照顧，我才不會坐視她任你宰割。」

他又朝輓歌走去，但蕾貝凱激動地擋在他們之間。這時她身後傳來新的嗓音。

「你們是誰？」輓歌說話時顯然喉嚨痛，話語支離破碎——像是從太久未上油的引擎發出來的。「放我走。」

蕾貝凱僵住，然後驚呼一聲快速回過身去。輓歌一臉不屑地看著他們，晃了晃被鍊住的雙臂，動作卻不像片刻之前那麼狂野凶狠。更重要的是，她能說話了。浪人還沒聽過任何焦燎兵說話。她的焦燎心仍在發光，現在的顏色卻更加純淨明豔，有如火山口中央的岩漿。

「放我走！」她提高嗓音說。

「輓歌？」蕾貝凱上前一步，伸出戴著手套的手指。

「放、我、**走**！」

「嗯，」浪人將發光的日心丟在桌上。「有用耶。」他開始寫筆記。

「你剛才是想治好她？」蕾貝凱又霍地轉向他。「你怎麼不早說？」

治好她？好吧。嗯，那算是副作用。他頓了一下才說：「我也不確定會不會成功，不想害妳抱太大希望。」

他颼的，這小妮子竟然哭了出來。她抓住他的手臂，然後急切地脫掉一只手套，好用皮膚貼著他表達感激。「你今天値得獲得熱能，」她輕聲說。「是我誤會你了。你眞是個超棒、超棒的人，謝謝你。」

眞可愛，騎士說。已經多久沒有人眞心崇拜地看著你啦？

有差嗎？他堅定地推開她。她順從地退後，再看向輓歌，輓歌眉頭深鎖地望著他們。

「告訴我你們是誰，」輓歌命令。「還有我爲什麼被鍊住了。那個聲音到哪去了？」

「聲音？」浪人走向前問。

「發號施令的聲音，」她說。「在我腦子裡。不久之前，一切都還很清楚明白。現在……現在我很困惑。把那個聲音找回來！」

「焦燎王，」浪人沉吟。「你猜對了，他用某種方式控制他們。一種直接聯繫。」

她的靈魂嚴重受損，英雄表示。通常這會讓人更容易控制或滲透她的心智，不是嗎？

「確實如此。」腐敗的日心讓焦燎王能掌控他的焦燎兵，但浪人消除了這種控制，於是輓歌天生的性格再度浮現。

「那是她的嗓音沒錯，」蕾貝凱說。「但她似乎不認得我。我們要怎麼讓她想起來？」

浪人無法給她滿意的答覆。他見過這類案例，幾乎可以確定，輓歌的記憶已在靈魂受感染的過程中被燒光了。這與撞到頭後有點錯亂的情況不同，她的靈魂名副其實地被撕碎，她的心智也遭到奴役。

就他的經驗，未來該做的不是恢復她的記憶，而是協助她創造新回憶。她仍超乎自然地健壯，沉重的鐵鍊扯得喀啦作響，浪人瞇起眼睛。

「焦燎心的授予還在，」他說。「因爲授予源自核心，而不是我們弄掉的髒東西。他颶的，她搞不好能感覺到它在她身上驅動她。」

人體中塞滿那麼高的能量，會有如通電一般躁動，想要做點什麼。當事人會感到無法抗拒的衝動，必須使用那股能量，滿足它「動起來」的需求。以他自身爲例，他受到驅動而不斷移動、不想睡覺，只是逼自己一直逃跑。至於輓歌，她的驅力顯然更具侵略性。

這些焦燎兵行爲狂躁，總是在攻擊，以打鬥爲樂……或許並非出自焦燎王的命令。他大概只是引導他們一些大方向，使他們持續爲他服務，同時也讓他們暴戾的能量有地方宣洩。

浪人又寫了一些筆記。他能如何將這些心得應用在他自己的靈魂潰瘍上？也許可以將日心做成刀子，再刺他自己？那或許有用，但他擔心會產生聯繫問題。這群人因爲有共同的出身，才能共享能量與靈魂。

但那仍是合乎邏輯的下一步。蕾貝凱正努力想讓輓歌跟她交談，浪人向蕾貝凱借了把刀子。他能用刀把日心削下一塊，他聽他們說過這種作法。比起玻璃，日心其實更類似樹脂。剛切下的碎片仍散發同樣活生生的光芒。

他擺好刀子，準備割自己皮膚。他要在左臂割一道小傷口，再將日心碎片塞進去。授予的很多功能都必須在它與血液接觸時才能發揮。吞下碎片或許也行得通，但他希望確保它碰到血液——況且若是出了什麼差錯，這樣也比較容易取出碎片。

呃，浪人，騎士遲疑地說。這樣做似乎有點蠢。

「所以呢？」

所以也許別做比較好？換個不蠢的作法如何？

「我總得試試看，阿輔。」他說。「夜旅兵團隨時可能追過來，要是不幸發生這種事，我必須能戰鬥才行。」

即便如此，你確定要這麼魯莽行事嗎？

「以你對我的了解，我什麼時候行事不魯莽了？」

騎士發出哀怨的嘆氣，卻不得不承認這是事實。再怎麼說，浪人的愚蠢確實是一路走來始終如一。

浪人在前臂割了道小傷口，接著左手握拳，將日心碎片塞進傷口。他帶著正確的意圖說出禱詞，剛才這樣做在輓歌身上發揮成效——然後拿布壓住傷口止血。

什麼事也沒發生。他試著保持正確心態再說一遍禱詞，也運用自己世界各種版本的誓言做出微調，又說了好幾遍，後來又試了他學過的其他轉移授予用的咒語。

似乎沒一個管用。假如你跟能量本身或是創造能量的人沒有聯繫，共享授予的難度會高得多。或許現在問題就出在這裡。也可能其實已經成功了，但他就是感覺不到半點——

咔嗒。

他抬起頭，倒抽一口氣，看到蕾貝凱正在打開她姊姊的腳鐐。輓歌雙臂的手銬已經解開，空空地垂在牆邊。

沉淪地獄啊。

輓歌迎向他的目光，然後發出果斷的嗥叫，朝他撲了過來。

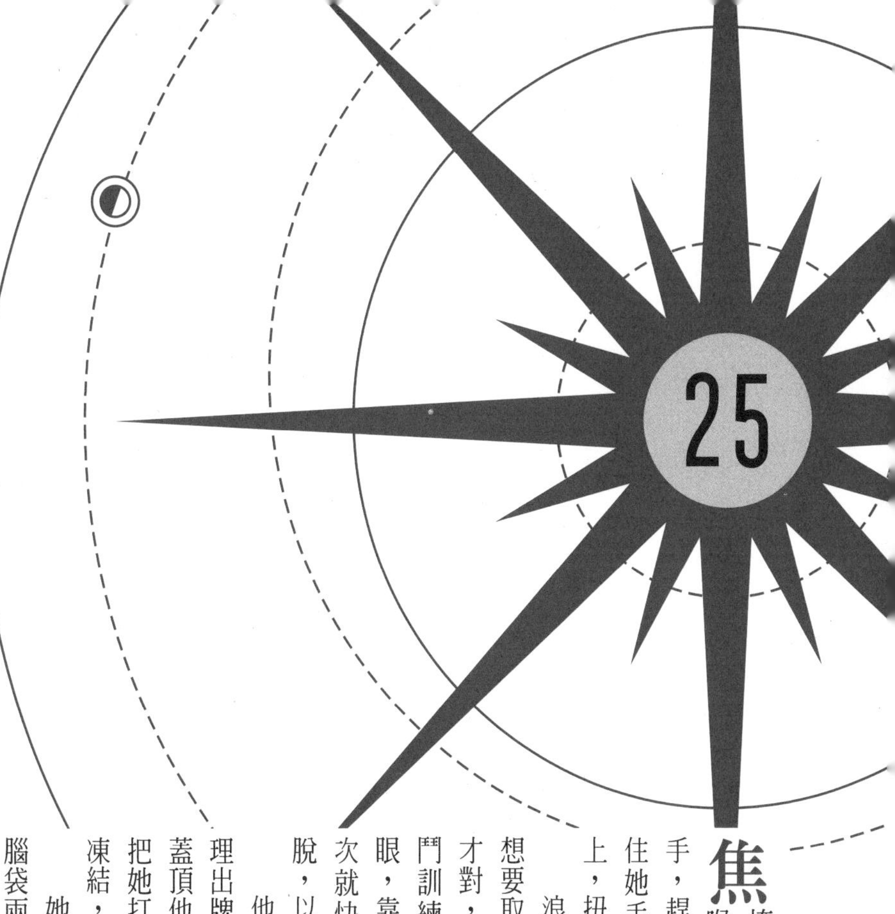

焦燎兵一把推開桌子，直取浪人的咽喉，蕾貝凱放聲尖叫。浪人也舉起雙手，趕在輓歌的指甲掐進他的肉裡之前抓住她手腕，但她的衝力讓兩人都摔在地上，扭打成一團。

浪人悶哼一聲，帶著對方往旁邊滾，想要取得有利的壓制位置。這應該很容易才對，多年來他不知花了多少時間接受格鬥訓練，而輓歌只是咬牙切齒、瞪大雙眼，靠著毫無技巧的狂熱在打鬥。當他每次就快要穩當地箝制住她時，她都會掙脫，以一股原始的爆發力甩開他的手。

他發現自己很難取得上風。她不按牌理出牌，兩人在翻滾的同時，她還會用膝蓋頂他和張口咬他。他終於決定摑她的臉把她打暈，但如此直接的攻擊仍使他身體凍結，不由自主地鬆手放開她。

她的動作快得看不清楚，一把抓住他腦袋兩側，然後把他的後腦杓摜在鋼鐵地板上，他頓時眼冒金星。幸好他的療癒功能迅速治好暈眩，才能勉強再度抓牢她的雙手，主要靠的是觸覺而非視覺。

輓歌一心只想要把他打趴，沒注意到他已召喚輔手變成帶鍊的手銬，一下子就扣在她手腕上。蕾貝凱慢半拍地想阻止姊姊，浪人趁著輓歌分心，翻身滾向一旁，然後將她鎖回牆上。輓歌又想衝向他，他叫輔手縮短鍊條，終於手忙腳亂地遠離她的攻擊範圍。

然後他躺在地上呻吟，視線無法對焦。

剩餘跳躍值只略高於百分之八，他的視覺與後腦杓修復完成時，輔手輕聲說。浪人有一點討厭聽到這類注記，討厭感覺自己是吃電力的機器。以前他只是吸入能量，對庫存剩多少有個大致概念，那時候的生活感覺……生氣勃勃得多。

他坐起身，背靠著牆壁。蕾貝凱蹲在他身旁，一臉驚恐。她姊姊並未完全照原樣固定好，原本她雙手雙腳都銬在牆上，現在只是手腕吊起，而且有將近六十公分的活動餘裕。她並未利用這餘裕，只是踮著腳尖半蹲，像隻野獸朝他怒瞪和咆哮。

「對不起，」蕾貝凱小聲說。「我以爲……她看起來好像恢復了一些，所以我以爲……我……」

「嗯哼，」浪人說。「下次妳要再做這麼瘋狂的事，麻煩好歹先知會我一聲，讓我提早開溜，行嗎？」

你沒事吧？輔手問。仍是那一百零一種單調的語氣，但整個問句沒有裝腔作勢，顯示他眞的在擔心。

浪人揉了揉後腦杓。「嗯，」他喃喃說。「應該吧。」

「輓歌，」蕾貝凱站起身說。「妳為什麼要這樣？」

「你們把我鍊起來。」焦燎兵惡狠狠地說。

「剛才我們正在解開妳的鍊子耶！」蕾貝凱說。

「我要打架，」輓歌簡潔地說。「我就是要打架。」

「我是妳妹妹！」蕾貝凱說。「這個人幫忙我從敵人手裡救妳出來，妳回到家了，妳不用再打架了。」

輓歌沒反應，於是蕾貝凱迅速轉向浪人。「她並沒有完全康復！再重複一下你剛才做的事吧。」

「沒用的，」他說。「繼續做有可能要她的命。我已經消除讓焦燎王控制她的那部分；妳現在看見的，就是妳姊姊僅剩的全部。」

浪人走到桌旁，用刀子挖出他手臂裡的日心碎片（剛才的傷口已經癒合），再拿布擦掉血。不過他比原先更感到挫折，因為打鬥時他又鎖住了，證明雖然在輓歌身上成功了，這道程序對他卻不管用。

那他還能怎麼辦呢？真的還能走下去嗎？

蕾貝凱站在牆邊低聲哭泣。最好給她找點事做，於是他要她去找熱誠過來，他握有遙控器，能啓動輓歌仍戴著的臂鎧。那樣她會凍結，他們就能趁機把她好好鍊回去。

蕾貝凱跑去執行任務，浪人做了幾個深呼吸。他不想閒下來，便開始畫起新的一系列圖表。他發現如果在不同難題間快速切換，工作效率會更好。這裡做一點，那裡做一點，總是試著取得某方面進展。以眼前來說，他想到了一些方法能在翻越山頭後應付焦燎王的兵力。

「她眞的是我妹妹嗎？」輓歌對著他的背影問，打斷他的工作。

他瞥向她。她已經安分地坐下，雙手被鍊子拴著而舉在頭頂。她看起來……累了。精疲力盡。他能體會那種感覺。

「是啊。」他說。「妳本來還有個弟弟，他去救妳的時候死了。」

「我為什麼需要救？」

「妳腦子裡不是有聲音嗎？」浪人邊說又邊寫下一些筆記。「那是焦燎王的聲音。他擄走妳，把那顆焦燎心放進妳胸膛，同時燒掉妳以前的人生。」

「我憑什麼要相信你？」

「妳憑什麼不相信呢？」

「也許你想控制我。」

「妳已經讓那個聲音做過這件事了，」他說。「又何必在意我們有沒有控制妳？何必在意我們是不是在騙妳？」

她不吭氣，讓他再工作了一會兒。

「我不屬於這裡，」輓歌終於又開口。「我感覺得出就是這樣。另外那個女的，她對我有所期待。但是她看著我時，我並不是她看見的人。」

「那妳是什麼人呢？」

「著火的人，」輓歌輕聲說。「因為想打架而全身發熱。我……我不會解釋。」

「妳全身都感覺警醒、緊繃，瀕臨恐慌。妳體內有種東西在肆虐，有如風暴，逼著妳行動、做點什麼。靜靜坐著讓妳痛苦萬分，妳需要移動、打架，需要從事某類型的逃跑或掙扎。」

「……對。」

他擱下筆記抬起頭，迎視她的目光。「妳說對了，」他說。「妳並不是她以爲的人。妳大概永遠無法再成爲那個人了。妳得找出新的模式，妳們兩個都是。」

「替我鬆綁。」

他朝她挑起眉毛。「妳會再攻擊我嗎？」

「大概吧。」她坦承。「但你也有那種感覺，你能說得很清楚。我們可以來打架，你和我。掙扎，移動，感覺活著。」

「我沒興趣，謝了。」

她眞迷人，騎士說。

蕾貝凱很快就帶著熱誠回來。他們用熱誠的裝置把輓歌弄昏，再將她的鐵鍊重新固定好。浪人收起輔手時，旁觀的熱誠一臉好奇。

「你是怎麼控制那個幽影的？」他問。「它不會想殺你嗎？」

「輔手跟你們的幽影不太一樣，」他回答。「他不會用發光的眼睛或致命的碰觸來攻擊。他的武器是嘲諷，殺傷力更強。」

不好意思喔，英雄用絲毫不帶嘲諷的語氣打岔。我說的全是事實，你要用什麼角度看待是你自己的問題。

熱誠用下巴指了指輓歌。「你確定不要我把她送回牢房？」

「他在幫她。」蕾貝凱解釋。「熱誠，我跟你說過了，她剛才對我們說話。」

「我從沒聽焦燎兵說過話。」熱誠坦承。「嗯，那好吧，我就把這個留下好了。」他將遙控器放在桌上。

「謝了。」浪人說。

「那是什麼？」熱誠用下巴指了指他的筆記，湊近去看。「槍？裝在船上？」他看出比例尺後忍不住輕吹一聲口哨。

浪人點點頭。「我在武器方面的經驗稍微勝過鍋爐。」

「它們一定要那麼大嗎？」蕾貝凱問。

「我們挑出最大、最笨重的船來跨越山脈，」浪人解釋。「這樣才載得下所有鎮民。但那表示我們一旦脫離黑暗，想要前往避難所，就會成爲焦燎王輕易得手的獵物。」

「除非……」熱誠說。

「除非我們配有強大的火力，」浪人說。「並且用他前所未見的武器痛擊他。」他靠向椅背，舉起筆記本。「如果你們的祖先眞的只要拿到原料和圖表就什麼都能做出來，我覺得沒什麼理由不能做得大一點。拿日心做爲動力的話，這些應該能用。」他闔上筆記本。

「但它們暫時不是重點。除非我們成功跨越山脈，否則其他事都是白搭。」

「我們成功跨越山脈的機率有多高？」熱誠問。「可以估一下嗎？」

「不知道，」浪人說。「但是高於零，如果我們停止移動的話就是零。」

他們無法繼續討論。有個聲音響遍了全城。是吹號角的聲音。這很不尋常，因爲明燈人通常會盡可能讓飛行城鎭保持安靜和隱形。

他望向另外兩人尋求說明。

「那是集合的號角聲。」響亮的號角聲吹出特定模式，熱誠解讀聲音後說。「鎮民已經收到提醒，每人各收拾一袋衣物和重要物品，剩下的都放棄。現在是最後的通知。為了保存動力，我們即將開始拋棄其他船艦。」

「已經要開始了？」浪人說。「你們的鎮民真有效率。」

話才出口，他就知道這是挖坑給自己跳，果不其然——

天啊，你這麼認為嗎？騎士意有所指地翻了個白眼——要不是浪人害死他，他仍健在的眼睛。他們真有效率？真假？每天的生活都是要跑得比太陽快，永遠只差一步就會被燃燒的光浪蒸發？他們真有效率？

哎呀，真要命。誰想得到呢？

「你真心認為這不叫嘲諷？」浪人用雅烈席語說。

我只是把話說得特別明白罷了。

「我倒覺得你可能有點言過其實。」

這個嘛，你又沒有個喜歡拿未知能源碎片刺進自己肉裡來玩的貼身男僕。應付這類人需要特別謹慎，你懂吧？

浪人悶哼一聲，將筆記本放進外套口袋。「走吧，」他對蕾貝凱說。「我想去看看工程團隊的狀況，順便欣賞他們的新版本爆炸。」

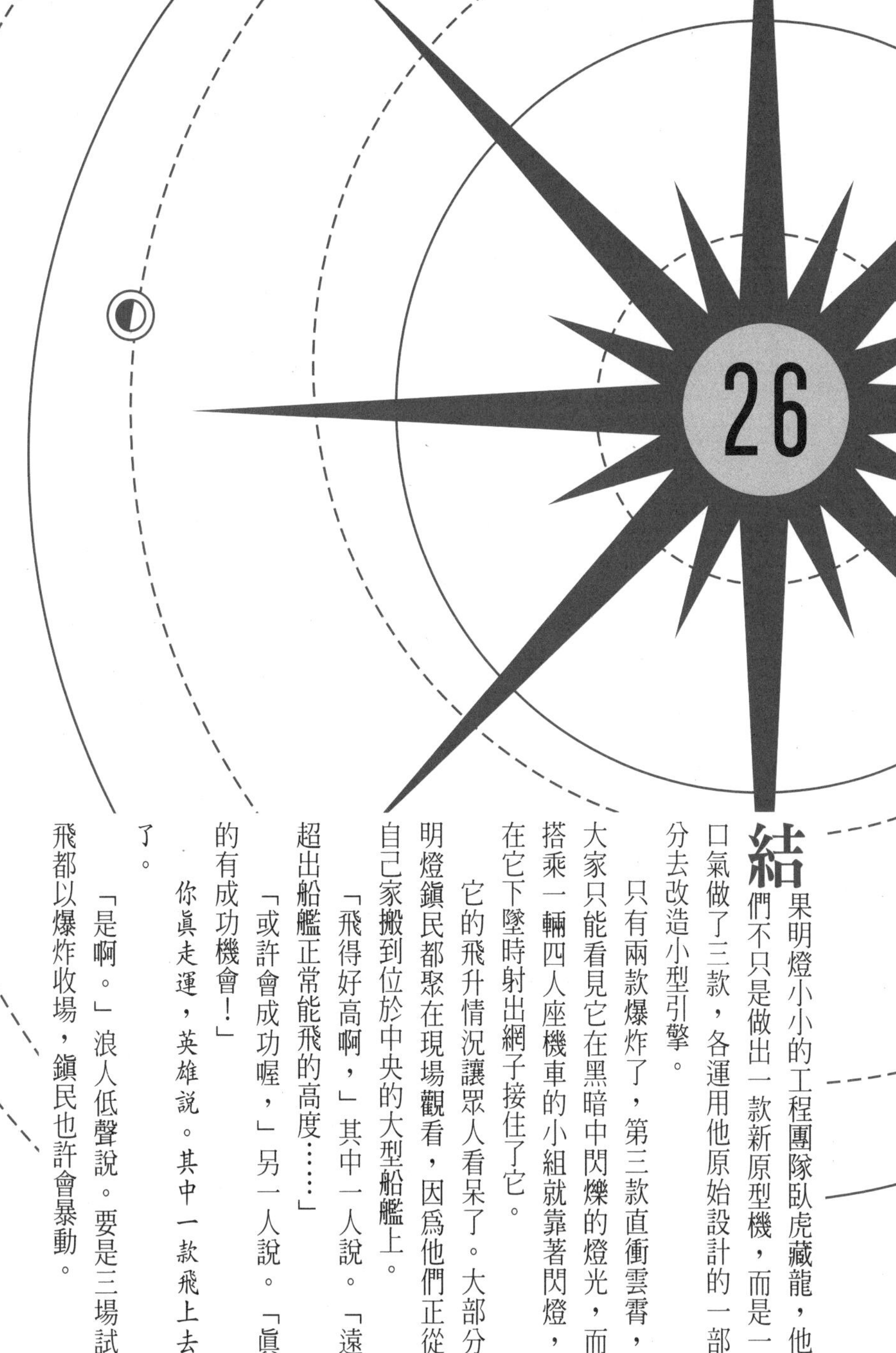

結果明燈小小的工程團隊臥虎藏龍，他們不只是做出一款新原型機，而是一口氣做了三款，各運用他原始設計的一部分去改造小型引擎。

只有兩款爆炸了，第三款直衝雲霄，大家只能看見它在黑暗中閃爍的燈光，而搭乘一輛四人座機車的小組就靠著閃燈，在它下墜時射出網子接住了它。

它的飛升情況讓眾人看呆了。大部分明燈鎮民都聚在現場觀看，因爲他們正從自己家搬到位於中央的大型船艦上。

「飛得好高啊，」其中一人說。「遠超出船艦正常能飛的高度……」

「或許會成功喔，」另一人說。「眞的有成功機會！」

你眞走運，英雄說。其中一款飛上去了。

「是啊。」浪人低聲說。要是三場試飛都以爆炸收場，鎮民也許會暴動。

引擎取回來後，工程師全圍在他身邊。他們像孩子般仰頭看他，等著獲得讚美。他颸的，這種狀況總是讓他很尷尬。不過他受過的訓練仍幫助他講出恰當的話：「表現太好了，你們剛剛拯救了這座城鎮。」他用下巴指了指引擎。「它飛得比你們預期中更高更快，是吧？」

「它應該要懸浮才對，」莊嚴之神說。「至少你的設計圖上是這麼寫的。它這樣一飛沖天，簡直表現得『太』好了。我們會用它爲藍本再設計一款。但是我想跟你討論另一件事。」

她指著靠近城鎮中央的幾艘大船，每艘船上都有三層樓高的圓柱形結構，看來十分醒目。那是水塔。它們的外觀類似合聲的容器，只不過更有工業風。鎮民正移入獲選續飛的其他船艦，包括中央樞紐。但這三艘水塔船無人遷入。

「它們會裝著恰好足以讓我們飛越山脈、之後再讓我們能控制下降的水量，」她說。「我們會將它們安排在城鎮外圍，裡頭不載人，這樣等它們的水用完後，隨時可以拋棄整艘船。但我們希望你幫忙想想要怎麼爲它們隔熱和加熱，爲了防寒，你知道吧？等我們通過大氣層後，如果推進物結凍，我們會迅速墜毀。」

「你們對太空或眞空並不是很了解，對吧？」他猜測。

「呃，他幽影的，是不太了解。」她說。「怎麼可能了解？」

「你們不需要爲了防寒特地隔熱，」他說。「不過你們加裝一些散熱片好了——尤其是引擎附近的管線上。我們應該不會有事，因爲我們會大量排熱，畢竟現在就是要努力這麼做。但我還是有點擔心那裡的管線。」

「散熱，」她呆滯地說。「你擔心過熱？在那麼高的地方？」

「相信我。」他說。「如果我們進到眞正的眞空——我們可能並不會——唯一的散熱手段是排出物質或是紅外輻射，而這些方式慢到極點。那裡沒有對流，沒有空氣能導出熱能。如果你們有空的話，我建議做些鰭片，要盡可能增加表面積，準備好散熱。不過我猜這可有可無。」

她點點頭，採信他的說法，與夥伴們走開去設計新的機型。浪人站在那兒看著鎮民被分配到不同船艦，訝異地發現上方的雲層出現一道破口——在日出的這一側應該鮮少會有這種現象——讓城鎮再度由行星環的光芒中通過。光線照出一片崎嶇嶙峋的高地，雨水化作上千座小瀑布，沿著凹凸不平的石丘流淌。

眞是奇觀啊，騎士震撼地說。雖然只是水和岩石，但數大便是美。太驚人了。再說一次，我們為什麼討厭遍遊不同世界？

「因爲有人在追殺我們？」

對喔，當然了。可是……我眞希望我們能更常暫停腳步，純粹欣賞風景。

腦袋沒被槍指著的人才有資格欣賞風景。

他右側有一艘船脫離城鎮主結構，掉下去砸在地上，擾亂了瀑布的水流。一組工作人員已先取出那艘船的日心，正繼續作業。他們進入外圍的下一艘船，不久後它也脫離並墜落。再來是第三艘。這些船只是無生命的金屬塊，然而在這個場景中，它們似乎有點淒涼，甚至稱得上悲慘。淪爲不復存的城鎮的墓碑。

他正在觀看的時候，愼思走過來找他。她拄著一根拐杖，儘管有緊戴在頭上的寬邊帽遮蔽，她的頭髮還是淋溼了。令人訝異的是，她用手遮在眼睛上方阻隔行星環的光芒，彷彿連這麼微弱的光線都讓她不舒服。

「我們離山脈已經近得令人不安，日煉者。」她說。「最起碼你要用的引擎似乎成功了。」

「我們還是應該試飛看看，」他說。「等我們離山頭再近一點，應該撥出一艘船讓它飛高，確定引擎能發揮應有的功效。」

「或許我們可以用分配給你的那艘。」她朝旁邊點點頭，浪人能辨認出他在明燈的家——那艘船上只有幾個小房間，甲板很寬，靠近船尾有個圓球狀的駕駛室。「那是輓歌的船，名爲『追曙者』。她強化過那艘船，好讓她能試著硬闖進暗夜邊緣的『大混亂』，盡可能靠近太陽。」

「她爲什麼想做這種事？」

「這是她想出的一項求生計畫。」慎思說。「焦燎王會把一批人留在外面等著被日光燒死，並派一支艦隊在『大混亂』外圍巡邏，準備搶在第一時間安全地拿走日心成品。輓歌則尋思是否有辦法直接穿越『大混亂』——它是夾在雨水與日光之間的分界——比焦燎王早一步撿走日心。」她搖了搖頭。「結果證明那是不可能的。即使我們能讓船艦撐得夠久，人們也沒辦法下船去撿日心。」

「我聽了愈多輓歌的事蹟，」他表示。「愈是欣賞她。」

「因爲她提出各種失敗的主意？」

「失敗的主意是成功主意的第一步啊，慎思。它們是唯一的起點。」

她若有所思地點點頭，目光沿著山坡望向「大混亂」的方向。它不受日光照射，但要面對日光經過留下的殘局。他仍然搞不清楚這個星球的運作機制，不懂爲什麼「大混亂」這種強烈風暴沒導致整個星球都陷入無法居住的天氣模式，更不懂日光的殺傷力究竟爲何會強到這種地步。

「輓歌確實總在追逐日光，」慎思說。「結果某一天，焦燎王就直接把它捅進她的胸口……」

又一艘船墜落了，爲他們留在後頭的一整路殘骸再添一筆。

「妳知道嗎？」浪人說。「我的家鄉流傳一個故事，主角是太接近太陽的人。這主題還滿常見的，遍及不同文化與世界。故事結局沒一個是好的。」

「如果你的用意是安慰我，」慎思雙手握著拐杖頭說。「你失敗了。因爲基本上再過短短幾小時，我們就要做同樣的事。不過……你提到的故事是怎麼說的？」

他遲疑著。

*說啊，*騎士悄聲說。*沒關係啦。我也想聽。透露一點吧。*

「他們來自東方，」浪人用本地語言說，讓慎思能聽懂。「他們是巨人，身穿用最深層的金屬打造而成的盔甲。一群吞食土地的死亡與毀滅者，像蝗蟲肆虐作物般吃掉一個個村落。撕扯，亂砸。

「我的祖先與他們對抗，因爲也沒有別的選擇。難道要向只想吞噬你和你們文明的惡勢力投降嗎？我們排好陣仗等待，每個人都比入侵者小一號，但團結就是力量。我們是榮譽與訓練打造成的銅牆鐵壁，也是唯一可能防堵毀滅洪濤的障礙物。他們自稱爲雅烈席人，但我們稱他們爲『塔加魯特』，意思是破壞者。所經之處不留活口的人。

「事情發生在我們烏魯圖王朝受到第四次入侵時，確切日期已經太久遠，學者們的意見莫衷一是，不過一般的說法是我們第十五位皇帝在位期間。那些塔加魯特再度進犯，簡直像是颶風的化身。一而再。每個世代都來。另一個軍閥，另一次侵略。」

「你說他們是巨人？」愼思仰望他。「跟你比也是嗎？」

「是的。」城鎭另一部分墜落時他輕聲說。「我曾與他們爲伍，也將其中一些人視爲朋友。在我見過的所有人種之中，他們的身高最靠近天空，愼思。」

「你怎麼會跟這麼可怕的生物當朋友？」

他微笑。「傳說中，那場針對烏魯圖王朝的最後一次入侵，事情有了變化。破壞者受不了繼續被我們的軍隊打倒，決定嘗試新策略。他們決定征服太陽。

「『那個地方眞輝煌，』他們想，『一定有很多金銀財寶，才會這麼金光閃閃。』塔加魯特找到最高的一座山，開始建造鷹架。他們帶了他們最強大的作戰機器，他們的攻城塔、他們的繩子，以及他們的碎刃師。他們直接爬到太陽上，打算消滅住在那裡的任何人，掠奪他們的土地。」

「他們爬到太陽上？原來這是個幻想故事。」愼思流露失望的語氣。

「幾乎所有的故事，都雜揉了眞實與幻想，愼思。」他說。「尤其是老故事。若是要摒棄幻想，免不了也會剜去眞實。不過以這故事而言嘛，沒錯，主幹確實屬於幻想——因爲他們成功到了太陽上，一心只想找到厲害的武器與工具，能夠用來奪取我的家鄉這難纏的目標。

「但是陽光太亮了，全能之主金庫裡的財物散發炙熱的光芒。塔加魯特無法帶走他們找到的寶石，因爲寶石的光芒耀眼到能毀滅人類。那群狂妄的巨人、駭人的戰士，不得不落荒而逃——擊敗他們的不是矛與盾，而是他們所追求的珍寶。

「據說從那天起，他們的眼睛就被強光漂淡了，像是烤太久的陶土。許多雅烈席人的眼睛不再是正常的深棕色，而變成水藍色或其他淺色。來自天空的光線——也就是來自亞什爾（Yaezir）稱王的地方——摧毀了他們的正常視力。儘管現在他們眼中的世界褪了色，珍寶的光芒也跟著黯淡了。

「塔加魯特遭受這場挫敗後，開始表現得像正常人。他們不再只垂涎珍寶，而是學會說話。他們始終不懂得書寫，但仍然發展出某種程度的文明。也因爲那一次的事，直到現今，他們領袖的眼睛都是淺色的。也是因爲如此，我們終於能和他們對話——而不是只能逃命。」

他望向愼思，發現她面帶微笑。她的眼神直視前方，目睹她的城鎭一片片瓦解。這是一個理想被捨棄了，正如同其他許多不得不捨棄的理想。「我沒料到你會化身成說書人呢，日煉者。」

「我也沒料到自己會說書。」

「我想問你，故事就這麼結束了嗎？它的寓意是什麼？」

「沒什麼寓意，它不過就是個獵奇的故事罷了。」

「眞奇妙，我們的故事絕不會只是故事，必定是爲了傳達某種訊息，通常都編得挺拙劣的——希望你不會被我的直白嚇一跳。不知爲何，許多故事都提到孩童被幽影吃掉。」

「我師傅很喜歡那一類故事，」浪人說。「有重點的故事。他走火入魔到故意騙別人說他的所有故事都沒有重點，只為了防止他們打起瞌睡，不理會他的說教。不過我發現自己更喜歡……只是故事的故事。除了有趣之外，沒有任何重點。」

愼思點點頭，這時浪人與她初見面的那棟建築，也就是她在明燈原本的住處，也脫離墜落了。「我很希望，」她輕聲說。「我的餘生能住在一個好地方，我們在那裡有餘暇講這種故事。一個不需要逃跑的地方，一個充滿平靜與……獵奇的地方。」

「我懂。」他說。

愼思與浪人不得不離開原本站的位置，因為下一波要丟掉的就是這一區的船。他們加入站得更靠近中央的人群，大夥一起看著城鎮解體——割捨一些部位，像是生了壞疽的手指遭到切除，得以保全整條手臂。

他身旁有個與母親手牽手的小女孩，她指著天空。「媽咪，看，有一顆新的星星。」

「妳怎麼知道那是新的，黛博拉—詹姆斯？」她母親問。

「我們在學校有研究星星，」女孩回答。「這樣我們才知道自己在哪裡。看啊，它是新的沒錯。」

浪人僵住了，然後轉頭掃視天空。他幾乎立刻找到目標，在右上方，靠近行星環。反射出日光而散發明亮光芒。

哎呀，他颺的，騎士小聲說。派對結束囉。

「嗯，」愼思順著他的目光望去。「眞的是顆新的星星呢。還是……行星環的新結構？是個好兆頭。或許代表雅多納西會保佑我們的旅程？」

「這個嘛，並不是。」浪人說。「那不是新的星星或小行星，慎思。那是艘巨大的戰艦，繞著這星球的低軌飛行。他們被稱為『夜旅兵團』，其實算是你們的遠房親戚吧。他們是來殺我的。」

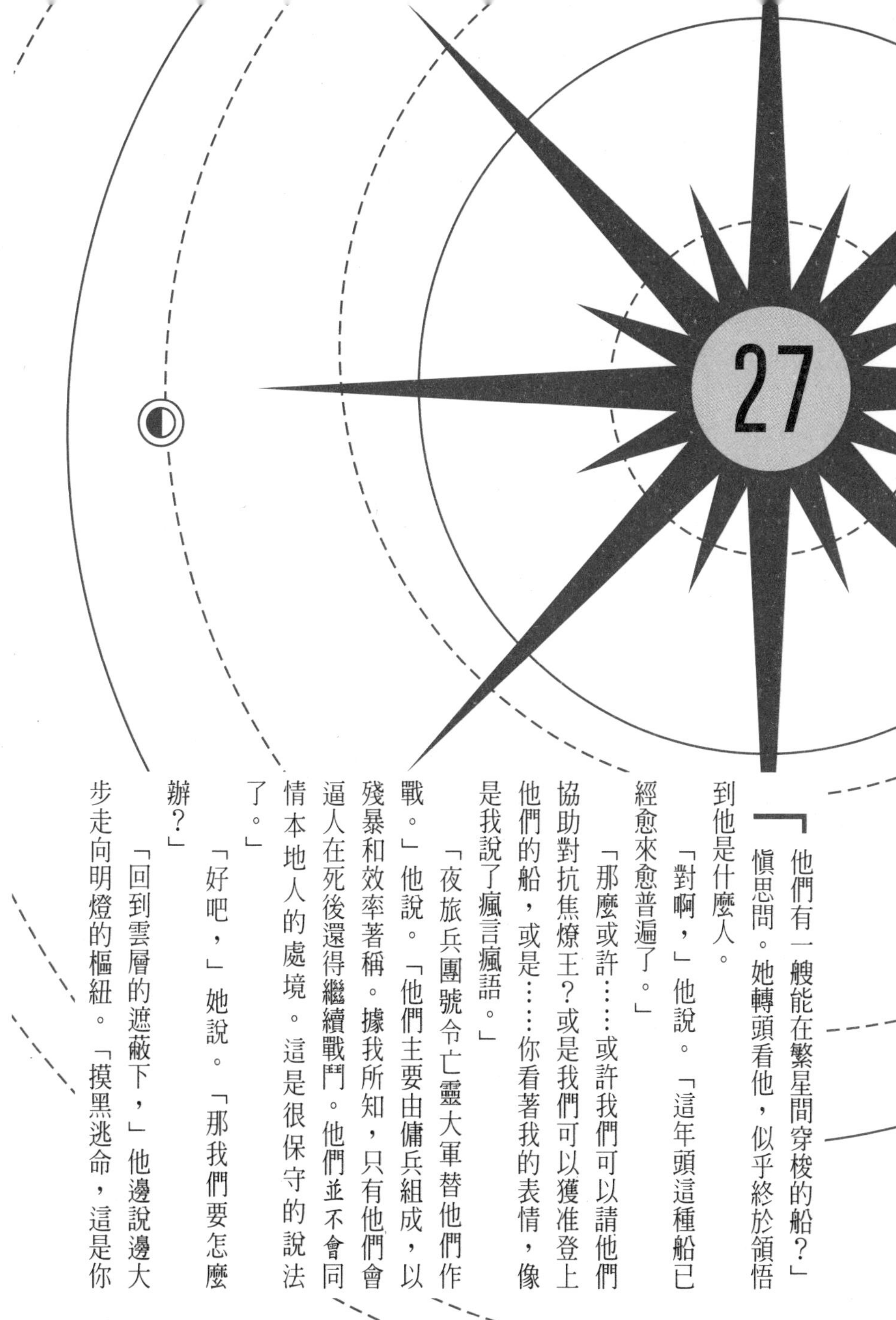

「他們有一艘能在繁星間穿梭的船？」慎思問。她轉頭看他，似乎終於領悟到他是什麼人。

「對啊，」他說。「這年頭這種船已經愈來愈普遍了。」

「那麼或許……或許我們可以請他們協助對抗焦燎王？或是我們可以獲准登上他們的船，或是……你看著我的表情，像是我說了瘋言瘋語。」

「夜旅兵團號令亡靈大軍替他們作戰。」他說。「他們主要由傭兵組成，以殘暴和效率著稱。據我所知，只有他們會逼人在死後還得繼續戰鬥。他們並不會同情本地人的處境。這是很保守的說法了。」

「好吧，」她說。「那我們要怎麼辦？」

「回到雲層的遮蔽下，」他邊說邊大步走向明燈的樞紐。「摸黑逃命，這是你們最擅長的。他們不會馬上知道要到哪裡找我，他們需要時間研究這個星球。我原本期望他們得過更久才會追著我來到這個星系，但我們還有時間。」

「好吧，」愼思不是很能吸收這一串資訊。「但容我提醒，你應該知道你所謂的時間其實很有限吧？我們正以駭人的速率在接近山脈。」

「我們幾乎要趕上進度了，」他說。「再花兩個小時製作和安裝就行。」

「超乎想像的速度。」

「卻是可行的，」他說。「因爲現在我們已握有能運作的引擎原型了。你們大部分設備都不必換掉；我在設計時就考慮到要配合你們的船體結構。最難的部分在於裝上鍋爐，但就製作面來說它們反而最簡單，應該可以很快做好。」

「屆時還要花一、兩個鐘頭飛越山頭。」愼思繼續說。

「我還是那句話：這是可行的。」浪人說。

「可行歸可行，但飛得愈高，你就帶我們愈靠近日出，於是我們被它燒死的機率也愈高。」她指著地平線。「到時候，我們有可能飛得太高，不再受到星球陰影的保護。」

這倒是眞的。但應該行得通才對。只要他們保持進度，只要不出任何差錯。

他刻意忽略心裡的聲音，它悄聲說：總是會出某種差錯的。

他找到工程團隊——他們在甲板上搭了個棚子當集會點，因爲所有建築若非被丟棄，就是人滿爲患。

「時間很緊迫，」浪人對他們說。「我們得開始造鍋爐了。」

「我們還沒準備好，」莊嚴之神說。「需要再跑一遍流程。」

「沒時間了，」他說。「別打造什麼全新引擎，只要拿確定可用的那一款修改就好。」

他召喚輔手讓他變成粗略的飛船模型，翻過來底部朝上。他所做的修改是把鍋爐裝在引擎附近，懸掛在船體底部。這是唯一能快速安裝的方式，因爲船體上方是居住空間，他們沒時間切穿它。

水塔位於船的頂部，因此他的設計包括拉出通往鍋爐的粗水管，鍋爐會用日心加熱那些水，再全部灌入引擎。根據他的圖表改造過的引擎會從底部噴出蒸氣和高溫，製造推力。這算不上有史以來最好用的引擎，但有了高濃縮能源，它是派得上用場的。

「聽著，」他指著水管說。「只要在這裡再加一個調節器就好。進水少表示出水也會少，而推力也會跟著下降。把調節器做得可以調大和調小，然後接線路到船艦的操作台，我們就能隨心所欲地增減推力。」

莊嚴之神看著他的設計圖，猛地一拍腦門。「對耶，有道理，做這種調整很簡單。」

工程學界有一句歷久彌堅的格言：「若修補舊機型就堪用，又何苦砍掉重練呢？」這麼做會導致短時間內要不停調整，但他們也只需要爭取短期效益。

「我們還有一些測試得做，」另一名工程師說。「好歹要做壓力測試！我們不確定這個設計會不會燃燒五分鐘就自爆！」

「把這整組都裝到我的懸浮機車上，我會帶它飛上高山，做個壓力測試，確保沒問題。我去測試時，你們就把這些改良款裝到剩下的船上。別忘了也要有橫向推進力——我們不光是需要往上，還要能往前。」

他讓他們去忙，自己則走回愼思身邊。愼思仍望著天空和那艘散發強光的戰艦。他很好奇那艘船讓防護盾的負載高到什麼程度，才承受得住此處日光的威力。就他被曬過的感覺判斷，多數防護盾應該都難以招架。他心裡再次浮現有什麼事說不通的隱憂，因而感到惴惴不安。

「他們有多危險？」愼思問。

「據我所知，沒有任何軍隊比他們更危險。他們創下讓多個星球淪爲荒土的紀錄。幸好夜旅兵團並不是無腦的強盜，他們行事嚴謹，會精準執行他們的契約——或是就眼前狀況而言，是他們的目標——所要求的事。」

「這麼說來……他們能消滅我們全部人。」

「如果他們想，是可以。」浪人說。「不過重點是……消滅整個星球的人？那很費力耶，愼思。而且吃力不討好，又沒人會付工錢。他們應該不會怎麼騷擾你們。」他頓住，瞥向樞紐。「希望他們不會覬覦你們的幽影，他們對鬼魂有特殊癖好。」

她臉色蒼白，憂心忡忡地望著他。「怎樣的傭兵團，」她說。「有這個能耐駕馭幽影，甚至把它們當作士兵？」

「如果他們靠得太近，我會離開。」他說。「這樣對你們比較好。把所有事都告訴夜旅兵團無妨，包括關於我的一切，以及他們盤問你們的任何問題。別試著隱瞞任何事，裝傻是無法令他們知難而退的。他們要你們做什麼，乖乖配合就對了；這樣他們比較可能放你們一條生路，而不是殺光你們。唯有這麼做，才能帶著完整的四肢——以及靈魂——從他們手中倖存。」

她點點頭。「我會轉告其他人。願雅多納西——或你追隨的神——保佑你的逃亡之旅，日煉者。」

「只要難得有這麼一次，」他說。「沒有任何神刻意爲難我，我就很滿足了……」

這句話似乎令她很憂慮——這也是應該的。

他與工程團隊拚命趕工。不久後，他便騎在一輛靠電池發動的小型懸浮機車後側，朝陰影處疾駛而去。

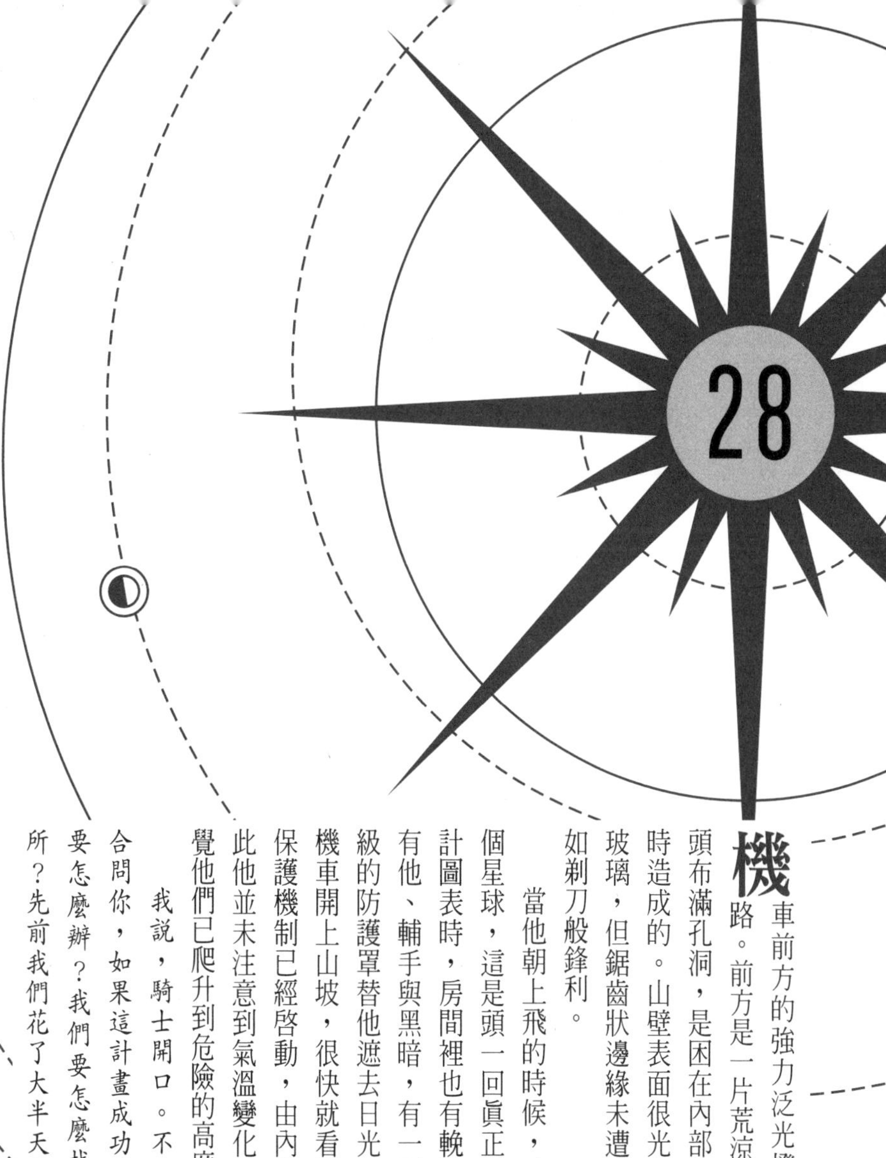

28

機車前方的強力泛光燈讓他能看清去路。前方是一片荒涼的岩質山壁，上頭布滿孔洞，是困在內部的氣體噴發而出時造成的。山壁表面很光滑，甚至有點像玻璃，但鋸齒狀邊緣未遭到風雨磨蝕，有如剃刀般鋒利。

當他朝上飛的時候，才意識到他在這個星球，這是頭一回眞正獨處。即使是設計圖表時，房間裡也有輓歌在。現在則只有他、輔手與黑暗，有一面名副其實星球級的防護罩替他遮去日光。他催逼油門將機車開上山坡，很快就看到了雪。身體的保護機制已經啓動，由內部爲他保溫，因此他並未注意到氣溫變化。那些雪讓他察覺他們已爬升到危險的高度。

我說，騎士開口。不曉得現在是否適合問你，如果這計畫成功了，接下來我們要怎麼辦？我們要怎麼找到隱藏的避難所？先前我們花了大半天在找它，而且當時焦燎王還不知道我們在打什麼主意。這次會困難好幾倍。

「也許吧，」浪人呼出的氣結成霧。「也許不是。這裡的城鎮都集中在相對狹窄的緯度範圍，我向他們的導航團隊確認過這一點了。焦燎王帶著聯盟繞行星球的航線是筆直的。」

好喔，所以呢？

「所以我們得搜尋的區域也大幅縮小了。」浪人說。

抱歉喔，我盡忠職守的貼身男僕，騎士悠悠地說。我還是無法聽懂你那支離破碎的邏輯。你是不是高山症發作了？

「好吧，我換個方式解釋。」浪人繞過一大塊岩體說。「焦燎王並不會固定偏離航線——他不曾特地飛去某個地方研究入口。如果每繞行一圈，他都會神祕兮兮地離開城市，勢必會引起注意。

「然而我們已知，多年來焦燎王都努力要進到避難所。大家一致認爲那是他的執念，甚至有少數人親眼看過那扇門。這表示他必須在他們的正常航線上研究入口，而且是趁他們例行停船去種作物的時候。

「有鑑於聯盟繞行星球時總是飛直線，入口必定就在那一條緯度上的某處。在城市會直接經過的路線上。他能定期降落在那個地點，與他最信任的親信研究入口，其他人則忙著種糧食。」

好吧。所以……這範圍還是很大。繞著星球一圈這麼長的線段上，想要找到一個點？這星球是很小沒錯，但在被追著跑的前提下，仍然是海底撈針啊。我們必須知道在哪一個線段能找到入口才行。

「其實我們不必知道，」他說。「不必急於一時。因爲焦燎王知道。」

哎呀，騎士心想。我那睡眠不足的侍從終於瘋了，開始胡言亂語。

「這件事要相信我，」浪人說。「找到避難所不會是難事，打開門也不是。這會是我們任務中最簡單的兩個步驟。」

所以難的部分是什麼？

浪人沒回答。他俯向機車檢查時間。據所有人的估算，他現在應該已超過爬升進度的一半了。他的速度確實愈來愈慢，因爲原本的引擎漸漸失去推進力。他的車頭往下掉，所經之處留下一道融冰，不過他還在等著啓動新引擎。他必須用原本的引擎盡可能飛久一點，節省新引擎的推進物。

所以……先假設我們已飛越山頭好了，騎士沉吟。我們僥倖沒把明燈的能源用完。你施展了你的神祕魔法，而我們不但找到門，還把它打開。然後呢？

等蕾貝凱他們發現焦燎王一直想打開的門，並不是通往某個如詩如畫的神祕洞穴，不是能擺脫太陽的烏托邦，到時候又如何？等他們發現門後竟然是個他界者的小型研究機構，要怎麼辦？

「恭喜你，你發現困難的部分了。」

噢，好吧。

「我說的是我會把明燈的領導層帶進那扇門，」他說。「我的誓言只是這樣。我從沒說過會解決焦燎王迫害他們的問題，或是更大的麻煩——他們的星球上不太可能有任何眞的能躲避太陽的避難所，這是項悲哀的事實。我警告過他們了，他們仍一意孤行。所以不是我的問題。」

而你不會因此難過？

「我幫不了任何人。我都自身難保了。我只能一直前進。」

對，但是……就沒有別的辦法了嗎？我們不能再做更多了？

以前的輔手不會向他提問，而是會直接數落他一頓。最近他們兩個都吃了不少苦頭。浪人察覺他現在說這些話沒有怪罪的意思，只有滿懷悲傷。

他沒回答，因爲現在空氣眞的很稀薄了，他懷疑自己還能往肺裡吸入足夠的氧氣。於是他只是吐氣，讓身體自動調節，用隱形氣壓構成的小泡泡保護他，這是他殘留的舊能力。這會動用到授予，但用量不大。

他底下的引擎吃力運轉，機車已幾乎無法待在空中，而他爬升的速度也慢到像蝸牛。因此他啓動新引擎——說起來它其實只是舊引擎的補充物。

效果很完美，它朝下噴出一道過熱的蒸氣，將他推到比結凍表面高出足足三公尺的位置。此刻他已突破持續不散的雲蓋，因此終於能看到星星。他欣賞了一會兒行星環——除非他的印象有誤，這裡的行星環又是一個怪現象。他到過的少數有行星環的星球，行星環都圍繞赤道，這裡卻不是。奇怪的行星環，奇怪的重力，奇怪的日光。這星球眞是異類。

遺憾的是，行星環令他想起上方那艘剛抵達的船艦。不行，他現在不能去想夜旅兵團已經離得多近。他將注意力集中在路徑上。

他適應了光線，因此調暗了泛光燈。由於大氣不足，雪也消失了，此地就只有他和灰色岩石，有如一道直通寰宇的斜坡。雖然很陡斜，這些四處散落的山頭並沒多高，大概只有三百公尺。但這座山頭相對低矮，並不表示它不値得挑戰，他接近山頂時仍感到得意。

到了山頂後，他關掉引擎，輕輕降落。他的雙腳碰到石頭時，沒發出半點聲音，這裡的大氣不足以傳送聲波。他沉浸在這一刻，停泊在世界之巔，眺望這小星球的弧度，越過悶燒的雲層遠望。太陽仍然離得很遠，甚至沒照亮地平線。

兩側都聳立著更高的山脈。放眼望去找不出能讓城鎭鑽過去的較低隘口，那群逃亡者必須一路爬上這道山坡才行。山坡的後側更加陡峭，下切的角度根本不可能出現在正常山脈身上，因爲下方受到風雨磨蝕，要不了多久就會令這高處的部分坍塌。然而在這個世界，這些山峰只要能撐一天就夠了，反正隔天又會重生。

他再度仰望星空。繁星在他眼裡一向很親切，它們充滿故事。到現在他已去過多少顆星星了？只有九牛一毛，不過他已經開始覺得寰宇並不大。他本能地找起塔恩之疤，但是從這個角度看不見那一塊紅色。

你還記不記得，騎士問。你剛領悟到夜旅兵團在追殺你的那個時候？

浪人用締結傳送不爽的情緒。

噢，對耶，英雄發現一件事。你在這上頭不能講話。眞難得……眞是太棒了。我能說話，而你不能打岔？你知道嗎，以卑微的貼身男僕而言，你眞是霸占了大量發言權。

更多不爽。不爽連發。

太美妙了！嗯，我就當作你記得吧，這可不是能輕易忘掉的事。你直接走到他們面前，基本上就是自投羅網。

當時是浪人誤判了，以爲自己不再持有晨碎，他們就不會對他感興趣。他以爲誤會既已釐清，便可以請他們離開。他颶的，他眞蠢。當初他在羅沙會加入軍隊，負責搬運圍城設備，也是源自相同的心態。

你曾懷念當時那樣的你嗎？

無感。不，那種天眞差點害死他的次數，已多得數不清了。以夜旅兵團的事來說，他完全沒察覺危險。不久後他才發現，他們能用變態的技法先殺了他，再用他的靈魂做一根尖刺（注），靠它找到他轉交晨碎的對象。對他們來說，浪人是極度重要的鍊條上一個不可或缺的環節。而且他死了會比活著有用得多。

是啊，我就覺得你不會想變回以前的你。你知道嗎？我也不懷念那段日子。

他聽了很訝異，也把這情緒傳出去。他本來很確定輔手會惋惜他變成現在這樣。

人生的意義不就在於成長嗎？我也不喜歡當初在羅沙的那個我，在我們相識之前的我。

我喜歡改變，浪人。我的同類都停滯太久了，尤其是我們上族靈（highspren）。有時候你的說話方式，讓我覺得你相信，或是可以假裝，你現在已截然不同。

但那不是事實。你仍是原本的你。你從一開始就有變成現在這樣的潛力。我猜這聽起來有點負面或令人喪氣，但我沒那個意思。如果我們每天都裝成另外一種人，能有什麼好處呢？那顯示我們無法眞正蛻變，顯示我們沒學到東西。我們只是變成另外一個人。你懂我在說什麼嗎？

不懂耶。

我只是想表達……我很慶幸身在此處，與你一起見證這一切。即使付出了代價，我還是慶幸在這裡。

這話莫名地令浪人的胃扭成一團。輔手幾乎已不存在，他曾經那麼優秀能幹，現在只餘留一點碎片。他的腦筋有多麼不正常，才會慶幸經歷過那些事？

但是話說回來，世界之巔的景觀……在無盡雲海上方遠眺，頭頂是滿天繁星……

他颶的。浪人無法以現在的他為傲。他是個永遠回不了家的人——不是因為追殺他的那支軍隊，而是因為……因為變成現在這個模樣。他永遠無顏面對朋友。

不，他並不是另一個人。他確實本性未改。所以才如此痛苦。

輔手一向比他有洞察力，卻也經常看走眼。他現在絕對就錯看了浪人。

他再次啓動蒸氣引擎，轉彎往下開回大氣中，直到可以將引擎切回普通設定。

等他回到明燈時，他們已準備就緒，多餘負重都丟棄了，新引擎零件也裝妥。他將再度攀上那座山峰，這次要帶著一百三十五個人，他們會不會在靜默中死去，全都操控在他手裡。

注：「迷霧之子」系列中的「血金術」。

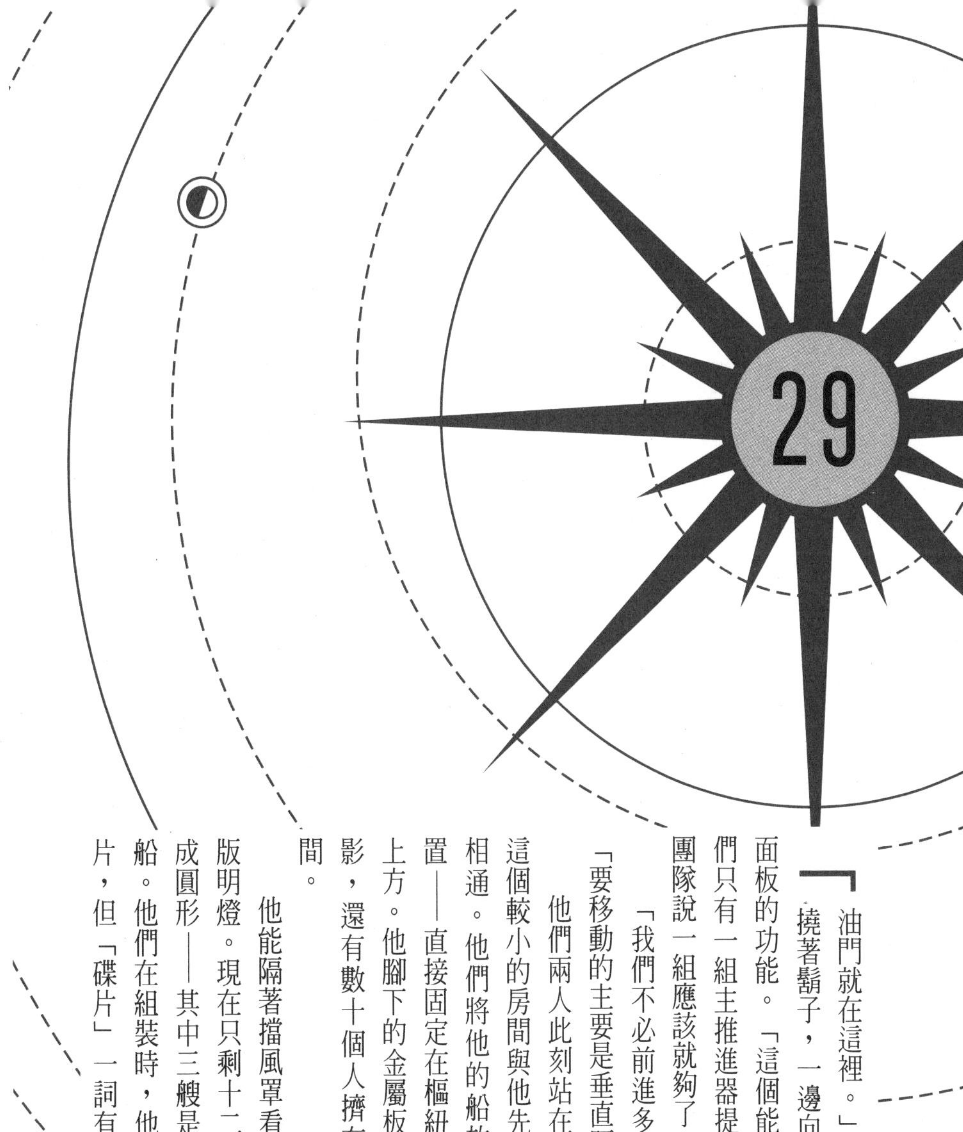

「油門就在這裡。」傑弗瑞傑弗瑞一邊撓著鬍子，一邊向浪人依序解說操作面板的功能。「這個能讓你旋轉城鎮。我們只有一組主推進器提供橫向動力，工程團隊說一組應該就夠了。」

「我們不必前進多遠，」浪人贊同。「要移動的主要是垂直距離。」

他們兩人此刻站在他船上的駕駛室，這個較小的房間與他先前做研究的大房間相通。他們將他的船放在一個奇怪的位置——直接固定在樞紐頂端，也就是合聲上方。他腳下的金屬板另一側就是那些幽影，還有數十個人擠在聖物箱周圍的空間。

他能隔著擋風罩看到可憐兮兮的縮水版明燈。現在只剩十二艘船，繞著樞紐排成圓形——其中三艘是靠外側的巨大水塔船。他們在組裝時，他想像它是個飛天碟片，但「碟片」一詞有誤導之嫌，讓人以爲那形狀十分優美、平順、整齊。不，這比較像由一堆倉庫般笨重的船隻拼湊成的飛天駁船。

它大致上呈圓形，中央有一顆凸起，比其他區域高出一層樓。而他就位於那凸起的頂端。傑弗瑞傑弗瑞教他如何原地旋轉他的船，這功能還眞實用。他可以將擋風罩轉朝後方對著地平線，也可以對準前方的山脈。有個白底綠字的小雷達螢幕爲他顯示出他們離山脈有多近。

「這些控制鈕可以在水塔船沒用時，將它們丟棄。」傑弗瑞傑弗瑞指著新安裝的一塊操作面板。「應該就這樣了。」

「這些按鈕是幹嘛的？」浪人指著面板左側的一區。

「它們能控制你船底的探勘裝置，」傑弗瑞傑弗瑞解釋。「現在不會用到。」

對喔。輓歌成爲焦燎兵之前是一個探險家。這女人會挑戰極限，包括社會與生理方面的極限。有一整座城鎭都寄望於她，她卻敢闖入暗影另闢蹊徑。她的船原本是探勘船，設計成能協助她在太陽與他們此刻穿越的暗區之間那場「大混亂」裡找到授予的跡象。「謝謝，」浪人說。「你該趕快去安全的地方待著了。」

「我可以留下，」傑弗瑞傑弗瑞說。「我們有多餘時間，所以把你的房間也密封了——盡可能啦。它會漏比較多氣體出去，因爲我們讓你的門易於打開。但這裡的空氣應該足夠撐完整趟航程……」

「太危險了，」浪人說。「我自己能搞定。」

「那她怎麼辦？」傑弗瑞傑弗瑞用下巴指向後側的大房間，輓歌仍舊鍊在那裡。至少現在她能坐在牆角處，而不是大字型平貼在牆上。

沒有別的地方適合讓她待了。他們已經丟棄了兼作牢房的船，而他並不贊成讓她與無辜百姓共處一室。

「她在這裡沒問題。」浪人說。「她的授予應該能讓她在缺氧狀態撐一陣子，如果到時候空氣漏光的話。」

「好吧。」傑弗瑞傑弗瑞說。他沒有馬上走，只是從窗戶往外看——其他船上的所有窗戶都用鋼板蓋住並焊死，因為擔心窗戶邊角的封條承受不住壓力。所以這是傑弗瑞傑弗瑞看到外界的最後一眼，直到（希望是）他們在山脈另一側降落。

「願雅多納西的好運降臨於你。」男人對浪人說。「還有……願你永遠跑得比太陽快。現在馬上就實現吧，日煉者。」

他離開了，幾秒後，浪人看見他進到另一艘船。門關上了，不過他們會先讓進氣口保持開啓，直到浪人指示他們將船艙封死的時候已到。

這座城鎮變成了鬼城。一堆黑漆漆的建體簇擁在一起，只靠緊急照明燈提供光線。船上的乘客只有沉默的人與死去的人。

他接管控制權，開始讓明燈在黑暗中爬升。由於他們置身陰影之中，山脈幾乎難以目視，但雷達提供的資訊足以助他航行。他主要就是直直往上開，沒必要貼著山壁飛。

沒想到感覺這麼……平淡無奇。

「很好。」浪人盯著油門說——他讓大家持續靠一般引擎飛行，幾乎將油門催到底。「希望整段旅程都愈平淡愈好。」

你已經多久沒指揮這麼多人了？騎士問。

「指揮？別用這詞，我是在開飛船。」

你現在當家作主，表示你是這艘船的艦長。那就是指揮官的位階啊。

「不一樣好嗎。」

你知道嗎？發生那件事不是你的錯。你幾乎對所有事都無能為力。

「我從沒說過不是這樣。」

你仍扛著那個擔子。

「這擔子滿輕的。」

但你始終避免再被拱上領導人的職位。

「這樣似乎對大家都好。」他將船往東側微調，遠離太陽，同時繼續爬升。仍在爬升。他等著看輔手接下來又要找什麼碴。

結果反倒是他後方傳來一個嗓音。

「你腦袋裡也有個人對吧？」輓歌問。他回頭瞄她，她盤腿坐著，雙手手腕用鍊條固定，再勾在牆上。她的焦燎心散發淡淡橘紅色光芒。

「我看得出你的狀況，」她說。「其他人都說你是在禱告，但並不是。你是在跟腦子裡的人說話。你也聽得到對方說話，就像我以前一樣。」

「對，」浪人贊同。「我想滿類似的。」

「那個聲音會告訴你該殺誰嗎？」

「他是有兩、三次叫我去跳崖。」浪人微笑說。顯然她沒聽懂他的笑點。「不會的，輓歌，那聲音是我的朋友。我不是偶爾會召喚出工具嗎？那是他的身體。」

「他為什麼也在你腦子裡？」

「說起來很複雜。不過現在他都稱我為他的侍從或貼身男僕。」看她一頭霧水，他解釋得更清楚一點。「我的朋友輔手現在雖然有身體，但他無法……直接控制它。他像乘客一樣待在我的腦子裡，因此他開玩笑說我是他的貼身男僕——也可說是他的轎伕——他要去哪，我都要負責帶他去。」

我得說你一點都不稱職。幾乎沒一次聽我的話。也許我們該給你裝個焦燎心，或許你會變得乖巧一點。

「你為什麼不打架？」輓歌問。

「跟誰？」

「所有人啊。」她說。「大多數時候那個聲音會攔阻我，然後如果有人可以讓我打架，它就會放開我。現在……我想跟所有人打架。你說過你有同樣感覺，我看得出來是這樣沒錯。那你為什麼不打架？」

「我會挑架打。」浪人回答。

外頭的空氣愈來愈稀薄，他根本不用看氣壓計就知道了，因為引擎顯然都運轉得很吃力。他下達命令，鎮民都關上進氣口，將自己密封在船艙裡。

從此刻起算，大約兩小時後，他們的氧氣會開始不足。

「我不懂，」輓歌說。「什麼叫挑架打？怎麼挑？」

你就不能直接告訴她，活著除了打架還有別的事可做嗎？英雄問。

他是可以這樣說，但假如他的師傅曾教會他任何事，那就是要怎麼引導對話。他仍會自然而然這麼做，就像使出長矛套招一樣熟練。

「我不想跟這裡的人打架。」浪人說。「首先太缺乏挑戰性，再來是我沒有想從他們那裡得到任何東西。」

「我想從他們那裡得到的就是跟我打架。」輓歌說。「如果你放開我，我沒什麼要挑的。我會跟你打架，也跟船上所有人打架。」

「然後呢？」

「然後……」她沒說下去。

「然後妳會在這上面凍死。」浪人說。「孤單一人。眞是太好了。那妳得到了什麼？妳成就了什麼？」

「我……」

「妳得學著尋找別的生活目標，輓歌。」

「別……的……？」

「某個理由，」浪人說。「某個目的。一旦妳找到了，妳就會知道什麼時候該打架，還有爲什麼要打架。妳會爲了某件事而戰鬥。」他再度迎向她的目光。「妳找不回原本的妳，我相當確定她已經不在了，就像燒成灰的書。

「但妳不能只是維持現狀，如果繼續這樣下去，只會死路一條，而且大概很快就會死。由於打架過程很短暫，又很沒意義，妳會感到不滿足，而對著太陽怒吼。但妳內心的那把火還是不會消失。所以找件事去在乎吧，找個理由疏導它。我能給妳的最佳建議就是這樣了。」

「那你的目的是什麼？你爲什麼而活？」

沉淪地獄啊，他是挖坑給自己跳嘛。或許他沒有自知之明，還以爲得到智臣的眞傳。

「我以前爲朋友們而活。」浪人輕聲說。「但那已是過去式。後來我爲了保護寰宇而活——我曾短暫地保存它最危險的祕密。現在……現在我爲逃跑而活。」

她皺眉。「這……讓你滿足，爲什麼？」

「並沒有。」他承認。「我猜我仍努力在修習同一個課題吧。」

「難怪你這麼內行。」她說完閉上眼睛，靠坐回去。「原來如此，嗯，原來如此。謝了。」

這女人眞是他颶的。他覺得在發生這些事之前，她大概是個自以爲是到天怒人怨的傢伙。她的記憶或許沒能倖存，但她的一些態度還活得好好的。

我好慚愧，騎士坦承。她剛才爲我代勞，表現得比最近的我都優秀得多。

「爲你代勞？」他用雅烈席語問。「你什麼時候開始負責對我說教？」

老早就開始了，浪人。我知道你很多年前就開除你的良心，雖然我從沒機會認識它。無論如何，那個職位是空出來了，所以我主動擔下這工作。我本來想問你覺得我表現如何，不過……嗯，你是活生生的證據，證明我的火候還不夠。

浪人咕噥一聲，不由自主地微笑，察看了一下現在的高度。他們已幾乎沒在動了，所以他深吸一口氣，啓動新引擎。整座城鎭都像被一把巨鎚敲打而重晃了一下，然後它再度朝上飛去。

他吁出憋住的氣，接著他、輓歌和輔手就在靜默中飛了一陣子。這段時間他感到莫名地平靜。他當然仍處於逃亡狀態，仍舊受到追殺。然而他能裝作這是個緩衝期，除了爬升什麼都不必做。只不過維持半小時之後，他注意到他們的高度並未符合噴射量。

他們的移動速度比他預期中要慢。他將引擎全都催到底，雖然速度略有提升，那股衝勁很快又後繼無力。

他們四周的雲蓋落在下方，整個山壁映入眼簾。行星環的光芒遍灑山脈。

我們還有在動嗎？

「有，但很慢。」浪人說著察看其他讀數。

他默默催促船艦向上飛。它是在上升，但愈來愈遲緩。他一定有哪裡計算錯誤，理論上他們應該愈來愈快才對，因爲他們會持續燒掉更多水並從船底噴出去。結果他們卻在變慢。不是急遽變慢，卻足以令他懷疑在水用完之前，他們是否眞能越過山頭。

浪人？輔手問。出了什麼問題？

「我也不知道。」他承認，測試了一下油門控制把，確認它們沒卡住之類的。「可能的問題有幾十種。也許我們使用的密封條在極低氣壓中失效了，所以開始漏氣。也許這作法讓引擎操勞過度，所以它們過熱。通常要用多款原型機進行壓力測試來提早發現這類小毛病，但……我們沒時間。」

他看向後方遠處狀似不祥的地平線，它已經開始染上亮光，太陽正飢腸轆轆地由巢穴中爬出來。

此時此刻，他感覺自己像十傻人中最傻的一個。他帶著這些人走入死亡，而他甚至搞不清楚自己哪裡弄錯了。根據在工程學上的慘痛經驗，他知道這類小問題多如牛毛——如果在早期測試中發現一個小問題，通常必須研究毀掉的機器來弄清楚是出了什麼差錯……

這時，他突然想起自己爲了預防這種事而設了個保險機制，感到大鬆一口氣。他伸手按下一個鍵，丟棄第一艘已空的水塔船。它隨即脫離滾落，整個組合船體都因爲突然減少體積和重量而劇烈搖晃。明燈的陀螺儀能偵測船體形狀與質量有了突然的變化，並在他們速度提升的同時維持住他們的水平狀態。

還是不夠快。他察看水量表，發現第二艘水塔船基本上也已經空了。他按鈕把那艘船卸除。

沒反應。

他再按一次。

浪人？

「第二艘船的解鎖機關卡住了。」他從擋風罩可看出它仍固定在原位。「我們必須立刻拋棄它，希望減少的重量足以讓我們速度變快。」

好喔，可是……要怎麼做？你可以用接線方式重啓系統？

浪人深吸一口氣。「不能。我們得到外面去，手動處理。」

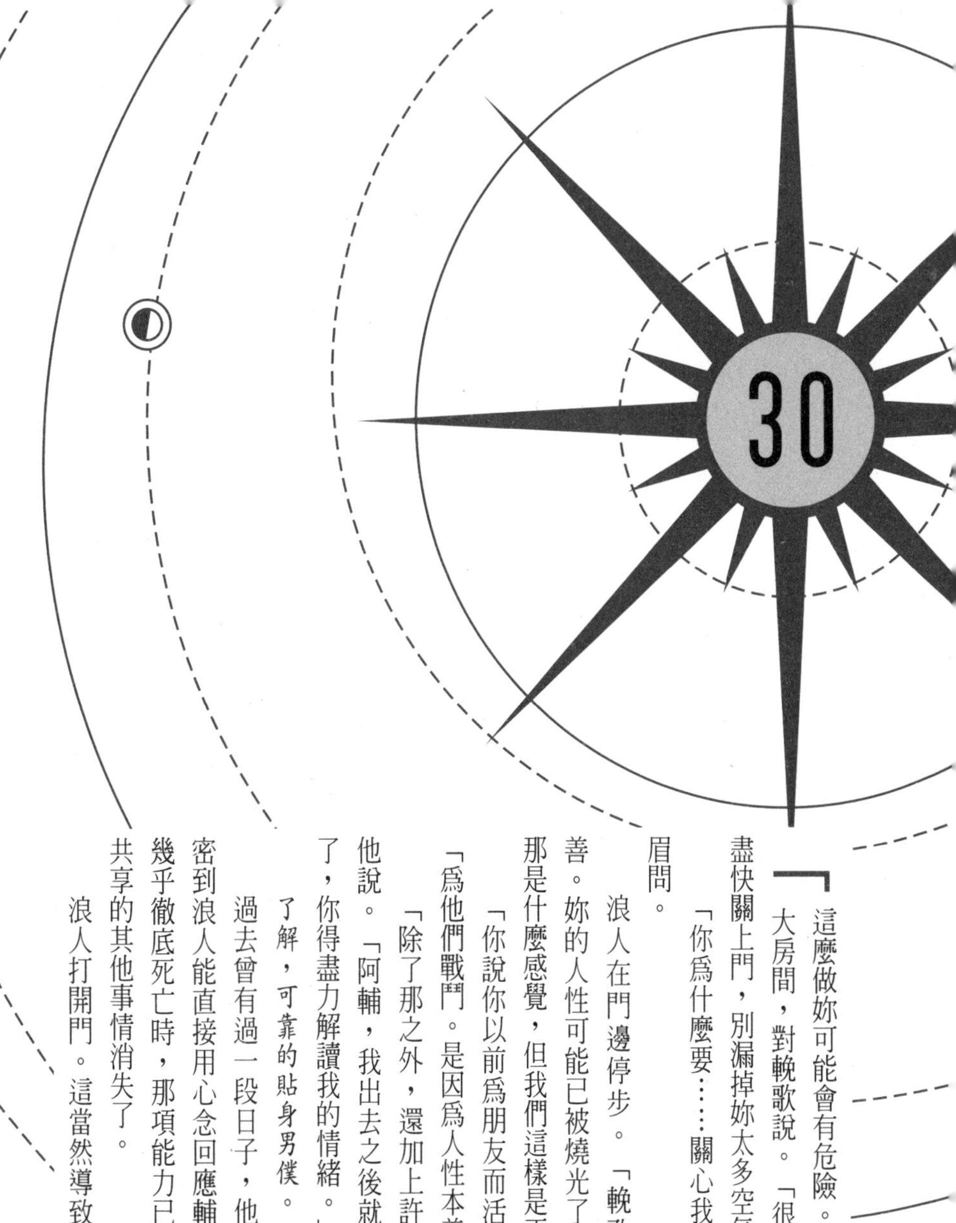

「這麼做妳可能會有危險。」浪人穿過大房間，對輓歌說。「很抱歉，我會盡快關上門，別漏掉妳太多空氣。」

「你為什麼要……關心我？」她皺著眉問。

浪人在門邊停步。「輓歌，人性本善。妳的人性可能已被燒光了，我沒概念那是什麼感覺，但我們這樣是正常的。」

「你說你以前為朋友而活，」她說。「為他們戰鬥。是因為人性本善？」

「除了那之外，還加上許多別的。」他說。「阿輔，我出去之後就沒辦法說話了，你得盡力解讀我的情緒。」

了解，可靠的貼身男僕。

過去曾有過一段日子，他們的締結緊密到浪人能直接用心念回應輔手。當輔手幾乎徹底死亡時，那項能力已經連同他們共享的其他事情消失了。

浪人打開門。這當然導致艙內急速減

壓，不過他早有心理準備。他跳了出去，長外套在他周圍拍動，然後他用全身壓向門，將它重重關上後鎖住。他不確定自己爲輓歌留住多少空氣，但願加上她本身的授予之後就夠用。

眼前他得先顧好整座城鎮。他跑到城鎮船側邊，來到空掉的水塔船旁。它很笨重，行動遲緩，原本的用途是飛過農田上方，爲作物灌溉——現在則歪斜地掛在一側，成爲一大累贅。浪人馬上看出問題出在哪裡。

冰。他們已通過他在獨飛時看到的那段冰雪層，逗留其中的時間卻比他長得多。現在甲板上結了一層冰，而將不同船隻鎖在一起的機關，顯然並不是爲這麼冷的環境設計。它們都結了凍，所以從操作台要解鎖時，很多都紋風不動。

他召喚輔手變成撬棒，找到一個未解開的閂扣，將輔手捅在那裡，用全身力量壓撬棒。他費了點工夫把那個鎖頭以及下一個解開。雖然甲板上的閂扣現在全都弄開了，船還是沒掉下去。他颶的。想必船底那些將它與船的主體扣在一起的鎖頭也都結冰了。

情況……不妙，對吧？

解決之道只有一個。他得想辦法在飛行狀態下，弄開明燈底側的閂扣。他收起輔手，跑去他停在城鎮船邊緣的機車。他們沒把機車上的水箱補滿。沉淪地獄啊。

沉淪地獄啊，輔手說。我們該怎麼辦？

他打開機車座墊，從底下拿出先前看蕾貝凱用過的拖繩。他將這綑強化金屬製成的繩索掛在肩上，把輔手變成帶勾的鐵鍊，再走回船的側邊，挑了個不屬於水塔船的位置站立，以免它突然脫落。

他俯瞰被行星環照亮的山壁。

天啊，騎士用了無生趣的單調語氣說。這一定很好玩。

他將輔手勾好，然後從船的外側往下垂吊，直到找到牢固的攀抓處才停下。他抓牢金屬，接著將輔手變形，用把手取代原本的勾子，將把手塞進附近的金屬空隙，並讓輔手再度變形，恰好塞滿整個空隙，不會一拉就脫出。

這讓浪人有了保險的錨點，能繼續往下爬，直到懸吊在稍微超出明燈底部的位置。他朝這艘複合式船體底部望去：較大的樞紐船底側等距安裝了八具噴射引擎，第十艘船用來提供橫向動力，噴射引擎向上翹，對著地平線發射。

他剛才按下卸除鈕時，水塔船的引擎已脫離了。因此這艘船已不再爲飛航貢獻推力，反而成爲更嚴重的負擔。他在那裡吊了一會兒，沿著那些燃燒橘紅色明亮火焰的引擎望去，它們都吐出噴泉般的過熱蒸氣；他在想這些推進器經過謹慎的考量達到平衡，才能讓這麼多引擎協調運作。要是某一邊的推力太高，城鎮就會翻起，但明燈的機械裝置憑本能爲這種情況截長補短。浪人先前問起時，熱誠表示合聲默默出了力。

莫非他們有類似初始識喚差分機的設備來進行這類計算？

由某個幽影做的？那實在……

他甩甩頭，擺脫這念頭。沒時間胡思亂想了。如果他不卸除這些重物，整座城鎮將撞山，所有人會困在這裡，直到被日光洪流淹沒，而城鎮船將熔爲爐渣。

他得搆到那些鎖頭才行，這表示他要橫越明燈底部，才能靠近正確位置。船底大部分都是平坦一片，不過有很多邊邊角角能讓他固定輔手的勾子。然而在船底移動，會使他離至少一具灼人的噴射引擎近得要命。

至少他沒被引擎的巨響震聾。在空氣這麼稀薄的高度，幾乎聽不到任何聲音。近乎真空的環境也能為他隔絕最可怕的高溫，只要他別直接接觸到危險物質就好，這又是個小小的安慰。他抓住明燈側邊的船底邊緣，然後收起輔手，在心如擂鼓的幾秒之間，他就只用單手懸吊在上百公尺的高空。

現在明燈鎮民或許已因為缺氧而暈眩了，有些人甚至可能早已昏過去。所以假如他在這裡墜落，他們永遠都不會再醒來。他長久的逃亡生涯則將不是終結於夜旅兵團之手，而是白晝的致命日光。

他將輔手改做成兩端都有勾子的鐵鍊，在船底往前一盪，同時把輔手勾在一個閥門上。接著他握住鍊子另一端，單臂施力再向前盪，將那個勾子固定在另一個位置。他每盪完一次，會讓鐵鍊末端的勾子暫時消失再出現，接著再勾在船底的某個凹處。

在一片死寂中做這種事很詭異，授予協助他的身體平衡低氣壓和缺氧狀況。這種行為是有時限的，他的庫存遲早會耗盡，但做這工作則綽綽有餘。它能維持他的生命，讓他的肌肉組織再生，不致因疲勞而害他墜落。他運用這個「單臂接力」的盪法，緩緩繞過離他最近的噴射引擎——那裡有一道令人目盲的過熱蒸氣和強光，猛烈而強勁，即使在真空中也感覺得到它的紅外輻射。

他竟然能感覺這引擎所噴出的東西，顯示它洩出了多高的能量。他繞過引擎，抵達累贅船與其餘明燈相接的地方。他在那裡吊了一會兒，讓自己平心靜氣。

他曾經覺得在這種時刻要克制大口喘氣很困難，但他的訓練經常包含必須憋氣的部分。他若是呼吸，那股年輕時供應他的能量會散逸，因此他學會了憋氣，即便是熱戰方酣時。

他再次前進，目光盯著就在前方的第一個鎖頭。他解開左手的勾子，用右臂往前盪——但他右手的勾子並不如他以爲的牢固。片刻之間，他感覺勾子滑開，發自內心的恐懼席捲他。他颶的！他在驚慌中用雙手抓住鍊條，鍊條垂直繃緊了。

他猛力一晃，吊在脆弱的鍊條下，皮膚上的汗水瞬間就在低壓環境中蒸發消失。鍊條磨擦他上方的鋼鐵，滑了一下，又勾緊了——但第二次晃動害他再往下滑了一點，只靠指尖攀住鍊條末端。

沉淪地獄啊，輔手說。*浪人，撐住，拜託你。*

浪人努力想讓勾子穩住，在心裡命令它變寬——但他錯就錯在將它勾在一個小環上，輔手無法輕易變形成完整包住它的形狀，製造牢固的錨點。

他下方荒涼的山壁已經近在咫尺。遠方地平線的第一道假曙光，也愈來愈明顯。

浪人，輔手說。*也許該是動用非常手段的時候了。我還剩一些……力量，你可以再次飛翔。只有一點點，不過或許足以——*

*不行。不行！*他用力想著。

他們都知道這項事實，卻從未直接說出來。過去他曾在充滿力量的一刻燒掉輔手，對自己在做什麼事渾然不覺——也沒意識到他能夠做出什麼事來。他的身體無所不用其極地尋找能量，而他這位由純粹能量形成的朋友，恰好是方便可用的來源。

這麼多年來，輔手都只是以殘存的狀態存在。但遺留下來的是最重要的碎片——輔手的個性與心智。在必要時，也能做爲燃料。

絕不，浪人心想。

我不能讓你死，輔手說。也不能任由城鎮墜毀。要是你能飛——

浪人的回應是開始往上爬。雙手交替攀握，堅決，狂熱。用龜裂乾澀的雙手爬上去，一想到……想到要再一次……就忍不住發抖。

輔手沉默了，但浪人知道要是鍊條滑脫，他的朋友會怎麼做。說不出口的恐懼。

絕不能舊事重演，浪人心想。他爬到了船底，將鍊條另一端用力捅進更牢靠的位置。他懸在那兒，臉上結出一粒粒汗珠，又立刻蒸發，有如被涼意快速啄吻。

謝謝你，輔手說。謝謝你在乎。

浪人試著傳送生氣的意念，以及堅決要輔手再也別提起這話題。他再盪了一下，到達正確的鎖頭處，然後鬆開那綑拖繩。看起來船底總共四個鎖頭全都結凍了，但運氣好的話，他不需要解開每一個，船身重量就會先扯開剩下的。

現在呢？英雄遲疑地問。

浪人的回應是用拖繩把自己拴住。他留了一段活動空間，所以吊在船底下一百二十公分處，然後將輔手變成末端扁平的長金屬杆。

浪人將扁平末端戳進鎖頭，用全身體重去撬它。輔手的實體名副其實地有神功護體，在任何自然條件下都不會斷裂或彎折。但明燈的工程團隊善盡職守，再加上這個角度並不適合撬開那個機關。

更糟的是，摩擦力也跟他作對。上方的鎖頭輕易彈開，是因爲船在脫離時的角度幫忙扯開它們。但那個角度也在這些鎖頭上施加重量，令它們難以撬開。

浪人，山。

他不用看也知道。對，山很近，而且還愈來愈近。只差幾十公尺就要撞到了。緩慢卻無可迴避地移動中。他更用力地撬，仍然沒反應，他不禁擔心自己是否又誤判了。這些船在固定時，兩側大概也有機關，不只是上下有而已。他正努力撬開的門扣，也許根本不是銜接船體的最重要零件。太不牢靠了。

或許有一些他看不見的強化夾鉗或對接機制。如果眞是這樣……

他將長長的撬棒換了個角度，再試一次。沒用。他需要更強大的工具。

他颼的。那些人需要他啊。

但他無法……無法製造武器。他……

不是武器，輔手似乎在低語。只是另一件工具，爲了保護城鎮，浪人。

撬棒末端變鋒利了。

那一秒間，他握著一樣許久沒握過的東西。是代表浪人過往的象徵符號。是戰士的裝備，經過暗中練習，然後華麗演示。銳利到能切穿金屬。他將它往上捅進空隙，直接削掉鎖頭和它上頭的某個東西，某個將船體鎖在一起的門條或機關。

這就夠了。船體嚴重傾斜，接著脫落墜毀在下方荒涼的石坡上，沿著山壁滾落，一路上撕裂岩石。浪人繼續吊著，明燈晃了晃，主引擎馬力全開，噴出的高熱化作一道光和怒火。他感覺船身上升速度變快了，雖然從他這位置幾乎難以察覺。

浪人心臟狂跳，解開吊著他的勾子，再用輔手回到船的邊緣。不久後，他爬上金屬甲板。他昂首挺立，望向那可怕的地平線。日光努力想掙脫束縛，而船身正升上去與它會合。更高了，更高了。

船的右側摩擦岩石，整個結構都爲之輕顫。浪人跪倒在地，仍朝向西方致命的光源。船身終於勉強超越了山巔，摩擦聲停了。

我們成功了，騎士歡慶。浪人，我們成功了。但我們還在上升耶。

他颶的。浪人轉身趕向控制室，深恐他們都已經如此接近目標了，卻敗在飛得太高，以致——

船體脫離星球陰影，陽光籠罩他。平靜、和煦、正常的陽光。

搞什麼鬼？

他在原地佇立良久，高踞山頂之上，但無論他或明燈都安然無恙。他先前就注意到，夜旅兵團的戰艦靠近這裡，它的保護罩卻還撐得住。這是怎麼回事？他們爲什麼可以懸浮在這陽光下，沒有被毀滅？

沉淪地獄啊。他痛恨只憑匱乏的資訊來推理。就他的了解，如果太陽能強到離譜，它會讓這個星球失去大氣層。而且爲什麼兩極總是布滿高山呢？這星球隨時都遭到熔化，不是應該呈現球形嗎？還是它原本就是橢圓形，重力將更多空氣拉向赤道，使得兩極貌似都是高山，而其實那只是橢圓形的兩端從大氣層凸出去？這是可能的嗎？

他正在苦思，明燈停止震動了。這異常的靜定令他皺眉。引擎熄火了。這代表什麼？它們爲何會……

他們的水用完了。沒有推進物了。

他內心深處反胃地扭成一團，感覺整個明燈複合體開始從山脈另一側墜落——卻沒有引擎能減速。

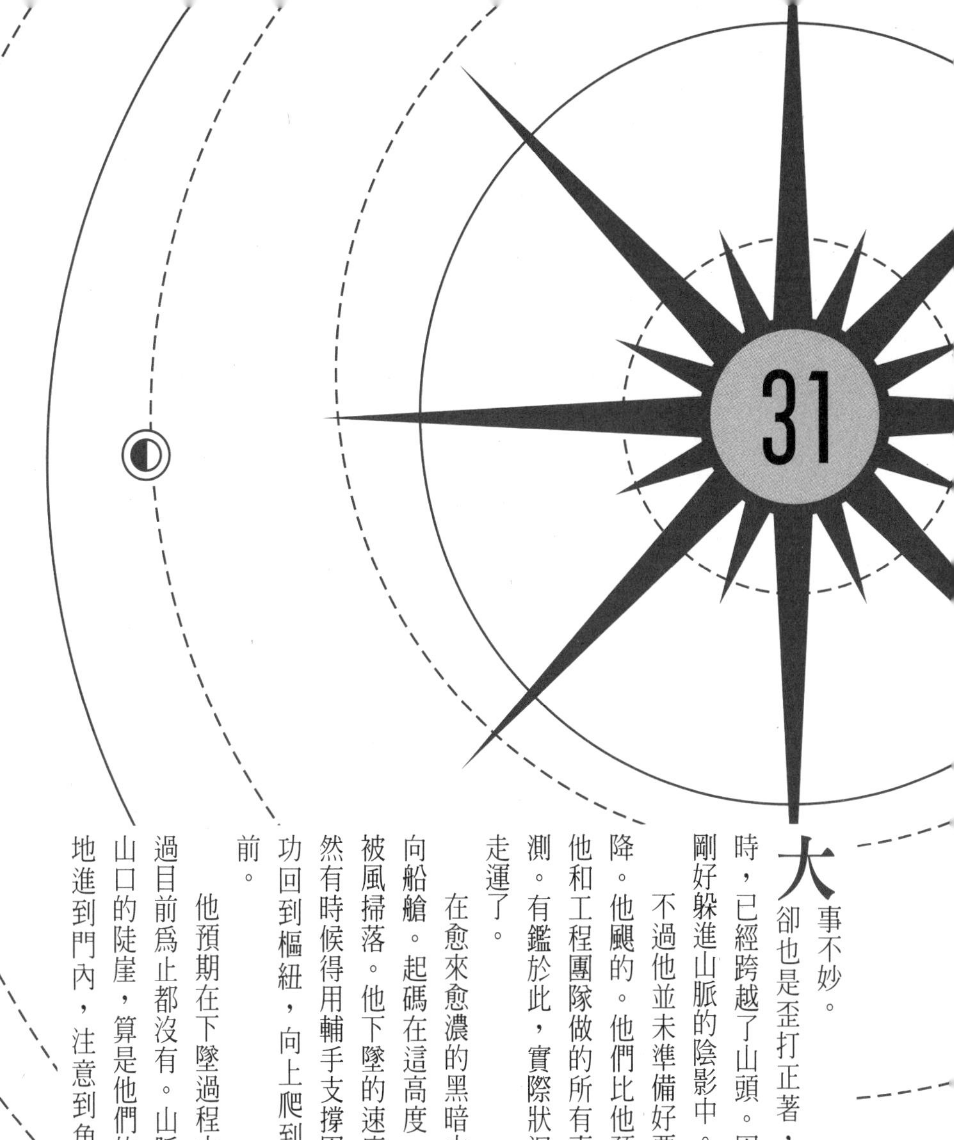

大事不妙。卻也是歪打正著，因爲船失去動力時，已經跨越了山頭。因此他們直線墜落剛好躲進山脈的陰影中。

不過他並未準備好要面臨不受控的下降。他颼的。他們比他預期中更快沒水。他和工程團隊做的所有事都涉及大量的推測。有鑑於此，實際狀況已經順利到算是走運了。

在愈來愈濃的黑暗中，他穿過甲板走向船艙。起碼在這高度，他不必擔心自己被風掃落。他下墜的速度與船身相同，雖然有時候得用輔手支撐固定，最後還是成功回到樞紐，向上爬到「追曙者」的門前。

他預期在下墜過程中會撞到山壁，不過目前爲止都沒有。山脈這一側是類似火山口的陡崖，算是他們的小幸運。他費力地進到門內，注意到角落裡的輓歌已昏迷——希望只是昏迷。他離開的期間，船艙已徹底失壓。

他舉步維艱地穿過房間，現在它完全是自由落體，接下來幾秒等於沒有重力。引擎，他得啓動正常引擎。門沒關，他開始聽到外頭有咻咻的風聲。一旦他們回到較稠密的空氣裡，正常引擎應該就能恢復運作。只是他好不容易走到操作台，卻發現它完全沒反應。原本水也發揮冷卻劑的作用，但現在水用完了，操作台就當機了。

他颸的。他看著傑弗瑞傑弗瑞曾順口提到的按鈕，說它是用來重開機的。結果都靠它了？努力這麼久，結果都取決於按一個鈕？

除了按一個鈕，還有耐心等待。

如果按得太早，引擎是不會啓動的。他颸的，到底還會不會啓動根本是未知數。在眞空狀態過熱，冷卻劑又沒了……這種事正好足以將機械徹底弄壞。

他強忍著連續搥擊那個按鈕的衝動。整個面板上到處都閃著過熱的警示燈。空氣，他們需要空氣，他們在墜落時，空氣會讓引擎冷卻，也有了散熱的介質。

浪人，騎士明顯遲疑地問。你在幹嘛？按那個鈕啊。

他等著，盯住讀數變化，雙腳勾著椅腳讓自己待在椅面上。他想解釋，但空氣還不夠充足。因此他等著。心急如焚地等著。

浪人，我眞的覺得你該按下那個愚蠢的鈕。

他看到窗外深色的山坡隨著他們墜落的加速度而愈來愈快地掠過。從外面疾馳而過的是空氣沒錯。

浪人，拜託你。

他深深吸了一口眞正的空氣，開口說話了。「還不行。」

什麼時候才行？

他看著儀表板指針慢慢從紅色爬向橘色，過程有好幾秒。當指針一觸到分界線，他用力拍下按鈕。

剩下的十具引擎中，有四具啓動了。它們的噴射力道讓他牙齒打戰，它們費力地想讓船慢下來。

接著明燈砸在地上。

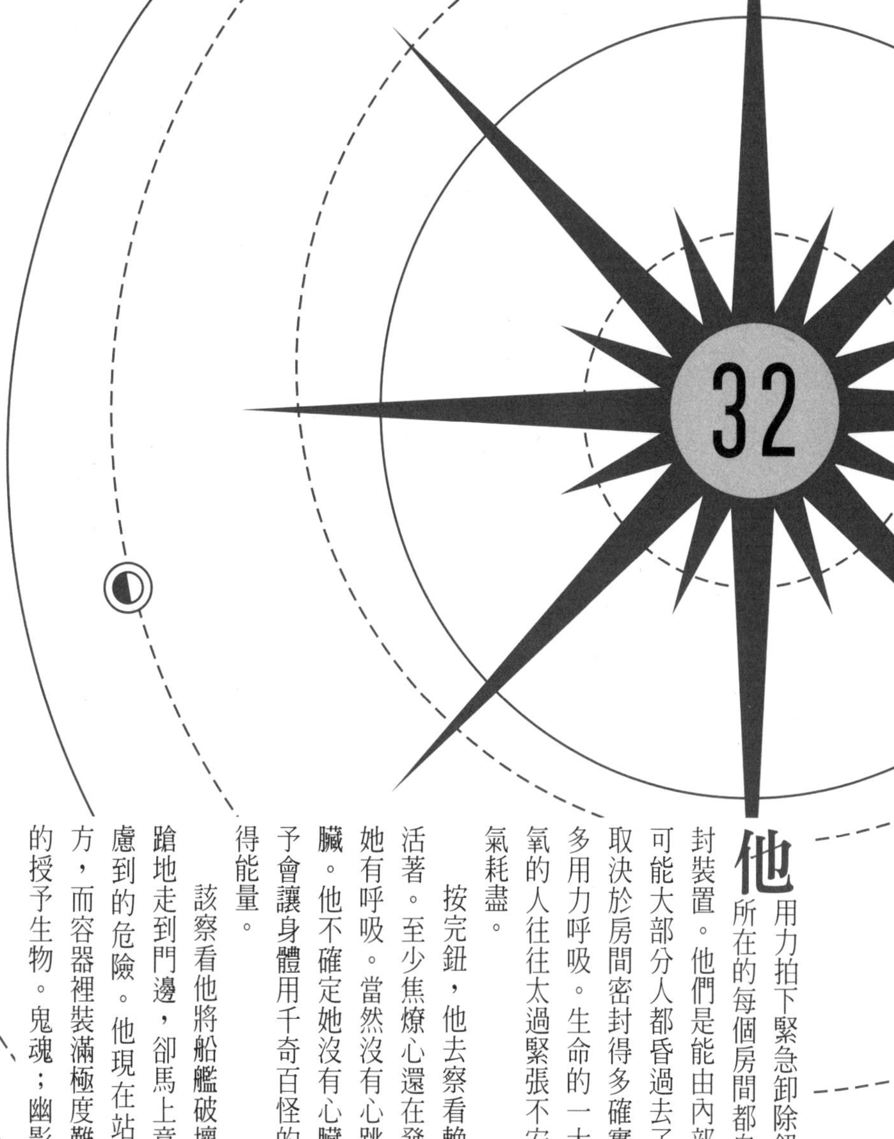

他用力拍下緊急卸除鈕，好讓明燈鎮民所在的每個房間都自動解除房門的密封裝置。他們是能由內部開門，但現在很可能大部分人都昏過去了。有沒有昏過去取決於房間密封得多確實，以及室內的人多用力呼吸。生命的一大諷刺是，快要缺氧的人往往太過緊張不安，反而更快把氧氣耗盡。

按完鈕，他去察看輓歌的狀況——還活著。至少焦燎心還在發光，而且他覺得她有呼吸。當然沒有心跳，因爲她沒有心臟。他不確定她沒有心臟怎麼能活——授予會讓身體用千奇百怪的方式確保細胞獲得能量。

該察看他將船艦破壞成怎樣了。他踉蹌地走到門邊，卻馬上意識到一項他未考慮到的危險。他現在站在一艘容器船上方，而容器裡裝滿極度難以捉摸且無形體的授予生物。鬼魂；幽影；不管你想怎麼稱呼它們，它們都是寰宇內最危險的一種存在。

他剛使得它們的容器重砸在地面上，又不假思索地按下開門鈕。他在自己那艘船的門邊遲疑著，思考還來不來得及將這艘船與主體脫離，自己飛走，以免它們睜著紅眼睛飢渴地找上他。

幸好他很快就看到幾個人邁著不穩的腳步，從下方的樞紐船走出來。他們看起來不像被吃掉的樣子。他爬下船，經過大多決定在甲板上休息的那些人。船艙內裝鬼的容器看起來很堅實，連裂痕都沒有。他們很明智地使用最強韌的材質打造這容器。

他巡了一遍，確認其他房門都打開了，發現十艘船中有兩艘嚴重漏氣。那兩艘船上的人狀況比其他船來得糟，不過沒人死亡，只有幾個人昏倒、很多人撞傷，以及幾個人手腳骨折。眾益接受他的建議，分散在三艘船上，三人基本上都安然無恙地度過落地的衝擊。

蕾貝凱從另一艘船出來，扶著一個浪人不認識的老先生。老先生含著淚水仰望繁星，開始默唸感謝的禱詞。蕾貝凱發現了浪人，便朝他走來，看起來顯然還很暈。

「成功了。」她低聲說。「我……我本來很懷疑你的辦法，我覺得行不通。我怎麼就不相信呢？」

「因爲妳很聰明，」浪人回答。「這是個瘋狂的計畫。」

「這是你的計畫。」

「而我的各種主意風險有多高，我再清楚不過了。」他說。「我們兩人現在都還站在這裡，連我自己都很驚訝。」

騎士不懂蕾貝凱爲何杳眼圓瞪。畢竟浪人又不是現在才開始講這種蠢話。

「這個嘛，」蕾貝凱終於接話。「總之我們還活著。」

「我贊同。」他望向聚集在一起的人群，他們全身痠痛、瀕臨窒息，情緒也像坐了趟雲霄飛車。「暫時還活著。我們去找工程團隊吧，必須搞清楚我把你們的城鎮破壞到什麼地步。」

✷

「你想知道狀況有多糟？」莊嚴之神問。「我只能說，我們介於『噢，去他幽影的，眞是亂七八糟』，還有『我都不知道那塊東西是可以脫落的耶！』之間。」

他們此刻站在環繞合聲那白霧瀰漫容器周圍的走道，謝天謝地，容器完好無損。在場的人仍是原班人馬：傑弗瑞傑弗瑞、熱誠、蕾貝凱和眾益。憐憫裹著毛毯坐在地上，其他人都站著。

他們拋棄原本用來開會的建築後，不知道出於什麼瘋狂的理由，挑選這裡做爲新地點。或許它被視爲官方場所之類的，也或許只是因爲在墜機之後，這是率先清空的船艙之一。

「麻煩妳就直說了吧，莊嚴之神。」信心說。「我們目前的情況有多嚴重？」

「六具引擎完全故障，需要徹底換新噴射器。」她說。「所有朝下的噴射引擎，都塞滿泥漿。三個接點的進氣口都摔壞了，有些扣鎖的底座也在墜機時破裂。我建議從現在起，我們還是分開飛行得好，因爲我不能保證組成整體時會很牢固。」

「這不算……太糟，」傑弗瑞傑弗瑞說。「對吧？」

「看情況。」莊嚴之神兩手一攤地說。「我的團隊能修好這些問題，甚至可能在日出前完成。」

「我們還有餘裕，」愼思贊同。「因爲山的關係。不過我們需要找一條能躲避太陽的暗影廊道來脫身——所以不能一直躲在這裡不走。」

「兩個半小時，也許再多一點。」熱誠說。「這是導航員告訴我的。超過這時限的話，我們就得穿過一片火原才能回到暮色中了。」

他們的兩個半小時。以這麼小的星球而言，這些山脈眞的高得離譜，提供充分的陰影來庇護明燈。尤其星球自轉速度又這麼慢，他能理解爲何還有這麼多時間可用。

但是要解決他們的問題，時間仍然緊迫得嚇人。

「我已經讓合聲在製作零件了。」莊嚴之神說。容器中央確實傳出細微聲響。不過更令人發毛的是，浪人確信每次她說話，都有人輕聲細語地複誦。「在剩下的時間裡，我或許能把所有船修復成能飛行的狀態。只是即便修好了，它們還是動不了。」

「日心，」浪人猜道。「我們沒有動力了。」

「引擎燃燒時，比我們期望中來得溫度更高，效能卻更低。」她點頭附和。「我們幾乎已不剩半點能源。我們能降落算是奇蹟——只有四具引擎有點火，沒點火的大都是因爲裡頭的日心已經空了。」

「所以，」坐在地上的憐憫發言。「我們動不了，還會受凍。」

這句話似乎挾著比表面上更重的份量，被言外之意沉甸甸地壓著，而浪人也能猜到言外之意是什麼。在這個世界，受凍和動不了就等於宣判死刑。

「我們得偷一些靈魂來。」熱誠用力點一下頭說。「如果諸位許可，我就召集隊員。我們的動力是否足以供一艘船進行突襲並返回？」

「可以。」莊嚴之神說。「可是……你打算突襲誰？」

「熱誠，你不能往南，」傑弗瑞傑弗瑞說。「那等於試著跨越更多高地。」

「北邊有焦燎王。」蕾貝凱默默地說。她就站在他們圍成的圈子外側，彷彿依然不確定會不會有人趕她走。

「他有大把多餘的日心，」浪人說。「因爲俘擄你們的朋友餵給太陽。那些日心不是很快就會出現了嗎？我第一次站在日光下的時候做成的日心？」

「第一次？」蕾貝凱問。

浪人用下巴往上指了指。「在上面的時候，我在明燈甲板上被日光照到了，但沒發生任何事。我還沒弄懂原因……」

全部人都一臉崇敬地望著他。

「不是因爲我是日煉者好嗎，」他說。「船也沒熔化啊。」

這句話無損於他們驚奇的表情。彷彿他們認爲是他保護了整艘船——彷彿他的力量能爲所有人擋住日光。

你知道嗎？騎士又好氣又好笑地說。你老是在抱怨以你爲主角開始流傳的傳奇故事。可是你又說這種話……

「無論如何，」浪人面不改色地說下去。「焦燎王昨天創造出一大批新的日心——而他製造的地點應該就在我們前方不遠處。」

「我們朋友的靈魂，被留在日光下。」熱誠肅穆地點頭說。「我們知道經度。如果我們使用探勘船，就能找到它們。」

「焦燎王總會派兵守衛『大混亂』與陰影之間的分界處。」信心說。「他不希望任何人拿到那裡的日心。」

「再幫我解釋一遍，」浪人皺著眉，努力在腦中想像出畫面。「這星球白晝那一面是惡火高溫，會熔化岩石，這我了解。但此外還有你們稱為『大混亂』的……風暴？這風暴比我們在黑暗中通過的那個更劇烈嗎？」

「對，」憐憫小聲說。「『大混亂』跟在夕陽後面，也是星球過渡到夜晚的第一階段。它是暴烈到不可思議的一場憤怒風暴。等大地終於冷卻，風暴也已過去，才是暗影的開端——也就是我們躲藏其中的雲蓋。那條分界線就是蒐集日心的地方。」

「那我們就在那個地方突襲他，」浪人說。「在蒐集處發動攻擊，趁亂偷一些回來。那地方有多遠？」

「以快船而言嗎？」熱誠說。「從接近黎明處飛到『大混亂』，快的話只要一小時。」

浪人再次驚覺這星球真的有夠小。他迅速估算，發現它的直徑頂多只有三百二十公里左右。太神奇了。

「所以是有機會的。」他說。「我們有兩個半小時可用，那我們就飛過去，偷些日心，再回來。」

「行不通的。」信心扠起瘦巴巴的手臂。「我們最近才剛突襲過他，他不會再被殺個措手不及。」

「也許吧。」熱誠說。「但容我提出反面意見：他不可能預期我們從先前的爬升中倖存，對吧？就他的理解，我們已經全軍覆沒，而他是勝利者。或許我們能偷到一艘聯盟的斥候船，就沒人會發現是我們，於是我們就可以靠近到直接從他的船上偷一些日心溜走。」

「偷他們的船？」愼思說。「及時偷到？你的說法確實有道理，他可能以爲我們死了；但我怎麼也無法想像。我們有時間壓力，還要趕得及偷到船並執行這種計畫。我贊同信心的觀點，熱誠。上一次突襲，我們事前規劃了好幾星期，而且你那個能凍結焦燎兵的裝置也幫了大忙。」

「我能辦到。」熱誠保證。「拜託。讓我爲了拯救鎭民拚一回吧。」

「或者，」浪人說。「我們可以試試別的方法。」他拇指朝上比。「那是輓歌的『追曙者』，對吧？經過強化的探勘船？」

「然後呢？」愼思問。

「然後，你們說過焦燎王總是在『大混亂』經過之後去蒐集他的日心。要是我們不等呢？要是我們飛到他們前方，搶在他去撿之前，直接從地上偷走呢？在風暴裡進行？」

他們全都瞠目結舌地盯著他。

好喔，騎士說。這挺有趣的。我喜歡看你把他們的大腦融成漿糊。好可愛。

信心結結巴巴地說：「從『大混亂』中活下來？不可能。」

「沒人會進入『大混亂』，」慎思說。「太瘋狂了。」

「別人也是這麼形容我家鄉的風暴，」浪人說。「但我認識從它裡頭活下來的人。那人還激勵我們一大堆人做同樣的事。」他再指了指輓歌的船。「你們告訴過我，它就是爲了飛進『大混亂』而強化的。」

「它從來沒能整個進到『大混亂』裡！」莊嚴之神說。「它是在我的協助下進行強化，但每次感應器都顯示她會死，而她每次都知難而退。」

「她從未眞正飛進『大混亂』？」浪人問。

「沒有，」蕾貝凱說。「因爲她沒有發瘋。」

浪人朝兩側比了比，指的是他們腳下的整個船體——它剛翻越一座高山。「今天是發瘋的良辰吉日啊，各位。勇於冒險的日子。」

他們都默不吭聲。

「我贊成。」熱誠開口說。「我們就跟它拚了，日煉者。我們直接從太陽手裡偷東西吧。」

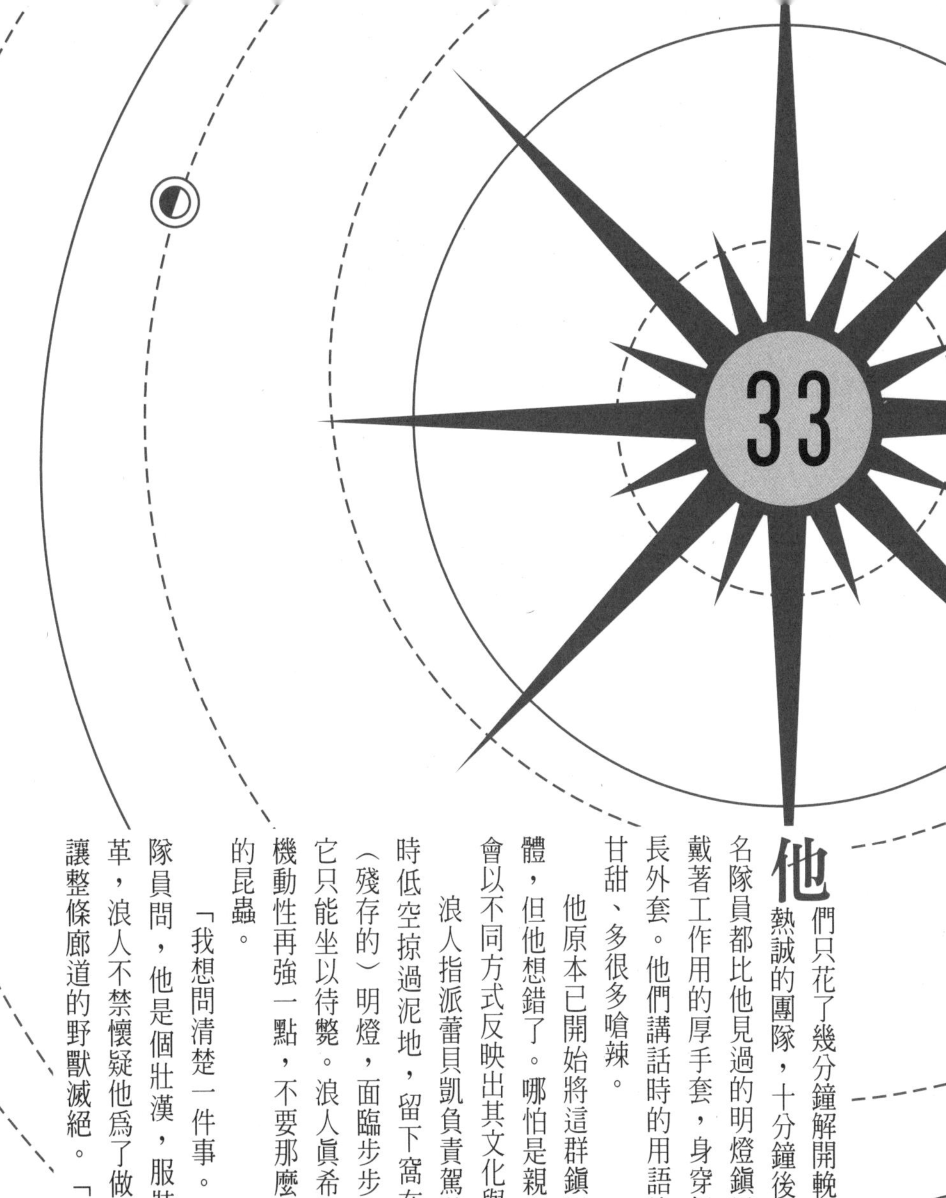

他們只花了幾分鐘解開輓歌的船並召集熱誠的團隊，十分鐘後便出發了。四名隊員都比他見過的明燈鎮民來得草莽，戴著工作用的厚手套，身穿粗布連身服和長外套。他們講話時的用語比別人少一些甘甜、多很多嗆辣。

他原本已開始將這群鎮民視爲單一整體，但他想錯了。哪怕是親兄弟姊妹，也會以不同方式反映出其文化與教養。

浪人指派蕾貝凱負責駕駛，他們起飛時低空掠過泥地，留下窩在山脈陰影中（殘存的）明燈，面臨步步進逼的太陽，它只能坐以待斃。浪人眞希望「追曙者」機動性再強一點，不要那麼像一隻圓滾滾的昆蟲。

「我想問清楚一件事。」熱誠的一名隊員問，他是個壯漢，服裝用了大量皮革，浪人不禁懷疑他爲了做這身衣服是否讓整條廊道的野獸滅絕。「我們要飛到神聖的『大混亂』裡面。」

「的確。」熱誠站在牆邊的一張座椅上，向後靠牆，雙臂扠起。

「然後，」壯漢繼續說。「我們要下船——別忘了，這時我們還在『大混亂』裡面——去找那些神聖的日心？」

「沒錯。」熱誠說。「嗯，應該說你們要下船去拿，哈迪。我會在舒適的船艙坐鎮，也許還一邊吃茶點。噢，而且我們已經把採集機具都丟掉了，所以你們要徒手挖出它們。」

整個團隊都在呵呵笑。就浪人的觀察，他們一向遵循這個模式——熱誠負責組織和管理團隊，但大部分的現場工作要仰賴其他人。

「你這神聖的傻瓜，」哈迪說。「我們這群人都是神聖的傻瓜。」

等一下，騎士說。那位老兄是把「神聖的」當作……髒話來用？

「這是個信仰堅貞的保守社會，」浪人用雅烈席語說。「而人只能運用現有的工具。」接著他趕在別人插話前，用本地語言發言。「你們誰都不必進入風暴，我去就好。我們之所以帶著你們，是因為熱誠堅持你們要在場支援我。」

四人都盯著他瞧，然後同時點頭。

「嗯，好吧，我可以接受。」哈迪向後一靠。「等我們到了再叫醒我。」

「到了你自然會知道，」熱誠咧嘴一笑。「噢，你會知道的。」他望向浪人。「我們挺你，日煉者。你認為這樣行得通，對我而言就夠了。」

「感謝你。」浪人點頭說。

角落裡的輓歌終於動了一下。他們帶她同行是因爲老問題：實在沒別的地方安置她。他猜想他們是可以在明燈甲板上隨便找個位置鎖住她，但是匆忙準備要上路，他眞的完全沒想到這件事。

她眨了眨眼醒來，然後貼向角落，用原始而困惑的眼神瞪著面前這群人。直到她的目光落在浪人身上。她認出他後，似乎放鬆了一些。

他轉身進到蕾貝凱所在的駕駛室，想要望向前方。總是在逃跑，總是留意著下一道要跳越的深淵。

英雄沉吟：你會不會擔心後面那群人究竟有幾個眞的信任你？

「除非擔心有助於我們繼續移動，否則不會。」浪人說。

但如果這主意很糟，他們會告訴你嗎？

「他們已經告訴我了。」

結果還是照做。

「因爲會有用的。」浪人說。他坐進蕾貝凱隔壁的副駕駛座。她身旁的儀表板上擱著一小塊發光的日心碎片，它沒多少能量，但他仍訝異看到它。他以爲他們已將所有日心蒐集起來，綁在一起做爲這艘船的燃料。

「謝謝你讓我跟來。」她對他說。「其他人總是把我當成某種……紀念物或象徵性領袖或……」

「吉祥物。」浪人說。

「我沒聽過這詞耶。」

「有點類似幸運符。」

「因爲他們原本追隨我姊——他們偉大的指引星，對我哥也有一定程度的崇敬。」她提到哥哥時，嗓音有點哽咽。「不過他們並沒有追隨我。」

「妳年紀小，」浪人說。「大家往往低估年紀小的人。」

「你能不能……」她深吸一口氣，戴著手套的手握著方向盤。「你能不能教我當殺手？」

「最近我自己也不是什麼稱職的殺手。」

「什麼意思？」她說。「我看過你反抗，我知道你是殺手。」

他不禁微笑。如果她認爲現在這個跟以前不可同日而語的軀殼就算是殺手……「蕾貝凱，我沒時間教妳。如果有幾星期，我也許能訓練妳幾招格鬥術，但那只是學打架而已。學殺人……是另一碼事。」

「有什麼不一樣嗎？」

「前者需要技巧，後者……」

「必須喪盡天良？」她輕聲問。

「正是因爲有良知，殺人才這麼難。格鬥訓練的重點在於，儘管妳有良知，還是準備好要行動——通常要靠反覆練習。我們會讓妳還來不及認眞思考後果，身體就先懂得反應。也來不及思考做這件事會讓妳付出什麼代價。」

「聽起來眞可怕。」她小聲說。

「是妳要問的。」

她將方向盤抓得更緊，直直盯著前方——雖然大地已陷入黑暗。他們已進入雲蓋的陰影中，大雨打在擋風罩上。

「要贏得別人的尊敬，」他說。「並不需要成爲殺手，蕾貝凱。」

「那要怎麼做？」

「持續跟隨直覺走。持續做必要的事。會水到渠成的。」

「什麼時候？」

「說不準，」他回答。「但別太躍躍欲試。身爲帶頭的人有一些妳沒考慮到的負擔，這我可以擔保。」

她瞥向他。「這是你的經驗談？」

「姑且說我不適合當領導人吧。」

浪人，你亂講。你是個好領袖啊。

「阿輔，『好』並不夠。人生就像科學測量數據，經常完全取決於你的參考標準。」這時爲了不讓蕾貝凱耍憂鬱，他切回她的語言。「我覺得輓歌的狀況有改善。」

「她想起什麼了嗎？」蕾貝凱振奮地問。

「沒有，」他說。「不過她似乎沒那麼野蠻，沒那麼急著殺光周圍的人了。我們飛上山頭之前，我和她聊了一下。她或許有聽進去。」

「謝謝，」蕾貝凱說。「謝謝你關心她。」

「我對棄卒感同身受。」浪人說。「因爲我也是。」他用下巴指了指那塊日心——只是個碎片，比小指頭還小。「那是什麼？」

她瞥向它。「我母親的靈魂。」她輕聲說。「在逃跑過程中，它的主要核心幾乎已枯竭了。莊嚴之神切下這一小塊給我，她認爲我執行這趟任務時，或許希望有它在身邊。」

「妳眞這麼想嗎？」

「我也不知道。」她說。「我開始懷疑自己是否放太多心思在亡者身上，不夠關心生者。」

這女人生活在由亡者提供能源的社會中，騎士表示。說出這種話還眞怪。

浪人從儀表板拿起它。他仍然需要找到辦法對自己的靈魂動手腳，讓自己在必要時能戰鬥——眞正地戰鬥。「那妳介意給我嗎？」

「拿去吧。」她回答。「我本來以爲將她的日心放在身邊，就能感覺到她，但一直都沒有。」

他思索這句話，捏著日心碎片翻看。然後他向後一靠，閉上眼睛。「我是白癡。」他低喃。

好了，好了，騎士說。浪人，你不是白癡，白癡指的是知識或能力不足的人。你是另一種人：雖然具備知識和能力，但用錯地方。所以你應該算傻瓜才對。

「你這種分類法是從哪裡聽來的……」

當然是智臣。

「我想也是。」

所以你又做了什麼傻事？

「這些日心對輓歌有作用，」他用指甲輕敲碎片。「是因爲這星球的所有人都有聯繫。我不確定方式或原因，但他們的靈魂彼此認可同屬一個整體。他們能互相分享體溫，這已深植於他們的文化中。然而即使我願意，他們跟我也分享不了，所以……」

所以這顆日心無法從你的靈魂汲出能量，因為它來自這星球，而你不是。

「正是如此。語言上的聯繫並不夠，我還需要更多，才能用它吸出能量。」他能汲取它們的能量，是因爲他幾乎能汲取任何形式的授予。但日心拒絕讓他把任何東西再放進去，藉此切割他的靈魂，因爲它們並未接納他爲一份子。

所以它對你毫無用處？

「也許我能用某件稀有的裝置駭進它，」他說。「但這裡沒那個裝置可用。」他嘆口氣，從椅子撐起身。

就某個細微角度而言，他只差那麼一點就能脫離「磨難」了。如今意識到那是緣木求魚，感覺就像撞上一堵牆。

他想要移動，肢體方面，不只是乘坐交通工具。他進入後側房間，但這裡沒什麼空間讓他踱步。熱誠與他的隊員（除了在牆邊打盹的哈迪之外）聚在一起，邊說笑邊啃著口糧。

他們怎麼還開心得起來？騎士百思不解。他們都死到臨頭了。

「他們總是生活在死亡關頭，」浪人回答。「我想他們學會在災難之間的空檔找樂子吧。」

那……你有什麼毛病？爲什麼不能學學他們？

輔手的提問不帶惡意，儘管音調沒有起伏，浪人對他的了解足以判斷。但他還是感覺像肚子被捅了一刀。

他閉上眼阻隔笑鬧的幾人，在靠牆的長椅坐下。

「他們也認識我。」輓歌小聲說。

他瞥向她坐的位置，她仍被鍊著。他知道先前已有女性照護員協助她解決生理問題，但是看到鐐銬周圍紅腫的皮膚，以及從他們在泥地上拖起她，始終沒換掉的服裝（開襟長袍和長褲），讓他頓時感到內疚。

她的目光聚焦在熱誠和他的隊員身上，眼神很……困惑？她的表情高深莫測。

「他們老是看著我，」她繼續說。「好像預期看到一絲熟悉感。好像……不知道耶，以前我知道怎麼形容這種事，現在不會了。」

「他們確實認識妳，」他說。「明燈所有人都認識妳。」

「我不記得他們，他們卻都記得我。」她說。「對了……他們是記得我，不是認識我。已經不認識了。」

「有些人會覺得這樣感覺很自由，」他說。「輓歌，妳可以徹底擺脫以前的妳。妳可以隨心所欲打造新的妳。有很多人都樂意將沉重的過去丟掉。」

「你嗎？」

「不，我不是。」他仰望天花板，眞希望看得見星空。「我倒也沒有多喜歡現在的我，但我很珍惜對自己增加的了解。這讓我相信有些事是眞實的。」

「我不知道該信任或相信什麼，」她說。「我腦袋裡的嗓音那麼有自信……」

「妳認爲『它』會認識妳嗎？」他問。「輓歌，妳願意追隨何者——是要求妳殺戮的人，還是以前的妳？」

「我不認識那個我。」

浪人用下巴指了指其他人。「這一切都是受到以前的妳所激勵才會存在。這些人爲了自由而做的所有事，都是拜她之賜——以前的輓歌。」他聳肩。「妳不能成爲她，但妳可以相信她知道自己在做什麼。看看她協助創造的理想和社群就知道。」

她身體一頹，垂低目光。「那個聲音，」她說。「也許會回來。我感覺它蓄勢待發，在我腦海邊緣低語。它可能會再度腐蝕我的心。」

「那就用這個。」他取出蕾貝凱給他的日心碎片，按在她被鍊住的指間。「留著吧。如果那聲音又出現，妳就唸出這段話：『垂死的勇者啊，請給這顆日心我的熱能，讓它能祝福尙在人世者。』」

她輕聲複誦。「爲什麼要唸這段話？」

「它會削下妳一丁點靈魂，放進這塊日心裡。很可惜不足以將它灌飽能量，但妳的靈魂自然而然會丟掉比較……比較不像妳的部分，我猜。總之，這樣應該能讓妳保持理智。我就是用這方法讓妳比較清醒的。」

他對她點點頭表示鼓勵，並解開她一邊手銬。她用飢渴的目光看著他，她體內仍潛伏著一定程度的野蠻。他對她微笑，刻意沒解開另一邊手銬。目前讓她一隻手能自由活動，已經是他能放心做到的極限。

他讓她去仔細研究她母親的靈魂碎片。希望他剛才並不是交給她正缺乏的能量，讓她能滿血復活、掙脫束縛，把他給宰了。他颼的，他還以爲自己已經學到教訓，不會再信任如此危險的人。

他提心吊膽地走開。不過正如他已經漸漸精熟的作法，他暫時不去理會恐懼感。他只是回到駕駛室，因爲聽見了雷聲。

他進門時，恰好隔著擋風罩看到「大混亂」從前方的黑暗中出現。

它在燃燒。

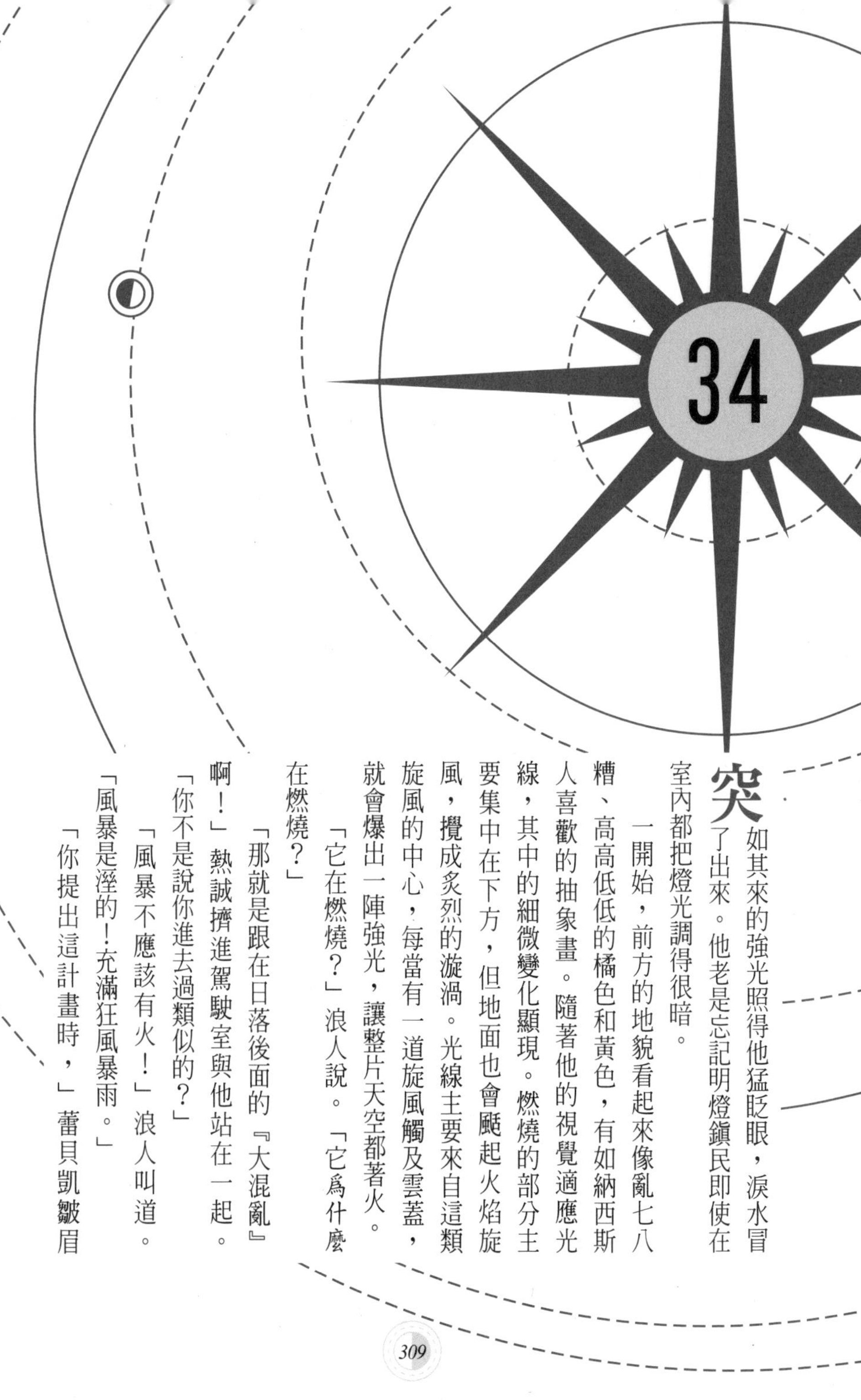

34

突如其來的強光照得他猛眨眼，淚水冒了出來。他老是忘記明燈鎮民即使在室內都把燈光調得很暗。

一開始，前方的地貌看起來像亂七八糟、高高低低的橘色和黃色，有如納西斯人喜歡的抽象畫。隨著他的視覺適應光線，其中的細微變化顯現。燃燒的部分主要集中在下方，但地面也會颳起火焰旋風，攪成炙烈的漩渦。光線主要來自這類旋風的中心，每當有一道旋風觸及雲蓋，就會爆出一陣強光，讓整片天空都著火。

「它在燃燒？」浪人說。「它爲什麼在燃燒？」

「那就是跟在日落後面的『大混亂』啊！」熱誠擠進駕駛室與他站在一起。

「你不是說你進去過類似的？」

「風暴不應該有火！」浪人叫道。

「風暴是溼的！充滿狂風暴雨。」

「你提出這計畫時，」蕾貝凱皺眉

說。「根本不知道它有火？」

他瞠目結舌地望著那片煉獄。他們仍位於星球的暗面，身處夜晚，但已離白晝近得很危險——與日落只有一線之隔。也許這應該讓他聯想到會看見什麼狀況，可是……他颺的。他從幾十種文化與民間傳說中聽來幾十種版本的地獄。他原始星球的沉淪地獄是個冰冷的地方，但許多說法都提到永恆之火。在那種版本中，火焰舔噬靈魂，高溫直接熔化皮膚下的脂肪。

他從沒想過會親眼見到。他們的船沿著它的外圍飛出弧線，以微微偏斜的角度跟著風暴——而它在他們前方不斷後退，追逐將落的太陽。至少看起來地面上沒有很多敞開的岩漿噴射口。其實他注意到一件事：地面冷卻的速度異常快速，幾乎就像……

「有東西在吸走熱能，」他小聲說。「就像你們的身體能互相汲出體溫……」

他們茫然地盯著他，不過這種解釋似乎頗爲合理。這星球的核心確實有些蹊蹺。以它的尺寸而言，核心創造出超乎正常的重力——表示若非它的密度高得離譜，就是它的授予多得離譜。他猜是後者。現在核心又汲走風暴的熱能，讓地面冷卻。

冷卻速度快得不自然，會導致大地龜裂和破碎，因而釋出……

「氣體。」他猜測。「可燃氣體，那是太陽灼燒大地的副產品。可是怎麼會……甲烷通常是因分解作用而產生，這裡絕對沒有分解作用……」

「快抵達廊道的邊界了。」蕾貝凱輕點著追蹤他們飛航進度的儀表板。「我們沒延遲，大概還有一小時四十五分鐘，太陽才會照到明燈。」

浪人點點頭，確認時間。

「我們很快就會碰到焦燎王的斥候，」她說下去。「除非我們鑽進風暴。你確定要這麼做嗎？」

「這艘船頂得住嗎？」浪人問。這時一道火焰旋風從他們旁邊竄出——由煙和灰燼構成的氣旋，像蛇一樣從上方往下蔓延，再炸成火球。

「也許吧？」熱誠說。「我們已經盡可能在船上塞滿隔熱物質，也設計了一些冷卻機制，再加上裝甲……嗯，也許可以？」

「時間在倒數了。」浪人說，熱誠點頭。對浪人而言，時間永遠在倒數。「帶我們進去吧。」

蕾貝凱撥動一個開關，讓厚重的防護罩升上來，保護擋風罩。她靠儀器指引將船飛進風暴，浪人一向不擅長這種飛行技巧。他更喜歡手握油門控制桿，飛行時讓風吹拂頭髮。

他原本愚蠢地以爲這裡的風暴一如他的家鄉，飽含混沌的黑暗，偶爾被一道閃電劃開。他預期有雨，雨水總讓他聯想到羅沙的種種美好。水打在金屬或石頭上的聲音，能發揮撫慰作用，它帶有原始而富節奏感的特質，聽起來像世界的心跳聲，因興奮而急速跳動。

當年那群朋友愛的是風，他也可以理解。不過對浪人來說，雨才是他最愛的風暴形式。他喜歡站到雨裡，感覺被它滌淨。

他原本假設，如果是暴風雨，再強他也駕馭得了。然而他在此地遇見不同的狀況。他們的船被左拋右甩，但聽不見水打在屋頂的舒心聲響。這場「大混亂」很異常，就像崩潰時卻沒流下眼淚，你明明蜷縮在角落，拚命想控制住洶湧的情緒，儘管內心痛苦到快要炸開，卻半點都發洩不出來。

儀表板的指針瘋狂轉動。熱誠指出兩個溫度計——一個顯示船身溫度，較小的則顯示船艙溫度。兩個都在直線攀升。

「我們得動作快了。」蕾貝凱說。

「眞希望我們能看到外面，」浪人在一道氣旋搖撼船身時壓低身體。「那就能閃避噴出來的火柱。」

「儀器比較可靠。」蕾貝凱說。「我現在是直接切進焦燎王的廊道——以及他總是讓聯盟走的路線。我會先飛到正確經度，然後我們就能用探勘器搜尋那一區，直到有所斬獲。希望在我們把自己烤熟之前，就能完成所有事。」

浪人點點頭，突然瀰漫的燒焦石頭和化成灰的硫磺味令他覺得難以招架。不過旁邊還有熱誠和他的隊員，浪人也只能站在原地，焦急地看著指針飆高，蕾貝凱則帶大家愈來愈深入那可怕的火風暴。

「直闖地獄。」他輕聲說。

「地獄是一座森林，」熱誠喃喃回應。「滿是寂靜的樹木和躁動的亡者。」

等蕾貝凱飛到正確地點，船艙內已經熱到就連浪人都很不舒服，其他人一定如同遭到酷刑，不過仍然沒有任何人抱怨。蕾貝凱降低飛行高度，利用雷達判斷地形，避免撞擊墜毀。她掠過新誕生的土地，運用探勘器——它裝在船的底部，狀似金屬探測器，作用是找到授予——尋找藏在土裡的日心。

至少現在她能避開地面龜裂最嚴重的區塊——用雷達就能一目瞭然。這樣他們或許就能閃躲殺傷力最強的氣體噴發。萬一那些氣體有毒怎麼辦？謹慎永遠不嫌多的浪人開始憋氣——但其他人可沒得選擇。

那裡，輔手說。剛才探勘器的操作面板叮了一聲。

「折回去。」浪人相信輔手，趕緊說道。雖然輔手用的是浪人的耳朵，卻能讓它們發揮更大功效。「蕾貝凱？折回去，我聽到聲音了。」

她臉上汗如雨下，瞥他一眼後點點頭。浪人瞄向溫度計——全都深入紅色警示區。他颺的，她剛才大概正用最快速度退回陰影中較涼爽的空氣，在乍然陷入令人窒息的高溫時，她已忘了任務。

不過現在她仍將船調頭折返。

他們在某個位置盤旋時，儀表板發出微弱的叮叮聲——在外頭的風暴與船殼的哀鳴中，幾乎聽不見。

「他幽影的，」熱誠說。「這你也聽得到？」

浪人沒理他，逕自朝門口衝去。「我要出去了，你們別走遠。」他繃緊神經，然後打開門閃身溜出去，再迅速關上門。

燃燒的天空那突如其來的亮度讓他暫時瞎了眼。幸好沒有迴旋的煉獄近在身邊，儘管他的身體有防護力，他的皮膚仍立刻就著火了。而且好痛。沉淪地獄啊！

浪人將輔手變成鏟子握在手裡，從甲板跳到地面。他摔得很重，跪倒在像是沃土的物質上——但他的眼睛被高溫烤乾，只看得到一片模糊的棕色。他向上看，一陣強勁的火風颳過他。他勉強眨了一下眼，結果飛行船就消失了。

船到哪去了？落地了嗎？還是飛走了？抑或被掃到風暴更深處？他無法判斷，因爲就在此時，天地陷入漆黑——他的眼睛壞掉了。

他颶的，浪人，這高溫用極快的速度在耗盡你的力量。我們的授予正急速減少，已經低於百分之五跳躍值了。

浪人悶哼一聲，開始挖土，在疼痛狀態下硬撐——後來疼痛開始消退，感覺變得輕鬆一點。疼痛消退不是好跡象，表示他的皮膚燒傷已嚴重到神經都壞死了。他的身體爲了保命，會汲取貯存的授予——但是面臨這麼嚴重的損傷，它會將重點放在保存核心系統上，捨棄如神經末梢和視覺等較次要的東西。

英雄輕聲說：我覺得這主意眞的很糟很糟。

但地面感覺起來仍比空氣溫度低，於是浪人放棄找日心，決定爲了保護自己必須躺下去。他感覺皮膚片狀剝落，頭髮再次被燒掉。

他盡量躺低，然後將輔手變成一面大盾牌，隔在他和天空之間。缺乏神經令人很難分辨，但他希望身體已停止受損，希望自己不再繼續被燒死。只要他的核心器官和大腦能保持運作……

低於百分之三跳躍值。

浪人向輔手傳送平靜感，表示就隨它去吧。他不需要聽報告，他要嘛能活下去，要嘛不能。

風勢增強了，他感覺沙土由上方敲擊他的盾牌。他的心智變得混亂，思緒四處漫散。從不睡覺以及永遠只差一步就被麻煩追上，徘徊在身後的威脅總是嗅到血腥味而拚命追殺——帶給他無盡的疲憊。疲累想要把他打入無法思考的深淵。而以他此刻的狀態來說，那深淵可能就是他的葬身之處。

他逼自己分析四周的地貌來對抗疲倦。集中精神，努力思考，不讓心思渙散。一如往常，他充滿疑問的大腦——總是驅使他不斷提問的心智，那可恨的一部分導致他成爲霍德的學徒——覺得很好奇。

地面確實在把熱能吸進去，他很確定，因爲他的神經僅存的一絲功能，讓他感覺到……有某種東西正試圖將他的授予汲出，送到星球深處。它拿不走他的授予，但有在嘗試。

這星球的核心像他一樣，以授予爲食。這是弄懂整套系統運作方式的線索嗎？它有助於解釋爲何這星球能有暗面。他以爲會吞噬一切的天氣模式，因爲這急速冷卻現象而莫名地受到安撫和抑制，或許……也在暗面與亮面之間創造出屏障？

但既然日光如此炙烈，他在明燈的甲板上又爲何能待在日光下？

難道……難道浪人眞是他們認爲的那種人？

他颼的。莫非他……不知怎的……

不，他並不是神話中的英雄。他一頭熱地要執行這個進到「大混亂」的計畫，結果辜負了他們。早就有各種徵兆了。輔手的遲疑，其他人過於乖順地聽從他的主意。他已經做到一件他們以爲不可能的事：翻越山頭。但那時他花了時間蒐集資訊，研究科學原理和數據。他測試過他們的引擎；他飛出去進行了一趟偵查任務；他也借重了工程團隊的知識。

那個計畫雖然倉促，卻經過重複確認，也有可靠的科學基礎。而這次，他只是選了個方向，煞有介事地丟出一個點子，然後就衝了。

他這個毛病已經出現好一陣子。他是個不停奔跑的人。現在他被埋葬在石頭下，無法逃離自己，只好面對。他失敗了。這次他的經驗幫了倒忙。

他從一些睿智的戰爭指揮官身上學到，在局勢緊張的時刻，只要有人（不管是誰）跳出來做決定，經常都勝過袖手旁觀。不過這條教訓有個但書。雖然聽起來鏗鏘有力，能說出這種話的領導者，都是保住性命才能侃侃而談的人。在危急時刻，他們不只是跳出來做決定而已，重點是他們做了正確決定。

他們說的是金玉良言。前提是你在局勢緊張時能發揮良好判斷力。浪人有時候可以，但這次他太倉促下結論了。結果是他帶著明燈人走向毀滅。

他努力心生愧疚，眞的。結果他只覺得……麻木。彷彿……彷彿他早知道會有這種結果，他內心某部分老早就坦然接受，他的失敗遲早會追上他。

他的四肢開始感到刺痛。他的授予量太低，因此花了比平常更久的時間療癒。幸好他的特異功能使他能輕易撐過這類傷勢，嚴重燒傷並不會直接影響他的核心器官或骨骼構造，身體知道該怎麼辦，而他扭曲的靈魂——雖然他痛恨阻止他自衛的那部分——汲用授予來一點一滴地修復他。

他的師傅持有晨碎的時間比他長得多，因而永生不死。浪人的等級差得遠。不過今天，儘管伴隨著難耐的疼痛，他的身體仍治好了燒傷。疼痛消退後（他也在黑暗中眨了眨完好如初的雙眼），他才發現聽到了雨聲。

感謝全能之主，他聽到雨聲了。

「阿輔？」他勉強開口。「時間？」

你被埋住大約十五分鐘，現在離明燈滅亡只剩不到一個半小時。浪人……基本上你的授予已一點都不剩了。我也許能用授予的殘渣來變形，但你不能再療癒，也沒有力量加成。

對，但他回到陰影中了。星球轉動了。焦燎王的兵力很快就會來採收日心，他們會帶來他可以盜取的船艦。他們會找到那些能源，而他可以搶走。

他仍然能拯救明燈。假設他能在日出前回到他們那裡。

比賽還沒結束，他還不能停止奔跑。

浪人動了一下，藉著盾牌施力往上撐，破土而出——痊癒了，裸著身，心意已決。

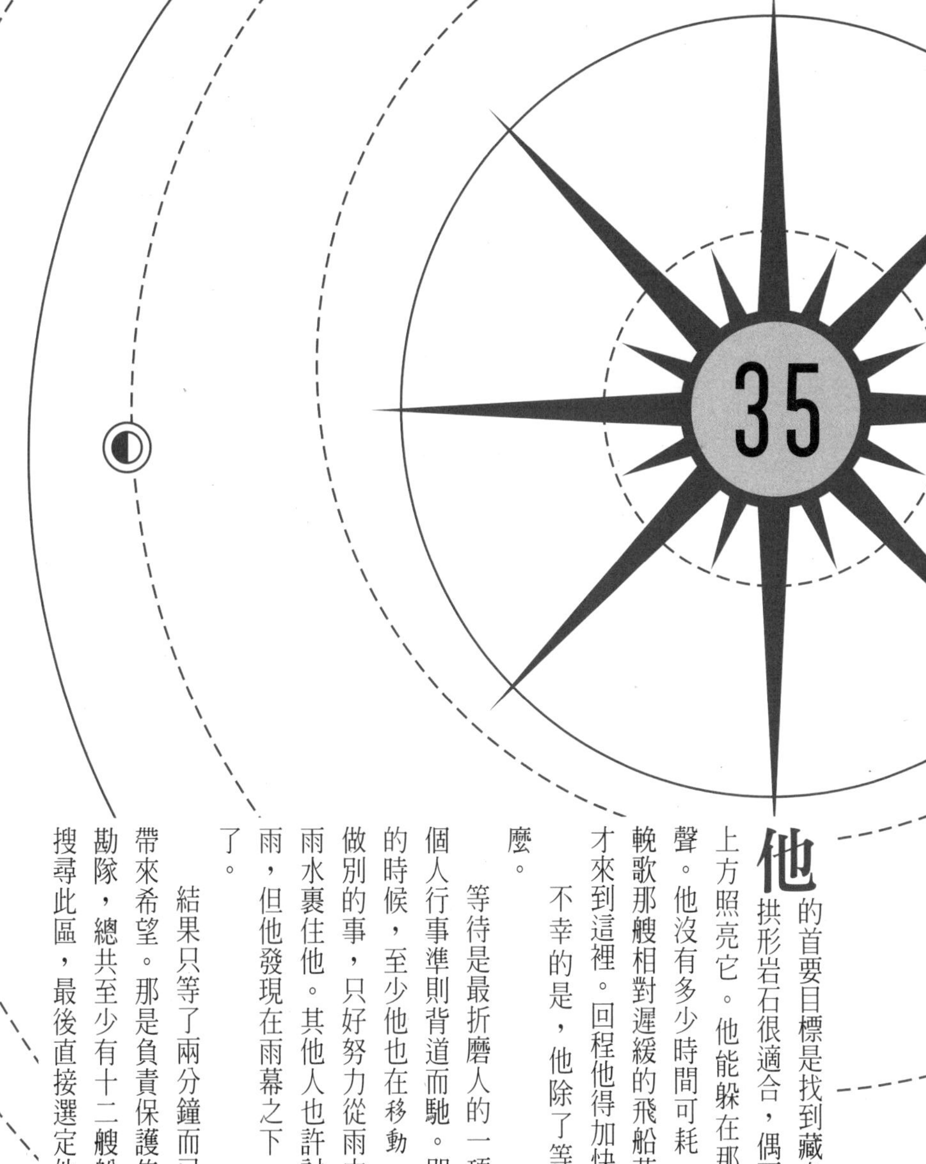

他的首要目標是找到藏身處。附近一塊拱形岩石很適合，偶爾劃過的閃電由上方照亮它。他能躲在那裡聽呢喃的雨聲。他沒有多少時間可耗，剛才他們駕駛輓歌那艘相對遲緩的飛船花了四十五分鐘才來到這裡。回程他得加快腳步。

不幸的是，他除了等待也不能做什麼。

等待是最折磨人的一項活動，與他的個人行事準則背道而馳。即使是白忙一場的時候，至少他也在移動。但現在他無法做別的事，只好努力從雨中獲得安慰，讓雨水裹住他。其他人也許討厭甚至害怕淋雨，但他發現在雨幕之下，他的力量恢復了。

結果只等了兩分鐘而已。燈光出現，帶來希望。那是負責保護焦燎王財富的探勘隊，總共至少有十二艘船。他們地毯式搜尋此區，最後直接選定他剛才從土裡爬出的位置。他們似乎沒察覺那是他的墓穴，只是用機器開始挖土。

好慢。太慢了。他焦急地旁觀。

地面滲出餘火般的紅光，讓他看清預料之外的畫面。在場監工的有很多都是焦燎兵。說起來，停在泥地上的不正是焦燎王的船嗎？浪人錯愕地看到那位暴君走向挖掘現場，還拒絕讓人爲他撐傘。

浪人很懷疑這位國王親自參與這類工作會是常態。他看起來很警覺——當他的部下挖出數顆日心後，焦燎王若有所待地望向四周天空。

*不過他爲什麼要來？*騎士問。*他爲什麼要出來淋雨？*

「他知道我會出招，」浪人悄聲說。「他預期會有場戰鬥。」

怎麼會？他怎麼會知道？

這個嘛，或許說他「知道」並不貼切。但焦燎王顯然總會做好最壞的打算，以現在來說，那表示他要確保浪人這個來自異世界的不確定因素無法來搶這些日心。

有這麼龐大的兵力出現（加上國王本人），讓浪人必須改變計畫。他無法格鬥；他仍然不知道要怎麼割除靈魂上的瘤瘡。也許永遠都想不到辦法。對本地的祕法來說，他是太明確的外來者，無法產生效果。

所以他需要設法在不發生衝突的前提下取得那些日心。這時，有艘船降落在近處，引擎燒焦土地，噴出讓空氣瀰漫乾泥巴氣味的嘶嘶蒸氣；這讓浪人想到一個可能行得通的點子。那艘船很笨重，後側有一扇類似金庫的大門。一名工人打開門，快跑到挖掘處，那裡已擺放著第四和第五顆日心。浪人無法公然去搶，但如果他等著它們自己送上門呢？

他以黑暗爲掩護，偷偷摸摸溜到金庫旁。門內有好幾個固定在牆上的大櫃子。他在靠裡側找到空隙，躲在櫃子之間。

所以……這計畫很蠢的機率有多高？

「滿高的。」浪人承認，不過就眼前來說，他又能從長計議或準備周全嗎？有時候，你就是只需要臨機應變、下定決心，然後寄託希望。他草草檢查了一下抽屜——都是空的。他在裡側找到一個舊布袋，用它做了個堪用的依瑞雅利（Iriali）式裹腰布，然後坐下來縮成一團。現在他不算衣不蔽體了，便將輔手改成長形櫃的前端和上端，看起來頗爲逼眞——但其實是道具，就像銀光市的電影中使用的假建築立面。

他將這東西舉在面前，能營造他不在那裡的假象。若有人瞥向裡面，只會看到一座特別長的櫃子。他希望在昏暗的光線下，可以使多了一排抽屜不那麼可疑。

好吧，騎士承認。我喜歡這計畫。也許眞能成功。

浪人沒說話，（再次）默默等待，同時聽著雨水打在屋頂的聲音。度秒如年。他從假櫃子前端的細縫看到幾個工人帶著明亮的日心走近。

「眞不懂他幹嘛來盯著我們，」一個工人用氣音抱怨。「還帶了焦燎兵。難道他懷疑我們突然敢偷他的東西嗎？」

「最好別多問，」另一個嗓音說。「別讓他有任何理由注意你。現在明燈沒了，我們的俘虜很快就不夠用。」

日心被放進抽屜，光芒一個個消失。他颺的，他們最好別想打開他的抽屜。他們應該會先把外側的抽屜擺滿吧？

確實如此。他們收好日心就出去了。砰的一聲巨響搖撼船艙，他們的交談聲也戛然而止。浪人從藏身處站起，收掉輔手。那聲巨響是金庫門關閉的聲音。他衝向抽屜，雖然每個抽屜都單獨上鎖，但一根撬棒就能迅速解決問題。

日心就在裡面，每格抽屜各放一顆。能找到的他全都拿了，總共五顆。這應該夠明燈用了吧？他如釋重負，把它們放進另一個布袋，並走向金庫門。

它鎖住了。他盯著門，感覺自己很蠢。

「我們可能需要更銳利的東西。」浪人往旁邊伸出手。

呃，浪人，我想撬棒派不上用場了。

我……不覺得我做得到。

「你上次就做到了，」他說。「我們在城鎮底側時，你切掉了鎖門。」

是你做到的，浪人。有潰瘍的不是我的靈魂，也不是我的誓言被打破了。是你不能傷害任何人，是你不能造出殺戮專用的武器。

這不會是殺戮專用的武器。他只需要切穿這扇金屬門而已。他試著重現自己切割鎖門時的心理狀態，現在的情況勢必跟當時同樣緊急。

但他好累，也沒有把握。更重要的是，他感覺到靈魂的潰瘍變強了。要對抗它是白費力氣，正如同想赤手空拳破開這扇金庫門。他拚命努力了幾分鐘，然後洩氣地向前靠，緊閉雙眼，用額頭抵著門。

他這是在幹嘛？就算他帶著這些日心逃出金庫，然後呢？難道他真以為不用打鬥就能偷到一艘船？就算做到，他能靠自己找到回明燈的路嗎？他只駕駛過那座城鎮的船，它們都具備正確的認證裝置。如果他偷了聯盟的船，會跟他們一樣像睜眼瞎子。

他……不再知道該怎麼辦了。他被困住了。不光是指他的逃亡之旅，他……他停滯不前已經好一陣子。像一灘死水。總是把焦點放在逃跑上，因而忽視更重要的問題。他內心深處的心結。

他凍結了。他的靈魂，他的自我。跑得更遠也修正不了，儘管他對自己灌輸別的想法。

咔嗒。

金庫門？一時間，他以爲自己的內省莫名地發揮作用。然後他驚慌地警覺到，其實是有人正從外側開門。他連忙趕回老位置想再恢復僞裝，卻爲時已晚。

門推開了。

門外是獨自站在泥地裡的熱誠。

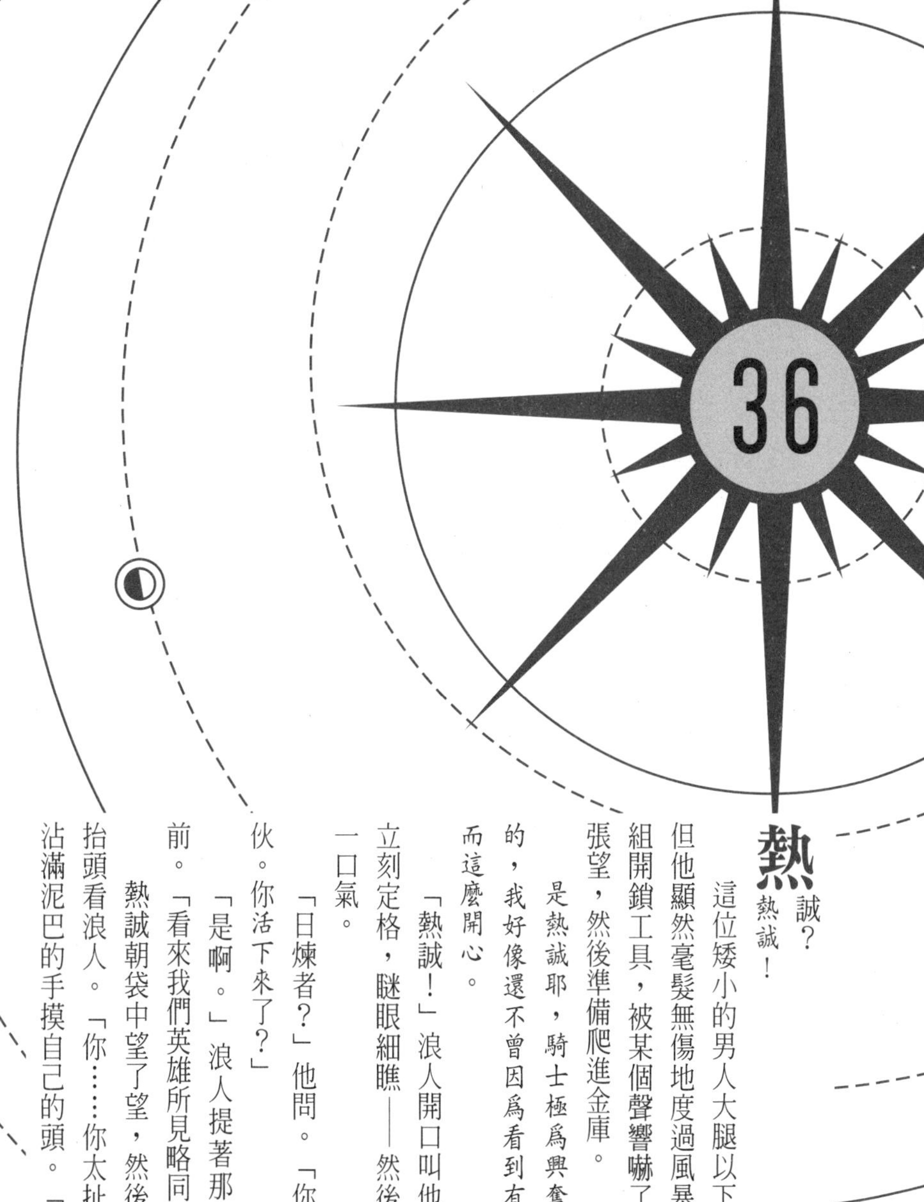

熱誠？熱誠！

這位矮小的男人大腿以下沾滿泥巴，但他顯然毫髮無傷地度過風暴。他收起一組開鎖工具，被某個聲響嚇了一跳而回頭張望，然後準備爬進金庫。

是熱誠耶，騎士極爲興奮地説。他颶的，我好像還不曾因爲看到有人擅闖禁地而這麼開心。

「熱誠！」浪人開口叫他，男人一聽立刻定格，瞇眼細瞧——然後安心地大舒一口氣。

「日煉者？」他問。「你這神聖的傢伙。你活下來了？」

「是啊。」浪人提著那袋日心走向前。「看來我們英雄所見略同。」

熱誠朝袋中望了望，然後滿臉笑容地抬頭看浪人。「你……你太扯了。」他用沾滿泥巴的手摸自己的頭。「我還自以爲是我救了城鎮呢。你全都搞定了，即使在我們拋下你之後。」

「我很懷疑你們有選擇餘地。」

「是沒有，可是——」他聽到外頭有人聲而僵住。他用下巴指了指旁邊。「晚點再聊吧？我們還剩一小時左右可以救明燈，而回程最快也要四十五分鐘，取決於風向，所以已經很緊迫了。」

浪人點點頭，跳到外頭的泥地上。不遠處，有人在爭執，幾個焦燎王的官方人員情緒愈來愈激動。顯然其中一人認爲上次有十二個人被留在這裡獻祭給太陽，其他人則覺得只有十一個人。

浪人跟著熱誠走向右側的黑暗。「你眞的偷到一艘他們的斥候船嗎？」浪人悄聲問。

「沒有。」熱誠說。「我缺乏必要的工具。蕾貝凱熱衰竭暈過去之後，我連忙接手操控；在我們全都著火之前，我勉強帶大家回到陰影中。其餘隊員都失能了——要嘛昏倒，要嘛吐得到處都是。如果我是你，等回到船艙時一定會憋住氣。

「只剩我一個人還好端端的，不過蕾貝凱似乎恢復得比其他人快。儘管如此……嗯，是我判定只剩下一個選項：我得自己設法拿到日心。有了新鮮日心當燃料，或許我們能驅使飛行船用更快速度返航。起碼我抱著這個希望。

「因此我先準備降落，再在黑暗中尋找光線。我循著光在黑暗中飛行，接著悄悄下船，並向雅多納西祈禱單槍匹馬就能完成任務。」他搖搖頭，浪人只憑雲層內隆隆的閃電勉強看到他的動作。「結果就遇到已經在金庫裡的你。我曾經對你有疑慮，日煉者。我很抱歉。」

「別這麼說，熱誠，」他說。「我——」

浪人，有人跟在我們後頭。

他煞住腳步，轉頭看。兩隻燃燒的眼睛捅破他們後方的黑暗，照亮一個男人的笑臉，那人的步伐不疾不徐。

「熱誠，快跑。」浪人說。

熱誠倒吸一口氣，聽從指示。浪人則留在原地，迎視那雙眼睛。

「衛兵！」焦燎王大叫。「焦燎兵！他們在這裡！過來阻止他們！」

他的叫聲伴隨著雷鳴。但是儘管他大聲嚷嚷，看起來並不特別緊張。他朝浪人跨近一步，用較爲平靜的語氣說話。

「我就知道你會來，」男人說。「就稱之爲……信念好了。我相信眞正的殺手沒那麼容易落敗。你才不會在受困於山坡的城鎭裡，哼哼唉唉地倒下。你注定要死在戰鬥中，他界者。與我的戰鬥。」

浪人跨向前，像是當場就要與焦燎王拚個輸贏。他也眞希望自己可以。他要把那雙燃燒的眼睛壓入泥水，直到它們熄滅。

結果他只是努力誘使對方繼續說話，趁機研究他有什麼致命弱點——某個浪人能用來對付他的弱點。焦燎兵由他們兩側衝過去，追逐可憐的熱誠。浪人將注意力放在他們的主子身上。

「你喜歡身爲強者的感覺。」浪人說。「你喜歡握有輾壓他人的權力。」

「生活中的一切，」男人說。「都和握有輾壓他人的權力脫不了關係。財富？它是爲了使別人替你做不想做的工作。力量？它是別人推你時能夠更用力地推回去。信仰？」他的笑意加深。「你那世界的人眞的會成爲神嗎？」

「你對我有執念。」浪人跨向前說。「你非要知道你是不是比我強大，爲什麼？你不是已經殺死一名他界者了……」浪人瞇起眼。「不對，你騙我的，是吧？你發現那名他界者時，他已經死了。從那之後，你就一直很好奇他們是否比你強大？」

「我當然更強大。」焦燎王邊說邊向兩側伸出雙手。「我還活著。我沒騙你；我發現你的族人時，他還沒死——只是病了，但我更強大。畢竟現在那人已化爲灰燼，我有日心爲證。」

日心。

沉淪地獄啊，浪人眞的是白癡無誤。

他繼續逼向焦燎王，近到對方抽出腰側鞘中的寶劍，爲即將上演的決鬥露出笑容。

結果浪人拔腿就跑。

直接掠過對方身邊。對方大喝一聲，追了上去——但浪人更快。他衝過泥地與閃電，大雨拍打他的臉，強風掃著他繫在腰間的臨時衣物。他筆直奔向焦燎王的船，一躍而起攀住甲板冰冷的金屬邊緣。浪人撐起身爬上去，撞上駕駛室，經過它，跑進滿是戰利品的船艙。

「跟我正面對決！」焦燎王在他身後吆喝。「這是我賜給你的榮耀！」

浪人不理他，一拳打碎展示櫃的玻璃，抓住架上小小的日心。它的大小跟鵝卵石差不多，光芒十分微弱。

他第一次在這房間與焦燎王對話時，曾看過那人帶在身邊的書，而那人的靈魂現在握在他手心。那是來自浪人原始世界的人。

這個靈魂……與他有共同的連結。這就夠了嗎？他用雅烈席語低聲唸出禱詞。「已死的勇者啊，請收取我的熱能，讓我能祝福尚在人世者。拜託你。」

他感覺手心突然一涼，體溫從他體內被抽走了。

成功了？輔手問。他颶的，眞的有用耶。

焦燎王跌跌撞撞地進門，浪人回過身。他想要揍對方，結果他的身體又開始鎖住。那顆日心或許如他所願地發揮了功效，但他尚未準備好。因此浪人朝國王咧嘴一笑，跳回駕駛室，撞破擋風罩衝出去——上回他脫身之後，這道擋風罩才剛換新。對他而言萬幸的是，他們安裝得很馬虎。

「好吧！」焦燎王對他大叫。「原來你是個懦夫？就算你是死在我的焦燎兵手裡，依然能證明該證明的事。他界者，你聽到了嗎？」

浪人撐著甲板往下跳，踉蹌地跑過泥地原路折返。黑暗中的閃電爲他照出令人憂慮的景象——輓歌的船仍停在遠處的泥地上。熱誠還沒起飛，而幾十名焦燎兵正從四面八方爬上船。

這艘船的形狀如同他在本地見過的多數飛行船，有點類似老式軍艦：後側有個駕駛室，前側是寬闊的甲板。整艘船的外圍都有護欄，焦燎兵正從船側爬上甲板，襲向後側的球狀結構。

浪人趕過去，猛力一躍，將自己撐上前甲板。他望向駕駛室，發現防護罩已熔化變形，要掉不掉地掛在那裡。他隔著窗戶看到裡頭的熱誠和蕾貝凱正死命抵住後門，對抗門外的一群焦燎兵。

有一名眼熟的焦燎兵與浪人一同在甲板上——就是臉上有幾道條紋的那人，彷彿曾被撥火棒燙過臉頰；他剛用警棍打裂擋風罩，此時回過身來。他看到浪人，露出燦爛笑容上前，也許預期又是一場實力懸殊的對戰。

浪人動用不只一種力氣，緊握住那顆他界者的小日心——感覺它吸走他的熱能。它撕扯他靈魂上結出的那層硬殼。「磨難」賦予他部分好處，所以他並不想完全擺脫它。不過稍微刮去表層後……

焦燎兵衝向他。

浪人猛力突破試圖阻攔他的麻痺感，一拳重擊那生物的腹部，將他拋向擋風罩，焦燎兵發出一聲悶哼。

原本在攀爬或試圖攻入的焦燎兵，幾乎同步轉向他。他們蒼白的皮膚滴著雨水，石頭心臟發著光。

閃電劈開天空的同時，浪人將美妙的拳頭舉在面前。智臣對這戲劇化的一刻肯定會讚譽有加。浪人只是咧嘴一笑。

「他颶的，太好了。」他低聲說。「*終於啊。*」

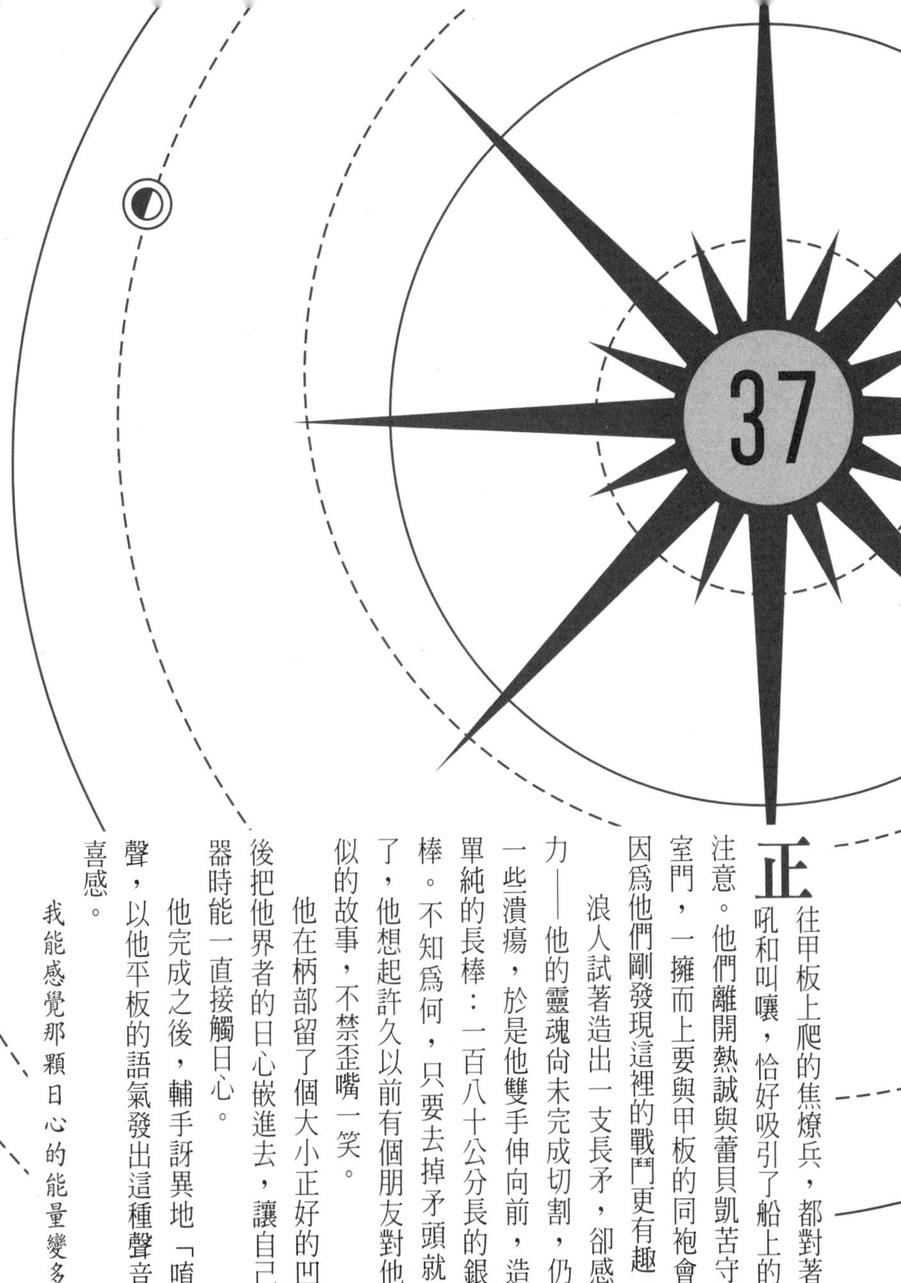

正往甲板上爬的焦燎兵，都對著浪人怒吼和叫嚷，恰好吸引了船上的焦燎兵注意。他們離開熱誠與蕾貝凱苦守的駕駛室門，一擁而上要與甲板的同袍會合——因爲他們剛發現這裡的戰鬥更有趣。

浪人試著造出一支長矛，卻感受到阻力——他的靈魂尚未完成切割，仍殘留著一些潰瘍，於是他雙手伸向前，造出一根單純的長棒：一百八十公分長的銀色金屬棒。不知爲何，只要去掉矛頭就行得通了，他想起許久以前有個朋友對他說過類似的故事，不禁歪嘴一笑。

他在柄部留了個大小正好的凹洞，然後把他界者的日心嵌進去，讓自己握著武器時能一直接觸日心。

他完成之後，輔手訝異地「唷」了一聲，以他平板的語氣發出這種聲音特別有喜感。

我能感覺那顆日心的能量變多了，騎

士說。我……我或許能汲取你放進去的授予。怎麼會這樣？我又不能運用你靈魂潰瘍的能量。

「或許它受到過濾和淨化。」他舉起長棒說。「現在不是探究這個的好時機。」

這能爲你補充幾百BEU。善用它吧。

他非善用不可。從船側爬上來或是由駕駛室趕過來的焦燎兵約有二十人，將他團團包圍。就連剛才揍的那人也已站起身，他的焦燎心亢奮地燃著火光。

二十比一。即使是他，這人數比都很不妙。不過他仍直接衝進第一群人，決心要盡可能在自己周邊製造空間。眼前最大的危機是被扳倒，然後就會被壓在底下，寡不敵眾。希望他們低估了他。無論如何，要在人數屈於劣勢的情況下取勝，最佳策略是出手又快又狠，挫挫敵人的氣勢。

幸好，他這些年來如果算是學到了什麼教訓，那就是保持移動。

他在焦燎兵中間一陣狂打，將幾個人甩向後方。發光的焦燎心有如午夜時分快熄滅的營火，將甲板照亮——顏色偶爾會被上方的白色閃電給漂淡。其中三人拿警棍揮來，浪人熟練地擋開，他的肌肉（與靈魂）都和他本人一樣迫不及待。他用長棒底端重擊一名焦燎兵的膝窩，使她沿著滿是雨水的甲板滑開，再推開另一人，然後退後一步，霍地將長棒末端豎起，展現出久受壓抑的爆發力。

閃電亮起，他的勾拳擊中第三名焦燎兵的下巴底部，力道足以使人飛起；那人的下顎與上顎相撞時，嘴巴噴出好幾顆牙。

浪人直接回身對付下一批人，拳打腳踢時雙臂雨水飛甩；他拋下長棒收掉它，並從空中一把抓住日心，再造出盾牌擋下緊接而來的三波攻勢。他奮力推進，將他們逼退，及時收掉盾牌再變出長棒，揮向先前被他絆倒的女人。

他以霹靂之勢擊中她，使她一路濺水掠過甲板。

另一棒讓一名焦煉兵倒地，砸向金屬甲板而腦袋開花。

下一波攻勢，他同時掃向三個人的腿，讓他們統統倒下。

下一擊打斷一條手臂，逼得那焦煉兵放開武器哀號，浪人猛踹一腳，送那女人與她已堆成小山的同袍作伴。

他是雨水，突然掙脫雲層的桎梏，在空中狂瀉而下。他是閃電，太渴盼行動而藉狂熱的分裂縱橫虛空。他是雷霆，在你始料未及的時候擊中你，用它的節奏扭曲空氣。他是颶風，儘管降臨在異域，威力仍絲毫未減。

他把焦燎兵當布娃娃般丟向一邊。他打碎骨頭，將人由船側拋落泥地，送他們去淋雨。他們在這世界都是精銳戰士——但這個星球的士兵未受過作戰訓練，也從未見過他這樣的狠角色。

浪人，駕駛室，輔手說。雖然浪人拿他的屍身做成武器使用，他仍替浪人眼觀四面。有一個特別狡猾的焦燎兵已悄悄溜進駕駛室，而熱誠與蕾貝凱只顧著觀戰。

正當那生物在他們身後站直，胸口的光芒映得駕駛室一片血紅時，浪人已半滑半跑地趕到外頭。然後他堅定地下達命令。

長矛！

長棒末端出現由霧氣構成的閃亮矛頭，其上還刻有浪人家鄉的代表性花紋；在同一刻，他將長矛直接捅穿擋風罩，讓矛頭刺入那個焦燎兵的焦燎心。焦燎心裂開，光芒熄滅了。那生物的雙眼燒起來，各噴出一股黑煙，然後屍體向後倒。

原本在甲板上拚鬥的焦燎兵全都僵住，浪人趁機喘口氣，看到蕾貝凱和熱誠張口結舌地呆望著他。他們慢半拍地轉身看看後頭的焦燎兵屍體，又回頭看浪人——兩人的表情竟然還能更驚訝。

浪人，輔手說。你現在授予量很低，一直沒機會完全恢復強化版的體力和耐力，你無法打敗所有怪物。

他不幸言中了。現在那些心生警覺的焦燎兵紛紛爬起身，重振旗鼓，身體也復元了。他們是沒受過訓練，卻擁有高度授予，而浪人已是在硬撐。他們下一波攻擊不會再徹底低估他。

浪人探入駕駛室，快手抽回長矛，對著熱誠兩手一攤（其中一手還握著長矛）。浪人認爲這動作具有舉世皆通的象徵意義，也就是「搞什麼鬼啊？」。接著他一手向上揮，表示他們該起飛了。

熱誠皺起臉點點頭，趕往操作台。浪人轉朝剩下的焦燎兵，他們有些遲疑地聚在船頭的小甲板。對手們的戒愼讓他知道，他們仍然有恐懼感。焦燎王並不具備百分之百的掌控力。

我們得這樣對待他們，讓我有點愧疚，騎士表示。他們也是受害者。

確實如此，但浪人早就對這種事釋懷了。你未必總是能與罪該萬死的人戰鬥。事實上，你經常得跟罪不至死的人戰鬥——至少在你能阻止他們所聽命的禍首之前。

今天或許還有另一個選項。他站穩腳步，備好長矛，然後在雷霆的節奏與閃電的鼓掌中，開始旋轉身體，用長矛使出一連串令人望而生畏的訓練動作。

他們稱之爲「裂谷套招」，這是他人生中看過的第一套招式，他以親身經驗知道它有多嚇人。每轉一次長矛就向前踏一步，每一步都重踩出擂鼓聲，儘管地面溼滑，腳步仍穩定堅實。長矛的轉速快到幾乎如同鏡面映射出周圍的焦燎心。它是他的延伸，將雨水打回去——翻動，旋轉，刹那間也向前戳出，有如凍結的閃電。

然後又動起來，不斷進逼，一步一步勢不可擋，朝旁觀的焦燎兵靠近，令他們下意識地受到威懾而向後退。他們聚在一起靠著船頭的護欄，浪人看到他們後方的黑暗中有一雙亮眼睛，在他自己的船上近距離徘徊。焦燎王也在看，滿心敬畏，甚至恐懼。

對……浪人看出他確實怕了，因爲焦燎王的驚恐會顯現在焦燎兵的臉上，他與他們有所連結。那個男人領悟到浪人沒答應跟他決鬥，是他走狗運。他意識到若是此刻在戰鬥現場的人是他，他早就死透了。

浪人轉完最後一圈、踏完最後一步，便站穩雙腳，長矛伸到最長，幾乎觸及離他最近的焦燎兵。然後他霍地收手，立正站好，並收起長矛，一手握住他界者的小日心。他用雙臂擺出交叉姿勢，手腕相觸，輕聲說了三個字。

「橋四隊（Bridge Four）。」

他們不可能知道這三個字在他心中的份量，但整場演示（包括他身後的駕駛室有一具焦燎兵屍體，以及船總算起飛）已足夠。倖存的焦燎兵手忙腳亂地爬出去，爲了逃離他而

——摔到下方的泥地上。

他猜想若是焦燎王不在場，他們絕不會這樣潰不成軍；是因為焦燎王親睹之後，驚恐地發現自己差點面臨什麼狀況。

抑或浪人只是在那個人身上投射出情緒。現在對方已離得太遠，無法看清他的表情。

無論如何，當他們帶著那批日心遁入黑暗時，確實沒人追上來。

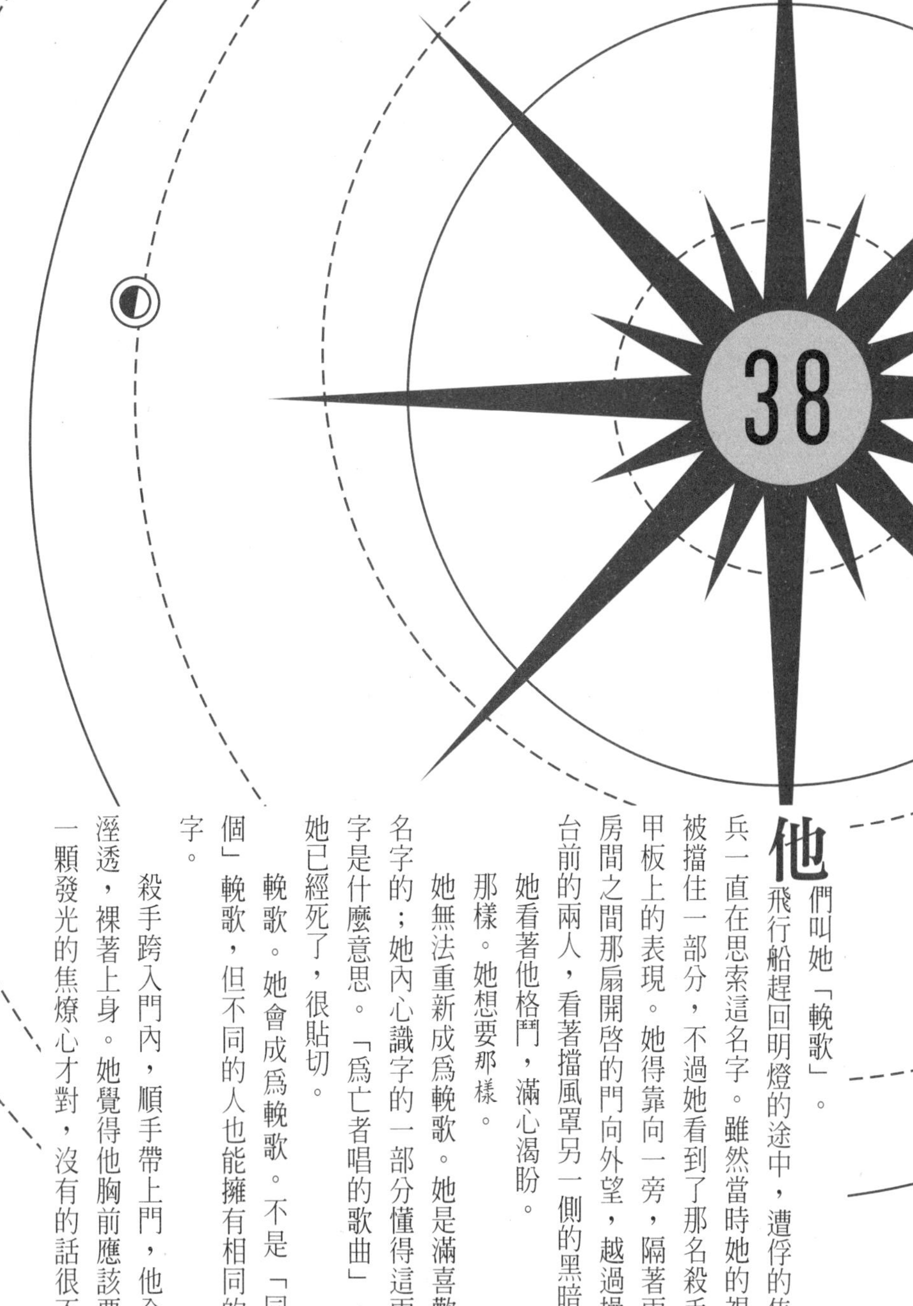

他們叫她「輓歌」。

飛行船趕回明燈的途中，遭俘的焦燎兵一直在思索這名字。雖然當時她的視線被擋住一部分，不過她看到了那名殺手在甲板上的表現。她得靠向一旁，隔著兩個房間之間那扇開啓的門向外望，越過操作台前的兩人，看著擋風罩另一側的黑暗。

她看著他格鬥，滿心渴盼。

那樣。她想要那樣。

她無法重新成爲輓歌。她是滿喜歡這名字的；她內心識字的一部分懂得這兩個字是什麼意思。「爲亡者唱的歌曲」。而她已經死了，很貼切。

輓歌。她會成爲輓歌。不是「同一個」輓歌，但不同的人也能擁有相同的名字。

殺手跨入門內，順手帶上門，他全身溼透，裸著上身。她覺得他胸前應該要有一顆發光的焦燎心才對，沒有的話很不正常。沒有焦燎心，怎麼可能有他的戰力。

然而他就是有那種戰力。遠遠勝過焦燎兵。

她想要那樣。

他對她說過，她應該要找個活著的目的，而她剛目睹他的話有多中肯。其他焦燎兵打起架跟小孩沒兩樣，像是未受訓練的地痞流氓。但他打鬥時如風一般優雅，控制自如，藉由流暢的動作疏導憤怒以及狂熱。

末端尖銳的武器，殺傷力會大幅提升，因爲你可以將全部力量集中在一個點。而她的憤怒，她渴望打鬥和移動和動作和行動和殺戮和施力和掙扎……要是她也能將這一切都導入一個點，它們的殺傷力也會更強。

他就是這樣贏的。焦燎兵都是鈍頭武器，而他是支長矛。

那女人由駕駛室走出來，他們喊她蕾貝凱，她是輓歌的妹妹。她迎向殺手，又馬上退後，彷彿接近篝火。她戴著手套的雙手交握擱在身前，待在恰當的位置。

「那太不可思議了，」蕾貝凱小聲說。「也很可怕。太可怕了。」

「長矛既有藝術之美，也像屠宰工具。」他說。「我了解。熱誠，你應該回報我們正在趕回去！」

「已經在聯絡他們了。」他喊。「我們得先脫離焦燎王船艦製造的泡泡，他們用了無線電干擾器。」

蕾貝凱去照顧另外四個人，他們在高溫中暈了過去，現在才漸漸甦醒。他們比輓歌弱，所以她沒把他們放在眼裡。

片刻之後，駕駛室傳出一個嗓音。輓歌仰起頭仔細聽，裝作全身並未充滿驅使她移動的持續能量。她得學著聽，得學著控制能量。

唯有這樣才能有他的戰力。

「熱誠？」女人嗓音透過無線電說。是帶頭的老人之一。「噢，讚美雅多納西。你拿到了嗎？」

「五顆日心。」他說。「它們就裝在我身旁的布袋裡，信心。我們要回去了。」

「還要多久？」老女人聽起來很害怕。

輓歌直到不久前才知道恐懼是什麼，她是與其他焦燎兵同時感覺到的。她騙了殺手。雖然她不再聽到那個聲音，她仍然能夠感覺到焦燎王。感覺到他的情緒，而在不久前，那也包括恐懼。

「請容許我花一點點時間計算航線。」熱誠說。「你們……都還好吧？」

「太陽持續逼近，我們快過它的機會愈來愈渺茫。這裡有一條黑暗廊道，山脈巔峰剛好觸及陰影。唉，它消失得很快，我們有兩艘船已經全毀了，所有人移動到僅剩的八艘船，但船艙容不下所有人，所以有些人就坐在甲板上。等待。」

「我們回到那裡之前，會先把日心分割好。」熱誠說。「叫大家準備好出發。我們會在……半個多小時後抵達。希望如此。」

「願你跑得比太陽快，熱誠。」老太太輕聲說。

蕾貝凱拿出刀子分割日心，殺手走到她身旁。「可以分我一顆嗎？」他問。

她瞪著他，再看看偷來的日心，顯然在心裡計算明燈需要多少。她直視他的眼睛，點了點頭，將一顆完整的日心遞給他。他走開了，把日心靠近他的臉。接著日心光芒暗去，一時之間，他雙眼似乎在發光。

他體內確實有他自己的焦燎心，只是看不見而已。

「我看到你打架。」他在附近坐下來休息，輓歌低聲說。

他瞥她一眼。

「我想要那樣，」她說。「我想做到你做的事。我想要像你一樣殺人。」

他思考了一下才開口。「我原本希望，」他說。「妳跟妳妹妹、跟這群人相處一陣子後，會開始想要他們想要的事物，而不是我能做的事。以前的輓歌——」

「我不是她，」輓歌打岔。「我永遠不會成爲她。我想學會像你一樣戰鬥。你說我得刻意關注某件事，我現在選好了。」

「我這種戰鬥方式，」他說。「需要自我控制。」

「這我已經想到了。」她說。「我懂。可是怎麼做？你怎麼學會的？」

「慢慢學。」他靠向牆壁，閉上眼睛。「一步一步學，輓歌。」

「我不懂。」

「我第一次領到長矛時，」他說。「連要怎麼握都不知道。甚至不知道該怎麼站。每次我跟人打鬥，都把全副心力放在正確站姿上。練習愈多次，那種姿勢感覺愈自然而然。就彷彿……我不只是學會這堂課，更直接內化它。這讓我的意識能有空閒去思考別的事。現在我的身體會自動擺出對的站姿，我就能研究要怎麼持矛了。

「再來，持矛的方式也變得自然而然，讓我能專注在精準刺擊上。我能學習變換握法、調整姿勢，永遠面朝敵人。這些技巧都慢慢化作本能——藉由刻意練習學會那一件事。每次成功內化一件事，我的心智就有空嘗試別的事。不過老實說，我本身具備遠勝過大部分同儕的一項優勢。」

「你有一群老師？」她問。

「不是。是我有本錢犯錯。」他一臉疲憊地睜開眼。「我像妳一樣擁有授予。我是因為做出一些誓言，並與一個純然由授予構成的生物締結而獲得的。那生物和妳體內的那塊石頭類似，但幽默感略遜一籌。」

這時她覺得聽見什麼，在他身旁有時會聽到。那是另一個嗓音，似乎在講……笑話？

「我的授予讓我受了致命重傷卻不會死，」他繼續說。「所以我能從錯誤中學習，而一般士兵很難辦到。通常犯錯就會死，於是你累積的所有心得都像陽光下的雨水蒸發。

「但是我能學習，能不斷成長，直到……」他兩手一攤。「直到我成為妳所看到的樣子。有些時候亂七八糟，但戰鬥本能卻經過數十年的錘煉。」

「我想要。」她輕聲說。

「應該行了。」他說完，朝上伸出手，像是要解開她最後一道鐐銬。

她立刻感覺內心的飢渴增強了。熱力由她的焦燎心擴散到全身，戰鬥欲望讓她充滿活力。

「不要。」她逼自己說，他遲疑了。

「為什麼？」他問。

「要是你放開我，」她說。「我會攻擊你。你們所有人。我感覺得出來。」不過她停頓一下，感覺……她在感覺。除了熱之外還有別的感覺。「但這算進步不是嗎？我告訴你這件事？」

「照我看是進步沒錯。」他點點頭，退離她的鐐銬。「多謝警告。妳得學會控制它，如果學不會，妳永遠無法學習別的事情。」

「即使有這股熱力，」她說。「我也能打架。」

他搖頭。「光是打架並不夠，輓歌。其他焦燎兵如果被留在格鬥場中，可以打上幾百年的架，卻幾乎什麼都沒學到。妳必須選擇練習，選擇學習。」他直視她的眼睛。「選擇控制它。」

她緩緩點頭，若有所思地靠向牆。直到他們接近船艦墜落的地點。

天光已經亮得很危險了。

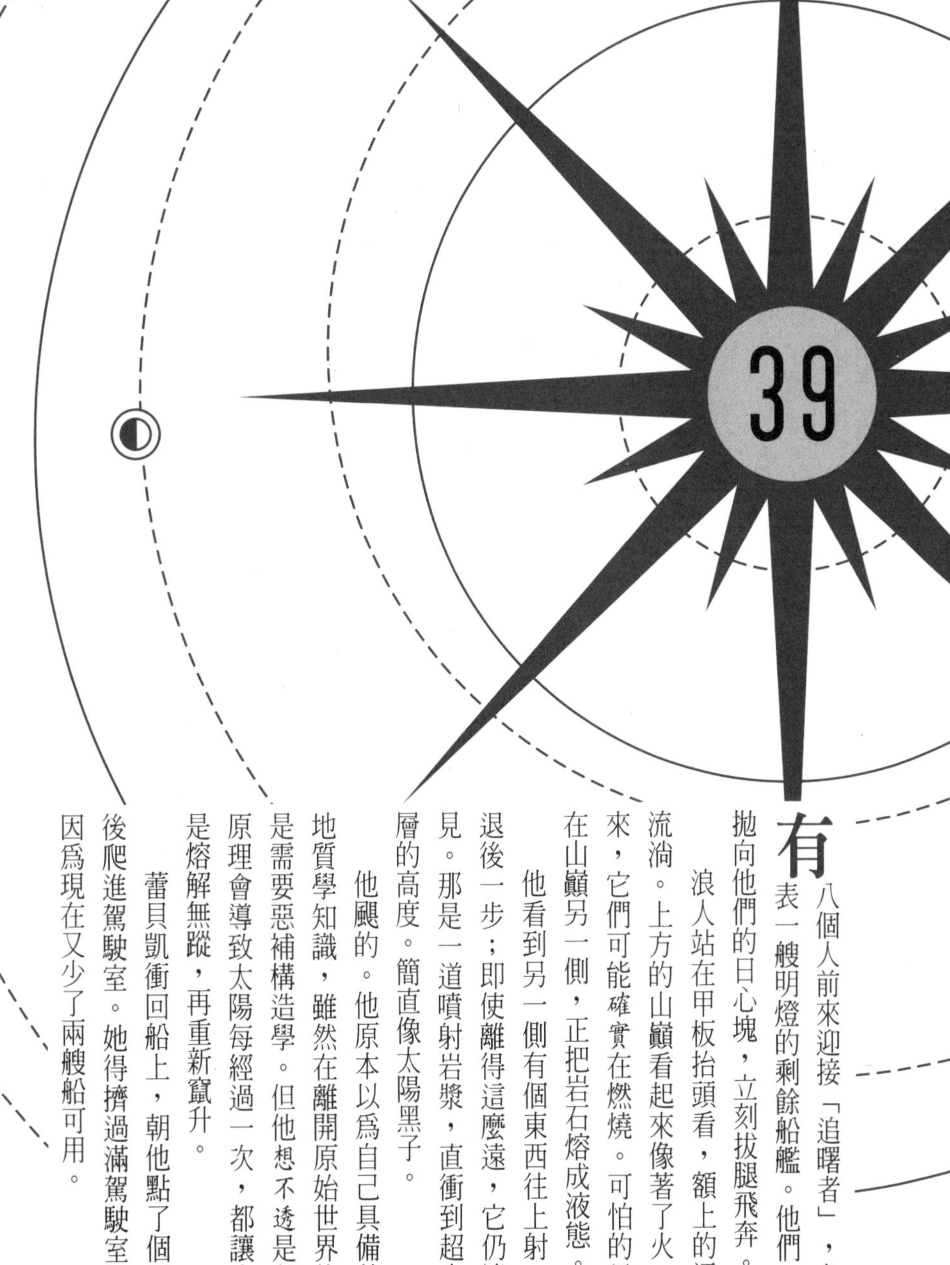

有八個人前來迎接「追曙者」，各自代表一艘明燈的剩餘船艦。他們一接住拋向他們的日心塊，立刻拔腿飛奔。

浪人站在甲板抬頭看，額上的汗涔涔流淌。上方的山巔看起來像著了火。說起來，它們可能確實在燃燒。可怕的日光就在山巔另一側，正把岩石熔成液態。

他看到另一側有個東西往上射，不禁退後一步；即使離得這麼遠，它仍清晰可見。那是一道噴射岩漿，直衝到超出大氣層的高度。簡直像太陽黑子。

他颼的。他原本以爲自己具備基本的地質學知識，雖然在離開原始世界後，他是需要惡補構造學。但他想不透是怎樣的原理會導致太陽每經過一次，都讓山脈先是熔解無蹤，再重新竄升。

蕾貝凱衝回船上，朝他點了個頭，然後爬進駕駛室。她得擠過滿駕駛室的人，因爲現在又少了兩艘船可用。

既然蕾貝凱回來了，代表船隊已準備好上路。她透過仍有一個矛孔的擋風罩望出去，將「追曙者」飛離地面。

浪人仍待在甲板上，不想在船艙內人擠人。此外他在這裡能感覺到涼風拂過頭皮。除非他有更多授予可用，他的頭髮暫時不會長出來。至少有人給了他長褲、皮帶和襯衫。他沒將領子扣起來。

他雙手扶著護欄探出身，看著另外八艘船起飛——毀壞的兩艘則留在山腳。他們一同帶著僅剩的一切逃命。他轉頭瞥向另一側地平線，似乎能看到前方的黑暗陰影，也就是星球的暗面，但他不確定。

這是一種非常特別的賽跑。他們的移動速度能夠遠遠勝過太陽升起的速度，可是他們的目標不只是跑得比太陽快。此時此刻，他們身處於一塊山形的黑暗裡，就像陽光燦爛的上午一棵樹的陰影，起初拉得很長——但隨著太陽爬上天空，影子會不斷縮小。

他們能夠及時沿著這塊影子逃入夜晚嗎？抑或他們抵達影子邊緣時，會發現有一段燃燒的間隙擋在他們與安全處之間？那間隙會不斷變寬，逼得他們只能後退，直到最後一絲影子也消失，而他們只能受死？

情勢非常危急，看船隊都將馬力催到極限就知道，儘管這些船才剛接受潦草的修復。他們沒時間仔細呵護機器，要是哪裡出了問題，只有死路一條。反正也許橫豎都會死，因此他們拚命推進，燒光他們心愛逝者的靈魂，瘋狂地衝向安全。

他是在領航船上看到這景象的。輓歌的船雖然是艘圓滾滾的探勘船，仍比後方那些大型交通工具來得快。蕾貝凱刻意放慢速度與其他人同進退，後來卻又加速，大概是因爲沒拚出全速而被斥責了。憐憫堅持所有船都必須全速飛行，就算有別的船出問題也不准減速。

眼前他們必須祈禱、奔逃，保持堅強。在這狀況下。「憐憫」必須著眼於整體鎮民的存亡。

最後那艘船，騎士說。速度明顯比其他船都慢得多……

浪人只能勉強看到他指的是什麼。隊伍遠端的最後一艘船飛得很吃力。它不是合聲所在的船，那艘船在中段。它是那艘笨重的水塔船，現在船上塞滿人，其中一部分還縮在外頭的甲板上。

浪人抬頭看山脊，它像皇冠般閃亮。接著山巔的頂部開始熔化，岩漿從這一側淌了下來。

浪人，我感覺到東西了，輔手說。你感覺到沒？那是什麼？

「我不知道你在說什……」

他沒說完，因爲他在身旁的空氣裡看到了。一道小裂縫，未完全銜接的畫面——就像破裂的鏡子會映射出不連貫的影像。它浮在他頭邊，大小和指甲差不多。它有點眼熟。

「那是我的一塊碎片，」他低聲說。「我的一塊盔甲。你不是說它們都死了嗎！」

我以爲它們沒了，被吃掉了。

它現在爲什麼會回來？發生什麼事？

是因爲他再度戰鬥嗎？

是因爲他再度戰鬥的理由嗎？

他回過頭沿著嚇壞的船隊望去。最後一艘船已嚴重落後。

「阿輔，」他問。「我們還剩多少？」

大約百分之六跳躍值。剛超過你的力量門檻一點。

「那已經夠了，」他小聲說。「也許夠？」

夠幹嘛？

浪人衝刺後奮力一躍。他從泛白的遍地泥巴上空飛過，空氣拉扯他，彷彿要將他裹在懷裡，然後他重重落在隊伍下一艘船的甲板上。船側的人驚呼出聲，而他又奔過甲板。前方可見山頭周圍已泛出天光，有如即將潰堤的水壩。他再度劃出一道弧線，躍入風的懷抱，然後落在合聲那艘船上。

他不停地跑，奔向太陽，飛越、落地，沿著整列船隊彈跳而進，一直來到倒數第二艘船——眼前它與最後一艘脫隊者的距離，比剛才都遠得多。甲板上的人紛紛退後，敬畏地看著他深吸一口氣，拿出全部力量狂奔，再度躍入天空。

他懸在半空，直視已逼近的黎明，然後落在最後一艘船的甲板上，翻滾一圈。他咬緊牙關跳起身，經過嚇壞的人群衝向船尾。他到了船尾後，把輔手變成盾牌。

「大一點，阿輔。」他低吼。

多大？

「更大！全都用掉！」

太陽終於升到最高點，輔手不斷變大，燒去浪人的授予。

日光在他們周圍炸開，猛烈的力量重擊盾牌，逼得他向後退；但輔手運用那顆日心的能量而變得超級大。大如樓房，大到能遮蔽整艘船。

怒日的烈焰漫過盾牌。它讓四面八方的空氣都著火，彷彿浪人舉著盾牌對抗的不只是日光，而是從民間故事裡跑出來的噴火惡獸。盾牌仍堅不可摧，浪人撐住盾牌，太陽的怒火壓得他發出悶哼。他渾身大汗地用肩膀頂住盾牌，回頭看向瞪大眼睛的人群。他們很訝異自己見到生平第一次黎明，卻還活著。

一秒之後，船開進陰影裡，高溫消失了。浪人收掉盾牌，靠著護欄一癱，突然湧現的疲憊讓他呆若木雞。他感覺麻痺，感覺冷，感覺……

正常。

他颶的，不剩半滴授予原來就是這種感覺。已經好久好久沒有過這樣了。

我真不敢相信成功了，騎士帶著無限震驚和熱切輕聲說。

浪人搖搖頭，仰躺在甲板上，感覺很虛弱。對周遭狀況渾然未覺。很累。累積很多年的重量壓在他身上。

我從那光裡感覺出某種東西，輔手說。很不尋常的東西。你感覺到它的力道了嗎？光不應該有那種推力，浪人。

「它是在被拉進地底。」浪人輕聲說。「就像……一股電流。就像閃電，在雲層和地面之間形成一道通路——只不過這次是發生在日光與星球核心之間。」

他颶的，就是這樣。正因爲如此，他能在高空站在甲板上卻不燒起來。因爲那時他並未介於太陽與星球之間。所以日心在製成時才會灌飽能量，所以地面才會熔化。

介於太陽和核心之間的一切……都會發揮白熾燈泡中燈絲的作用，被轉移的能量給極度加熱。

有動靜將他由恍神狀態喚醒。那難道是……

歡呼聲？

他茫然地從甲板爬起身，沿著船隊一路望去時，挺起了腰桿。歡呼聲來自前方的船隊，他們因為成功進到陰影而歡欣鼓舞。

他所在的最後一艘船的明燈人則沒發出聲音。他們只是盯著浪人，發著抖，難以自持。他們知道。雖然他們剛才只曝露在日光下短短片刻，那應該已足以使他們的船蒸發。如此近距離面對死亡，會讓人大受打擊。

人群最前面有一個熟人。他原本並不知道慎思在這艘船上。她跪坐在地，摟著個小女孩，望向浪人。

他繃緊神經，準備迎接又一波吹捧。結果她只是低下頭，將女孩摟在胸前，輕聲說：

「謝謝你。」

浪人點點頭，無意識地靠著護欄癱坐下來，船繼續航行。最後他們飛到暗面中夠安全的深度，上方可見行星環的華麗光芒。船隊圍成一圈降落，他們在飛速生長的植物之間祈禱。

他們每個人都下船跪地，但浪人待在船上。他從沒見過他們像這樣，所有人跪在一起禱告。他們讓信心主持，不過每個人似乎都默唸著自己獨特的禱詞。在浪人的族人眼裡，宗教、君主政治和某程度的官僚主義，全都息息相關。他本身算是有信仰，仍接受彼方神的概念。

但他從未見過這種祈禱儀式，如此原始，如此淚流滿面，如此眞誠。他站起身，不由自主地旁觀，不由自主地感應到能量。

大家開始起身，而眾益聚到大家圍出的圓圈中央。她們在那裡招手要他過去。

也許他應該轉身離開，但憤世嫉俗的那個他……嗯，似乎因爲耗盡授予太過疲累，而睡著了。他踉蹌地走下船，穿過生長中的草海，站在眾益面前。

三位老太太各自摘下一只手套，伸向他，用瘦骨嶙峋的手握住他的手。

「沒用的，」他對她們說。「妳們無法把熱能送給我。」

「之前沒用，」憐憫一如往常坐在地上，她輕聲說。「但那時你還不是我們的一份子。」

「蕾貝凱告訴我，」愼思說。「你不想被稱爲日煉者。」

他點點頭，所有人都盯著他，使他異常不自在。「我寧可別人用我做過的事來看待我，而不是把預言套在我身上。」

「你自稱浪人，爲什麼？」信心緊握一下他的手，問道。

「這與我名實相符，而且它的發音有點像我的本名，在我的母語裡是如此。」

「你的本名是什麼呢？」

「席格吉（Sigzil）。」他低聲說。不知爲何，隔了這麼久又再次唸出這名字，竟讓他眼眶泛淚。

「浪人，」憐憫說。「無根的漫遊者。那名字已不適合你了，席格基，因爲現在你有根了。就在我們這裡。」她唸他的名字時帶著地方口音，聽起來有點怪。

「你願意接受我們取的名字嗎？」愼思問。「一個配得上你，而且是你靠自己博得的名字？」

他木然地點點頭。

「我們爲你取名爲齊利恩（Zellion），」愼思說。「這是當初帶我們來到這裡、讓我們存續的第一任指引星的名字。因爲你也同樣爲我們領航。」

「齊利恩。」他輕聲說。

「這名字的含義是『尋覓者』，」憐憫說。「不過我不知道它源自哪種語言。」

「它源自悠倫。」他輕聲說。「那是我師傅出生的世界。」

「齊利恩，」信心說。「現在你是我們的一員了。無論你在逃離什麼，無論你拋下什麼，無論你做過什麼，全都不重要。你在這裡隸屬於明燈，隸屬於頌星。我們歡迎你，我們接納你。」

他想爭辯，想表示怎麼可能光用話語就讓某人變成自己人。光用善意是無法將某人做過的事一筆勾銷。

對吧？

話語就是力量，騎士低聲說。只要它們具有意義。只要它們有意圖。

「我……」他小聲說。「我願意接受。」

一股暖意由她們掌心湧入他。他瞪大眼睛，倒抽一口氣。

三位老太太微笑看著他跪倒在地，感覺內在被點燃了。她們鬆開他的手退後。但緊接著其他人都輪流上前，包括孩童在內。他們一個個用脫掉手套的手觸摸他，按著他的手，或是摸他的臉頰，有幾人擁抱他。

每個人都給予溫暖，直到他暖到像燒起來，直到他跪在地上時，懷疑自己怎麼還沒像太陽光芒萬丈。他們退開來，讓暖意在他體內燃燒。

這換算成BEU並沒有多少，輔手說。總共還不到百分之一——不過以個人比例來說，他們已獻出相當多。

感覺起來遠不止如此。或許是因爲曾失去授予，又重新擁有。或許有別的因素，這種給予方式有某種特殊之處。總之與他剛才的麻痺完全相反，現在他感覺到多年不曾有過的生命力。

眾益再次走向前。「齊利恩，」愼思說。「這是我們向你道謝的方式。不過……我們還有工作未完成，還剩最後一哩路。我們要設法進入避難所。」

「你有計畫嗎？」信心問。「能帶我們過去？」

「有。」他嗓音沙啞。「不過……可以先讓我花一點時間消化這件事嗎？」

「當然可以。」憐憫說。「從現在起，到我們被獻給太陽爲止，我們所有人擁有的每分每秒都是你給的。請儘管拿取一些給你自己用吧。」

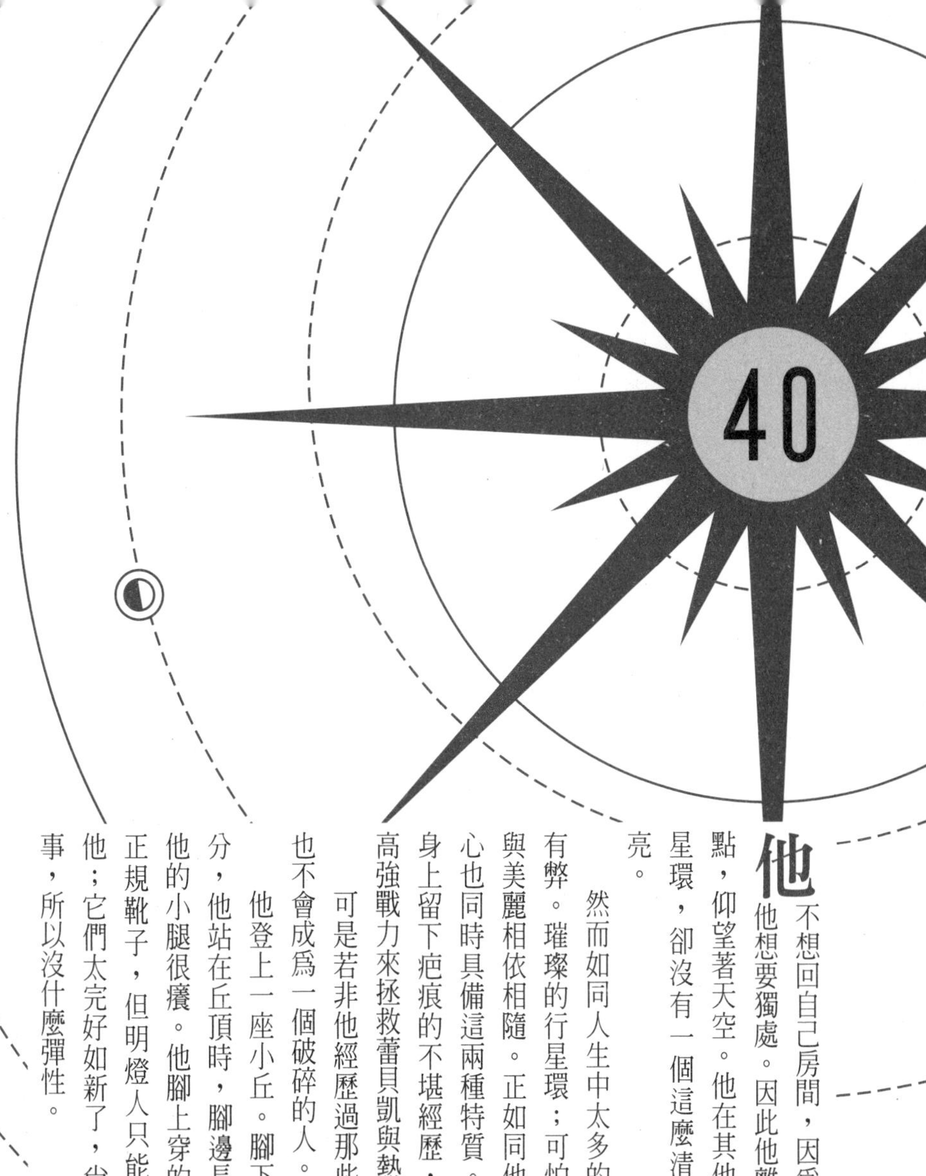

40

他不想回自己房間，因爲輓歌在那裡。他想要獨處。因此他離開船隊走遠一點，仰望著天空。他在其他星球也見過行星環，卻沒有一個這麼清晰、鮮豔而明亮。

然而如同人生中太多的事物，有利必有弊。璀璨的行星環；可怕的太陽。恐怖與美麗相依相隨。正如同他這樣的人，內心也同時具備這兩種特質。若非那些在他身上留下疤痕的不堪經歷，他也無法發揮高強戰力來拯救蕾貝凱與熱誠。

可是若非他經歷過那些駭人的事，他也不會成爲一個破碎的人。

他登上一座小丘。腳下的泥土飽含水分，他站在丘頂時，腳邊長出植物，搔得他的小腿很癢。他腳上穿的不是他喜歡的正規靴子，但明燈人只能找到這雙鞋給他；它們太完好如新了，尚未經歷任何壞事，所以沒什麼彈性。

不過一旦有人穿上這雙鞋，它們就開始磨損。靈魂也會像這樣磨損嗎？年輕時的他會說哪有這種事，靈魂跟布料或皮革又不一樣；人太有價值了，永遠不會「用到壞掉」。然而現在他便是活生生的例證。他接受這群人獻上的溫暖與愛，同時卻引領他們追尋一個謊言。

他們做的事真美妙，輔手說。你莫名地就與這世界建立完全聯繫，現在你有兩個家鄉世界了。

「而我們也得離開這個世界。」他啞聲說。「我們得繼續逃跑，一如往常。」

對，這倒是真的。不過或許我們可以先陶醉一陣子？

齊利恩輕嗤一聲，挫折感掃興地浮現。有什麼可陶醉的？知道這些人完蛋了？知道他拯救他們後，不是讓他們獲得救贖，而是讓他們能幫他獲得安全？

有棵樹從他旁邊長出來——又長又細的幼枝，迅速冒出的樹葉輕顫，有如學步期幼兒剛邁出第一步時的雙腿。他看了一會兒，別開頭，結果與蕾貝凱對個正著。她正大步爬上山丘，手裡拿著一件要給他的外套，材質與之前那件是同樣的棕色皮革。

輔手應該會注意到她接近，卻故意不提醒他。這個叛徒。當她來到他面前，遞出外套，行星環光芒照亮她蒼白的面龐，他才意識到剛才她並不在場。在所有人送熱能給他的時候，她待在合聲那裡，替他製作這件外套。他遲疑地接過來，覺得她的眼神不太妙。

她脫掉手套，伸出手。「我還沒機會向你道謝。」她說。

她朝他探去，他握住她手腕有布料的部位，阻止她摸他的臉。

「為什麼？」她問。「你讓別人摸你了。」

「我覺得妳想給的或許比他們更多。」他回答。

她迎視他眼睛一秒，有如生靈快速的擺動，然後她臉紅地別開視線。「有何不可？」她問。「在我們又要飛出去之前這幾小時，我們爲什麼不能尋求一些慰藉？這或許是我們人生僅存的時光了。」

「我不反對妳尋求慰藉，蕾貝凱，」他說。「那是妳應得的。但不是跟我。我對妳來說太老了。」

「老？我已經成年了。我們經歷了這麼多事，十歲左右的差距又算得了什麼？」

「十歲左右？」他微笑問，用下巴指了指圍成一圈的船隊。「妳看到領導你們的那些老太太嗎？我比她們更老。」

她轉頭看他，訝異地張大嘴。

他點頭回應。

「好吧，」她終於說。「我不在乎。」

「我在乎。」他柔聲說。「蕾貝凱，即使我不在乎，我馬上就要離開了。不管發生什麼狀況，我都得離開，拋下你們所有人。我不能留下。

「妳一定想要反駁，說妳也不會在乎，但妳錯了。活了這麼久，我的智慧沒有增加，倒是累積了不少知識。所以我知道，我確定，我走的時候會造成怎樣的痛苦。假如我犯了錯，假如我任由依戀蔓生，就會很痛苦。」

她瞥向一旁，看著他的手。他的手擱在生長中樹木的嫩枝上，細小的藤蔓像蛇一般纏繞他的手指。儘管他想輕輕抽回手，仍不愼扯斷了藤蔓。

「你可以留下。」她輕聲說。「無論追殺你的是什麼，我們都可以對抗它。」
「妳不知道自己在說什麼，」他面帶淺笑說。「完全不知道。」
「我們以爲翻越山頭是不可能的，結果現在我們在這裡。」她說。「我們也可以翻越你那座山，齊利恩。」
齊利恩。這名字唸起來挺順耳的。或許是因爲現在他與他們的土地、與這群人的聯繫受到強化吧。靈魂聯繫眞奇妙，他甚至無法確切說出他如何受它影響。就「使用授予」這回事，有的可以輕易量化，有的嘛……嗯，就如同人類靈魂一樣玄。
「很抱歉，」他告訴蕾貝凱。「但不行。我無法成爲妳尋覓的對象。」
她猛力別開視線，並戴上手套。她並未羞慚或尷尬地跑走，這讓他心裡好過一點。但她也不願直視他，只是站在丘頂仰望行星環。
「我已經不想學會你那種殺人技巧了，」她終於輕聲說。「我不想變得那麼可怕。」
她又臉紅了。「倒不是說你很……我是說——」
「沒關係，」他說。「那是很可怕沒錯。」
「也很美好。」
「我以前也如此深信，」他說。「只是……」
她偏著頭看他。
「曾經有一段日子，」他說。「我連戰鬥時都能昂首挺胸。那是我的『磨難』宰制我之前的事。」他看到她困惑的眼神，覺得應該給她點什麼，解釋一番，讓他的回絕不那麼傷人。「我原本是騎士，」他說。「隸屬於一個非常特別的師團。其實我曾在不同時期隸屬於兩個師團。在第一個師團裡，我是領導人之一，我立過誓言，而那理當將我的可怕作爲轉換成榮譽之事，儘管可能稱不上美好。但是後來……」

要怎麼解釋下一部分？他自己也不是完全明白這部分。「有人要我保管一件極端危險的物品，那東西能夠殺死神，也能讓整個星球化爲荒土。我扛著那重擔，建立新的締結，但那武器卻吞噬了我很重要的一些部分。它將我極爲親密的一個朋友的靈魂撕成碎片，也奪走了我的盔甲。原本那個我從此只剩空殼。不只是因爲那武器對我做的事，也包括我自己做的事。」

他雙手交扣在背後，回想起穿著那身軍服、套上那件盔甲、肩負那些誓言，是什麼感覺。「一切木已成舟後，我不得不質疑自己：莫非榮譽是場騙局。莫非它只是花招，目的是促使人類相殘，讓他們能假裝自相殘殺是有意義的。莫非『榮譽士兵』的概念，其實是有史以來禍害寰宇最深重的致命邪惡。」

「那你爲了保護我們所做的事呢？」她輕聲問。「也是禍害？是致命邪惡？」

他颺的，他才不想面對這種是非題，必須劃分邪惡與榮譽的分界線。他只想一直跑。爲什麼只要他在某個地方停留太久，就總會冒出這類問題？

他得編造多少藉口才能逃之夭夭？他到底可不可能深掘自己的內心，找出他做那件事的眞實原因？不是膚淺又單純的解釋，而是什麼核心理由，使他竟然能比其他人更狠得下心，背棄他愛的所有人？

蕾貝凱還在等他回答她的問題。她用明亮的雙眼探詢地望著他。

「不，」他對她說。「爲了保護你們而對抗焦燎兵，並不是邪惡，蕾貝凱。但我不認爲自己還能再稱之爲美好。」他搖頭。「如果妳能看到我的內心，知道我在打鬥時獲得多少樂趣，妳也不會稱之爲美好。」

她很明顯臉色一白。「我仍然想找到辦法幫助我的族人，」她別開視線說。「如果不能靠戰鬥，那就靠領導也好。不過我想等我們找到避難所，應該還有時間思考這事情。」

他皺起臉。他颶的，她簡直就是把坦白的機會送到他面前嘛？雖然她自己並不知道。他總不能直接混過去，假裝一切都好得很。

「蕾貝凱，」他逼自己開口。「我必須重申一次，你們在找的庇護所，它並不是——」

「停，」她霍地轉身面向他。「別說出來。」

「你們應該要知道它其實是什麼。那是外來者爲了保護他們自己而建造的處所，它是——」

「之前你告訴我們還有一絲機會，」她說。「這話還算數嗎？我們找到一個安全處所的希望，究竟存不存在？」

他颶的，他不確定自己還能堅持這個謊言。由那密鑰看來，那裡幾乎百分之百是司卡德利亞人的研究設施。它是用來容納一小群科學家的，而他們來到頌星是爲了研究太陽的運作方式。

他們會用研究員看受試者的冰冷疏離目光，看待這群人。他有過親身經驗，見識過那種態度。並非所有科學家都必然這樣，但這個團體應該同質性很高。儘管這些人民生活在水深火熱中，目前爲止他們卻完全未出手相助，這就足以證明他的論點。

「什麼都別說，」她說。「我看你的眼神就知道了。」

「可是——」

「我們流傳著一個故事。」她說。「古代有個人要求知道自己的命運，結果他永遠無法再抱持希望，因為他已知道了答案。」

「這是……常見的一種迷思。」他說。「我在十幾個星球聽過十幾種版本。」

「我不要變成那個人，」她說。「我要保有希望。」

「那就對真實存在的事情保有希望吧。」他說。「如果確定避難所不是真的存在，你們需要另外找一條通往安全的道路。就是妳姊姊的願景，蕾貝凱，推翻焦燎王的統治。」

「結果看看我們的下場如何？」

「它讓你們成為一盞明燈，」他說。「其他人會看見的。每個暴君都會在某個時刻曝露弱點，而他的人民逮到機會就會自主推翻他。」

「你確定嗎？」

「我有十成的把握。」他說。

她思索片刻，卻搖搖頭。「輓歌本來可以說服聯盟人民推翻焦燎王，但我們已經沒有那個輓歌了。況且我們在這裡已經無法生存，我們丟掉了農具。我們只有一艘探勘船。我們沒有食物、居住空間和補給品。

「我們唯一實際的希望就是找到避難所。那是眾益所願，也是我們的鎮民所願。所以，你的憂慮就放在心裡吧，讓我們保有希望。」

他深吸口氣，然後點頭。

「那好吧，」她說。「我們接下來要幹嘛？怎麼找到入口，又要怎麼闖過焦燎王的大軍到達入口？他知道我們還活著，會動用所有資源來阻止我們。」

「嗯，這時該說幸好你們這隊裡有個殺手。」齊利恩說。「因爲，該讓焦燎王見識什麼叫眞正的戰役了。」

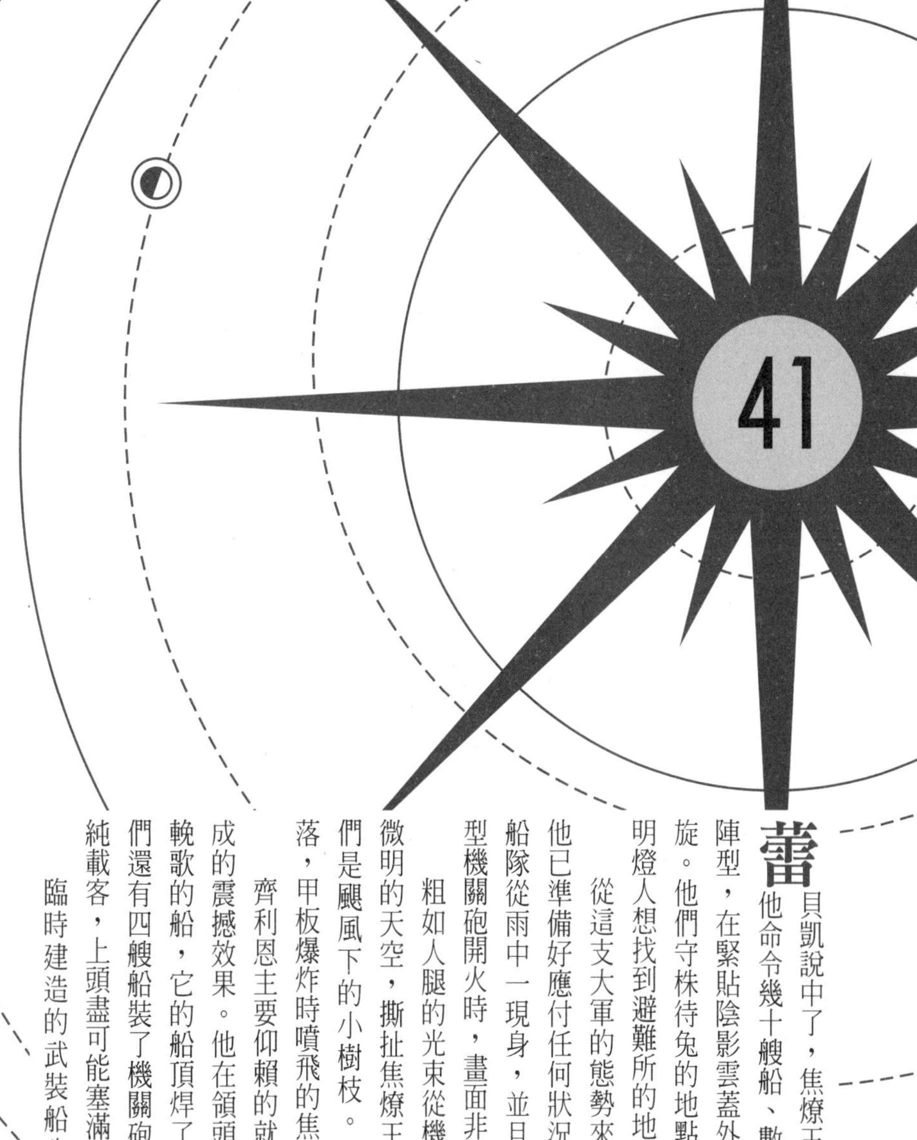

41

蕾貝凱說中了，焦燎王果然出動全軍。他命令幾十艘船、數百名焦燎兵排出陣型，在緊貼陰影雲蓋外圍的位置空中盤旋。他們守株待兔的地點，正好是一天前明燈人想找到避難所的地方。

從這支大軍的態勢來看，焦燎王以爲他已準備好應付任何狀況。因此齊利恩的船隊從雨中一現身，並且用裝在船上的大型機關砲開火時，畫面非常賞心悅目。

粗如人腿的光束從機關砲射出，切穿微明的天空，撕扯焦燎王的兵力，彷彿它們是颶風下的小樹枝。一艘艘船著火墜落，甲板爆炸時噴飛的焦燎兵發出哀號。

齊利恩主要仰賴的就是第一波攻擊造成的震撼效果。他在領頭的船上，也就是輓歌的船，它的船頂焊了一具機關砲。他們還有四艘船裝了機關砲，剩下四艘則單純載客，上頭盡可能塞滿人。

臨時建造的武裝船砲火切穿敵軍前

鋒，在焦燎王的陣容轟出一個大洞，讓他們的陣型潰散掉。在那一瞬間，齊利恩的兵力彷彿所向無敵。他瞥向旁邊，蕾貝凱正在駕駛「追曙者」。他在她眼中看到自己曾有過的感受：可怕的敬畏，驚恐反胃，源自於正視自己的毀滅力量有多大。

在砲火的巨響與寂靜中，出現醒悟的一刻。看到你做的事將人撕裂，讓他們紛紛墜落。那一刻會改變人。

他颼的，眞希望敵軍的反應也是呆住。他在格鬥中學到一件事：千萬別低估未受過訓練的部隊遭受有計畫攻擊時那股全然的驚慌。許多戰役都能靠一次精采的猛攻而終結。

他的船隊直接從敵軍中央穿過，繼續前進。因爲他很確定，假如避難所眞的存在，也不在這一區。

「他幽影的！」無線電傳出熱誠的嗓音。「剛才的景象太美了。」

「我要警告大家，」莊嚴之神說。「剛才那幾發砲火耗損的日心用量很可怕，我們飛到這裡並分一些給齊利恩之後，已經所剩無幾。你們要節省砲火。」

齊利恩將他所有授予用在防護最後那艘船，後來眾益很樂意地又從剩下的日心裡，各撥出一些能量給他。現在他的跳躍值爲百分之五出頭，勉強超過他維持頂尖戰力的門檻。他颼的，他幾乎想不起擁有百分之五、六十跳躍值是什麼感覺了，那時候根本不用擔心會耗盡能量。那是多久以前的事？雖然他很懷念那種感覺，卻發現自己對這百分之五更加感恩，因爲那來自明燈的犧牲。

「齊利恩，」信心說。「你對這個新計畫有多少把握？我們可以趁亂飛低，用探勘器尋找入口。」

「它不在這裡。」齊利恩彎腰對著無線電說。「我可以打包票，信心。我們要繼續推進，用全速來展現信心——剛好是妳最熟悉的事。」

於是他們照他的話做，完全忽略前一天費力搜索的區域。儘管他表現得胸有成竹，仍不由自主洩露緊張不安。這是場賭局。

齊利恩現在是拿所有人的命來賭那個眞實地點就在不遠處。賭焦燎王將眞實地點隱藏起來，卻只是稍微粉飾。就如同魔術師讓大家注意他一隻手，另一手則悄悄要把戲。

他們知道焦燎王的城市總是直線移動，並定時停下來耕作。而他在這路線上的某處試圖開啓避難所的門。只不過齊利恩推敲出的結論是，焦燎王爲了避免有人找到它，刻意放了一些煙幕彈來隱瞞眞實位置。

此外，他還賭焦燎王會很焦慮，會盯著齊利恩的一舉一動。賭他內心深處仍恐懼他的祕密並不安全。賭——

有動靜了。看你右邊九十度。

「那裡！」齊利恩指著原本在側翼的一支中隊（焦燎王的船也在其中），現在它們轉了方向，船後噴出火焰。那想必是敵軍陣營最快的十艘船，逕自先飛走了。

它們會直接帶大家到入口。

你知道嗎，有時你的神機妙算，還滿讓人發毛的。

「怎麼會？」蕾貝凱問。「你怎麼會知道？」

「焦燎王內心深處很不踏實，」他傾向前說。「他擔心自己外強中乾。他擔心王位、權力、祕密，有一天都會被奪走。我們則利用這些恐懼。

「我們現在等於在說：『我們很有把握，我們知道入口其實在哪。』畢竟若非如此，我們幹嘛要像這樣義無反顧地穿過他們呢？我們為何會自信十足地朝他的祕密地點筆直飛去？」

「我們沒有啊，」她說。「我們又不知道在哪。」

「但他並不知道。」齊利恩說。「在他眼裡，我們發現他的祕密了。所以現在他得去保護它。由於他太缺乏安全感，他的智慧又太乏善可陳，根本想不到自己其實是直接帶我們去看他的祕密。」

「前提是我們能活到那時候。」熱誠用無線電說。「有的船已經振作起來了，正朝我們過來。」

沉淪地獄的。敵艦真的開始重振旗鼓。他們大概已想到，為了保護那些過重的船艦，明燈的戰艦得飛得很慢。也可能他們看出那些機關砲只是焊上去的，根本沒有可轉向的砲塔。

雖然齊利恩的兵力製造出嚇人的閃光和巨響，其實它不堪一擊。「蕾貝凱，」他說。「妳得做我說過的那件事。」

「但我不知道怎麼用這東西瞄準！」

「別把重點擺在發射，重點是把我弄到我需要去的地方。」齊利恩抄起一支鋼矛（是合聲幫他做的），從駕駛室大步走到後側房間。他停在輓歌身旁，她一手仍鍊在牆上。

「我們需要妳。」他邊說邊朝她鍊住的手腕伸出手。

「我還沒準備好！」她說。「我控制不了。」

「跟妳分享一個心得，」他說。「妳永遠都不會準備好。妳只能硬著頭皮上陣。這是卡拉丁傳授給我的。」他解開她的鐐銬。

她立刻跳起身，殺氣騰騰地逼近他。他盯住她的眼睛，等著拳頭揮來。不過……由她扭曲的表情可看出經歷一番心理掙扎……她沒動手。

外頭傳來咚的一聲——有個焦燎兵跳上他們的甲板。他不認爲這次他們會被區區的套招嚇退。焦燎王已躲到角落，他的兵力將出面戰鬥。

輓歌轉朝聲音來源，發出低吼。

「緊跟著我，」齊利恩說。「別失控。記住，我們在這裡的目的不是殺戮，而是生存。」

「我只想打架。」

「打架要有目的，」他說。「千萬別忘了背後的原因。」他舉起空著的手，一支閃耀的長矛出現在手裡。他一直在用那一小塊日心淘洗靈魂上的鏽斑，然而他能如此輕易召喚出武器，仍令他感覺滿足。

「好好照顧他。」齊利恩對輓歌說，並將碎矛（Shardspear）交給她。

「爲什麼要給我？」她邊說邊崇敬地接過去。

「因爲妳缺乏訓練，」他說。「但我仍需要後援。比起赤手空拳，妳有了它會更強大；它無堅不摧，能彌補妳無法精準突刺的缺點。但要小心點——別刺到船，也盡可能別削到我。這種武器造成的傷口可是他颶的難癒合。」

他朝輓歌點點頭，她點頭回應，眼中燃著熱切的光。他們一同衝向甲板。

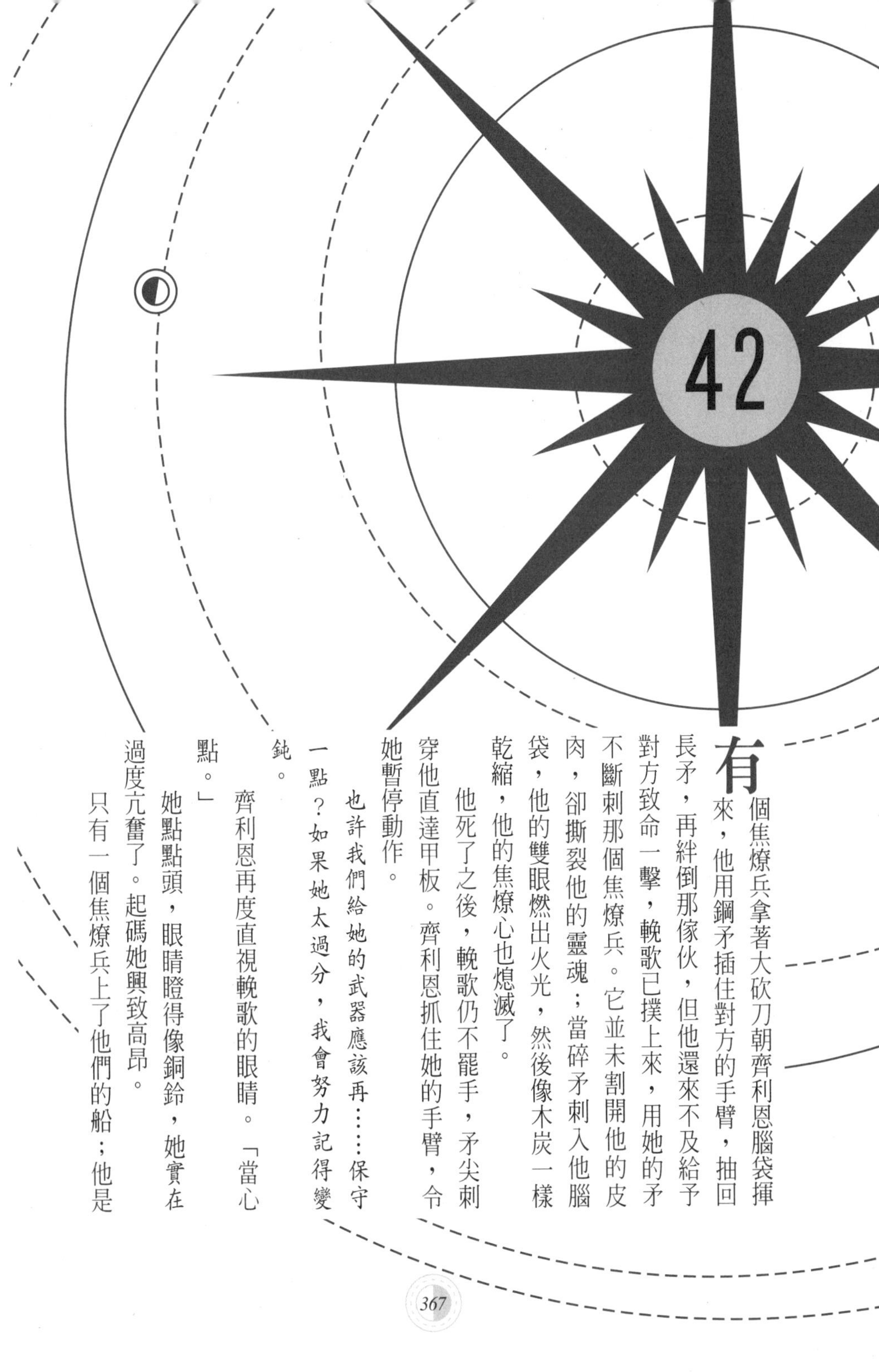

42

有個焦燎兵拿著大砍刀朝齊利恩腦袋揮來，他用鋼矛插住對方的手臂，抽回長矛，再絆倒那傢伙，但他還來不及給予對方致命一擊，輓歌已撲上來，用她的矛不斷刺那個焦燎兵。它並未割開他的皮肉，卻撕裂他的靈魂；當碎矛刺入他腦袋，他的雙眼燃出火光，然後像木炭一樣乾縮，他的焦燎心也熄滅了。

他死了之後，輓歌仍不罷手，矛尖刺穿他直達甲板。齊利恩抓住她的手臂，令她暫停動作。

也許我們給她的武器應該再……保守一點？如果她太過分，我會努力記得變鈍。

齊利恩再度直視輓歌的眼睛。「當心點。」

她點點頭，眼睛瞪得像銅鈴，她實在過度亢奮了。起碼她興致高昂。

只有一個焦燎兵上了他們的船；他是

騎懸浮機車來的，但很可惜，他跳上船時把機車留在了後頭。現在它漸漸消失在後方的遠處。

明燈戰艦中機動性最強的「追曙者」，飛在離主要隊型稍遠的位置；主要隊型的結構則是四艘武裝船圍繞著聚在一起的四艘滿載運輸船。

這樣的配置極爲脆弱，而焦燎王大部分的駕駛員似乎都看出來了。他們的領袖帶著菁英階層搭乘最快的船飛走，剩下的船則像蒼蠅般圍繞著明燈人。幸好他們沒有馬上攻擊運輸船；他們選擇更直觀的作法，亦即試圖消滅武裝船。

一般人往往會先針對防禦來攻擊，好像有某種應該遵循的優先順序。他倒是覺得這樣正合他意。蕾貝凱依照他的指示，將「追曙者」飛近熱誠的武裝船——現在有五個焦燎兵在那艘船的甲板。離得夠近時，齊利恩縱身一躍，手持長矛落在甲板上，在焦燎兵能對付駕駛室的人之前，搶先吸引他們注意。在齊利恩的建議下，所有武裝船上都沒有平民，只是各配置一名駕駛和一名副駕駛。

這表示有一大堆人擠在運輸船的甲板，曝露於砲火和碎片的威脅。他努力不去想那部分。這時輓歌也落在他身旁，他們與熱誠甲板上的焦燎兵打了起來。他們兩人合作無間——齊利恩善於用他閃亮的長矛與精巧的攻勢吸引注意，焦燎兵的重點集中在他身上，而輓歌就趁機用借來的武器撕扯他們。

不出數秒，已有四名焦燎兵倒地，最後一名從甲板跳上另一艘從旁邊經過的武裝船。齊利恩對輓歌點點頭，她咧嘴一笑，兩人飛越半空追上去。他們落在第二艘武裝船時，迎面而來的是另一群焦燎兵。

不過他們沒有迎戰，而是潰散。他們急忙從船上跳向經過的敵艦。

這不對勁，非常不對勁。他與輓歌打交道的經驗，讓他知道焦燎兵無論如何都偏好打鬥。除非收到直接而強制的命令，他們不會逃走。他瞥向一旁，看到甲板上有許多小小的焦燎心（或許上頭裝了磁鐵），它們中央發光，周圍有線路和外殼。

他直覺地抓住輓歌，將她拋向「追曙者」——它正朝他們這裡飛回來。一秒後他也跳船，這時他們身後的船，連同駕駛室的倒楣鬼，皆被燦亮的爆炸吞沒，化作紅色火焰與燃燒金屬。

輓歌落在「追曙者」上，跌跌撞撞爬起身，盯著殘骸鏟進下方泥濘的土地，再次爆炸，連他們的船都受到衝擊波影響而晃動。

「作弊，」她惡狠狠地說，熊熊怒火讓她的焦燎心搏動出熾紅光芒。「這是作弊。」

「這種事沒有規矩可言。」他說。「畢竟是我們先用機關砲的。」

但他感覺自己是笨蛋。他早知道這裡的人會用爆裂物，明燈人一開始突襲救援朋友時就成功地運用過炸藥。他應該要有所準備才對。這一招很合理，因爲即使發現齊利恩太駭人或太強大，焦燎兵無法招架，炸彈也不受影響。那些焦燎兵不需要戰鬥，只要做好快遞工作就行。

「回熱誠的船上去，」齊利恩指著方向大喊。「去防守它！別讓任何焦燎兵在上頭逗留，有機會再放炸彈。如果他們已經放了，就把炸彈丟下船。」

她點點頭，他用手勢示意蕾貝凱往熱誠的船開。輓歌跳到那艘船的甲板上，齊利恩指向前方——有艘敵艦正把焦燎兵送到四艘武裝船的第三艘上。

蕾貝凱加速前進，他縱身一躍，利用船的動量帶他穿越急速掠過的空氣，落在甲板上。這裡有個焦燎兵正把某個東西按在自己的焦燎心上充能——是那種炸彈。看來它們需要灌入能量才能用，這給了他短暫時間闖過其他人，刺向她的脖子。

不過他拿的不是授予武器，只是支普通的長矛。驚人的是，她沒被這一矛刺死，他不得不拍開她的手，然後將炸彈踢下船。爆炸讓船身晃動，而他已和另外三個焦燎兵打成一團。至少他剛才刺中的那人似乎無法戰鬥，連站都站不穩了。

想到這一點，他便集中攻擊焦燎兵的下盤。他戳中幾下之後，突然攀住護欄，做出畫圈的手勢。駕駛是個他不熟的女人，她領會了他的意思，將船身翻轉——一堆受了傷的焦燎兵慘叫跌到下方的泥巴裡，齊利恩則抓得牢牢的。

他迅速一瞥，發現輓歌在熱誠的甲板上遊刃有餘。用阿輔對付這群敵人極爲有效，他們不在乎自己是否會受傷，因而總是能衝進現場主導戰局。而一件能切穿金屬、撕裂靈魂的武器，正適合懲罰太過殘暴的那群人。

輓歌解決掉想攔阻她的焦燎兵，再將兩顆炸彈踢出船邊——它們沒有爆炸，只是無聲地落在泥地裡。

不幸的是，這樣只保護到兩艘武裝船。一艘已墜毀，輓歌在另一艘的甲板上，他在第三艘。而最後一艘……

附近有東西炸開，他感受到震波。他霍地轉身，發現由傑弗瑞傑弗瑞駕駛的最後一艘武裝船在空中搖搖欲墜。一側船身已破了個大洞——由於此地焦燎心的特性——船體的鋼鐵仍在悶燒。從那艘船掙扎的動作研判，它可說已經沒救了——尤其是他又看到三個焦燎兵在甲板不同位置安裝了炸彈。

所以已經被擊落兩艘武裝船。而……

不，還沒被擊落。那艘船是沒救了，但船上的人還活著。

這次他不需要輔手慫恿。他沒再想下一步該怎麼辦，便直接跑到他這艘船的邊緣跳出去。緊接著是一陣疾風掠過他，然後他重重摔在第四艘武裝船的甲板上（因為它正快速接近），翻滾時弄掉了長矛。船身劇烈搖晃，他被甩到船側。

他大叫一聲召喚輔手，讓他變成爪勾，用力敲進甲板穩住自己。希望輓歌暫時手無寸鐵也能撐下去。

四周狂風怒號，船體顫動，他快速站起身，不理會那些正在為炸彈充能的焦燎兵，只是衝向駕駛室。他看到那裡頭只有傑弗瑞傑弗瑞一人，正焦急地想控制住飛行船。

齊利恩召喚輔手成為原始尺寸的碎刃，長度等同成年男人的身高，用它削掉駕駛室頂部，彷彿在開罐頭似的。他沒看到副駕駛，或許副駕駛已被拋出去了。齊利恩攀上邊緣朝下伸出手，抓住傑弗瑞傑弗瑞的外套，他還沒弄清狀況。輔手切開男人的安全帶，接著齊利恩就用雙手揪住他拖出來。

他回頭看，焦燎兵紛紛跳船落在底下的泥地，因為其他船艦都遠到跳不過去。齊利恩打量那些閃爍的炸彈，再度召喚輔手。變成盾牌。罩住其中一個炸彈。

炸彈引爆時，齊利恩跳到盾牌上。

他和傑弗瑞傑弗瑞被拋入空中。齊利恩在混亂中瞥見色彩與金屬一閃而逝，便盪了過去。當塵埃落定，他單臂抓著用輔手做成的爪勾懸吊著，而爪勾被他卡進「追曙者」船殼，另一條手臂抓著吊在他下方的傑弗瑞傑弗瑞，底下離地面有六到九公尺的高度。

看起來他斷了幾根肋骨，騎士提出觀察。頸部嚴重拉傷。他的右半邊遲早會出現一些難看的瘀血，也許還有腦震盪。

但他還活著。齊利恩拉起他，拋到「追曙者」甲板上。然後齊利恩自己也搖搖晃晃地爬上甲板。輓歌在近旁的船上獨自面對幾個焦燎兵。他對她大喊一聲，然後把輔手變成易於拋擲的金屬球，朝她丟去，她接住了。阿輔在她手裡變成砍刀。

齊利恩回頭看向在甲板上發愣的傑弗瑞傑弗瑞。那個鬍子男抬起頭，瞪大眼睛，全身發抖。「爲什麼……」他說。「爲什麼你周圍的光線都碎掉了？」

齊利恩往旁邊看去。他周圍的空氣裡懸浮著更多碎片，形成一道拱形。他的雙臂有另外三塊碎片在發光，那是另一種靈的殘留物。它們都是空氣裡的反光，讓空氣顯得扭曲變形。也許有……十個？幾乎和以前一樣。兩個師團以及他拋下的誓言的殘留物。

齊利恩微笑，用手勢要傑弗瑞傑弗瑞進到「追曙者」的駕駛室去，男人跛著腿照做。齊利恩做好再戰一場的準備，舉起雙拳，打算來個肉搏戰。

但不知爲何，敵軍撤退了。

那裡，騎士說。忠實的侍從，你看。有一些船在我們前方降落。

是焦燎王的隨行人員。他們將地上某個位置圈出來，還派了狙擊手守在甲板，步槍朝向天空。齊利恩隔著擋風罩朝蕾貝凱點點頭，她駕船脫隊而出，飛向下方快速掃描。步槍的彈雨削掉小塊護欄，也在船身留下凹痕，但並未穿透輓歌這艘船加厚的裝甲。

蕾貝凱察看那個位置，然後隔著玻璃直視他，很肯定地點了一下頭。船底的探勘掃描器確認下方有大量能源——正如他的期盼，焦燎王直接帶他們到了避難所。
該是揭曉裡頭有什麼的時候了。

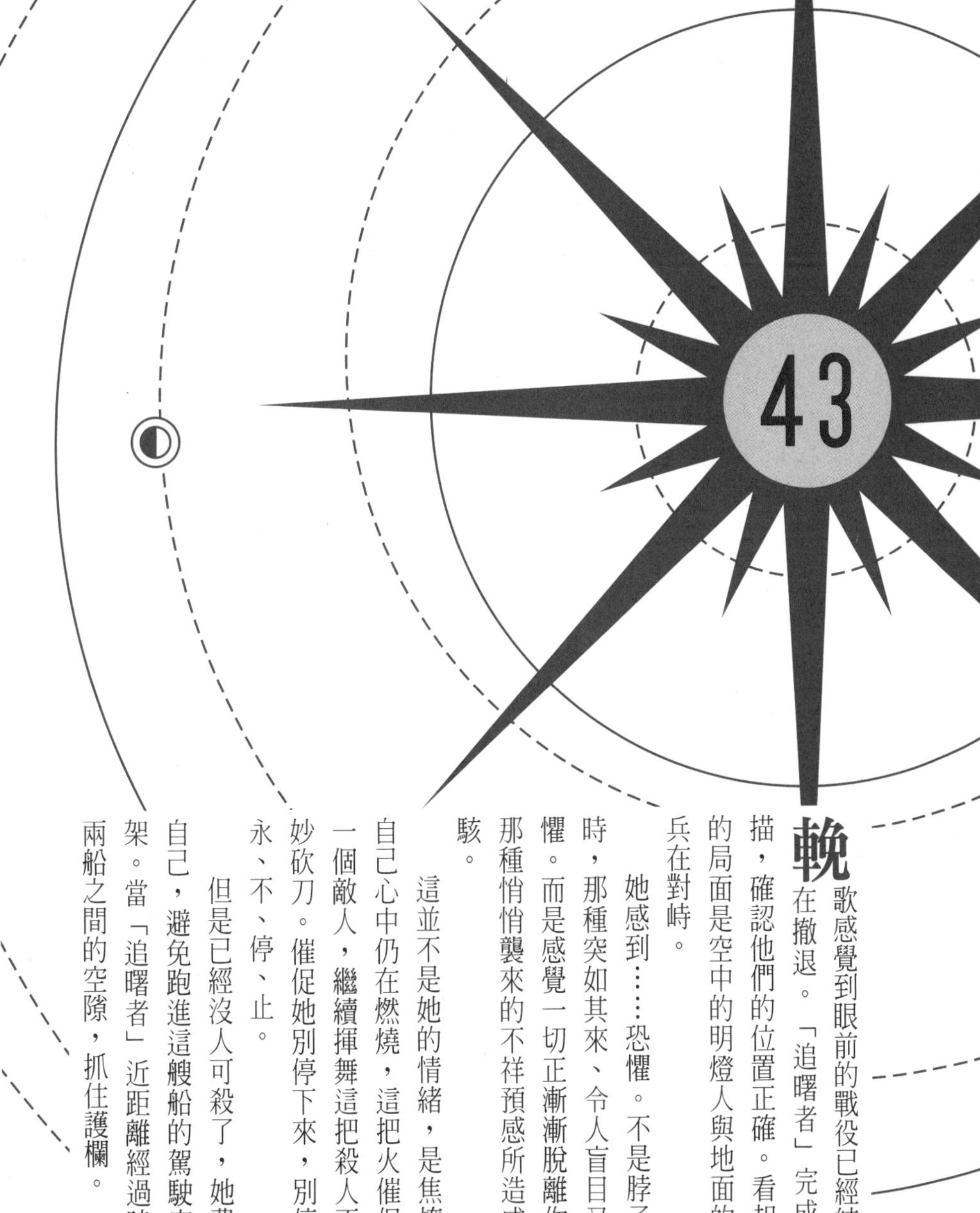

輓歌感覺到眼前的戰役已經結束。敵艦在撤退。「追曙者」完成了低空掃描，確認他們的位置正確。看起來，現在的局面是空中的明燈人與地面的焦燎王精兵在對峙。

她感到……恐懼。不是脖子被人扼住時，那種突如其來、令人盲目又衰弱的恐懼。而是感覺一切正漸漸脫離你的掌控，那種悄悄襲來的不祥預感所造成的致命驚駭。

這並不是她的情緒，是焦燎王的。她自己心中仍在燃燒，這把火催促她再去找一個敵人，繼續揮舞這把殺人不見血的美妙砍刀。催促她別停下來，別停止攻擊。

永、不、停、止。

但是已經沒人可殺了，她費力地克制自己，避免跑進這艘船的駕駛室找駕駛打架。當「追曙者」近距離經過時，她躍過兩船之間的空隙，抓住護欄。

片刻之後，她闖進駕駛室，那個叫蕾貝凱的女人在操作台前。輓歌緊抓著她的神奇武器，但她並不需要用它。那個男人——那個殺手——向她解釋過。她可以選擇出手時機，她可以藉由忍耐克制，讓出手時更愉快。

蕾貝凱轉頭，對她微笑。看起來是真誠的微笑，見到輓歌讓她很開心。她之前是有過這種表現沒錯——但是輓歌殺戮後充滿亢奮的能量，並且知道自己下意識在考慮攻擊蕾貝凱……此時看到對方露出歡迎的笑容，感覺反差還真大。

*她想要我和她一起待在這裡，*輓歌心想，*她是有什麼毛病？*

這消除了她的敵意，引起她的好奇，甚至……讓她有點振奮？

「輓歌，」蕾貝凱歪著頭說。「妳還好嗎？」

「我……感覺不太一樣了。」

「妳漸漸想起來了，」蕾貝凱抓住她的手。「會成功的，妳很快就會想起所有事。」

「妳不是應該，」輓歌說。「專心駕駛嗎？」

「對喔！」蕾貝凱轉回身面向座椅。她撥弄幾下無線電，殺手的聲音便傳出來，他人在一艘武裝船上。

「好了，」他說。「所有人準備好俯衝到我清出的空位。」

「他們等於在那裡圍出一道壕溝，」信心回應。「你要怎麼清出空位？我們一落地就會被他們射擊。」

「你們這些人……」殺手的語氣很……暴躁？這個形容詞用在像他這樣的勇士身上，似乎不太恰當，所以也許她並不像自己認爲的那麼了解情緒。「你們一輩子都在飛行，怎麼卻對空中優勢如此無知？假如從沒打過仗，又幾乎不長時間待在一個地方……嗯，反正你們看了就知道。」

輓歌傾向前，隔著擋風罩觀看，有一艘武裝船脫隊而出。它繞了半圈，然後俯衝而下，因此它的大型反艦機關砲以斜角對準地面。接著它一邊開火，一邊快速掠過焦燎王的包圍圈。

事實證明，動也不動地待在地面，對上配有那種火力的飛行船，會讓場面很刺激。多數人都不喜歡的那種刺激。那包括了船艦爆炸、人們慘叫著跳船逃生。殺手能夠待在敵方射程之外，並借助重力朝敵方開火——而且他可以全速前進，他們只能坐以待斃。

不出多久，焦燎王與他的兵力已潰不成軍。輓歌點點頭。這是很有效率的殺人方式，但距離太遠，沒有臨場感，不合她的胃口。或許她會享受身爲挨打的一方，那群人之間有好多能量和緊張在流動。

等等。不行，那樣她可能會死。她現在應該想避免被殺死才對。畢竟要是輓歌死了，誰來確保蕾貝凱能露出笑容呢？

眞爲難。

「剛才確實令人大開眼界，」信心用無線電表示。「但我想提出警告：如果我們降落在那裡，難道不會換成他們對我們有『空中優勢』嗎？」

「妳說對了，」殺手說。「所以我建議下一步我們動作要快。所有人降落，準備好衝進避難所。這是我們期待已久的一刻，該是打開那扇門的時候了。」

其他人遵照他的命令行事，蕾貝凱則衝下去，用船上指示她去哪裡找東西的螢幕輔助，啓動「追曙者」配備的掘土機。輓歌讓她專心操作，自己則爬上甲板，然後從六公尺左右高度跳到柔軟的地面。

等其他人都降落並聚在一起，蕾貝凱已掘出某個東西。那是嵌進地裡的大型金屬圓盤，原本上頭只覆蓋著六十公分厚的灰化岩漿土。蕾貝凱把船降落，過去與聚在圓盤周圍的人會合。

殺手在圓盤邊緣停住，熱誠走到他身邊，將他們全都說是某種鑰匙的小碟片交給他。殺手接過去，仔細看了看，拋還給熱誠，然後跳下幾十公分的高度，踩在那銀色東西的表面上。

他彎下腰，大聲說出下面的話。「根據銀光市星際行爲規範的〈難民與失落僑民法案〉，我正式請求進入這個設施尋求庇護。請回應。」

一片寂靜。他爲什麼不使用鑰匙呢？他說的每個字輓歌都聽得懂，卻無法理解意義。所以她望向天空，焦燎王的兵力正在他們周圍集結，看起來比先前更有威脅性。

底下的金屬突然伸出一根管狀細柱，大概一百二十公分高，位置離殺手很近。有個嗓音從柱子傳出來，講的是本地語言，但口音很重。「等等，你是羅沙人？」

「對，」殺手說。「我尋求庇護，根據——」

「對啦，對啦。好吧，你可以協商。」

「我們討論時，他們需要保護。」他用手勢比向其他人。

沉默。輓歌望著天空，努力與其他人感受同樣的恐懼，從他們的姿態就可明顯看出。這對她來說很難，因爲焦燎王已不再恐懼了。他認爲他們是甕中之鱉。

這時，一道能量從地底竄出，直接射在焦燎王的船頭，讓他們的船隊驚慌後退。地面什麼時候會射擊了？這是很明確的訊息：「別靠近」。

「好吧，」口音很重的嗓音透過柱子說。「羅沙人，你可以帶三個人。提醒你，我們純粹只是好奇你怎麼來這裡的，才願意聽你說。」

另一根柱子從細柱旁升起，這根柱子要粗很多，前側開啓一扇門。那是某種……傳送裝置？要把他們帶到下方的避難所？

「我猜我應該帶眾益吧？」他轉身望向聚在那裡的鎮民。

「讓蕾貝凱代替我去好了。」憐憫坐在椅子上說，那是她的孫子搬來給她坐的。「我們不該讓三人全都下去，以防萬一嘛，這是你教我們的。」

殺手與蕾貝凱互看一眼，他點頭，然後頓住，望向輓歌。「我需要拿回那個。」

對喔，刀還在她這裡。她原本緊握著它，現在逼自己遞向他。但還未交出去，這武器就化爲光霧，在她手中消失。

殺手走近她，輕聲說：「這件事結束後，這些人也許就只能依靠妳了。」

「我不懂。」

「要是接下來這部分進行得不順利，」他說。「妳要盡可能保護他們。我大概也無法要求更多了。」

「不順利？」她歪著頭問。「爲什麼會不順利？」

他只是面色凝重地看她一眼。她懂得如何解讀這種表情。

有場戰鬥要上演了，他的戰鬥。

「你要跟住在避難所的人戰鬥？」她悄聲說。

「不是肢體衝突，」他說。「這很糟糕。因爲我很確定如果是肢體衝突，我贏得了。」

他留下這句高深莫測的話讓她思索，自己則走進金屬管，信心、愼思和蕾貝凱跟著他。

一秒後，管子降下去，帶他們到安全的處所。

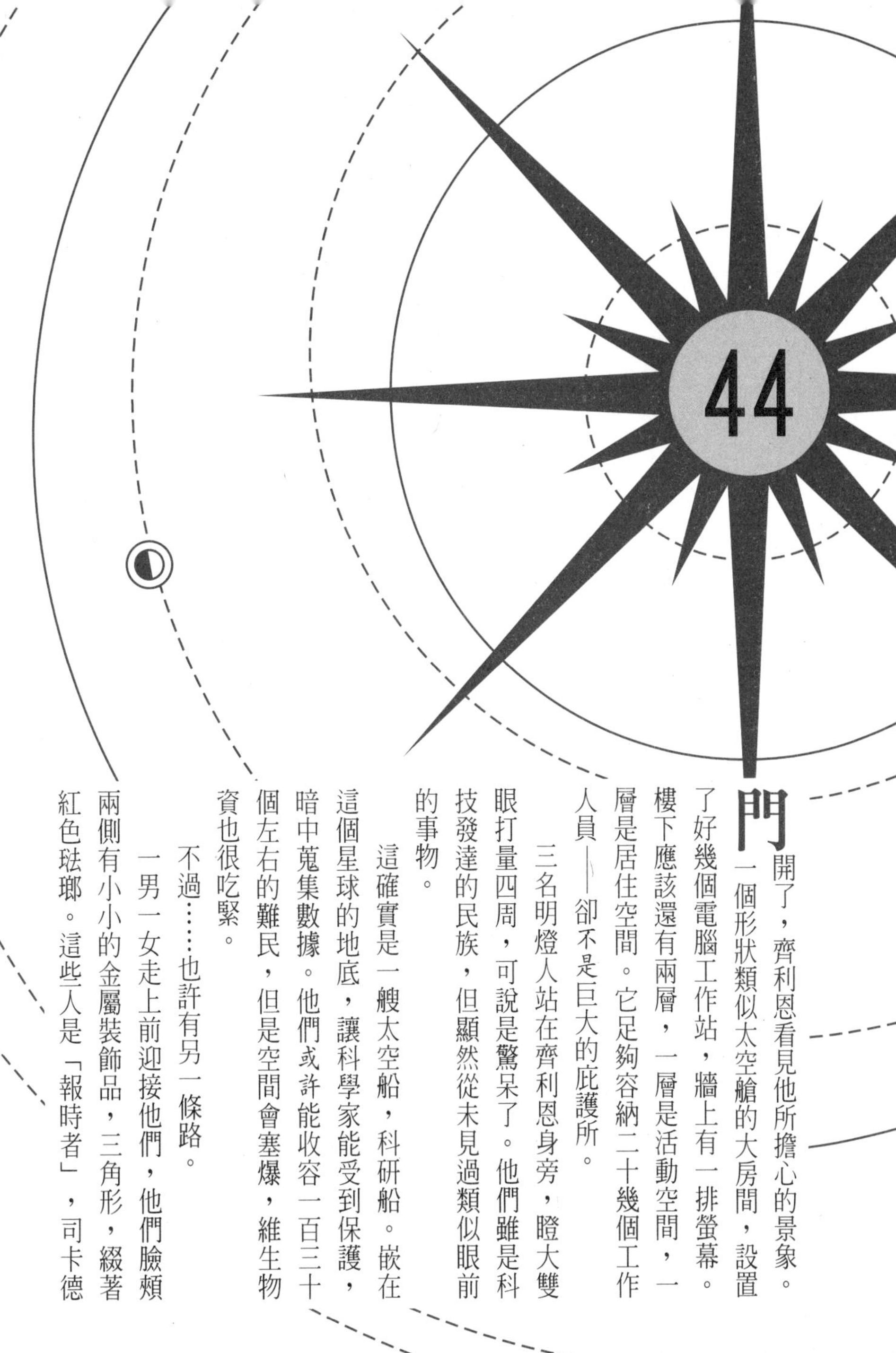

門開了，齊利恩看見他所擔心的景象。一個形狀類似太空艙的大房間，設置了好幾個電腦工作站，牆上有一排螢幕。樓下應該還有兩層，一層是活動空間，一層是居住空間。它足夠容納二十幾個工作人員——卻不是巨大的庇護所。

三名明燈人站在齊利恩身旁，瞪大雙眼打量四周，可說是驚呆了。他們雖是科技發達的民族，但顯然從未見過類似眼前的事物。

這確實是一艘太空船，科研船。嵌在這個星球的地底，讓科學家能受到保護，暗中蒐集數據。他們或許能收容一百三十個左右的難民，但是空間會塞爆，維生物資也很吃緊。

不過……也許有另一條路。

一男一女走上前迎接他們，他們臉頰兩側有小小的金屬裝飾品，三角形，綴著紅色琺瑯。這些人是「報時者」，司卡德利亞諸多政治運動中的一個派別。理論上，他們在眼前的衝突裡是中立的，只是一群想要「了解寰宇各種奧祕」的科學家。當然，他們絕對不是軍方的一個部門，正暗中發展能讓司卡德利亞在軍備競賽中保持領先的科技；這場軍備競賽已席捲大部分已開發星球，變得愈來愈危險。

「羅沙人，」男人用自己的母語說。「我們可以用比較文明的語言交談嗎？你會不會說麥威兮語？」

齊利恩搖頭，裝作聽不懂，希望他們不會說他原始星球的任何語言。至少他可以誠實地聲稱不懂亞西須語，因爲他不得不用本地語言覆寫說亞西須語的能力。

「那好吧。」男人再度用本地語言說。他膚色黝深，在司卡德利亞人中算高，甚至比齊利恩還高出兩、三公分。「羅沙人，你立下誓言了嗎？」

「沒有，」齊利恩謊稱。「我是自由民。我沒涉入衝突。只想明哲保身。」

「你能戰鬥嗎？」

「我有一把碎刃。」

兩名司卡德利亞人互看一眼。

「你怎麼來到這星球的？」女人問。

「走幽界（Shadesmar）來的。」他說。

「這裡又沒有垂裂點。」

「我被一個暫時性的垂裂點推過來。」他騙道。「我本來是朝這方向走，但沒打算停下來。現在我被困住了。情況非常詭異，我連解釋都不知道怎麼解釋。」

「這個星球確實有些怪事發生。」女人叉起手臂說。她和那男人一樣身穿現代服裝：黑色牛仔褲，實驗袍，還有他們的航太人員喜歡的花稍襯衫。

「我們很快就要離開了，」男人說。「最近長途航行是很危險的活動，能戰鬥的人對我們有幫助。既然你有碎刃，我猜你當過傭兵？」

齊利恩點頭。

「好極了，」男人拍手說。「你獲得錄用了。」

「錄用？」信心總算由驚詫的呆滯狀態中回神。「可是——」

「我不打算找工作，」齊利恩說。「我已經在為這些人效力了。我想跟你們協商怎麼幫助他們。」

「拜託你們，避難所的居民。」蕾貝凱撲通跪下去。「拜託，讓我們加入你們吧。我們工作勤奮，靈魂也很強韌。我們不願屈服於焦燎王的暴虐，歷盡千辛萬苦才來到這裡。求求你們。」

「你們？加入我們？」女人似乎覺得很逗趣。「我們現在基本上已經滿員了。你們當我們是什麼？慈善機構？」

「聽著，」齊利恩朝他們兩人走近一步。「你們有留意上頭發生的事嗎？」

「我們這裡已經有幾個本地人了，」男人說。「當作實驗對象。我猜再來一、兩個人也能派上用場，僅此而已。老實說我們需要的是那些日心，不過我們已經找到了供應商。」

「供應商？」齊利恩問。「你們是怎麼……」他突然懂了。「焦燎王。眼睛會發光的傢伙。他一直在跟你們來往？」

「他會不時送來我們需要的東西，」女人說。「而我們則回饋他一丁點科技或知識。這些人根本不懂得好好利用他們本地的授予。」

他颼的。焦燎王才不是一直試圖進到這地方——他早就做到了，很可能幾年前就做到了。他大概就是因此才學會製造焦燎兵、獲得控制他們的臂鎧。他保護這地方不是因為想躲進來；他是利用它做為祕密的權力來源。

「聽著，」齊利恩說。「那人是暴君。」

「所以呢？」女人說。

「我們幹嘛在意他們的問題？」男人說。「羅沙人，你是個傭兵，你也知道有幾十個這樣的小星球散落各處，每一個都有自己的落後君主體制和自己的愚蠢行為模式。難不成你要我們收容所有生活不順遂的人嗎？」

「我……」

他能輕易想到如何反駁，卻發現說不出口，因為他從一開始就知道這裡會是什麼狀況。這根本就是他的計畫。房間再進去一些的位置有張桌子，桌上擺了個發光的大罐子。他們稱之為「鐸」，那是一種純粹的授予，他能利用它啟動另一次跳躍，逃離這個世界，逃去另一個星球。正如他所期盼的。他是為此而來的。

不然他以為還會發生什麼？

他已將明燈人帶到門口，又帶入門內。他的承諾已兌現。他們也早就知情，他提醒他們很多遍了。由於他啞口無言，其他人努力為自己發聲。「拜託你們，能與我們協商嗎？」信心說。「如果我們無法訴諸你們的慈悲心或正義感，是否能與你們談生意？我們能用什麼換取保我們平安？」

那兩人只是帶著一絲笑意望著她。就算司卡德利亞人對這裡的人民有所圖，也已經遂其所願——爲了方便，他們大概把焦燎王當作仲介的不二人選。

「我們什麼都不需要。」男人對三名明燈人說。「妳們可以走了，繼續你們的打打鬧鬧吧。我們沒興趣攪和進去。」

「你們可以摧毀焦燎王的船，」齊利恩覺得必須做出最後努力。「太陽就快升起了，你們能暫時收容這群鎮民，只要等日光經過就好。你們……總可以做點什麼吧？」

「歡迎你留下，接受我們提供的職位，羅沙人。」女人的心思已開始飄去別處。「我們聽到你的懇求了，星際法律要求我們做的不過如此。本地人必須自己處理麻煩。」

男人點點頭，朝電梯比了個手勢，姿態很強硬。他們看起來沒攜帶武器，但齊利恩憑經驗知道，這類團體絕不是弱者，即使他們是科學家。雖然先前他說自己寧可發生肢體衝突，現在他懷疑自己眞能撂倒整個團體。即使他敢嘗試。而此時此刻……他還眞的不敢。

「齊利恩，你說得對。」仍跪在地上的蕾貝凱小聲說。「你試著警告我們，這裡沒有避難所。」

「我……」他回頭看她們，預期看到自己的背叛引起憤怒和沮喪。

然而她們聽天由命的表情更令他心痛不已。

「你試過了。」慎思點一下頭，對他說。「你做到我們要求你的所有事，還做了更多。齊利恩，不需要流露如此悲傷的表情。從很多次自轉之前，我們就已朝這方向走了。」

「那是不切實際的夢想。」信心邊說邊扶著蕾貝凱的胳膊拉她起來。「這裡根本不是庇護所，對吧？他們跟你一樣是他界者？」

「對。」齊利恩說。「很抱歉，他們是來研究你們的太陽的，而這艘船並沒有多大。」

「船，」蕾貝凱說。「這是……一艘船。」

他點頭。這似乎足以向她們說明清楚了。她們知道了；她們聽進去了。她們回到電梯。他想跟她們走，進去前卻又遲疑。

「阿輔，你覺得怎樣？」他悄聲說。

我覺得，騎士說。這場交流的結果正是我們應得的。

很聰明的說法。他迎視慎思的目光，知道自己是不會跟她們走了。上去等死有什麼意義？他必須繼續逃亡，那是他本來就該做的事。

正因爲如此，還是別蹚渾水才是上策。他內心有一部分早就等著迎接這局面，並試圖與他們保持距離。現在他實事求是的那一面出來主導，堅持該抽身了。

「留下吧，」慎思用令人心碎的溫柔關懷語氣對他說。「跟你的同類待在一起。」

門關上了，她們被送回地表。齊利恩從螢幕看到焦燎王的大軍慢慢逼近，這次地底不再射出光束驅退他們。

明燈人已沒有動力，沒有資源，疲憊挫敗。一切都結束了。

齊利恩……浪人……嘆了口氣，在牆邊找個位置坐下來，閉上雙眼，難得讓自己休息休息。

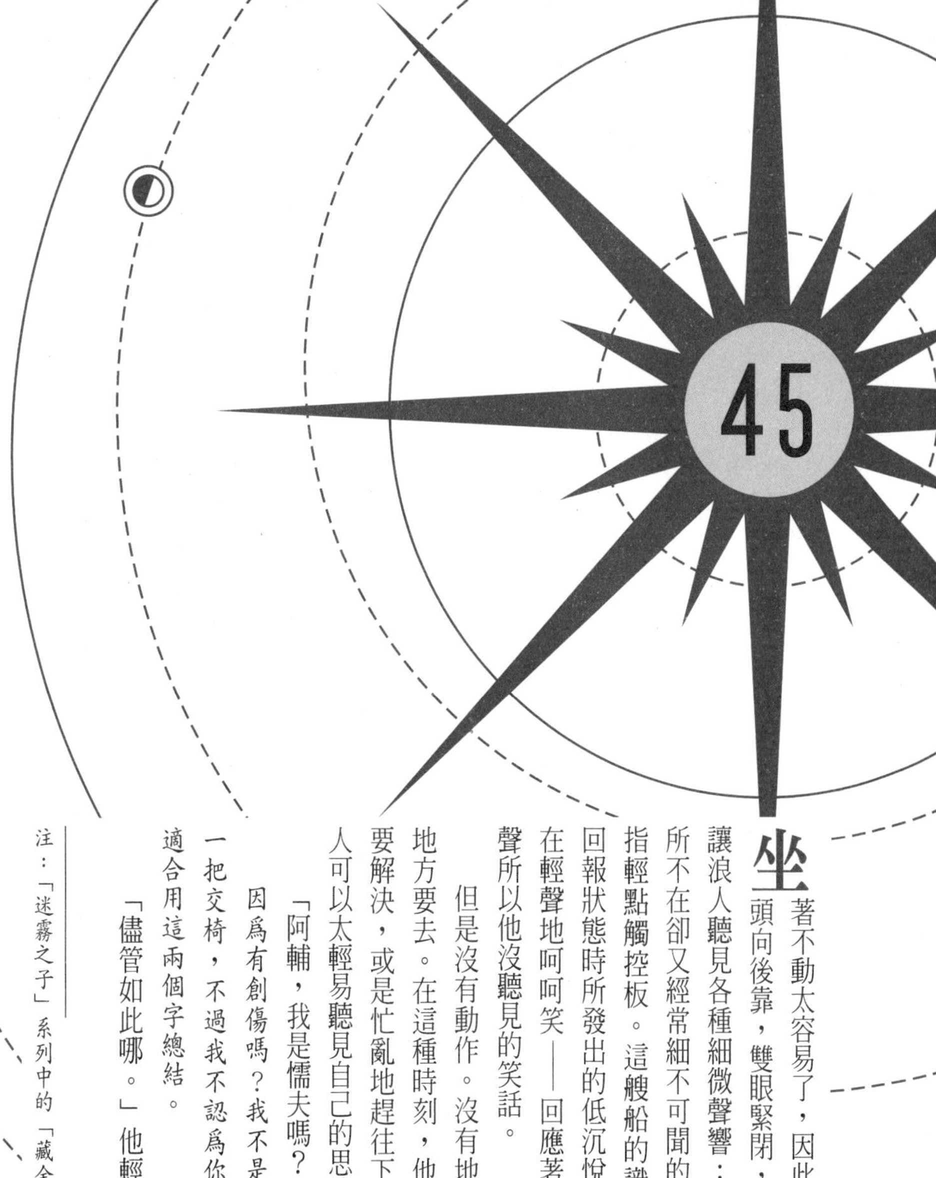

45

坐著不動太容易了，因此更加難熬。頭向後靠，雙眼緊閉，呼吸平穩。這讓浪人聽見各種細微聲響：持續不斷、無所不在卻又經常細不可聞的生活雜音。手指輕點觸控板。這艘船的識喚鋼意識(注)回報狀態時所發出的低沉悅耳嗓音，有人在輕聲地呵呵笑——回應著某個講得太小聲所以他沒聽見的笑話。

但是沒有動作。沒有地方可逃，沒有地方要去。在這種時刻，他手頭沒有問題要解決，或是忙亂地趕往下一個災難，浪人可以太輕易聽見自己的思緒。

「阿輔，我是儒夫嗎？」他問。

因爲有創傷嗎？我不是研究人類的第一把交椅，不過我不認爲你所經歷過的事適合用這兩個字總結。

「儘管如此哪。」他輕聲說。他能感

注：「迷霧之子」系列中的「藏金術」。

覺到近處桌上的那罐純授予。他故意挑這個搆得到它的位置坐下來休息——知道剛開始自己會受到監視。他希望自己的頹廢姿態、疲憊表情和委靡感，能讓他們放鬆戒備。

他還不能偷它。還早得很。

「報告長官，」房間中段有個嗓音說。「先前那艘繞軌道航行的太空船？是夜旅兵團。」

另一個嗓音低聲咒罵。「他們來這裡幹嘛？」

「不清楚。我們要……詢問嗎？」

「不，別主動曝光。希望他們的目的與我們無關。」

浪人繃緊神經等待，好奇他們是否會把蛛絲馬跡串起來。他豎耳注意是否有些人轉頭看他，表示有人想到了。神祕的羅沙傭兵；繞軌道航行的夜旅兵團。

什麼也沒有。浪人並不訝異。夜旅兵團不想讓別人知道他為什麼很重要。晨碎這件武器太有價值，不能出售。如果你知道它的消息，要嘛自己去追獵它，要嘛躲得愈遠愈好。

*你什麼時候才要去拿那個能源？*英雄問。

「還不行。再一下子。」

「嘿！」房間另一區有個嗓音說。「那個羅沙人說得沒錯——這的確很有看頭。我們應該要多留意才對。」

他悄悄睜開眼睛。有個在喝茶的工作人員轉朝牆上的一台大螢幕，畫面中是外頭那片區域的鳥瞰鏡頭。所以他們真的設置了衛星系統？還是無人機？

鏡頭拉近，聚焦在明燈船隊。他們正拚盡全力飛向陰影，而他們已幾乎彈盡援絕。在失去兩艘武裝船的情況下，僅剩的兩艘只能很蹩腳地進行空戰。

「那是艦對艦機關砲嗎？」有個女人問。「他們什麼時候發現這種東西的？我們不是晚點才要釋出這項技術？」

浪人入神地站起來。也許……也許他們……

一艘武裝船被擊落了。又一名駕駛陣亡——或許是熱誠。剩下的……即使鏡頭很遠，他仍看得出焦燎兵由靠近的敵艦跳到運輸船上。他聽不到他們下的最後通牒，不過倖存的船艦紛紛降落，他並不意外。

投降。明燈人終於放棄了。

這等於宣判死刑，但他們有什麼選擇餘地？

他踉蹌地撞到桌子，這才發現他剛才雙手握拳，無意識地朝前走去。他眞的是這種人？遇事就逃？他受的是這種訓練嗎？他想當這種人嗎？

他不由自主地低聲唸起以前宣誓的箴言。

什麼也沒發生。

他悄悄回到牆邊的位置，頹然而坐，然後蜷縮著躺下，臉頰貼地。精疲力盡。

等一下，輔手說。等一下。我以爲那會成功耶。我以爲……既然你想拿回它……

「你想要光的啓示。」浪人用力閉上眼。

嗯，對啊。爲什麼……

「惡果。」他輕聲說。「我背棄了我的誓言，我做出了決定。而現在……現在我自食惡果。」

但是爲什麼呢？離開羅沙後，你從沒告訴我你爲什麼要退出。我們一同經歷了那麼多事，你卻拋棄原本追隨的一切。你爲什麼要這麼做？

時候到了嗎？該揭露最深層、最不堪的眞相了嗎？正視這個答案會讓人像牙齒磕在馬路上一樣痛苦。

「我不知道。」他說。

騙子。

「這次我沒說謊。」浪人輕聲說。「我眞的不知道，輔手。我就是……做了。我無法說明我的心態，也無法爲自己辯解。我推翻了我的誓言，這是我的選擇，但我說不出理由。」

你一定有理由。凡事都有理由。

這就是他從未試著解釋的原因。儘管輔手顯得極有人性，他畢竟是授予構成的生物。長生不死，不輕易改變。

浪人把身體又縮得更緊，蜷成球狀抵著冰冷的鋼鐵，一邊聽著室內其他人討論焦燎王拿下那座離群之城的事。他聽到他們說，被一整座城市壓制，感覺一定很可怕。

聯盟到達了。

浪人……席格吉。我不懂。

「人類有時候……」浪人小聲說。「會自相矛盾。我們感覺來了就做了，自己也說不出個道理。我回頭看自己當初的選擇，覺得那完全不像我會做的事，但我就是做了；那是我的選擇。在情緒激動之下的選擇。

「那是不是我想要做的事，或是在邏輯上我應該做的事，都不重要。後果不受影響。我……就是這種人。」

他不能回去了。他必須往前。繼續前進。他已如此善於保持領先，善於移動，善於……逃跑。

那麼他又為何陷入一模一樣的處境？

他雙手抱頭，指尖掐進皮膚。他死命地奔跑，怎麼一點進展都沒有？旅程本身應該才是重點，不是嗎？

但他為什麼心情如此低落？

他內心有一部分想衝出去找那群明燈人，可是那有什麼用？他無法為他們建造一個家，一個安全的處所。而且要是他被夜旅兵團逮到，可能會造成數百萬人喪命。

他沒有答案。他不知道該何去何從。也許正因為如此，他才這麼迷惘。要是你不知道自己要朝什麼方向去，又怎能不迷失？

這不是光的啓示，比較算是淚的啓示。

室內靜了下來。他強迫自己脫離自厭情緒，抬頭看看現在是什麼狀況。大部分司卡德利亞人都轉身望著有明燈人的螢幕，畫面中可見焦燎兵正往聯盟撤回——那座巨大城市就懸浮在附近。起初這點起他的希望之光——但就像由火堆飄進飢餓冷夜的一粒餘火，那一丁點希望也立刻就熄滅。

焦燎兵取走了明燈船隊的日心，把鎮民孤零零地留在迅速長出的草叢裡。他們已被太亮的天色給籠罩，永不休息的太陽就快要升起。焦燎王打算將全鎮的人都獻祭給太陽——那是近乎一百三十五個靈魂。

宏觀而言，這只是最低限度的殘暴；浪人剛剛才在想數百萬人死亡、整個星球殞滅的事。然而眼前的事件有種駭人的切身殘酷。

就連司卡德利亞人都感受到了，每個人都沉默地盯著螢幕。明燈人跪在地上，充滿悲傷與驚恐。聯盟對他們的哀懇充耳不聞，卑劣地遺棄他們逕自駛離。

焦燎王絕對是吸收到暴政的精髓，雖說其實人類在這方面並不需要指導。有太多人靠自己就直覺地懂得如何施虐。他就有過這種經驗。

沒多久，螢幕畫面就吸引在場所有人的注意力，除了少數極為專心的工作人員之外。這是個機會。發光的授予電池就在浪人觸手可及之處。他站起身，沒人朝他看一眼。

他可以拿走它，瞬間消失。

他沒這麼做。

他……他做不出來。

我們……有要做什麼嗎？騎士問他忠實的侍從。

「有啊，」浪人說。「我們要親眼見證一切。」

他說的話引起近處一名科學家注意——那個綁馬尾的女人剛才太沉浸在自己的工作（處理一對日心），沒被螢幕分心。不過顯然她覺得他更有意思。

「你在對誰說話？」女人瞇起眼問他。「你不是說你沒有誓言嗎？你有個靈嗎？」

沉淪地獄的。他大意了。他不需要對明燈人掩飾的事，卻是這群人會察覺的線索。

「積習難改罷了。」他說。「沒什麼啦。妳在弄什麼？在兩顆日心之間轉移授予嗎？」

「對啊！」她靠向椅背，露出自古以來，科學家發現有人眞的在乎自己的工作時都會流露的喜悅。「我們先前把這顆日心再充能了。我們在研究一顆日心究竟能塞進多少能量。」

再充能。

「你們把日心再充能？」他呆滯地問。

「嗯，對啊。用這裡的日光。」

「本地人已經試過了，」他說。「他們跟我說的。把用完的日心留在外頭，根本就沒有效果……」他站直一些。「等等，關鍵是這世界的奇怪電流對吧？星球核心會從太陽吸取授予和熱能？把它往下吸，好像要創造電路一樣？」

「沒錯！」女人又更仔細打量他。「你怎麼知道的？我們花了好幾個月才弄懂。」

「日心在正常情況下是無法再充能的……」他說。「但地面熔化，人體燃燒，所有受困於太陽與核心之間的東西，都像是……像是夾在電極兩極間的干擾物。」他抬頭看天花板上的燈。是現代電燈，但仍留有古早電燈的特質。

「白熾燈泡。」他悄聲說。「我之前有想到。電流通過燈絲時，燈泡就會發亮——但不是因爲燈絲的傳導性很強。正好相反，燈絲會阻礙電流，將能量轉爲熱與光拋棄。將它發散出去。這才是燈泡的運作原理。

「正常的日心……授予只會穿過它們，對吧？所以如果把用完的日心埋起來，什麼效果也不會有。而它們最初之所以形成，是因為有個靈魂在反抗——使得該處的授予閃燃。就像燈泡的光一樣，這現象會將大量能量兜住，留下一顆日心。」

女人拟起手臂擱在桌上。「對。」她說。「你是不是有攔截我們的通話？所以才會知道？」

「你們是怎麼辦到的？」他對她的質問充耳不聞。「你們怎麼為它們再充能？等一等。你們是把別的東西灌進去，好讓日光能燒掉那東西？這樣可以暫時阻斷電路——或構成電阻。」

「有個本地人提供一些熱能，就成功了。」她邊說邊打量他。「我們有幾名俘虜。他們在日心裡灌入少許體溫來啟動它，然後我們把日心留在外頭。結果成功了。如果改灌入某種特殊授予，會形成腐敗的焦燎心，用它可以做出焦燎兵。」

他颺的，有道理。這是為日心再充能的簡單解答，但除非瞎貓碰到死耗子，要嘛就是對授予有深厚了解，才可能嘗試這麼做。難怪頌星人從未發現可以這樣。

「你是個祕師嗎？」女人眉頭深鎖。

「沒這麼了不起。」他盯著她那顆散發強光的日心，灌飽了遠超出一般容量的能量。

「妳應該知道這能解決他們大部分的難題吧？」

「你說製造焦燎兵？」

「不是，我是說前半段！要是地表那些人知道的話，就能永續地再充能，不必再犧牲獻祭。只要流失少許體溫，將枯竭的日心啟動，再把日心埋起來，隔天回來就會發現它們又發亮了！」

那名研究人員聳聳肩。「應該吧。」

「他颶的！」浪人一手按著額頭。「你們爲什麼不告訴他們？」

「我們幹嘛透露這麼有用的祕密？」

他得做些什麼。他得告訴他們。

他周圍的空氣破開——他古老的盔甲碎片再次試圖闖入現實。有些來自他第一次的誓言，有些來自第二次。不論如何，現在絕對不是它們來這招的好時機。

「你畢竟說過誓言啊……」女人注意到碎片了。「祕師……羅沙人……深膚色……」她瞪大眼睛。

沉淪地獄啊。

浪人作勢撲向授予電池，但她搶先從桌上抓起它並後退，然後抬起一手按下她手套上的金屬裝置。然而他反倒搶走她剛才在操作的日心，被他們充飽能量的那顆。

幸好他身上沒有任何金屬，不然——

他狠狠向後摔，他腰間某個東西「鋼推」了他。是他的金屬皮帶扣環。對喔。

他撞在牆上。

「我們遇上麻煩了！」研究人員對室內其他人大喊。「我讀過這個男人的事！夜旅兵團就是爲他而來的！他鐵鏽的，他項上人頭的懸賞金高到可以買下一顆小星球！」

其他司卡德利亞人霍地轉過身來，不再看明燈人的悲慘畫面——他們在失去動力的落地飛船間簇擁在一起，而日出正在逼近。浪人扯下皮帶，以免再淪爲對付他的工具，然後召喚輔手化爲他最炫炮的形態：一九五公分長的巨大碎刃，劍柄附近有裝飾花紋。

多數人從未親眼見過碎刃，但聽過傳言。就連這個能用科技打趴他的群體，看到碎刃也不禁僵立原地。

「我要走了。」他厲聲對他們說。「你們自己選吧，是要擋我的路，還是繼續呼吸。」

「走？」其中一位司卡德利亞領導人說。「離日出只剩不到五分鐘了，白癡。」

離我們五分鐘？輔手說。那麼明燈人還有十五分鐘才會被照到，因為他們飛了一小段距離才被打下來。我們還有努力的機會。

浪人退到電梯口，一手舉著巨劍，另一手抓著日心。「啓動電梯。」他對他們說。

沒人動作。

「啓動它，」他說。「否則我直接劈出一條路。」

「你會破壞船體的完整！」有個女人叫。「我們會死於——」

「那就不要逼我出手！」

他颶的。他在幹嘛？

他無法解釋。有時候人類行為是沒有道理的。

電梯門開了。他收掉輔手走進去——因爲他的這個形態實在太大，有點礙事。不過電梯動了，司卡德利亞人並沒有耍什麼花招。他出去時，眼前的地貌已在他離開的幾分鐘內發生劇烈變化，泥地裡長出一整座細長樹木構成的森林。

浪人——齊利恩——透過樹木望向愈來愈強的日光。他颶的。他們說還剩不到五分鐘，但他很懷疑根本沒那麼久。他轉身拔腿飛奔。

這是他最擅長的事。之前每次只要狂奔就夠了。這一回，他繞了整個星球一圈，卻發現自己回到原點。

日光在上升，他的背部已感覺到。周圍的樹木開始萎縮、枯死。

你跑不過它的，輔手說。他的語氣難道是……有了細微變化？齊利恩已好多年沒聽到他的語調有起伏了。就算是你，也跑不過那光。

他繼續拚命跑，日心緊按在胸前。

齊利恩，輔手說。你得飛去找他們。

「我做不到！」他大叫。「我……我做不到，阿輔。我試過了。」

日光變得更有壓迫感。樹木變黑，開始悶燒。

齊利恩繼續跑。

實際上的你比你假裝的人優秀，輔手說。即使如此。即使你已破碎不堪。

「我只是個傻瓜。冷酷無情的傻瓜。」

我們都知道這不是事實。因爲聰明的作法，冷酷無情的作法，應該是你一到明燈就攻擊它。搶走他們的日心，任由他們的船動彈不得。但你沒有。

他是沒有。因爲不管他怎麼說，他仍是個人，不是怪物。

齊利恩。吾友。你值得獲得救贖。

他一邊跑一邊哭起來。

你到他們那裡時，輔手說。要確保他們知道訣竅。要確保你救到他們，齊利恩。

「可是——」

聽我說。你聽著就好。我可以爲你提供一小波爆發力，像我們討論過的那樣。

「不！我用這顆日心的能量好了。」

那能讓你再度飛起來嗎？

並不能。因爲那不是他缺乏的能量。他需要別的。

我會還你本色，就維持一下下。我是你所立誓言的殘留力量，我是你曾知道的眞理。再度接受它吧，在須臾間，振翅高飛。

他感到暖意開始在全身擴散。這是另一種授予……汲自殘留的輔手靈魂。

我只會燒掉我自己，輔手說。我的個性。這樣你應該還可以使用我的身體，使用武器。我的終點到了，你還沒有。

「阿輔，你不能這麼做。拜託你。」

由不得你決定。我知道什麼是後果，我明白你背棄了誓言。

但我跟你說一件事，齊利恩。你始終沒想通這件事。我「也」立誓要成爲更好的人，我成爲燦軍騎士了，我講了箴言。

無論你做了什麼，我可從沒背棄「我的」誓言。

好好保護那些人吧，齊利恩。我只能送你到這裡了。剩下的路程，你要自己找到方向。

他體內湧上一股熟悉的強大能量。當太陽終於冒出地平線，使森林起火燃燒——齊利恩全身出現一層盔甲。

他的眼睛燒出火光。

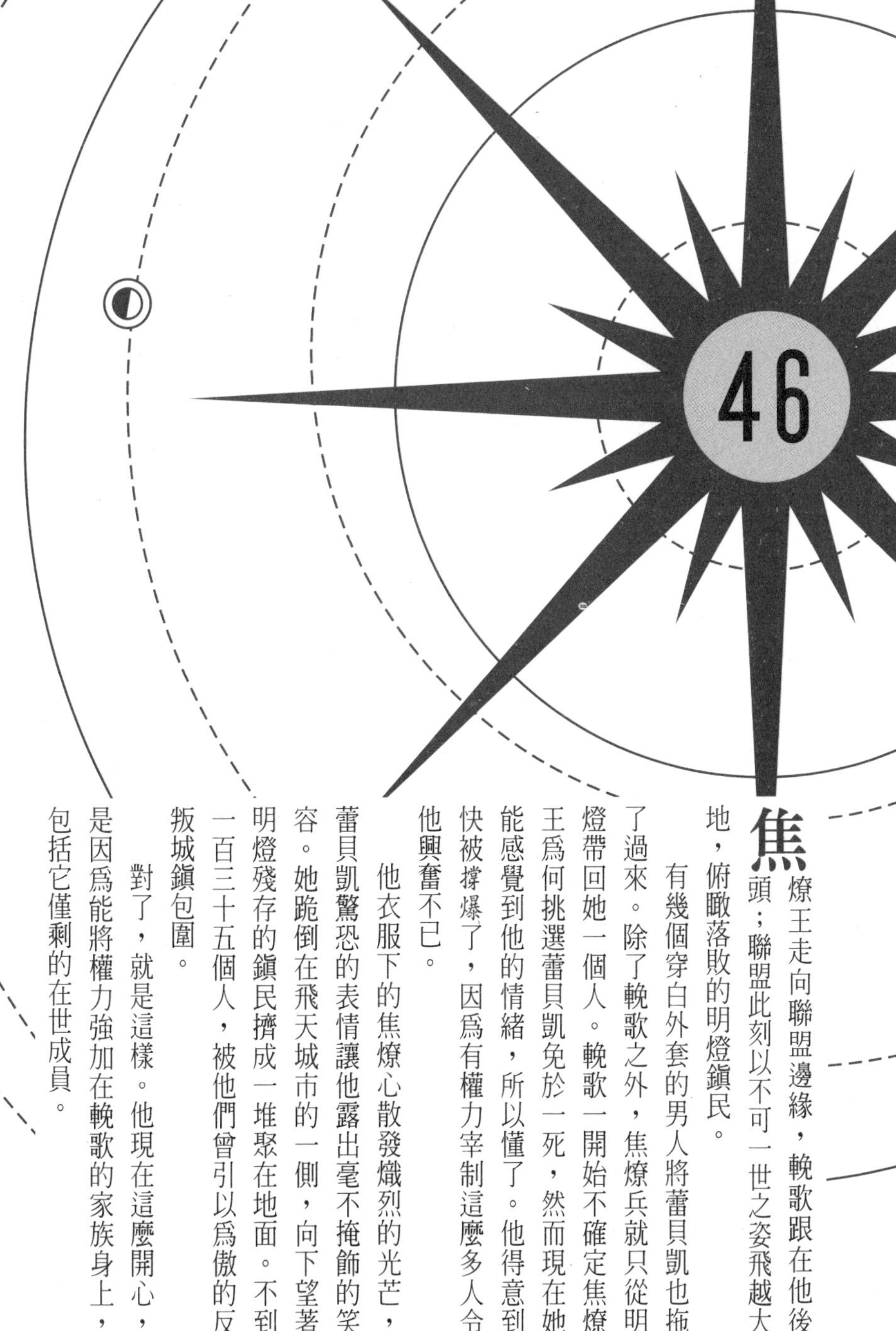

46

焦燎王走向聯盟邊緣，輓歌跟在他後頭；聯盟此刻以不可一世之姿飛越大地，俯瞰落敗的明燈鎮民。

有幾個穿白外套的男人將蕾貝凱也拖了過來。除了輓歌之外，焦燎兵就只從明燈帶回她一個人。輓歌一開始不確定焦燎王為何挑選蕾貝凱免於一死，然而現在她能感覺到他的情緒，所以懂了。他得意到快被撐爆了，因為有權力宰制這麼多人令他興奮不已。

他衣服下的焦燎心散發熾烈的光芒，蕾貝凱驚恐的表情讓他露出毫不掩飾的笑容。她跪倒在飛天城市的一側，向下望著明燈殘存的鎮民擠成一堆聚在地面。不到一百三十五個人，被他們曾引以為傲的反叛城鎮包圍。

對了，就是這樣。他現在這麼開心，是因為能將權力強加在輓歌的家族身上，包括它僅剩的在世成員。

太陽從遠方升起。日光造成一片沿著土地移動的火幕。

輓歌與另外六名焦燎兵站在一起。她不久前才開始了解人類，所以不太確定，但她覺得自己或許騙過了焦燎王。明燈人決定投降時，她演了一場好戲，假裝也攻擊他們，讓前來鎮壓的焦燎兵都看在眼裡。他們將她帶上船交給焦燎王，他用手指觸碰她的焦燎心，並講了一些話。

那並未造成任何效果，不過她假裝有。她的態度轉為冷靜，因為她仍然能感覺到他希望她做什麼，雖然她並不是非做不可。她感覺自己立刻服從讓他很滿意，於是現在她默默站著，彷彿完全受他控制。

他們沒搜她的身。他們何必這麼做？所以他們不知道她身上有齊利恩給她的日心碎片。結果她發現其實她用不著它。

蕾貝凱跪在城市邊緣，全身發抖。輓歌到現在還是覺得她的軟弱很耐人尋味。自己被抓去做成焦燎兵之前也這麼脆弱嗎？儘管不會說出口，其實她很慶幸自己變成這樣。因為她現在無比強大。

「求求你，」蕾貝凱爬滿淚水的臉轉朝焦燎王。「不需要這麼做。他們可以對你很有用，偉大的王。」

「他們的確會很有用。」他的得意溢於言表。「妳的同胞會化為燃料，幫助我的艦隊出征，連最偏遠的廊道都將納入我的版圖。一旦其他城鎮知道反叛的代價是什麼——一旦我的人民將消息傳出去，說有一整個城鎮被太陽毀滅——所有人都會在我面前卑躬屈膝。」他點點頭，彷彿只是自言自語。「我會用這個方式統一世界。」

蕾貝凱全身癱軟下來。接著她的姿態出現奇妙變化。焦燎王沒在注意，但輓歌看見了。她看到那年輕女人握起拳頭、抬高下巴。她打算攻擊他，對吧？輓歌讚許地點點頭。雖然這將是白費力氣，仍然很勇敢。這樣的死法比較好。

奇怪的是，蕾貝凱沒有動手，而是動口。

「你是怎麼知道的？」她問。

焦燎王聽了一頭霧水——輓歌能感覺到。

「知道？」他問。

「知道一直以來都是我在領導明燈。」她指著下方其他鎮民。三位老太太跪在人群中央，面臨逼近的日光，她們沉浸在禱告中。「你怎麼知道那三個人只是傀儡，是用來引開你注意的？你擄走輓歌後，我們知道必須隱藏我的身分。但顯然被你識破了。」

「嗯，這個嘛，」焦燎王說。「很明顯啊。」

謊言？他何必說謊？

他不想像個被蒙在鼓裡的傻瓜，輓歌領悟。眞有趣。但蕾貝凱又爲什麼要撒謊？她想達到什麼目的？這下他只會更可能殺她，而不是相反。

蕾貝凱站起來，背向鎮民，直視他的眼睛。「你把你的想法表達得很清楚了，焦燎王。」她說。「你抓到了我，也知道我是誰。我願意臣服於你。帶其他人過來吧，我會跟他們說我效忠你。」

他偏著頭，頓了一下。

「何者更好？」蕾貝凱問。「讓全世界都知道你能殺光全鎮的人嗎？省省吧——任何人都能從沒有戰士的散亂船艦拿走日心。但要是世界知道，你的頭號詆毀者——想推翻你的領袖——終究發現她的力量在你面前不值一哂……要是世人知道，就連她都同意追隨你，就再也不會有任何人反叛了。」

這是哪招？蕾貝凱才不是領袖；她軟弱又溫和，不是嗎？但焦燎王相信蕾貝凱的謊言，輓歌感覺得到。

而且……而且輓歌發現自己也有一點相信了。

「不。」焦燎王說。

「那你殺了我吧！」蕾貝凱上前一步。「帶其他人過來，逼他們看我死！想想看你掐著我的脖子，當著我的人民粉碎我的生命，你會感到多麼強大的力量。那豈不是權力的終極展現嗎？可以讓他們痛苦，又何必殺了他們呢？」

輓歌倒抽一口氣，又馬上擔心自己露餡。然而她實在情不自禁，因爲眼看著嬌小的蕾貝凱滿臉淚痕，明明沒有半點權勢，仍直接誘騙焦燎王。對，輓歌感覺得到，他認爲在明燈鎮民眼前殺了蕾貝凱確實很有吸引力。

目前所有人之中最安全的蕾貝凱，一心要爲其他人放棄自己的生命。她打不過焦燎王，卻已經快要打敗他了。如果他饒了其他人，並且殺死蕾貝凱……

他幽影的。輓歌原本錯得離譜。

這才不是軟弱。領悟這點後，輓歌感到異樣的平靜。這股平靜將她想要撕扯、行動、殺戮、打鬥的衝動，全都硬是壓了下去。

這是堅強。蕾貝凱比輓歌更強韌。

他們僵持著，日光緩慢但必然地沿著大地逼近，而蕾貝凱沒有崩潰。沒有回頭看。她全心投入這一著險棋。

直到最後，焦燎王露出微笑。

「妳幾乎說服我了。」他對她說。「但我看出妳眼中的痛苦，知道他們即將喪命，讓妳痛不欲生。我是不會被妳動搖的，接受妳的建議等於給妳支配我的權力。」

她到這時才攻擊他，雙手探向他眼睛——但她連一步都沒踏出去，已被一個焦燎兵抓住。蕾貝凱掙扎、大喊、尖叫。她的計謀瓦解了，滿腔挫折洶湧而出。

不過這仍是英勇之舉。垂敗的士兵祭出她僅剩的武器：她的性命。

「妳不該告訴我妳是他們的領袖的，」焦燎王說。「我本來打算留下妳當戰利品。現在我知道是妳帶領那些逆豎反對我……嗯，我想妳會成爲很好的焦燎兵。在那之前，妳就先目送他們喪命吧。」她在焦燎兵掌中掙扎，他走近她。「這才是眞正的權力。握有生殺大權。這……」

他突然頓住，瞇眼望向逼近的日光。

輓歌順著他的視線看去，就連他的焦燎兵也都轉頭看，因爲他們總是能感應到他的情緒。蕾貝凱也察覺異狀，趁機扭身望向地平線。他看見什麼了？

日光離明燈人很近了；它在移動時，將植物甚至天空都點燃：它是由毀滅、火和光組成的大浪。以飛行船的標準來看，移動得很緩慢，卻仍比人類奔跑的速度要快。明燈人還是應該拚命奔逃的，然而他們聚集在一起，不願意拋下落單的人和兒童——他們希望以一個整體死去，不是滿草原奔跑的個體。

此刻，輓歌也能在這之中看到堅強。

他們一同望著前進的火焰。橘紅色天空，美麗絕倫的死亡。

火焰忽高忽低，光幕波動幻變。

這時，高空的日光中突然迸出一個人影，像是正受到鍛造的金屬通體發光，身後還曳著火和煙的碎片。一個活生生的日光餘火。不知怎的，他穿過煉獄仍然存活。天空中的火甚至似乎在他身後自行排列成某種輓歌不認識的符號輪廓：大略呈倒三角形，兩側伸出翅膀。

「是他。」蕾貝凱低聲說。

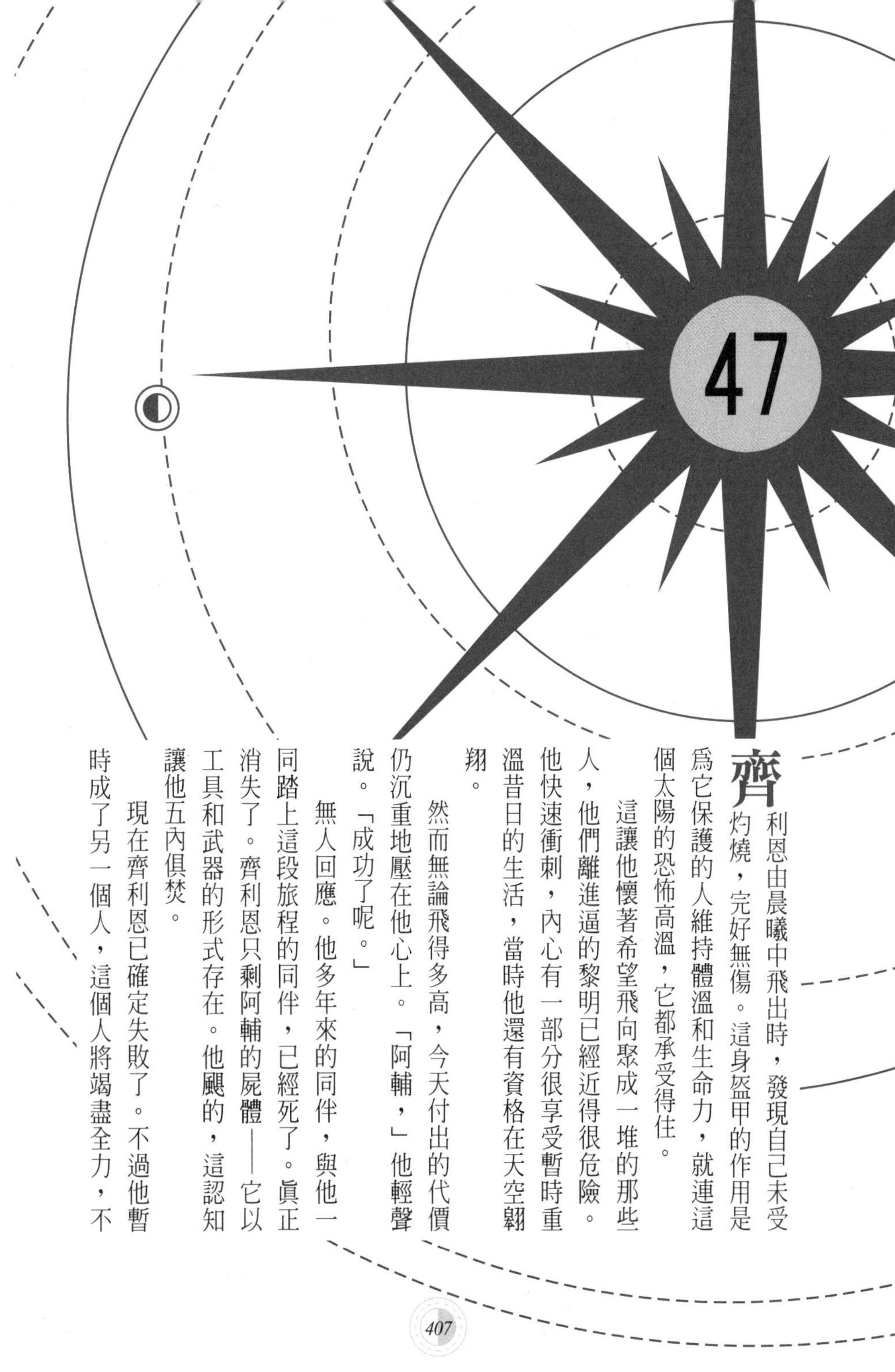

47

齊利恩由晨曦中飛出時，發現自己未受灼燒，完好無傷。這身盔甲的作用是爲它保護的人維持體溫和生命力，就連這個太陽的恐怖高溫，它都承受得住。

這讓他懷著希望飛向聚成一堆的那些人，他們離進逼的黎明已經近得很危險。他快速衝刺，內心有一部分很享受暫時重溫昔日的生活，當時他還有資格在天空翱翔。

然而無論飛得多高，今天付出的代價仍沉重地壓在他心上。「阿輔，」他輕聲說。「成功了呢。」

無人回應。他多年來的同伴，與他一同踏上這段旅程的同伴，已經死了。眞正消失了。齊利恩只剩阿輔的屍體——它以工具和武器的形式存在。他颸的，這認知讓他五內俱焚。

現在齊利恩已確定失敗了。不過他暫時成了另一個人，這個人將竭盡全力，不負好友死前的囑咐。

捍衛那群人。

他落地時炸開一片塵土，衝擊力道可比小隕石，同時感覺到阿輔供給他的能量告罄。正如阿輔給他的提醒，原本剩下的能量也只有一丁點而已，勉強夠維持阿輔的個性。夢想、思維、榮譽，全都在片刻間燃爲烏有。齊利恩召喚阿輔的屍體化作盾牌，而這仍如他期望地成功了。

他快步從那群驚愕的人群中間奔過，同時收掉頭盔——在微涼的空氣中露出面孔。他知道雖然他的盔甲與某些人相比已經較爲流線型了，看起來仍像個笨重的怪物。他踩著重重的腳步走到人群外圍，他們爲他讓路。

「莊嚴之神還在這裡嗎？」他停在人群邊緣大聲問。他瞥向日光，汗水沿著脖子涔涔而下。它已他颶的近了——又一次。

「齊利恩？」莊嚴之神從人堆中走出來。「眞的是你？你——」

「把它削下一小塊，」他將自己從司卡德利亞人那裡搶來的日心拋給她。「裝在『追曙者』上，剩下的還給我。動作快。」

「齊利恩？」愼思擠向前說話，染黑的髮絲披在肩頭。「那是顆日心嗎？我們可以飛到安全地方了！」

他搖頭。「妳能想像要在一、兩分鐘內把這些人都弄上船嗎？就算做得到，再來呢？焦燎王只會再攔下它們。你們太脆弱了。」

「所以要怎麼辦？」她質問。「請直接告訴我們你的計畫吧！」

莊嚴之神將剩下的日心拋回來，然後遵照指示衝去安裝碎片。齊利恩把日心塞到他在盾牌背面留的凹槽裡。

拜託奏效，他心想。希望這樣就夠了。拜託。

能量盈滿整塊盾牌。齊利恩將盾牌插進地面，接著下令。它開始變大，擴展成一座穹頂。這回不是透明的，那樣就沒用了。它是一大片外層反光的金屬。他在「大混亂」中用這個包住自己時，它為他擋掉大部分高溫。輔手的屍體在這個形態下，應該能發揮類似他的盔甲的保護力。

「這……」穹頂持續變大，愼思走近他一些。「它一直都能這樣嗎？」

「不是，」他輕點嵌在內側的日心。「它需要大量授予才能辦到。這是顆加強灌飽能量的日心，是避難所的人再充能過的。」

她盯著日心，又望向他。「日心可以再充能？」她輕聲說。「怎麼做？」

「時間緊迫。妳知道汲出熱能送入日心的咒語是什麼吧？」

「垂死的勇者啊，請讓你的日心接受我的熱能，讓我能祝福尙在人世者。」她說。

「這是一段禱詞。」

「對。」他說。「你們要在日心裡灌進一些熱能做為種子，然後再留在日光下。它會產生類似人類靈魂的反應，燃燒時閃現一股能量——這能讓日心再充能。」

「這表示……這會改變所有事。」

「傳給大家吧，愼思。」他說。「把這眞相告訴他們，改變這個世界。」

「如此簡單……」她說。「我們怎麼從來沒發現？」

「最偉大的科技進展，有很多都只是出自簡單的原理。」齊利恩說。盾牌開始延伸到覆蓋地面，迫使大家都踩上去，這樣才能保護他們不被即將噴出來的岩漿傷害。他颸的，他希望等一下噴發情況不會劇烈到將大家甩來甩去，並因此受傷。此刻他也沒什麼辦法應付那種狀況。他看著穹頂近乎完成，將所有人籠罩在黑暗中，只留下遠端的一個洞。他要從那個洞出去，再把洞封起來。

「我們能度過這一關的。」愼思輕聲說。「謝謝你。我就知道你會回來。」

「這倒怪了，」他說。「我自己都不知道。」

「雅多納西知道，」她回答。「我向祂祈禱你會回來。」

他皺起臉，愼思仔細看看他，不遠處的日心散發的光芒微微照亮他們的面龐。他的盔甲也在發光，卻都不是它通常會散發的那兩種藍色光芒。它現在散發著琥珀色光芒——日光或許損傷了它，因爲盔甲各處仍有小小的橘紅色光點在燃燒；而他走動時，身後會曳著煙霧。

「我注意到，每次我們提起雅多納西，你都會露出那種表情。」

「愼思，」他說。「我不是故意唱反調，但雅多納西？祂——」

「祂已經死了？」她問。「是啊，我們知道。你以爲我們完全沒聽過那個故事嗎？崩碎（The Shattering）？碎力（Shard）？」

「我……對，我以爲你們沒聽過。因爲你們還是把祂掛在嘴邊，還會……嗯，妳知道的，禱告。」

「我們堅信，」她說。「這全都隸屬於某個計畫。計畫的重點不在於一切都按照我們的心願發展——而是相信有人希望它如此發展。」

「我覺得這有點天眞了。」

「然而，」老太太說。「你卻在這裡，拯救我們。」

「那是拜輔手之賜。」他說。「我的這面盾牌是他獻出了僅存的生命，讓我能及時趕來找你們。」

「那輔手是什麼呢？」

「我的靈，某種……量子能量……授予……擁有了生命。」

「那個生物又來自何方呢？」

來自……雅多納西的一份碎力。他颶的。

嗯，他有一部分仍對亞什爾和皇帝抱持信念，儘管發生了那些事。他告訴自己，他從未視他們爲絕對正確，這就是他與許多自己遇過的信徒不同之處，他不會成爲盲目的狂熱者。不過，那可能只是他在自圓其說。

穹頂的地板在他的出口附近鋪滿了，他對愼思點點頭。

「他們抓走了蕾貝凱，」愼思說。「還有輓歌。」

「我會想辦法。」

「謝謝你。」愼思說。「我知道你不想要我賦予你的頭銜，但今天，你出於自己的選擇，在我們最迫切需要的時候來救我們。謝謝你，齊利恩。日煉者。」

「該是再度啓程前進的時候了，」他挺起胸膛說。「教導所有人爲日心再充能的方法吧。一定要讓消息傳開。」

「我們會的，」她說。「除非焦燎王阻止我們。」

「噢，別擔心，」齊利恩說。「我來處理他。」

莊嚴之神爲他把船開過來，他朝它奔去。片刻後他已鑽了出去，並將穹頂密封，希望它能讓裡頭的人活命——自己則飛向聯盟。

日光籠罩穹頂，實現了輔手最後的心願：他眞正成爲阻擋明燈人遭到毀滅的那面牆。

齊利恩無法再直接替他們做什麼，但他們確實仍需要他。不是要他拯救，而是要他做一件他熟練無比的事。

殺人。

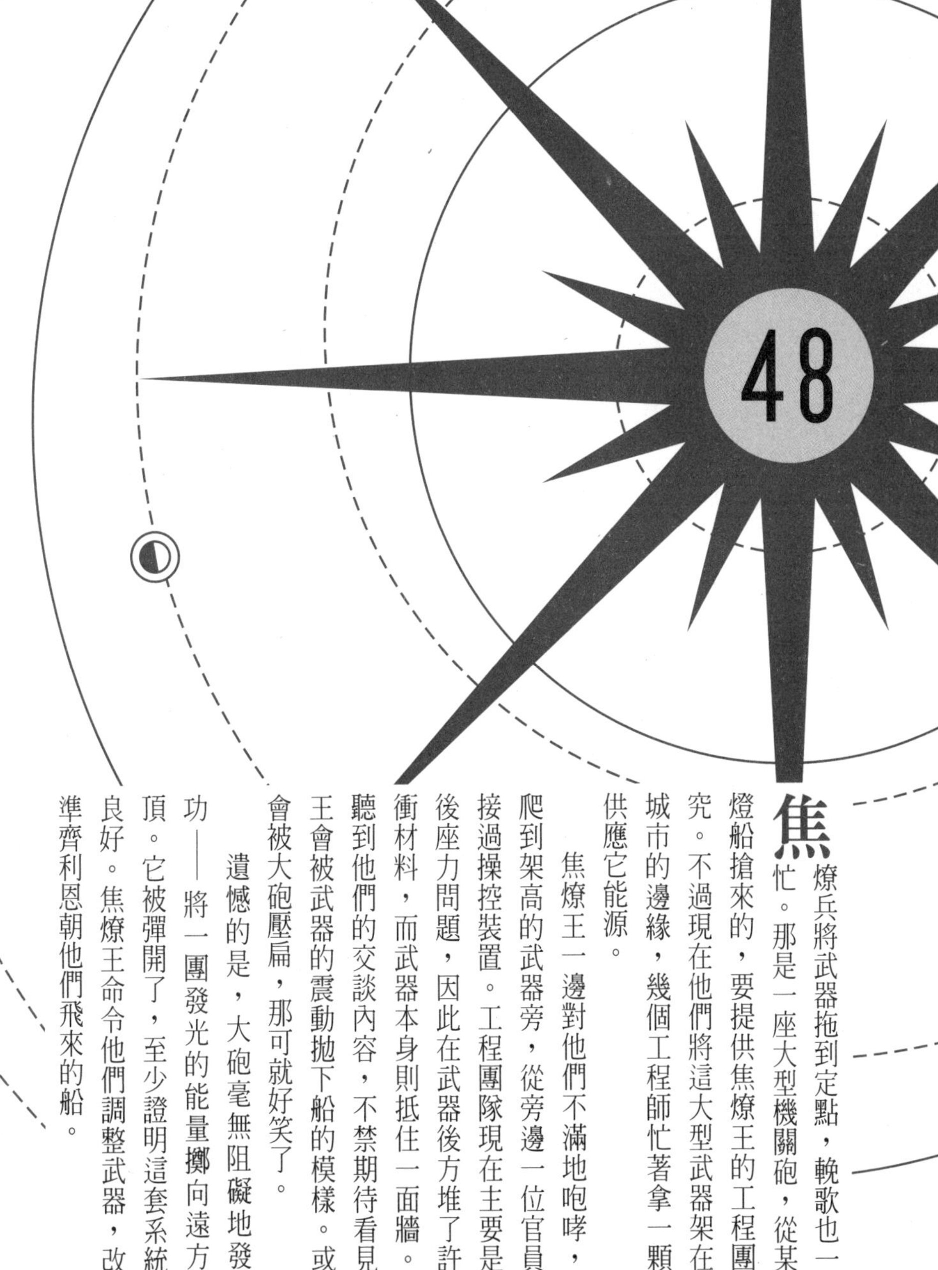

48

焦燎兵將武器拖到定點，輓歌也一起幫忙。那是一座大型機關砲，從某艘明燈船搶來的，要提供焦燎王的工程團隊研究。不過現在他們將這大型武器架在空中城市的邊緣，幾個工程師忙著拿一顆日心供應它能源。

焦燎王一邊對他們不滿地咆哮，一邊爬到架高的武器旁，從旁邊一位官員手裡接過操控裝置。工程團隊現在主要是擔心後座力問題，因此在武器後方堆了許多緩衝材料，而武器本身則抵住一面牆。輓歌聽到他們的交談內容，不禁期待看見焦燎王會被武器的震動拋下船的模樣。或許他會被大砲壓扁，那可就好笑了。

遺憾的是，大砲毫無阻礙地發射成功——將一團發光的能量擲向遠方的穹頂。它被彈開了，至少證明這套系統運作良好。焦燎王命令他們調整武器，改爲瞄準齊利恩朝他們飛來的船。

輓歌感到一陣興奮襲上心頭。這正是她期待已久的大場面。

她對著被一個焦燎兵箝制在近旁的蕾貝凱快速咧嘴一笑，而蕾貝凱的反應是大吃一驚的表情。難道她也被輓歌的演技騙到了？這下她更加得意了。

接下來這部分會超級好玩。焦燎王還沒來得及用武器射擊齊利恩，輓歌已發動攻擊。不是攻擊焦燎王，而是其他焦燎兵。

她從抓住蕾貝凱的那個焦燎兵先下手。輓歌悄悄拿出藏在腰帶裡的日心碎片，撲過去將它按在焦燎兵的焦燎心上，再唸出齊利恩的禱文。那個焦燎兵立刻放開了蕾貝凱，他的焦燎心顏色變淡。他倒抽一口氣，踉蹌後退，他與焦燎王的連結斷開了。

輓歌迅速拉開蕾貝凱，那個焦燎兵因爲突然可以自由行動，而挑中隊伍中離他最近的焦燎兵加以攻擊。輓歌的笑容更燦爛，又解放第二名焦燎兵，接著趕緊向後跳，因爲那女人狂亂地用她的棍棒朝周圍的人猛揮。

輓歌只來得及再解放一個焦燎兵，就被焦燎王發現她在搞鬼了。「可恨的背叛！」他大叫著推開一名想攻擊他的自由焦燎兵。「這是在幹嘛？怎麼……」

這時他的注意力回到齊利恩的船上。他邊罵髒話邊發射——但剛才耽擱的時間已夠長了。砲火打在「追曙者」後方，它仍穩定地朝聯盟靠近。輓歌心想，那艘小船的生命力眞是了不起。

「殺了這傢伙！」他指著輓歌大喊。

剩下的三個焦燎兵朝她衝來，但她解放的那三人正在作亂，攻擊著圍觀的官員和平民。焦燎王不得不召回其中兩個攻擊輓歌的焦燎兵來護駕。

其他焦燎兵趕到現場，不久後，輓歌已和四個對手陷入苦戰。在混亂中，她無法掌握蕾貝凱的情況，只能在自衛的同時被逼著退向城市邊緣。

她的表現……還不錯。其他人有一股她能體會的狂熱，但她曾學著思考，這對她幫助很大。她出於謀略而向後退，用那根大砲隔開她和其他人。他們忙亂地繞過大砲時，她趁機用力一躍翻過大砲，從另一側落地，爭取到一對一格鬥的短暫空檔。

她用棍棒打斷對方的腿，正匆忙地要拿出她的日心碎片，有個嗓音從她後方傳來。

「妳能夠獨立思考？」焦燎王問。「妳想起來了嗎？那妳聽到這個會心痛嗎？」

蕾貝凱尖叫。

輓歌回頭，發現蕾貝凱在他手裡——他赤手抓著她脖子，吸走她的體溫。奇怪的是，輓歌看到這一幕確實感到心痛——以及憤怒。蕾貝凱是……應該受到保護的人。輓歌嗥叫，但馬上被另一個焦燎兵從後方擒抱住，她指間的日心碎片滑落、彈開。

「對，妳是很心痛吧？」焦燎王說。「真有意思。嗯，妳知道我打算把她怎麼樣，或許會更加痛苦。我要把她變得跟妳一樣，我要奪走她的心智與靈魂，替換成只效忠我一個人。妳再見到她時，她會想殺妳。輓歌，妳聽了是否很痛苦啊？」

輓歌懊惱地狂吼，無法自制地撲打壓制住她的焦燎兵。這時另一個焦燎兵趕到，用棍子狠擊她的腦袋。不過她忍住疼痛，注意力全集中在蕾貝凱身上——焦燎王放開她，推到一名官員懷裡。蕾貝凱大部分的體溫都被吸走了，整個人癱軟無力。

另一名官員急切地對焦燎王耳語了一句，他望向愈來愈近的齊利恩。「我們得動用原本那個對付他的計畫，」焦燎王說。「它還是隨時可以用吧？」

「是的，吾王。」

「很好。信念，去指揮中心，封鎖全城——沒有一艘船可以離開。我可不想讓他從我指縫溜走。其他人，跟我來。」

輓歌甩開抓住她的焦燎兵，一把接住另一人用來打她的頭的棍子，甚至又踹了第三個來助陣的焦燎兵的腿。她看到另外至少十二個焦燎兵正沿著街道奔來，他們是被主人用意志召喚來的。

焦燎王快步走開，幾名穿白外套的官員拖著虛弱的蕾貝凱跟著他。

他們把輓歌丟在原地等死。但他們沒搞清楚狀況，現在她能謀劃了，也開始在乎了。她不會單純地奮戰至死。因此，她擺脫了要來對付她的那一群人。

拔腿狂奔。

她拿出全部的體力與決心奔跑，遠離那些焦燎兵。後方傳來他們受挫的怒吼，因爲她竟然避戰。雖然她內心是有些渴望與他們交戰，渴望打鬥、扒抓、揮擊、殺戮，她卻選擇逃跑。她沿著城市邊緣跑了一段路，直到有機會用力一跳，攀住一棟低矮建築的屋頂上緣。輓歌爬上屋頂時，室內那個被嚇壞的女人趕緊關上窗戶，她轉身跳到街道對面的船上。

底下的焦燎兵爭先恐後想抓到她，但他們並未團結合作，反而彼此妨礙。輓歌沿原路回去，從某個屋頂跳到另一個屋頂，直到返回原本的地點。她跳下地，一把撈起先前掉落的日心碎片，接著奔過兩條街，來到之前她就注意到的位置——那是一片開放空間，只有鋼鐵甲板，附近沒有任何建築。

焦燎兵由四面八方靠近，逼得她只能退向邊緣，直到已無路可走，然後低吼著狠瞪他們。這時，有個物體由下方撞擊城市，使它為之搖撼。片刻後，一個人影翻過邊緣跳上來——那人身穿悶燒的盔甲，所經之處留下一縷輕煙。他在她面前落地，金屬雙腳在金屬街道上擦出火花。接著他站直身子，穿上盔甲的他比原本的他更虎虎生風。

「妳沒事吧？」他問她，不知道他的聲音是怎麼從盔甲內傳出來的。他瞥了她一眼，面盔上的裂口散發橘紅色暗光，顏色像煤炭——或是日心。這身裝備似乎同時具有古風和現代感。它一體成型，她看不出關節處有任何接縫。它也令人聯想到另一個時代，當時的士兵都穿成這樣上戰場。

「嗯，」她喘著粗氣說。「我有計畫。我看到你朝這位置飛來。我有計畫，齊利恩。」

「很好。」

「他們帶蕾貝凱朝那個方向走了。」她指著聚成一堆的焦燎兵後方，他們一看到齊利恩就往後躲。

「焦燎王跟他們在一起嗎？」

「對。」

「那我就要去那裡。」他說。

「你有帶武器嗎？」

「沒有，」他說。「它現在正在為明燈鎮民保住性命——召喚它的話，他們立刻就會死。」

「那我們兩人都只能靠拳頭了。」她說。

「這我不同意。」他對她說，焦燎兵又開始逼向前。「我猜想你們誰也沒見過碎甲發威吧。妳退後一點，好好欣賞接下來這部分。我來幫我們開路。」

他踩著重重的腳步往前走，盔甲與甲板相碰，鏗鏘作響；他迎面對上第一個焦燎兵，朝對方揮出一記威力十足的上勾拳。那個焦燎兵仍習慣不把挨打當一回事，連閃都沒閃，因此齊利恩的拳頭正中目標，使那焦燎兵像布娃娃一樣飛越附近幾艘船，在遠處落地。

他霍地轉身，抓住另一人，將她拋向另外幾個朝他過來的敵人。他的動作有如破壞力十足的機械，拿焦燎兵當武器攻擊他們自己人。他使出一連串不可思議的必殺技，拋擲他們、踐踏他們、毀滅他們。

不過與上回不同的是，焦燎王不在場，因而未受到驚嚇。結果就是他們前仆後繼、源源不絕。輓歌本來看得入迷，後來注意到齊利恩的盔甲開始出現裂縫。他所向披靡，像機器般力大無窮，但他無法阻絕所有人的攻擊。他們時不時能用棍棒或砍刀打中他，而這些敲擊會在盔甲上製造裂痕，彷彿它是玻璃做的。

輓歌從敬畏中回過神，奔向前開始逐一滌淨受傷焦燎兵的焦燎心。他們在獲得解放後，會馬上想要殺她，但她都靈巧地躲開，讓他們轉而攻擊其他焦燎兵，進一步製造混亂。

那身奇怪的盔甲在受到某一下敲打後，真的隨著一陣迸發的光芒而爆開了，還噴濺出火花和發光的金屬碎片。那是一塊肩甲，但齊利恩繼續戰鬥，打斷焦燎兵的骨頭、拋飛他們，直到街道終於靜了下來。倒不是寂靜無聲——有太多落敗受傷的焦燎兵在呻吟慘叫，不可能沒聲音。但攻擊者的遞補已後繼無力，像是能量即將告罄的機關砲。

齊利恩頹然跪下，她能聽到他在頭盔裡深呼吸。這時他的盔甲開始瓦解，化作煙霧消散，讓他在幾秒鐘的時間內曝露出弱點。他掙扎起身，撿起一把掉落的砍刀。

「你能再讓它出現嗎？」輓歌踩著甲板上溼滑的血走向他。

「我不知道。」他說。「我想短時間內不能吧。我……不確定現在我和我的盔甲是什麼關係。不過能再度穿上它，感覺很好。」他環顧自己造成的破壞。「這些可憐的靈魂，被掠奪後不得不淪落至此。」

「他們很享受。」她保證。「你讓他們參與了一場前所未見的精采戰鬥，況且有些人逃掉了。」她指著她解放的那幾人，他們鑽進小巷，準備找平民打架。

也許……她不該為此開心。果然，她看到他眉頭深鎖，表示這或許……或許是壞事。

「我們得找到焦燎王。」他說。

「我知道他們會帶蕾貝凱去哪裡。」她說。「他想把她做成焦燎兵。我就是在那個地方誕生的。」

齊利恩點點頭，跟著她穿過城市；由於市民都躲了起來，整座城十分安靜。靠近聯盟中央的是他們的聖物箱，也就是存放合聲的處所，而它旁邊就是焦燎王製造焦燎兵的燃燒廳。

她和齊利恩一同衝進這兩棟建築外的空地。焦燎王就站在右側，在一條寬街的中段位置，雙手扠腰。恭候大駕。

「我來對付他。」齊利恩掂了掂砍刀說。「妳去救妳妹妹。」

「我想要戰鬥。」她不悅地說。

「我知道，不過那是妳需要的嗎？」

「這兩個不一樣喔？」

「對。」他用下巴指了指焦燎王，對方招手要他上前。「他在打歪主意，想設陷阱。妳自認爲能跟他鬥智嗎？」

「沒有。」她承認。「但是不管什麼陷阱，我都可以硬闖過去！我能殺了他！」

「眞的嗎，輓歌？」齊利恩直視她眼睛。「妳該這麼做嗎？」他一手按著她肩膀。「此時此刻，妳需要的是放棄這場戰鬥，去救妳妹妹。這也是妳的同胞所需要的。這是妳應該走的路。」

她沒有被他的話感動，但她……她還是相信了。她點點頭。

「去吧。」他說。「妳救到蕾貝凱後，替我跟她說一件事。日心是有辦法再充能的。在空的日心裡灌一點熱能，再把它留在日光下，等你們繞一圈回來，它就會充滿能量了。獻祭的日子已經結束。明燈那裡已經知道這件事，但我希望愈多人聽說愈好。他們有權利知道眞相。」

「我會的。」

「對了，輓歌？謝謝妳。」

「謝什麼？」

「謝謝妳讓我有了值得一同出生入死的戰友。」他說完，轉向焦燎王。「我想這幫助我想起我需要走什麼路。」

言畢，他們便分道揚鑣，各自迎向不同的命運。

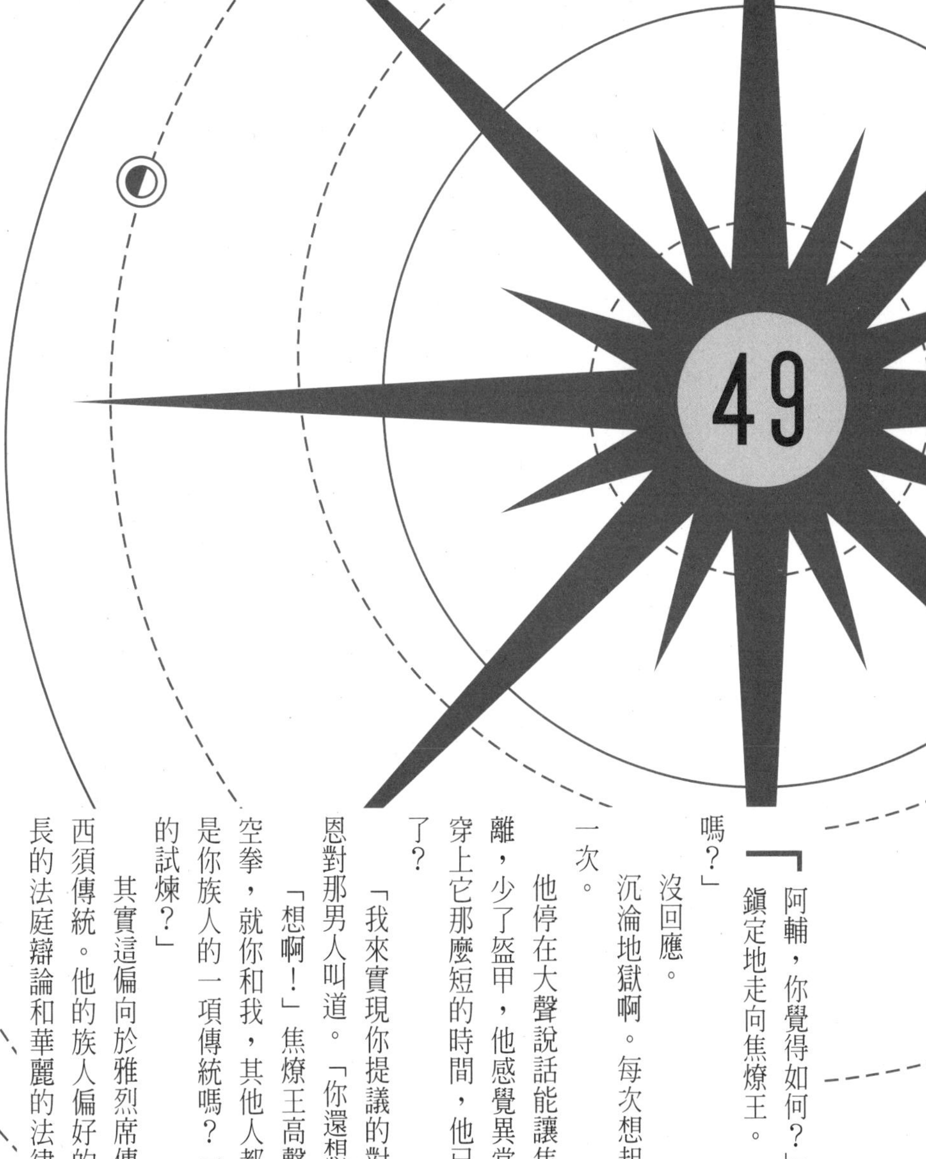

「阿輔，你覺得如何？」齊利恩邊說邊鎮定地走向焦燎王。「有看到狙擊手嗎？」

沒回應。

沉淪地獄啊。每次想起來，他又會痛一次。

他停在大聲說話能讓焦燎王聽見的距離，少了盔甲，他感覺異常脆弱。才重新穿上它那麼短的時間，他已經如此依賴它了？

「我來實現你提議的對戰了！」齊利恩對那男人叫道。「你還想打嗎？」

「想啊！」焦燎王高聲回應。「赤手空拳，就你和我，其他人都不介入！這不是你族人的一項傳統嗎？一對一進行榮譽的試煉？」

其實這偏向於雅烈席傳統，而不是亞西須傳統。他的族人偏好的作法是運用冗長的法庭辯論和華麗的法律用語來解決紛爭。不過釐清這項差異不是重點，不管焦燎王嘴上怎麼說，他仍然很懷疑對方打算公平競爭。

因此即便沒有輔手幫忙留意，齊利恩仍做好現場會有狙擊手的心理準備。他朝建築牆壁旁閃躲，同時有幾發子彈打在他後方。那不是授予子彈。他們改用普通的石彈了？爲什麼？

他貼向自己打算用來當掩體的牆壁，但附近的門窗內衝出十來個穿白外套的官員，他們朝他射出雖然打到會痛、但不會穿透皮膚的彈丸。他們用彈雨擂擊他，削弱他的戰力，同時也有焦燎兵圍住他，拿棍棒毆打他。齊利恩陷入苦戰，又推又擋，直到其中一人在他的手腕套上一個東西。

他的血管像湧入冰塊，體溫迅速流失。他的身體晃了晃，但沒有倒下——因爲才過一秒，臂鎧又關掉了。他們並不想弄昏他，只想讓他變虛弱。他們又在他腿上裝了某個東西，接著焦燎兵退後，官員則離開現場。

齊利恩腳步踉蹌，幾乎無法站立。這時，廣播聲響徹全城。「聯盟人民注意！」是焦燎王的嗓音。他事先錄好的？「你們都聽說過有個他界者，有些人在傳他是日煉者。現在他就在這裡。我要給你們機會看看他，見證他的落敗。」

焦燎王慢慢走向齊利恩。這片區域周圍都是監視器，它們追蹤焦燎王的每個動作，拍下他做作地解開齊利恩手腕上的臂鎧，取下之後舉高，讓所有人看見他已讓敵人自由。他將臂鎧丟向旁邊，再踢開齊利恩掉在地上的砍刀。

「現在，」焦燎王舉起雙拳。「來進行榮譽決鬥吧，就你和我。要開始了嗎？」

齊利恩抖了抖身體，想找回力量。也許這確實才叫公平吧。他舉起拳頭，卻發現它們綿軟無力。事實上，他全身都感覺很沉重，好像鉛塊綁在他身上，令他幾乎無法將拳頭舉到應戰的位置。

「你對我做了什麼？」他咆哮。

「那是我們在隱密船上的朋友送的禮物。」焦燎王說。「結凍臂鎧雖然不錯，但往往會把我的臣民弄昏，而我有時候希望他們保持清醒，只要……稍微屈於劣勢就好。」

「稍微？」齊利恩怒吼，換了個站姿，就連這簡單的動作都異常吃力。「是那種司卡德利亞重量裝置對吧？那是你鎖在我腳踝上的東西？」他見過一些人在重力較小的星球穿戴那種裝置，以便照正常方式行走。不過在這裡，這項裝置受到高度增強，讓他全身都感覺像處於標準重力三、四倍的環境。

焦燎王微笑，然後一拳打在齊利恩臉上。他想抬起拳頭阻擋，動作卻太遲緩，腹部又吃了一拳。他跌跌撞撞地後退。

「懦夫。」齊利恩咆哮。

「勝利這回事一點也不懦弱。」焦燎王大步向前。

齊利恩紮紮實實地打中對方一拳，讓他嘴唇裂開。結果它立刻就癒合了。他颶的，他的授予究竟有多高？

齊利恩再度出手，但太緩慢也太無力了。焦燎王痛揍他的臉，打得他倒在地上。齊利恩肚子挨了一腳，勉強滾開才沒被踹到第二腳。

他費力地站起來，硬撐，掙扎。

「這才叫力量。」焦燎王低聲說，朝他走近，摘下手套裸露出拳頭。在常規打鬥中這可不是好主意，因爲你受的傷很可能與對手同樣重，但焦燎王的授予能幫助他治癒那些皮肉傷。「這才叫強者。」

「那你又何必對人民隱瞞你的所作所爲？」齊利恩惡狠狠地說。「你想要確保能打敗我，又不想讓他們知道是怎麼打敗的？這才不叫力量，這叫造假。」

「死到臨頭的人，總覺得全世界都對他不公平。」焦燎王邊說又邊揍他一拳。

沉淪地獄啊，好痛。齊利恩開始流鼻血，他沿著街道踉蹌後退。他已經沒有輔手能幫他計算授予量了，但他感覺得到它在波動，在枯竭。他的耐力已用盡，體力也開始耗弱。

「事實上，」焦燎王說。「我只不過像你一樣，善用自己的優勢罷了。」他大笑，揍了齊利恩肚子一拳。「好了，加把勁吧。我們來場精采的演出，日煉者。人民會想要看見你壯烈犧牲！」

他毫不鬆懈地逼近，迫使齊利恩後退。又一次，他直接走向升起的太陽。

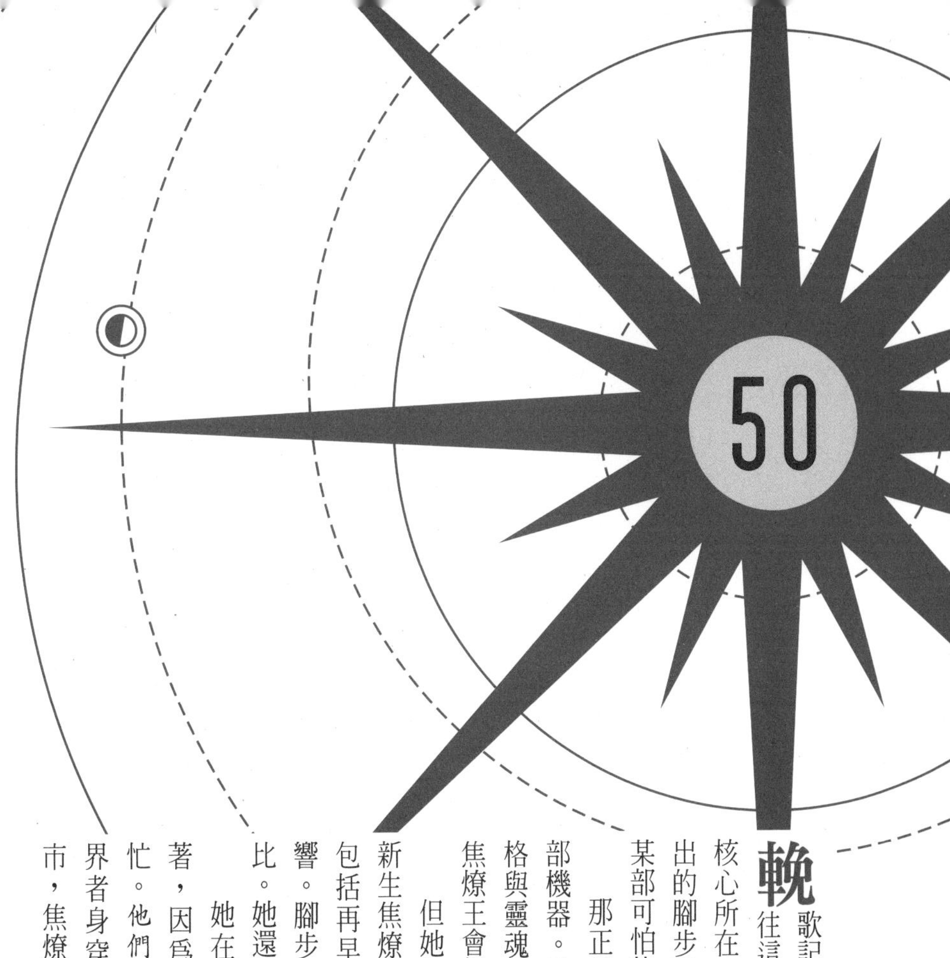

50

輓歌記得這個地方。樸素的金屬階梯通往這艘船的底層，而那裡正是聯盟的核心所在。她還記得自己踩在金屬上所發出的腳步聲，每一步都有回音，聽起來像某部可怕的機器在遠處運作。

那正是……正是她所成爲的東西：一部機器。是物品而不是人。失去選擇、人格與靈魂。照理說，那一切都已燒去，而焦燎王會得到一個完美殺手。

但她記得。舊時的回憶。不只是她以新生焦燎兵身分被帶離此地時的記憶，還包括再早一些的時候。只有……那些聲響。腳步聲。她記得往下走，內心驚恐無比。她還記得……光？

她在樓梯底部看到一扇門，它微敞著，因爲拖著蕾貝凱走進去的人太過匆忙。他們有什麼感覺？知道有個駭人的他界者身穿奇怪的盔甲正在攻擊他們的城市，焦燎兵也發狂了，而他們卻受命來處決一個俘虜？

輓歌將門整個推開，裡頭的光線與她記憶中一模一樣。牆上的凹槽裡放了幾百顆日心，它們是城市的庫存。這裡恍如陵墓，全都是被太陽奪去性命的靈魂。此外還有一名焦燎兵守衛。

她一走進去，那名焦燎兵就咆哮著朝她衝來。輓歌用前臂擋下他揮來的棍棒，同時直視他的眼睛。這一回她難得不感到狂熱，而是心神不寧。想起那些光，想起被人拖著走過這條廊道，心知原本的她——她愛過的所有人，她做過的所有事——即將從她身上燒毀。有如將被接下來的高燒消滅的疾病。

她將那個焦燎兵拋向一旁，他撞到牆壁，大批日心都在晃動。他掙扎起身，她又手刀劈向他喉嚨撂倒他，讓他被自己的鮮血嗆到而嗆咳喘氣。第二名焦燎兵衝進門，但她再次感到心平氣和，只是往旁邊一跨，抓住他的手臂，利用他自身的衝力將他摜在牆上。

他倒地不起。

她記得。不過只記得疼痛與驚恐，她不記得自己所愛、所知、所相信的是什麼，只記得知道她即將失去它們。這似乎更加殘酷，因爲恐慌與痛苦留下了，引發這些情緒的原始自我卻不復存。她繼續沿著擺滿靈魂的走廊向前推進。

她跨過第一個焦燎兵的身軀，衝進製造新焦燎兵的房間。有一排飽受驚嚇的人正靠在牆邊等待，他們是準備改造成焦燎兵的臣民，或許要用來對抗她所解放的焦燎兵。現場只有三名官員負責處理他們，但他們在倉促之下並沒有顧及細節。譬如說，他們將蕾貝凱綁在定位時，忘了先脫掉她的衣服。

這表示他們啓動機器，讓一支尖端裝有燃燒焦燎心的長矛降下來、碰觸蕾貝凱的胸膛時，她的上衣先著火。輓歌記得自己接受這酷刑時如何慘叫過。

蕾貝凱目光移向側面的輓歌，雙眼驚恐地瞪大——眼裡的光采開始消逝。

不。

不能這樣。

不能讓她發生這種事。

輓歌再次發出與過去相呼應的慘叫聲，兩個瞬間彼此共鳴。她躍過房間，抓住那機具，直接扯下固定好的長矛。她扯斷蕾貝凱的縛繩，將年輕女子由桌面拉下來。

但焦燎心已經植入了。蕾貝凱的皮膚燒成灰，在火光映襯下顯得晦暗——而那火光則燒得愈來愈亮。

不，不，不，不！

輓歌手忙腳亂地探向自己腰間。她把那塊日心碎片塞到哪去了？蕾貝凱抽搐著，眼神失焦，唇間流瀉出一聲哀鳴。

輓歌能感覺到它——位於自己體內深處的可怕火焰。它吞噬一切，事發瞬間有如燒熱的金屬延伸拉長，而愛已消散，希望蒸發，記憶化作灰燼……

輓歌聲嘶力竭地喊出一句模糊的話，將妹妹拉向自己，感覺蕾貝凱的體溫貼在自己空洞的胸前。貼在她的自我遭到摧毀的位置。她緊抱蕾貝凱，輕聲唸誦這段話：「垂死的勇者啊，請給我的焦燎心妳的熱能，讓妳能保有記憶並祝福尚在人世者。」

輓歌的焦燎心已深陷體內，因此她們的焦燎心是無法相觸的。然而，她仍感覺到變

化，感到一股炙熱由蕾貝凱傳向她。穿透她們的皮膚，由一個皮囊移到另一個皮囊。

這股炙熱燒去晚歌最後的記憶——主要是痛苦，也包括對這個房間、對踏在金屬上的腳步聲回音的記憶。原本的她僅存的殘渣也死了。但當她拉開距離，卻發現蕾貝凱的焦燎心不再繼續往胸膛陷進去。

它反倒像珠寶上的寶石，只是淺淺地嵌著——焦燎心周圍的皮膚燒成爆炸狀的灰燼，往她脖子上端蔓延。不過她的胸脯還完好無損，胸腔也未塌陷或燒空。

蕾貝凱眨了眨眼，深吸一口氣，眼神聚焦在晚歌臉上。「晚……晚歌？」

「對。」晚歌驚愕地發現臉上的淚水。這是什麼感覺？幾乎和殺戮的欲望一樣強烈。

「妳阻止它了，」蕾貝凱說。「我還是我。我還記得……晚歌！妳救了我。妳抱著我，看我的眼神像是……妳想起我了，對不對？」

「對。」晚歌撒謊，因爲現在應該這麼回答，她也應該想起來才對。「我……並沒有想起來，但我感覺到了。關於某些事。以前的事。」

「其他記憶可能也會恢復！」

不會的，晚歌對此相當確定。她才剛失去原本僅存的少許記憶。不過她仍阻止了蕾貝凱遇害，這就夠了。她將妹妹安頓好，接著看向室內的官員；他們都緊貼著牆壁，其中一人正伸手要拿檯子上的槍。晚歌對上他的視線，搖了搖頭。

他舉起雙手退後。走廊上還有那兩名焦燎兵，雖然她擊碎一人的咽喉，另一人仍然很危險。她去察看他們的狀況，卻發現他們眼神空洞地站在外頭的走廊，彷彿在恍神。

「晚歌，」蕾貝凱說。「我能感覺到他們，那些焦燎兵。我爲什麼能感覺到他們？」

「焦燎心讓我們互相連結，」她說。「樞紐是焦燎王。妳並沒有完成整個程序，但也許妳還是取得部分連結。妳能聽到他的想法嗎？」

「不能。但是，輓歌，焦燎王是怎麼控制其他人的？」

「用他的焦燎心。」她說。「那個焦燎心——」輓歌轉頭看著蕾貝凱以及嵌在她皮膚上的發光焦燎心。「那個焦燎心沒有像吞噬我們一樣吞噬他。」她急切地蹲跪下來。「妳能不能控制他們？」

蕾貝凱皺眉。「我……我試試看。」

走廊上的焦燎兵歪著頭望向她，但沒有移動。

「我試著讓那兩個人進來這房間，然後坐下。」蕾貝凱解釋。「但有東西在妨礙我。」

「焦燎王。」

蕾貝凱點頭。「他比我強大，輓歌。不過我覺得……我覺得其他焦燎兵會無視我——或至少不會攻擊我。我們該怎麼辦？」

「我只懂得搞破壞，」輓歌說。「困難的決定得由妳負責才行。」

蕾貝凱聽了皺起臉，顯得不知所措。

「蕾貝凱，」輓歌說。「齊利恩正在和焦燎王對戰。我們分開前，他要我告訴妳一件事。他說……有個方法能爲日心再充能，人民不必再爲了製造日心而死。明燈的人已經知道這件事，他說讓愈多人知道愈好。」

蕾貝凱眉頭皺得更緊，接著她深吸一口氣，在輓歌攙扶下站起身。「我們得去聯盟的指揮中心。」

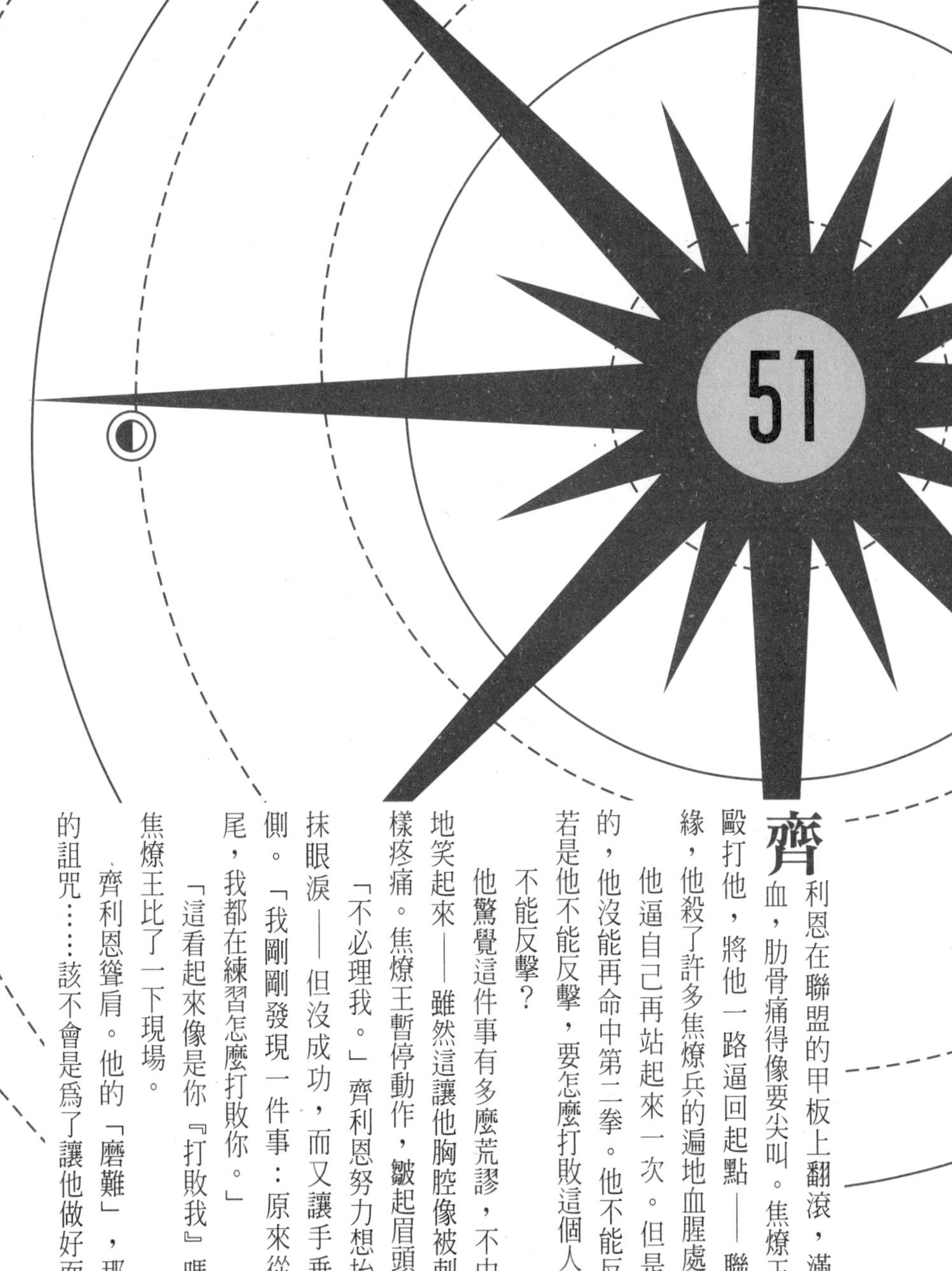

齊利恩在聯盟的甲板上翻滾，滿臉是血，肋骨痛得像要尖叫。焦燎王不斷毆打他，將他一路逼回起點——聯盟邊緣，他殺了許多焦燎兵的遍地血腥處。

他逼自己再站起來一次。但是他颺的，他沒能再命中第二拳。他不能反擊。若是他不能反擊，要怎麼打敗這個人……

不能反擊？

他驚覺這件事有多麼荒謬，不由自主地笑起來——雖然這讓他胸腔像被刺穿一樣疼痛。焦燎王暫停動作，皺起眉頭。

「不必理我。」齊利恩努力想抬起手抹眼淚——但沒成功，而又讓手垂到身側。「我剛剛發現一件事：原來從頭到尾，我都在練習怎麼打敗你。」

「這看起來像是你『打敗我』嗎？」焦燎王比了一下現場。

齊利恩聳肩。他的「磨難」，那愚蠢的詛咒……該不會是爲了讓他做好面對這一刻的準備吧？

他將這念頭斥爲無稽之談，撇到一邊。「磨難」又沒有生命；它不會策劃。他一而再地被迫面對敵人卻又不能打鬥，繼之落入眼前的處境，完全是湊巧而已。

他颶的。他一定要離開這星球，否則所有事都將像是隸屬於某種語焉不詳的天機。他朝焦燎王點點頭，對方又上前來揍他。這次，齊利恩並未試著阻擋或閃躲。他迎向拳頭，被擊中時悶哼一聲，接著就揪住焦燎王的衣服。

「擒拿術，」焦燎王試著扳開齊利恩的手指。「懦夫愛用的伎倆。」

「這話會嚴重得罪我認識的一些人喔。」齊利恩抓得更緊一點。他的身體被重物拖住，但手指力量未受影響，因此暴君帶著兩人轉圈、想要掙脫時，他仍能抓牢對方的衣服，最後焦燎王只好赤手按著齊利恩的臉，口中唸唸有詞。

體溫開始由齊利恩身上移向焦燎王，儘管對方是刻意施行這個招數，卻仍大吃一驚。「等一下，這招現在怎麼行得通了？」

「因爲不知道爲什麼，」齊利恩說。「別人仍對我有信心。感謝你把我們轉了個方向啊。」

焦燎王迎向他的視線，這時齊利恩朝對方施力，讓自己的重量帶著兩人都向後倒。他並未掌控局勢，只是躺下去，基本上就是使用他和輓歌首次對戰時，他在競技場拖倒輓歌的那一招。

現在它的效果就和上次一樣好。焦燎王再怎麼掙扎，都敵不過被他增重的齊利恩，現在齊利恩的重量是一般人的四倍。這麼重的東西，可不是能夠直接撥到旁邊的。他們的衝力讓兩人都滾下船。

短暫的下墜後，他們落在軟土上。

齊利恩看到了疼痛。他那已經重傷的身體又挨了一記重拳時，疼痛化作鮮豔而絢麗的色彩閃過他眼前。幸好墜落時，他壓在焦燎王身上，讓對方當墊背。

「白癡。」男人將齊利恩推到旁邊。「你以爲你占到了什麼便宜？把我弄得渾身是泥嗎？」

齊利恩喘到無法回答。他選擇吃力無比地站起來，然後舉起拳頭。

「你知道嗎？」焦燎王說。「我本來預期這場表演會更有看頭。」他又揍了齊利恩一拳，讓他跌在泥地上。

而他又努力站起來。

「你應該要是更好的戰士才對。」焦燎王絆倒他，狠踹他斷掉的肋骨。

齊利恩倒抽一口氣，然後緩慢地站起來。

「這簡直歹戲拖棚到讓我難受。」焦燎王說完又發動攻擊。

齊利恩捱過這一拳。

再站起來。

他希望這樣就夠了。

頌星大部分的城鎮都設有中央指揮部——目的是在整座城鎮固定在一起時，負責操控方向，但並非每個指揮中心都像聯盟這裡高度設限。她們抵達時，蕾貝凱向輓歌說明：聯盟的人民並不自由，若是未經批准，他們不能讓自己的船脫離整體。

指揮中心艦橋的入口，有五個焦燎兵看守……而他們直接讓輓歌與蕾貝凱通過。背對他們感覺很不對勁——輓歌差點出於原則問題主動攻擊他們，但她忍住了。進到主要指揮室後，她們看見一群穿白外套的人坐在一排螢幕前，正在監看齊利恩與焦燎王對戰的監視器畫面。那兩人已跌落草地與泥巴，鏡頭拉近，追蹤他們的動態。

看到輓歌和蕾貝凱出現，有幾人伸手拿槍。輓歌打算攻擊，但蕾貝凱握住她手臂。

「我們不能跟他們所有人開戰。」

輓歌絕對能夠跟他們所有人開戰。只是應該贏不了而已。

「妳是明燈人，」其中一名官員說。「妳是那個誰的妹妹……」他視線落在輓歌身上，臉色一下就白了。「就是她的妹妹。」

「我帶她過來，」蕾貝凱說。「是爲了讓她說服你們。」

等一下。

什麼？

「蕾貝凱，」輓歌抓住年輕女人的手臂，小聲說。「我不行啦。」

「妳不是說妳漸漸想起來了？」蕾貝凱露出她可能自認爲是鼓勵的笑容。「繼續挖掘，妳還在那裡面，輓歌。」

他幽影的。「不，我不在，蕾貝凱。我眞的不在。」

「所以……」

「這件事得靠妳，」輓歌說。「說出我不會說的話。」

蕾貝凱轉朝室內其他人，他們正困惑地打量她們——不過仍舉著槍。

「我們不是來傷害你們的，」蕾貝凱說。「我們不會攻擊你們。我只希望你們聽聽看。」她用下巴指了指他們剛才在看的螢幕。「是他界者讓他們掉下去的嗎？從城市跌落？」

室內安靜片刻，接著有個坐在操作台前的女人點點頭。

「他是想讓你們看出，」蕾貝凱說。「焦燎王很弱。」這時她停頓一下，歪著頭。因為在打鬥畫面中，齊利恩表現得很遜。他不斷被打倒。他的技巧怎麼都沒施展出來？

「焦燎王有作弊，對吧？」蕾貝凱問。

室內再度安靜。輓歌幾乎寧可選擇「跟他們所有人開戰並且可能會死」，因為這種靜默令人抓狂。

「對。」另一名操作員終於回答。「他通常會做這種事，營造出他自己所向披靡的假象。」

「他有時候會跟焦燎兵對打，」另一人說。「但他們總會先被削弱實力。」

「他以為神不知鬼不覺，」另一人接口。「但我們全都知道。我是說，很明顯嘛。」

「你們的機會來了。」蕾貝凱上前一步。他們握緊武器，於是她又舉起雙手退回去。

「你們看啊！他離開船了，太陽也即將升起。我們只要飛走就好，把他丟下。」

「他的焦燎兵會殺了我們！」一名操作員說。

「沒有阻止我們進來這裡的焦燎兵嗎？」蕾貝凱說。「情況已經有了變化，一切都在改變。聽我說，我們已經知道要怎麼把日心再充能了。」

「什麼？」有個持槍男人邊說邊垂下槍。「妳騙人。」

「並沒有。」她說。「不需要再獻祭了，不需要再摸彩了。不需要再讓我們的父母送死了。」她潸然淚下，再度往前走，這次她不在乎對方有什麼反應。「我將我母親留給太陽，我看著姊姊被擄走，看著哥哥死於焦燎王的武器。難道我們犧牲得還不夠多嗎？」

「他太強大了！」有個女人說。

蕾貝凱朝螢幕比了一下，畫面中，焦燎王被迫一再打倒齊利恩。「他看起來會很強大嗎？」

沉默。這次輓歌也忍不住深思。她看到齊利恩又站起來。她曾經誤判蕾貝凱的力量，會不會在這件事上她也誤判了？

是的。

這個人被焦燎王施加限制又打得不成人形，焦燎王卻仍擊不倒他，焦燎王還能假裝擁有多少力量呢？

要學的事還多得很呢。

「我知道無能為力的感覺，」蕾貝凱說。「我知道你們看到他對這座城市、對你們愛的人做了什麼，會感到頹喪無力。你們屈服於他的淫威，是因為別無選擇。

「但是今天，你們有選擇了。把船開走吧，丟下他。」蕾貝凱停頓，接著拉開她殘破的上衣，露出她那顆仍在體表的焦燎心——以及它周圍燒焦的皮膚。

室內所有人都說不出話。

「我，」蕾貝凱說。「是日煉者。現在焦燎兵由我控制，我是來給你們自由的。自由是我的贈禮，但不是強求。我不會勉強你們，因爲世界在改變。現在的我們，要自己選擇該怎麼做。拜託你們了。」

武器被一一放下。

大夥兒面面相覷。

終於，率先回應的那個女人站起身。「他幽影的，由我來吧。」她坐到房間前端的操作台，沒人阻止她。

於是，聯盟就這樣拋棄了它的王，把他留在泥巴中。而螢幕中的他看到這種事發生時，那表情實在太令人滿足。

室內的人紛紛入座，似乎被他們做的事——或是能夠做的事——給嚇呆了。但是還有個問題沒解決。輓歌抓著蕾貝凱的手臂，把她拉到一邊，低聲問：「那齊利恩怎麼辦？」

「他幽影的。」她轉身面向其他人。「我們得派艘船去救那個他界者。」

「派艘船？」其中一人說。「日煉者，這座城市在焦燎王的命令下正處於封鎖狀態——我們無法解除命令。命令下達一小時之內，無論有什麼理由，都沒有船可以離開。」

「焦燎王是個偏執狂，」另一人說。「只有他能解鎖，而且也要等時間到。」

「我猜他完全沒想過我們會丟下他，把整座城市開走……」有個女人補充。

蕾貝凱轉身。「我們得用齊利恩飛來時開的船……」她的話沒說完，因爲她在螢幕中的背景看到它了——「追曙者」已是一堆悶燒的廢鐵。

它爲他們做了很多事，也曾進出「大混亂」而倖存。如今它再也不能飛了，尤其是毫不留情的日光也已逼近。日光離那兩個打鬥的男人已近得危險——現在城市以全速離開，所以他們已是兩個小黑點。

「別了，殺手。」輓歌抱住泣不成聲的蕾貝凱。「我也要謝謝你給了我一個好戰友，而不只是同袍。」

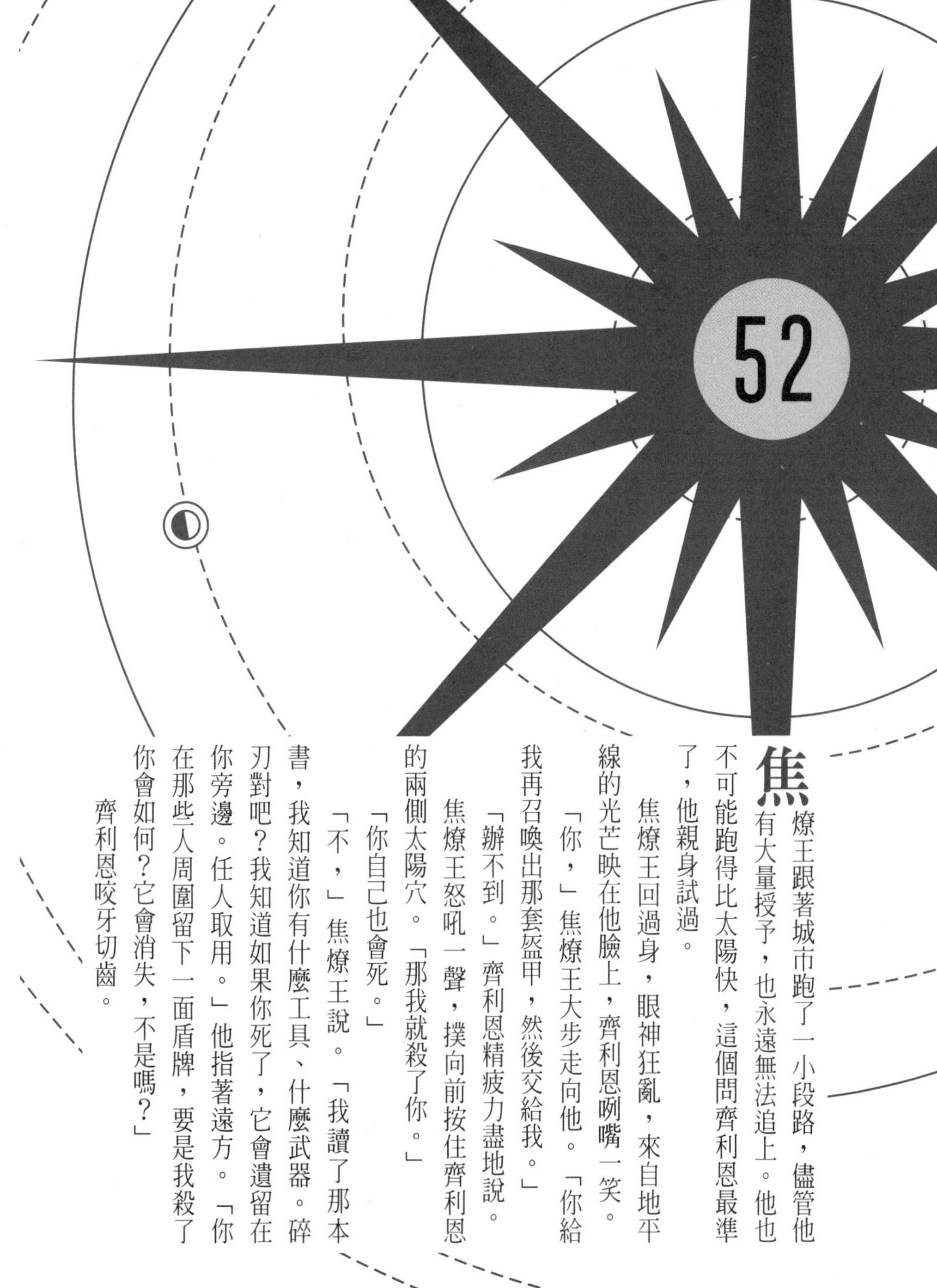

52

焦燎王跟著城市跑了一小段路，儘管他有大量授予，也永遠無法追上。他也不可能跑得比太陽快，這個問齊利恩最準了，他親身試過。

焦燎王回過身，眼神狂亂，來自地平線的光芒映在他臉上，齊利恩咧嘴一笑。

「你，」焦燎王大步走向他。「你給我再召喚出那套盔甲，然後交給我。」

「辦不到。」齊利恩精疲力盡地說。

焦燎王怒吼一聲，撲向前按住齊利恩的兩側太陽穴。「那我就殺了你。」

「你自己也會死。」

「不，」焦燎王說。「我讀了那本書，我知道你有什麼工具、什麼武器。碎刃對吧？我知道如果你死了，它會遺留在你旁邊。任人取用。」他指著遠方。「你在那些人周圍留下一面盾牌，要是我殺了你會如何？它會消失，不是嗎？」

齊利恩咬牙切齒。

沒錯。要是他死了，他的武器會失去締結，出現在他身側。

「我要拿它來保護自己。」焦燎王邊說邊吸走齊利恩的體溫。源自深處的寒冷在齊利恩體內蔓延，彷彿他的骨頭在結霜。他倒抽一口氣。

「然後，」焦燎王說。「等城市繞回來，他們會看出我是什麼人——不死者。」好強烈的冰冷，連他的心都在顫抖。

「我會把背叛我的人千刀萬剮。」焦燎王細聲說。「再也不會有人敢反對我。只要我持有他界者的美麗寶劍，就沒人敢對抗我。我會統一所有人，納入唯一一座輝煌的城市，只由一個人統治。」

齊利恩感到寒意在增強，所有東西都有如冰霜。然而……

他並未立下保護那群人的誓言。

但他確實向輔手做出了承諾。在此時此刻，承諾的重量遠勝過誓言。齊利恩向內深掘，找到（許久之前）驅動他飛向天空的一點火花。

這並非贖罪，但或許是一種紀念。輔手叮囑他堅持下去，所以他颶的，他會做到。

他一把抓住焦燎王兩隻手腕，低聲唸道：「垂死的勇者啊，請給我你的熱能，讓它能祝福尚值得擁有者。」

「對亡者講的禱詞？」焦燎王輕笑說。

「不對，」齊利恩說。「是對臨終者講的。」

他直視對方眼睛。

並沒出他的熱能。

焦燎王驚呼一聲，試圖掙開。日光在近處迸現，齊利恩能聽見火焰掃過來。他們周圍的植物先是枯萎，然後開始變成褐色。

「住手！」焦燎王說。

已成爲頌星之子的齊利恩，卻因爲「磨難」而能夠吸食授予；當他急速取走焦燎王的能量，熱力湧向他全身。焦燎王長久以來都在蒐集授予，不必擔心受到報復而恣意掠奪他人的熱能，以致他體內的能量愈積愈多。多到他的眼睛都發光。多到他的靈魂堅信，只因爲他可以爲所欲爲，他就是個偉人。

「**停止**！」男人瞪大眼慘叫。

「你知道專制政權的問題出在哪裡嗎？」齊利恩說。「總是會有人比你更強大。」

焦燎王瘋狂掙扎，但他體內的光芒熄滅了。他的眼睛恢復正常，就只是常見的平凡榛果色。他胸前的焦燎心也變暗，而齊利恩發現自己的能量快要滿出來。

他深深渴望能有機會聽到輔手的嗓音，最後一次告訴他，現在他的授予量有多少。但他並不需要。他已達到百分之百跳躍值，甚至還超過。

「好好享受你的第一次日出吧。」齊利恩輕聲說。「它會是你畢生所見最美的一次。」

光與火席捲他們，前焦燎王化作火球，皮膚皺縮後燒成灰，眼珠先是嘶嘶冒出蒸氣再爆開。

同一瞬間，齊利恩運用焦燎王爲他準備的巨大能量，啓動他的「磨難」。

從這顆星球躍入寰宇。
繼續他的旅程。

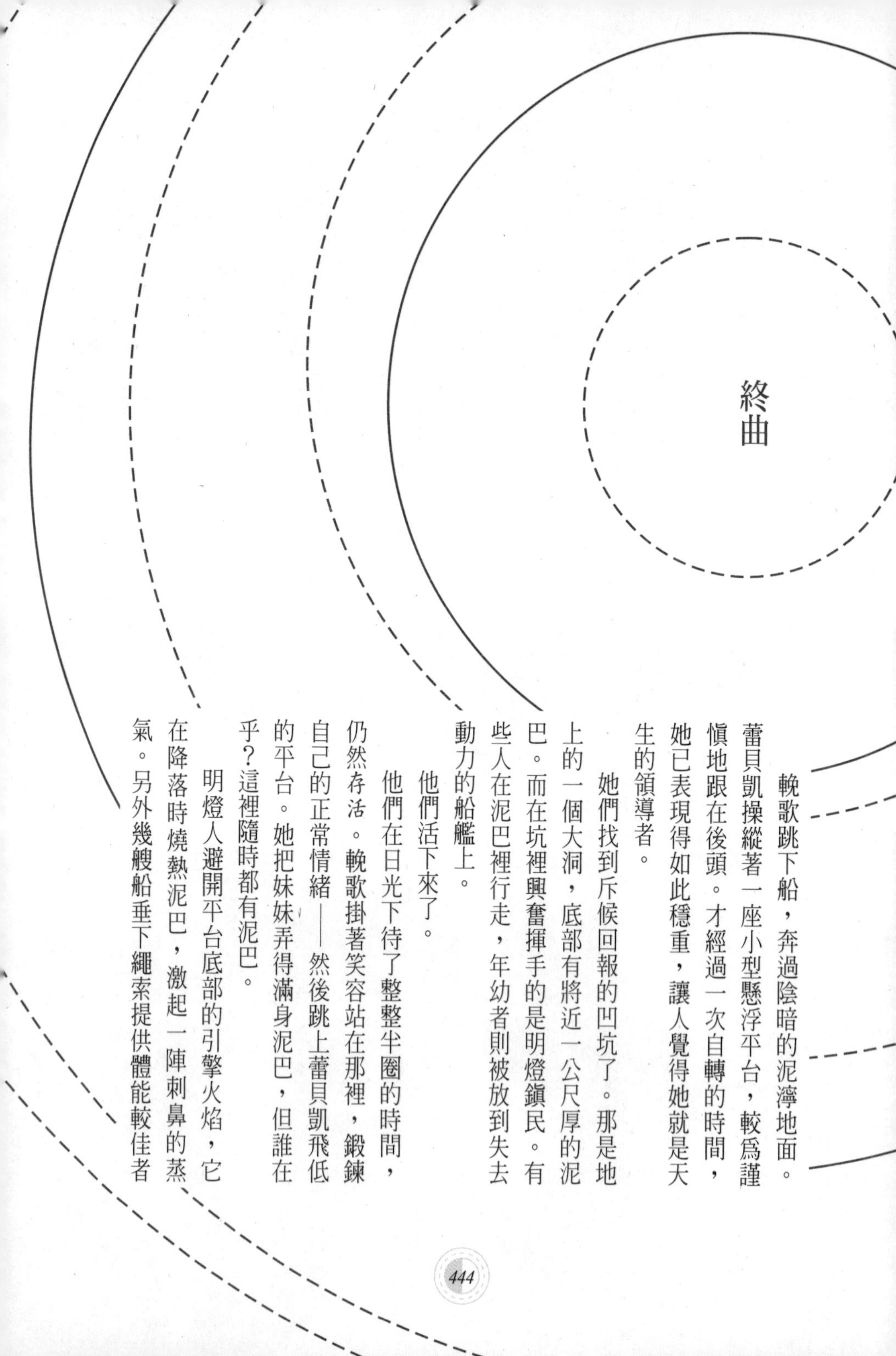

終曲

輓歌跳下船，奔過陰暗的泥濘地面。蕾貝凱操縱著一座小型懸浮平台，較為謹慎地跟在後頭。才經過一次自轉的時間，她已表現得如此穩重，讓人覺得她就是天生的領導者。

她們找到斥候回報的凹坑了。那是地上的一個大洞，底部有將近一公尺厚的泥巴。而在坑裡興奮揮手的是明燈鎮民。有些人在泥巴裡行走，年幼者則被放到失去動力的船艦上。

他們活下來了。

他們在日光下待了整整半圈的時間，仍然存活。輓歌掛著笑容站在那裡，鍛鍊自己的正常情緒——然後跳上蕾貝凱飛低的平台。她把妹妹弄得滿身泥巴，但誰在乎？這裡隨時都有泥巴。

明燈人避開平台底部的引擎火焰，它在降落時燒熱泥巴，激起一陣刺鼻的蒸氣。另外幾艘船垂下繩索提供體能較佳者爬上去，不過這座平台是專門來載長老的。

有三位老太太很快就被扶上平台。眾益渾身是泥、疲憊不堪，但她們捱過了這場苦難。她們望向蕾貝凱，她已找來一件自己能穿的連身裙，前襟挖得很低，露出她的焦燎心與結疤的皮膚。

憐憫第一個明白狀況。「日煉……女？」

「我是日煉者。」蕾貝凱輕聲說。

「焦燎王呢？」信心問。

「死了。」蕾貝凱說。「我們想要撿回他的日心，拿來爲聯盟提供一陣子動力，感覺這樣才合乎天理。」

「有件事妳一定要聽。」愼思露出淡淡笑容說，平台剛升空，要帶她們回聯盟休養。

「有個辦法可以把日心再充能。」

蕾貝凱點頭。「他告訴我們了，在他……離開之前。」

三位老太太望向她。

「離開」二字縈繞不去。她們不能確定，也許永遠都不會有答案——他是設法活下來了，抑或被太陽帶走了？

但輓歌正在訓練她那顆感受到喜悅的心，想要懷抱信念。在白晝期間，穹頂始終屹立不搖，保護著明燈人，之後才消失，留下一個泥巴坑。她有種直覺：當她們撿回焦燎王的日心時（後無來者的最後一顆），泥土中就只會有他的這顆日心。

「我們還有工作。」她們升上天空時，蕾貝凱輕聲說。「我們已經跟其他廊道的一些人聯絡過了——其中一群人甚至派來了代表團。但我們需要找到全部的人，告訴他們我們的重大發現。我們要免費給予這項資訊，因爲它也是免費交到我們手上的。我們要停止犧牲。」

「如妳所願，日煉者。」愼思說。

「不，」她微笑說。「不是如我所願。妳們才是我們的統治者。」

「可是——」信心朝蕾貝凱胸口的焦燎心比了一下。

「這讓我能控制焦燎兵，」蕾貝凱說。「我們現在在試著慢慢喚醒他們，並教導他們。我也不會再讓更多焦燎兵產生。只要他們願意，我們會用他們負責守衛，但我不會成爲另一個暴君。我會是……一個象徵，信心。一盞明燈。僅此而已。」她微笑望向輓歌。

「這是我姊姊教我們的。」

輓歌仍然希望自己偶爾有機會打架，但要是不能……嗯，她只好尋找新的情緒和活動來培養了。

當她們升上天空，她發現，這感覺並不無聊，反而像一場冒險。

✴

眞相就在那裡上士剛與飄浮城市的人開完會，轉身離開。他走路時刻意彎腰駝背，因爲確信那些人會被軍事化紀律嚇到，他可不希望他們記住他。他裝作是來自另一條「廊道」的鎮民，前來尋求解釋，原本就已經夠沒說服力了。

他悄悄登上他自己從他們造訪的第一座城鎮偷來的船。船艙內，夜旅兵團的其他人正一手按著武器，監視門口的動靜。他對他們點點頭，他們解除戒備，於是他進到駕駛室。

海軍上將在那裡等候。雖然他們是陸軍，卻有一位海軍上將。這就是他們的模式。她的個子很高，黑色短髮，身穿全套軍服，背對他站著，雙手直挺挺地垂在身側。海軍上將……是那種永不休息的人。出任務時，他好像還不曾走進某個空間而發現她坐著。

「回報狀況。」她低聲說，一手輕擱在她的連續鍊上——那是一件類似馬鞭的銀質武器，捲成一綑掛在她腰部。

「他來過這裡。」真相就在那裡說。「他們對這話題知無不言。據說在本地時間大約一天前，他已經死了。死於跟本地國王的戰鬥。」

「死了？」海軍上將仍背對他。

「據說是。我們是否要採取……呃，更嚴厲的手段來探查資訊？」

「你認爲他們有任何有用的資訊可招供嗎？」

「長官，老實說，我不認爲。」

她深思地輕點腳尖。

「不過我確實發現有趣的事，」他說。「這裡有艘司卡德利亞船鑽在地底，從事『科學』事務。他曾落在他們手上，他們卻沒向我們通報——甚至連聲友好的招呼都沒打。您不覺得，挺無禮的嗎？」

她轉向他，眼珠閃著幽光，嘴角勾起罕見的笑意。「非常無禮。」

「或許，」他說。「我們應該去拜訪他們，看看他們知道什麼。」他聳肩。「況且本地人算是我們遠親，爲了他們恰好身在錯的地點而把他們化成渣，感覺不太對。」

「恰好身在錯的地點，」她說。「正是一般人被化成渣的主要原因，眞相。」

他又聳肩。

「我們就從司卡德利亞人下手好了，」海軍上將說。「他們那裡有錄影畫面，會比那一群沒見過世面的鄉巴佬的說法要可靠多了。我感覺他又比我們快了一步。他是怎麼辦到的？」

「我猜他只是很識相地嚇到屁滾尿流。」

她沒回答，但他離開時，有兩名幽影從房間角落出來，跟著他一起走；它們雙眼散發紅光，身著死亡時的那身軍服。海軍上將不需要開口就能指揮它們，而從它們的行爲看得出，她顯然希望獨處。連亡者的陪伴都不想要。

她聽到他們的獵物又溜掉了，可是很不開心。眞相趕緊去大房間待著。這種時刻，最好還是讓她一個人靜一靜。

✳

齊利恩坐在海灘，聽著海浪拍打沙子的聲音，因爲曬著太陽而感覺……很彆扭。這只是正常的陽光，但還是怪。他老覺得應該趕快躲起來才對。

他很善於判斷時間，但坐在這裡等待讓他備感壓力。他在沙上刮出記號，標記出又過了幾下心跳的時間。要等到他可以合理地確信，頌星上的明燈人已經脫離日光、進入黑暗才行。

如果他等太久，他們會窒息。所以他必須拿出最佳判斷力，在他認爲已經安全時收回武器。它以劍的形式出現在他手中，讓他總算能用它切斷固定在他腿上的愚蠢增重環。

他站起身，感覺擺脫了四、五百公斤的重量。然而，另一件重物取代了它——壓在他靈魂上。

「我的時間有抓準嗎？」他問。「我剛才是把他們活活燒死，還是放他們自由？他們是否已被上方的泥土壓扁？輓歌救到蕾貝凱了嗎？」

沉默。輔手已經死了。比死更糟，他是完全被燒光了——在意識界（Cognitive Realm）沒有遺留任何東西。這把劍現在已是屍體，眞正與原本寓居其中的靈魂切割。

沒有噪音能取代他已枯萎的良心，來打斷他的思緒。他徹底地孤單。

他大概永遠無法得知蕾貝凱、輓歌、眾益以及全體明燈人後來究竟怎麼樣了。因爲他沒有本錢回頭張望，他不敢將死咬著他不放的軍隊帶到他所在乎的人附近。只要他再回到那裡，他們就會知道那地方在他心中是有份量的。他在那裡交談過的所有對象，都將成爲箭靶。

他只能期望，由於他只在那裡短暫停留，沒人會察覺他有多麼關心那顆星球和星球上的人。

他在遠方看到另一艘船。儘管他在這區域沒看到其他陸地，卻老是有船經過這裡。這附近就只有他憑空出現其上的這座環礁，而且上次漲潮時，它還沉在海面下幾公分呢。這個環礁上連一棵樹都沒有。

他輕聲呻吟著爬起身，將阿輔變成鏡面盾牌，用它反射陽光。

不出幾分鐘，那艘船便轉朝他的方向。駕船者竟然是朽．殆，他都不知道除了悠倫之外，別的星球也有他們的據點。

他們的小船抵達了，他踩著水過去找它。

再度開始逃亡的時候到了。

（全書完）

後記

在「祕密計畫」系列中，唯獨在寫這一本時，我已經對它們最後可能以什麼風貌問世有了概念。

請聽我娓娓道來。《翠海的雀絲》是我心血來潮寫來送給我太太的，由於過程太有樂趣了，我想再試點別的，剛好因爲新冠疫情的關係，我有多餘的時間。便開始把玩其他故事靈感——最後選定了《勤儉魔法師的中古英格蘭生存指南》。那算是爲我自己寫的書，用來證明我能將創作《翠海的雀絲》時蓄積的動能繼續維持下去。我用這方式做了不同的新嘗試，只爲讓自己開心。

《侑美與夢魘繪師》又是送我太太的禮物。《翠海的雀絲》是源自她提出的想法而寫的故事，但在寫《侑美與夢魘繪師》時，我眞的想要深入地寫個故事獻給她——寫個我想她會很愛的故事。寫完之後，我手上有了三本書，於是「山德森之年」的念頭開始萌芽。我心想每季一本、總共四本書，應該是最好的實行方式。這感覺就是命中紅心。我想要再寫一本書。

而且，我想把這本書獻給你們。

「祕密計畫」另外三本書，運用了實驗性的敘事口吻。它們若非不屬於寰宇系列，就是只與寰宇系列稍微沾上邊。每一本我都很愛，也引以自豪。這麼說並非暗示我不喜歡或不將它們視爲得意之作，但我知道既然要執行「山德森之年」企畫，也要寫一本更屬於寰宇「主線」的書，主角是我打算在未來事件中發揮關鍵作用的一個人。此外，我也想加強建立寰宇知識，不只是帶到一些次要星球，而是鄭重介紹。

因此，這本書是送你們的禮物。正如同《翠海的雀絲》和《侑美與夢魘繪師》是送給愛蜜莉的禮物，這本書是爲多年來一路與我同行的讀者量身打造的。它仍是一場實驗；我想藉這本書運用更飛馳的節奏，來講述一個經典奇幻故事。我也想玩玩看之前沒用過的一些手法類型（另外三本也是）。在本書中，我效法的是舊西部片與西部片的現代化版本，例如《瘋狂麥斯》電影系列——這類故事說的是有個遊俠捲入當地紛爭，在幫助完當地人之後，又不得不繼續踏上旅程。

席格吉的故事已經在我腦中發酵好一陣子了。我寫的第五本書（未發表過）叫作《潘朵拉的第六個化身》（*The Sixth Incarnation of Pandora*）（我知道這可能是我取過最糟的書名，我始終想不出適合它的名字）。故事主角是個名叫齊利恩的不死戰士，他活得太久，身邊的人都不再與他有關係，以致與周遭世界失去了連結。多年來，我在許多線上遊戲中取的代號都是齊利恩（Zellion）——主要是因爲通常沒人用這個名字。

除此之外，我記得自己寫的第一個寰宇故事，就是霍德到了一個新星球，研究他們的魔法，並判斷當地人是否適合加入一場正在進行的衝突，爲免爆雷，我不能在此詳述那是什麼樣的衝突。那是一九九〇年代寫的，我一直沒把它寫完，但故事梗概讓我念念不忘——亦即有個人在寰宇各世界間跳躍，然後被拖住走不了，不得不學習當地魔法才能脫身。

我寫「颶光典籍」系列時，將這兩個概念都應用在阿席身上。我在腦中建構他的故事——他是霍德的學徒，曾受人之託而短暫持有晨碎，因此必須過著始料未及的不死生活。我始終不滿意由霍德來去新世界和摸索當地魔法，因爲這不符合他的人設。我想讓調性動態一些，加入追殺元素，而那也將干擾我打算讓霍德發生的事（在某個短暫期間，我選擇珊露[注]擔任在世界間跳來跳去的角色，但去掉與晨碎的連結，因爲那是給席格吉的設定）。

無論如何，這些資訊大概都超出你們需要知道的範圍了！眞正相關的重點是，我在二〇二一年底，意識到我終於有機會寫齊利恩的故事。我選擇它做爲「祕密計畫」的第四本書，想藉此向你們所有人致謝，而我也用這方式細究早在很久之前就想寫的角色。對我而言，這本書算是一個里程碑，它是我第五十本長篇小說。我覺得這個數字很酷，因爲它能追溯到我多年前寫的第五本長篇小說。我無法保證會再寫與阿席直接相關的故事，但他對寰宇的未來很重要，所以他一定會再出現。我眞心希望你們喜歡我對寫作風格與寰宇系列

注：《皇帝魂》的主角。

敘事類型的這場實驗。

這是最後的機會，能讓我向許多讀者談論Kickstarter的美妙計畫，所以請容我再花一點時間，說明爲什麼我要將此書獻給你們——我的忠實讀者。

我眞誠地相信，書只有被閱讀過才有生命。即使沒有人讀，我也會持續寫作——這就是我——我會茁壯成長，因爲我深知這些故事正因各位而變得鮮活。

故事是一種特殊的藝術，尤其當它被寫下來時。

每個人對故事及其中人物的想像都會略有不同——但人人都會在上面刻上自己的印記，讓它成爲屬於你的獨有作品。

在這一切發生之前——直到我腦中的夢想在你們心中成爲眞實（即使是短暫的）——我不認爲故事已經完成。

所以，這本書是你們的，當你們讀過它們之際。

非常感謝你們爲我的作品和寰宇賦予了生命。

布蘭登・山德森

◆作者簡介

布蘭登．山德森（Brandon Sanderson）

西元一九七五年生於美國內布拉斯加州首府林肯。十五歲時在書店見到奇幻大師羅伯特．喬丹的暢銷經典鉅作《時光之輪1：世界之眼》，從此成為書迷，並立志寫作向大師看齊。

二〇〇五年，首部長篇小說《諸神之城：伊嵐翠》付梓，連續入選二〇〇六、二〇〇七美國奇科幻地位最高的新人獎項——約翰．坎伯新人獎，之後陸續寫下「迷霧之子」三部曲、「邪惡圖書館」系列、《破戰者》等書，被各大書評給與高度評價，更讓喬丹大師指定他為「時光之輪」完結篇的接班人選！

二〇〇九年十月《時光之輪12：末日風暴》出版，打敗丹．布朗新書《失落的符號》，空降紐約時報排行榜冠軍。

二〇一〇年二月「迷霧之子」三部曲陸續在臺灣出版，以其華麗精采又節奏輕快的內容，破除一般讀者對於奇幻小說設定繁複，閱讀門檻高的類型限制，掀起奇幻小說大眾化熱潮，創造全系列至今銷售破二十萬冊佳績！

二〇一二年二月，山德森籌思規畫超過十年的壯闊長篇鉅作「颶光典籍」系列首部曲《王者之路》推出，超越「迷霧之子」系列成就，讓評論家和讀者們紛紛驚呼他為「邪惡的天才」！

二〇一三年九月，以參訪臺灣故宮為靈感的〈皇帝魂〉摘下全球奇科幻大獎《雨果獎》最佳中篇。十一月，《陣學師：亞米帝斯學院》上市，融入數學幾何的設定饒富趣味又兼具知識性，開啓了魔法學院冒險的新篇章！

二〇一四年五月，山德森再次挑戰其多變精湛的寫作風格，全新打造邪惡版的超級英雄「審判者傳奇」系列，猶如動作電影般的快節奏冒險，加上作者一貫擅長的翻轉筆法，再次擄獲所有讀者的心！六月，出版長達十多年的「時光之輪」系列，終於畫下跨世紀歷史性的完美句點；同年十二月，受邀與電玩公司跨界合作暢銷IOS遊戲《無盡之劍》背景故事創作上市，被讀者喻爲「完全超越遊戲的快感動作經典！」

二〇一五～二〇二一年，陸續出版了「審判者傳奇」系列、「迷霧之子－執法鎔金」系列、忠實讀者引頸期盼已久的奇幻史詩「颶光典籍」系列，以及科幻長篇「天防者」系列。

二〇二二～二〇二三年，突然向書迷告白自己過去兩年祕密寫了四本書，並於 Kickstarter 集資平臺專案獲得史上破四千萬美金高標紀錄，震撼全球出版界！四本作品已於二〇二三年底全數出版。

目前任教於楊百翰大學，居於猶他州的歐瑞市，繼續以一支快筆和豐沛的創作能量，引領讀者徜徉在他無限的創作宇宙之中。

官網：www.brandonsanderson.com

擄獲所有讀者的心！六月，出版長達十多年的「時光之輪」系列，終於畫下跨世紀歷史性的完美句點；同年十二月，受邀與電玩公司跨界合作暢銷IOS遊戲《無盡之劍》背景故事創作上市，被讀者喻爲「完全超越遊戲的快感動作經典！」

二〇一五～二〇二一年，陸續出版了「審判者傳奇」系列、「迷霧之子－執法鎔金」系列、忠實讀者引頸期盼已久的奇幻史詩「颶光典籍」系列，以及科幻長篇「天防者」系列。

二〇二二～二〇二三年，突然向書迷告白自己過去兩年祕密寫了四本書，並於 Kickstarter 集資平臺專案獲得史上破四千萬美金高標紀錄，震撼全球出版界！四本作品已於二〇二三年底全數出版。

目前任教於楊百翰大學，居於猶他州的歐瑞市，繼續以一支快筆和豐沛的創作能量，引領讀者徜徉在他無限的創作宇宙之中。

官網：www.brandonsanderson.com

◆譯者與插畫家簡介

聞若婷

師大國文系畢業，沒有作家夢、但有編輯魂的自由譯者及校對，擅長解讀各類型小說。譯作包括《告白者》、《旅店主人之歌》、《傑里科的書籍裝訂工》、《失落詞詞典》。

艾南妲·索沙（Ernanda Souza）

來自巴西的插畫家，工作領域囊括電玩、書籍、漫畫和電影。她的作品主要是帶有魔法和奇幻風的強大角色，而在用色方面她會加入個人的品味。她合作的對象包括Perception Studio、Wizards of the Coast、Hit Point Press、Marvel Comics/Lucasfilm以及BOOM! Studios。欣賞她的作品請至：ernandasouza.com。

納百茲·里托（Nabetze Zitro）

來自巴拉圭的自學插畫家。他熱愛說故事，以及用他的數位作品捕捉傳統繪圖的風格和精神。崇拜的畫家有諾曼·洛克威爾（Norman Rockwell）和吉爾·艾夫葛倫（Gil Elvgren）。現爲自由接案插畫家，爲書籍、桌遊和電玩創作漫畫和插圖。欣賞他的作品請至：nabetsezitro.com。

kudriaken

專攻奇幻主題的插畫家。她從幼時就對各作家打造出的奇幻世界深深著迷，這股熱情也影響了她所選擇的職業。她的靈感來自歷史、神話以及生活周遭了不起的人。欣賞她的作品請至：kudriaken.carrd.co。

中英名詞對照表

A

Admiral　海軍上將

Adonalsium　雅多納西

Adonalsium-Will-Remember-Our-Plight-Eventually　雅多納西終究會想起我們的困境

Alethi　雅烈席人

Alethkar　雅烈席卡王國

Almighty　全能之主

Arcana　祕法

Arcanist　祕師

Attuner　調波器

Authorization Key　授權密鑰

Auxiliary (Aux)　輔手（阿輔）

Awaken　識喚

Awakened Steelmind　識喚鋼意識

Azish　亞西須語

B

Beacon　明燈

Beaconite　明燈人

Blade　碎刃

Breath　駐氣

Breath Equivalent Unit (BEU)　標準駐氣單位

Bridge Four　橋四隊

C

Canticle　頌星

Charred　焦燎兵

Chasm Kata　裂谷套招

Chorus　合聲

Chull　芻螺

Cinder Fool　焦燎王八蛋

Cinder King　焦燎王

Cinderheart　焦燎心

Cognitive Realm　意識界

Commands　指令

Compassion　憐憫

Confidence　信心

Connection/Connect　聯繫

Contemplation　愼思

Continuity Chain　連續鍊

Corridor　廊道

Cosmere Arcanist　寰宇祕師

Cryptic　謎族靈

D

Damnation　沉淪地獄

Dawnchaser 追曙者
Dawnland 黎明之地
Dawnshard 晨碎
Deadband 死亡帶
Deborah-James 黛博拉－詹姆斯
Dirge 送葬曲
Divinity 神性
Dor 鐸

E

Elegy 輓歌
Evil 邪靈

F

Faith 信念
Firemoss 火苔

G

Gil Elvgren 吉爾・艾夫葛倫
Glowing Eyes 亮眼睛
God 神
God Beyond 彼方神
Greater Good 眾益

H

Hall of Burning 燃燒廳
Hardy 哈迪
Haridan 哈里丹
Highspren 上族靈
Highstorm 颶風
Hoid 霍德
Homeworld 原始世界
Hovercraft 盤旋機
Hovercycle 懸浮機車
Hovership 盤旋艦

I

Intent 意圖／原旨
Interaxial Force 原質間力
Investiture 授予
Investiture Cell 授予電池
Iriali 依瑞雅利（人）

J

Jeffrey Jeffrey 傑弗瑞傑弗瑞

K

Kaladin (Kal) 卡拉丁（阿卡）
Kata 套招
Khriss 克里絲

L

Lifespren 生靈
Lodestar 指引星

M

Malwish　麥威兮語

N

Nalthian　納西斯人
Nalthis　納西斯
Night Brigade　夜旅兵團
Nomad　浪人
Norman Rockwell
諾曼・洛克威爾

O

Oaths　誓言
Offworld　他界
Offworlder　他界者
Outrider　機車護衛

P

Perpendicularity　垂裂點
Prospector　探勘船

Q

Quadcycle　四人機車

R

Rebeke Salvage　蕾貝凱・救難
Refuge of Stone　岩石避難所
Refugee and Lost Expatriate Bill
難民與失落僑民法案
Reliquary　聖物箱
Revelation in Light　光的啟示
Roshar　羅沙

S

Scadrian　司卡德利亞人
Second Heightening　二級增化
Second Law　第二法則
Seeker　搜尋者
Shade　幽影
Shadesmar　幽界
Shai　珊露
Shard　碎神
Shard　碎力
Shard of Adonalsium
雅多納西的碎力
Shardbearer　碎刃師
Shardblade　碎刃
Shardplate　碎甲
Shardspear　碎矛
Shin　雪諾瓦人
Sho Del　朽・殆
Sigzil　席格吉
Silverlight　銀光市
Silverlight Codes of Interplanetary Conduct
銀光市星際行爲規範

Skip　跳躍
Sky Tyrant　天空暴君
Smokestone　煙石
Solemnity Divine　莊嚴之神
Southern　南方帶
Spren　靈
Squire　侍從
Staff Sergeant　上士
Stormfather　颶父
Sunheart　日心
Sunlit One　日煉者
Sunlit People　日煉族
Supercharge　超充能
Surveyor　勘測員

T

Tagarut　塔加魯特
Taldain　泰爾丹
Taln's Scar　塔恩之疤
Ten fools　十傻人
Thaylen　賽勒那文
The First Lodestar　元祖指引星
The Shattering　崩碎
The Sixth Incarnation of Pandora
《潘朵拉的第六個化身》
Thomos　湯莫斯
Threnodite　輓星人
TimeTeller　報時者
Torment　磨難
Transform/Transformation　變形
Truth-Is-Waiting　眞相就在那裡

U

Ulutu Dynasty　烏魯圖王朝
Union　聯盟

V

Veden　費德人

W

Weeping　泣季
Whitespine　白脊
Wit　智臣

Y

Yaezir　亞什爾
Yolen　悠倫

Z

Zeal　熱誠
Zellion　齊利恩
Zephyr Aether　清風乙太

BEST 嚴選 151C

日煉者（全彩限量典藏豪華燙金精裝版）

原著書名／The Sunlit Man
作　　者／布蘭登・山德森（Brandon Sanderson）
插　　畫／艾南妲・索沙、納百茲・里托、kudriaken
譯　　者／聞若婷
企畫選書人／王雪莉
責任編輯／王雪莉

版權行政暨數位業務專員／陳玉鈴
資深版權專員／許儀盈
行銷企畫主任／陳姿億
業務協理／范光杰
總　編　輯／王雪莉
發　行　人／何飛鵬
法律顧問／元禾法律事務所　王子文律師
出版／奇幻基地出版
城邦文化事業股份有限公司
臺北市 115 南港區昆陽街 16 號 4 樓
電話：(02)25007008　傳眞：(02)25027676
e-mail：ffoundation@cite.com.tw
發行／英屬蓋曼群島商家庭傳媒股份有限公司城邦分公司
臺北市 115 南港區昆陽街 16 號 8 樓
書虫客服服務專線：(02)25007718・(02)25007719
24 小時傳眞服務：(02)25170999・(02)25001991
服務時間：週一至週五 09:30-12:00・13:30-17:00
郵撥帳號：19863813　戶名：書虫股份有限公司
讀者服務信箱 e-mail：service@readingclub.com.tw
歡迎光臨城邦讀書花園　網址：www.cite.com.tw
香港發行所／城邦（香港）出版集團有限公司
香港九龍九龍城土瓜灣道 86 號順聯工業大廈 6 樓 A 室
電話：(852) 2508-6231　傳眞：(852) 2578-9337
e-mail：hkcite@biznetvigator.com
馬新發行所／城邦（馬新）出版集團
【Cite(M)Sdn Bhd】
41, Jalan Radin Anum, Bandar Baru Sri Petaling,
57000 Kuala Lumpur, Malaysia.
Tel: (603) 90563833 Fax:(603) 90576622

封面設計／朱陳毅
排　　版／芯澤有限公司
印　　刷／高典印刷有限公司
■ 2025 年 2 月 11 日初版

售價／ 699 元

國家圖書館出版品預行編目資料

日煉者 / 布蘭登・山德森 (Brandon Sanderson) 作 ; 聞若婷譯 . -- 初版 . -- 臺北市 : 奇幻基地出版 , 城邦文化事業股份有限公司出版 : 英屬蓋曼群島商家庭傳媒股份有限公司城邦分公司發行 , 2025.02
面 ; 公分 . -（Best 嚴選 ; 151）
譯自 : The Sunlit Man

ISBN 978-626-7436-70-7（精裝）

874.57　　113017356

ISBN 978-626-7436-70-7

Printed in Taiwan.

廣 告 回 函
北區郵政管理登記證
台北廣字第000791號
郵資已付，免貼郵票

115 臺北市南港區昆陽街 16 號 8 樓

英屬蓋曼群島商家庭傳媒股份有限公司城邦分公司 收

請沿虛線對摺，謝謝

每個人都有一本奇幻文學的啟蒙書

奇幻基地粉絲團：http://www.facebook.com/ffoundation

書號：**1HB151C** 書名：日煉者（全彩限量典藏豪華燙金精裝版）

| 奇幻基地・2025年回函卡贈獎活動 |

購買2025年奇幻基地作品（不限年份）五本以上，即可獲得限量隱藏版「山德森之年」燙金藏書票！

電子版活動連結：https://www.surveycake.com/s/ZmGx

注：布蘭登・山德森新書《白沙》首刷版本、《祕密計畫》系列首刷精裝版（共七本），皆附贈限量燙金「山德森之年」藏書票一張！（《祕密計畫》系列平裝版無此贈品）

「山德森之年」限量燙金隱藏版藏書票領取辦法

活動時間：即日起至2025年12月31日前（以郵戳為憑）

參加辦法與集點兌換說明：

1. 2025年度購買奇幻基地出版任一紙書作品（不限出版年份及創作者，限2025年購入）。
2. 於活動期間將回函卡右下角點數寄回本公司，或於指定連結上傳2025年購買作品之紙本發票照片／載具證明／雲端發票／網路書店購買明細（以上擇一，前述證明需顯示購買時間，**連結請見下方**）
3. 寄回五點或五份證明可獲限量隱藏版「山德森之年」燙金藏書票，藏書票數量有限送完爲止。
4. 每月25號前填寫表單或收到回函即可於次月收到掛號寄出之隱藏版藏書票。藏書票寄出前將以電子郵件通知。若填寫或資料提供有任何問題負責同仁將以電子郵件方式與您聯繫確認資料。若聯繫未果視同棄權。
5. 若所提供之憑證無法確認出版社、書名，請以實體書照片輔助證明。

特別說明

1. 活動限台澎金馬。本活動有不可抗力原因無法執行時，主辦單位有權決定取消、中止、修改或暫停本活動。
2. 請以正楷書寫回函卡資料，若字跡潦草無法辨識，視同棄權。
3. 單次填寫系統僅可上傳一份檔案，請將憑證統一拍照或截圖成一份圖片或文件。
4. 隱藏版「山德森之年」燙金藏書票一人限索取一次
5. **本活動限定購買紙書參與，懇請多多支持。**

當您同意報名本活動時，您同意【奇幻基地】（城邦文化事業股份有限公司）及城邦媒體出版集團（包括英屬蓋曼群島商家庭傳媒股份有限公司城邦分公司、書虫股份有限公司、墨刻出版股份有限公司、城邦原創股份有限公司），於營運期間及地區內，爲提供訂購、行銷、客户管理或其他合於營業登記項目或章程所定業務需要之目的，以電郵、傳眞、電話、簡訊或其他通知公告方式利用您所提供之資料（資料類別 C001、C011 等各項類別相關資料）。利用對象亦可能包括相關服務的協力機構。如您有依個資法第三條或其他需要協助之處，得致電本公司（(02) 2500-7718）。

個人資料：

姓名：＿＿＿＿＿＿＿＿ 性別：＿＿＿＿ 年齡：＿＿＿＿ 職業：＿＿＿＿＿ 電話：＿＿＿＿＿＿＿

地址：＿＿＿＿＿＿＿＿＿＿＿＿＿＿＿＿＿＿ Email：＿＿＿＿＿＿＿＿＿

想對奇幻基地說的話或是建議：＿＿＿＿＿＿＿＿＿＿＿＿＿＿＿＿＿＿＿＿＿＿＿＿＿

限量燙金藏書票

電子回函表單QRCODE

請剪下右邊點數，集滿五點寄回奇幻基地即可兌換，影印無效。

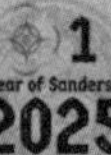